Seconde Patrie

[法] 儒勒·凡尔纳 ◎著　　许崇山 钟燕萍 ◎译

第二祖国

Seconde Patrie

人民文学出版社

Jules Verne
Seconde Patrie
Simplified Chinese translation copyright
©People's Literature Publishing House 2024
All rights reserved

图书在版编目（CIP）数据

第二祖国 /（法）儒勒·凡尔纳著；许崇山，钟燕萍译 . -- 北京：人民文学出版社，2024
ISBN 978-7-02-018413-2

Ⅰ.①第… Ⅱ.①儒… ②许… ③钟… Ⅲ.①幻想小说－法国－近代 Ⅳ.① I565.44

中国国家版本馆 CIP 数据核字 (2024) 第 008181 号

责任编辑	黄凌霞
装帧设计	黄云香
责任印制	张　娜

出版发行　人民文学出版社
社　　址　北京市朝内大街166号
邮政编码　100705

印　　刷　三河市博文印刷有限公司
经　　销　全国新华书店等

字　　数　338千字
开　　本　880毫米×1230毫米　1/32
印　　张　16.125　插页3
印　　数　1—5000
版　　次　2024年6月北京第1版
印　　次　2024年6月第1次印刷

书　　号　978-7-02-018413-2
定　　价　68.00元

如有印装质量问题，请与本社图书销售中心调换。电话：010-65233595

我为何撰写《第二祖国》

小时候，我读过关于"鲁滨孙"的书籍，并且终生难忘。我曾经反复读过这些书，其内容令我刻骨铭心。它给我童年时代留下的印象，是我后来接触的其他现代读物无法比拟的。毫无疑问，我太喜爱这类历险故事，乃至于不知不觉，终于在某一天，我踏上了这条人生之路。这就是为什么我撰写了《鲁滨孙学校》《神秘岛》，以及《两年假期》。这几部书中的主人公，都神似笛福[①]和维斯[②]笔下的人物。因此，不难理解，为什么我会全身心地投入撰写《奇异的旅行》这部作品。

我还记得那些令我沉迷陶醉的书籍的名字，包括莫拉尔·德·波利约夫人的《十二岁的鲁滨孙》；德·米尔瓦夫人的《荒漠中的鲁滨孙》。除此之外，类似的作品还有《罗伯特历险记》。有关罗伯特故事的作者名叫路易·得努瓦耶，这些故事都刊登在《少年报》上，还有许多其他故事，都让我记忆犹新。然后就是《鲁滨孙漂流记》，其实，这部名著仅仅是丹尼尔·笛福的一系列冗长枯燥作品中的一个片段。最后，还有詹姆斯·费尼莫尔·库柏[③]的《火山口》，这部作品增加了

---

① 丹尼尔·笛福（1660—1731），英国作家。
② 鲁道夫·维斯（1781—1830），瑞士作家。
③ 詹姆斯·费尼莫尔·库柏（1789—1851），美国作家。

我对太平洋或者大西洋，那些生活在无名岛屿上的人物的兴趣。

然而，丹尼尔·笛福凭借他的天才构思，仅仅塑造了一位沦落在荒岛的孤独男人，此人依靠自己的聪明才智和创造力，有本事做到自给自足，此人的成功，同样得益于他对上帝虔诚的信仰，并因此不时获得奇异的灵感。

然而，当一个人孤单落难的时候，他为何不能成立并拥有一个家庭；这个家庭遭遇海难，沦落荒岛；这个家庭成员团结一心；而且这个家庭始终敬仰信任上帝——这些难道不应该吗？应该，这就是维斯作品中描绘的情形，而且，他的作品与丹尼尔·笛福的作品同样历久弥新。

鲁道夫·维斯，一七八一年生于伯尔尼，殁于一八三〇年，他曾经是一所大学的教授。他在自己的祖国出版了一系列著作，包括那本《瑞士鲁滨孙》，这部作品于一八一二年出版于苏黎世。

那之后的第二年，这部书首次被译成法文，译者是伊莎贝尔·德·波滕斯，即德·蒙托略男爵夫人，她于一七五一年生于洛桑[①]，一八三二年殁于比西尼[②]。她在自己的文学创作初期，撰写过小说两部曲《利奇菲尔德[③]的凯若琳》（1781年）。

也许，有理由相信，鲁道夫·维斯并不是这部著名小说的唯一作者，这部作品很可能是他与自己父亲[④]合作的成果。一八二四年，这部小说的续集出版于巴黎，书名为《瑞士鲁滨孙，或一家遭遇海难的孩子们的父亲的日记》，德·蒙托略夫人把这部译著题献[⑤]给了维斯父

---

① 瑞士地名。
② 瑞士地名。
③ 英国英格兰中部斯塔福德郡东南部城镇。
④ 约翰·大卫·维斯（1743—1818），瑞士作家。
⑤ 即在该书扉页注明，谨将本书献给某人。

子二人。

如此一来，女翻译家萌生了一个想法：对自己翻译的这部著作撰写续集。她的这个想法抢在了我的前面，也许，在我之前，还有其他人萌生过同样的想法，居然有这么多人产生同样的想法，我对此颇感惊讶。

实际上，正如德·蒙托略夫人在其译著前言里所说，这部小说并未随着巡洋舰独角兽号的抵达而结束。

"本书连续再版四次，这一事实表明，法国读者非常喜爱这部作品，通过阅读这部书，孩子们，以及他们的父母，都享受到了乐趣。然而，书中却缺少了故事的后续，以及结局。读者们殷切关注这个家庭，希望知道它是否留在了这座岛上，那么多小朋友都盼着前往一探究竟。我收到很多读者来信，询问这个问题。写信的既有那些孩子们，也有我的出版商，大家都催促我继续写下去，从而满足他们的好奇心。"

有必要指出，继德·蒙托略夫人的译著之后，鲁道夫·维斯的著作的其他法文译本相继问世，其中包括皮埃尔·布兰查德于一八三七年出版的译著。由此可以断言，德·蒙托略夫人并非《瑞士鲁滨孙》的唯一翻译者，同样，她也不是唯一想要撰写续集的人，因为，我也想要撰写一部续集，书名叫做《第二祖国》。

不仅如此，一八六四年，赫泽尔出版社出版了这个故事的最新译著，译者是两位合作者：P-J. 斯特尔与 E. 穆勒，他们的这个译本重新审视原著，使用了更为时尚的文风，以及遣词造句。确切地说，从科学的视角解读，这部由《教育与创新杂志》奉献给读者的《第二祖国》，正是与上述译本一脉相承。

实际上，当我们再次见到这个家庭的时候，他们已经在这座岛上

3

继续生活了十二年之久，环境条件今非昔比，那四位性格鲜明的小伙子：勇敢无畏的弗里茨、有点儿自私但手脚勤快的欧内斯特、淘气鬼杰克，以及小家伙弗朗索瓦，随着年龄的增长，他们发生了哪些变化？通过延续鲁道夫·维斯的描述，这个故事是不是很有意思？……自从发现"冒烟的岩石"之后，珍妮·蒙特罗斯现身于这个小小的世界，她会改变这里的一切吗？沃斯顿先生及其手下乘坐独角兽号抵达这里，他们在岛上安营扎寨，会不会发生新的故事？……迄今为止，读者仅仅了解这座岛屿的北半部，他们会不会跑遍全岛，发现这座岛屿原来十分富饶？……弗里茨、弗朗索瓦，还有珍妮·蒙特罗斯动身去了欧洲，他们必然要向世人讲述冒险经历，然后，他们还会返回新瑞士吗？……

综上所述，我实在无法抵御诱惑，决定继续讲述维斯的故事，然后，早晚有一天，总要构思出一个最终的结局。

于是，随着我的朝思暮想，逐渐深入到构思当中，与我的主人公们共同生活，一件奇特的事情发生了：那就是，我甚至衷心相信，这个新瑞士当真存在，它就是位于印度洋东北部的一座岛屿，我甚至看见，这座岛屿出现在我的地图上，泽玛特一家，还有沃斯顿一家也是活灵活现，真实存在，他们就生活在这块繁荣的殖民地上，并且，他们把这里作为了自己的"第二祖国"！……我唯一的遗憾就是，由于年事已高，我已无法赶去与他们相聚！……

总而言之，这就是为什么，我认为应该把他们的故事讲述下去，直到结局。为此，我撰写了《瑞士鲁滨孙》的续篇。

儒勒·凡尔纳

目　录

第一章 …… 1

好季节开始了 —— 弗里茨与杰克 —— 天气真好 —— 小艇出发 —— 探访鲨鱼岛 —— 燃放两炮 —— 海上传来三声炮响

第二章 …… 16

小艇回来 —— 浮想联翩 —— 做出决定 —— 连续三日暴风雨 —— 绕过东边的海岬 —— 一条船锚泊

第三章 …… 33

英国轻巡洋舰独角兽号 —— 听见炮声 —— 驶来一条船 —— 泽玛特一家 —— 沃尔顿一家 —— 分手 —— 各种交换 —— 再见 —— 轻巡洋舰起航

第四章 …… 48

十年之前 —— 泽玛特一家初次在新瑞士落户 —— 泽玛特先生在日记里记录的重要事件 —— 第十年的年终

第五章 …… 74

回到山洞之家 —— 伊丽莎白号驶往珍珠湾 —— 一个野人 —— 一个人形动物 —— 珍妮·蒙特罗斯 —— 多克斯号沉没,流落烟石岛两年 —— 弗里茨的故事

第六章 ……89

启程之后——新瑞士的已知世界——沃尔顿一家——新的安居方案——在豺狼溪与天鹅湖之间修一条水渠——一八一六年的年终

第七章 ……108

新年第一天——漫步在鹰巢——礼拜堂方案——旅行建议——讨论——平底船准备就绪——三月十五日出发

第八章 ……125

航行——绕过地主礁——独角兽湾——伊丽莎白号锚泊——在悬崖顶——不毛之地——南部地区——第二天的方案

第九章 ……142

海滨风光——企鹅——一条新河流——陌生的土地——南部的山脉——第二天的方案——蒙特罗斯河

第十章 ……158

小艇游弋蒙特罗斯河——不毛之地——沟壑里的砾石——水坝——返回伊丽莎白号锚泊地——沿河顺流而下——东南方出现一缕烟——返回山洞之家

第十一章 ……176

雨季来临之前——巡视农场与小岛——狂风骤起——山洞之家的晚会——礼拜堂——欧内斯特的发现及后果——恶劣天气没完没了——两声炮响——在鲨鱼岛

第十二章 ……198

在鹰巢——在瓦尔德格——在扎克托普——在展望山——荒凉的海面——准备深入岛屿内陆——出发的人与留守的人——走出横谷隘路——告别

第十三章 …… 217

在格林塔尔山谷出口 —— 平原地区 —— 森林地区 —— 又遇猴子 —— 山脚下 —— 在山洞里过夜 —— 山区的两个植被地域 —— 在圆锥体脚下

第十四章 …… 233

爬上圆锥顶 —— 向四周眺望 —— 在北方、东方和西方看到了什么 —— 南方地区 —— 海平线上有条船 —— 英国旗

第十五章 …… 249

在山洞之家等待 —— 令人担心的迟到 —— 前往埃伯福特小屋 —— 沃斯顿先生与欧内斯特 —— 发生了什么 —— 追踪象群 —— 沃斯顿先生的建议 —— 逆风 —— 杰克！

第十六章 …… 264

杰克的故事 —— 在森林里迷路 —— 岛上的野人 —— 焦虑不安 —— 独角兽号迟到 —— 等了三个星期 —— 山洞之家小礼拜堂

第十七章 …… 278

没有风，小船静止不动 —— 孤独的八天 —— 哈利·古尔德船长与水手长约翰·布洛克交谈 —— 南方迷雾露出缝隙 —— 喊声："陆地……陆地！"

第十八章 …… 292

独角兽号起航 —— 好望角 —— 詹姆斯·沃斯顿一家 —— 朵尔说再见 —— 朴次茅斯和伦敦 —— 在英国逗留 —— 弗里茨·泽玛特与珍妮·蒙特罗斯结婚 —— 返回开普敦

第十九章 …… 306

独角兽号的第二次航行 —— 新旅客与军官们 —— 在开普敦停泊 —— 大副博鲁普 —— 航行不顺利 —— 船上发生叛乱 —— 舱底八天 —— 被抛弃在海上

3

第二十章 …… 320

弗朗索瓦的喊声 —— 这是哪里？ —— 救生艇的乘客 —— 陆地消失在雾气中 —— 即将变天 —— 陆地重新出现 —— 南风阵阵 —— 登陆

第二十一章 …… 333

上岸后 —— 弗里茨与水手长的对话 —— 平静的夜晚 —— 海岸概貌 —— 大失所望 —— 远足 —— 洞穴 —— 溪流 —— 海角 —— 扎营

第二十二章 …… 350

安营扎寨 —— 海岸上的第一个夜晚 —— 弗里茨与珍妮 —— 古尔德船长的身体好些了 —— 争论 —— 难以攀登的悬崖 —— 十月二十六日至二十七日夜间

第二十三章 …… 368

形势严峻 —— 珍妮与弗里茨并未绝望 —— 渔获丰收 —— 试图向东探访陆地 —— 烟石岛的信天翁 —— 悲哀的年终

第二十四章 …… 382

关于信天翁的谈话 —— 小鲍勃与鸟儿的友情 —— 制造蜡烛 —— 又一件伤心事 —— 徒劳绝望的寻找 —— 信天翁的叫声

第二十五章 …… 395

第二座山洞 —— 希望落空 —— 弗里茨的蜡烛 —— 穿越峡谷 —— 多次休息 —— 高原 —— 南方、东方和西方，啥都没有 —— 准备下山的那一刻……

第二十六章 …… 411

谁都不愿意挪地方 —— 在悬崖顶过夜 —— 向北方进发 —— 旗杆 —— 英国旗 —— 浓雾笼罩 —— 弗里茨大喊一声

第二十七章 …… 424

山下有一座山洞 —— 往事回顾 —— 穿越森林 —— 捕获羚羊 —— 蒙特

罗斯河 —— 格林塔尔山谷 —— 横谷隘路 —— 在埃伯福特乡间小屋过夜

第二十八章 ……441

出发前往鹰巢 —— 运河 —— 让人担心 —— 庭院满目疮痍 —— 在空中楼阁 —— 在树梢上 —— 绝望 —— 山洞之家冒烟了 —— 警报！

第二十九章 ……455

各种假设 —— 当机立断 —— 一声炮响 —— 鲨鱼岛 —— 沙滩探险 —— 被遗弃的小艇 —— 上船 —— "别开炮！……"

第三十章 ……472

终于团聚！ —— 独角兽号起航后的简要回顾 —— 两家人痛心疾首 —— 看不到希望 —— 出现一群独木舟

第三十一章 ……482

天亮了 —— 在仓库落脚 —— 四天过去 —— 独木舟出现 —— 希望落空 —— 夜晚进攻 —— 最后几发子弹 —— 海上传来炮声

第三十二章 ……501

独角兽号 —— 以英国的名义占领 —— 旗帜号杳无踪迹 —— 返回山洞之家 —— 婚礼在小礼拜堂举行 —— 多年过去 —— 新瑞士欣欣向荣

第一章

好季节开始了 —— 弗里茨与杰克 —— 天气真好 —— 小艇出发 —— 探访鲨鱼岛 —— 燃放两炮 —— 海上传来三声炮响

十月份的第二个星期,好季节开始了。这里地处南纬19度,位于赤道与南回归线之间,冬天的气候不算太恶劣。在南半球,这个月份是春天的第一个月。新瑞士[①]的居民[②]又将重新开始他们惯常的劳作。

他们在这片土地上已经生活了十一年,现在是时候了解这里,弄清楚它究竟属于伸入印度洋的一片大陆,还是如同地理学家定义的那样,不过是这片海域众多岛屿中的一座。

毫无疑问,自从弗里茨在烟石岛[③]收留了年轻的英国姑娘以后,

---

① 新瑞士是瑞士作家维斯在《瑞士鲁滨孙漂流记》中虚拟的地名,这座岛屿位于印度洋东北部,是本书故事的背景地。
② 本书采取《瑞士鲁滨孙漂流记》续集的形式,此时新瑞士岛上生活的主人公包括:泽玛特先生和夫人,他们的长子弗里茨、次子欧内斯特、三子杰克、四子弗朗索瓦,以及英国姑娘珍妮。
③ 烟石岛是珍妮·蒙特罗斯曾经独自生活过的一座孤岛。珍妮是英国驻印军上校的女儿,因遭遇海难,独自漂流到烟石岛。

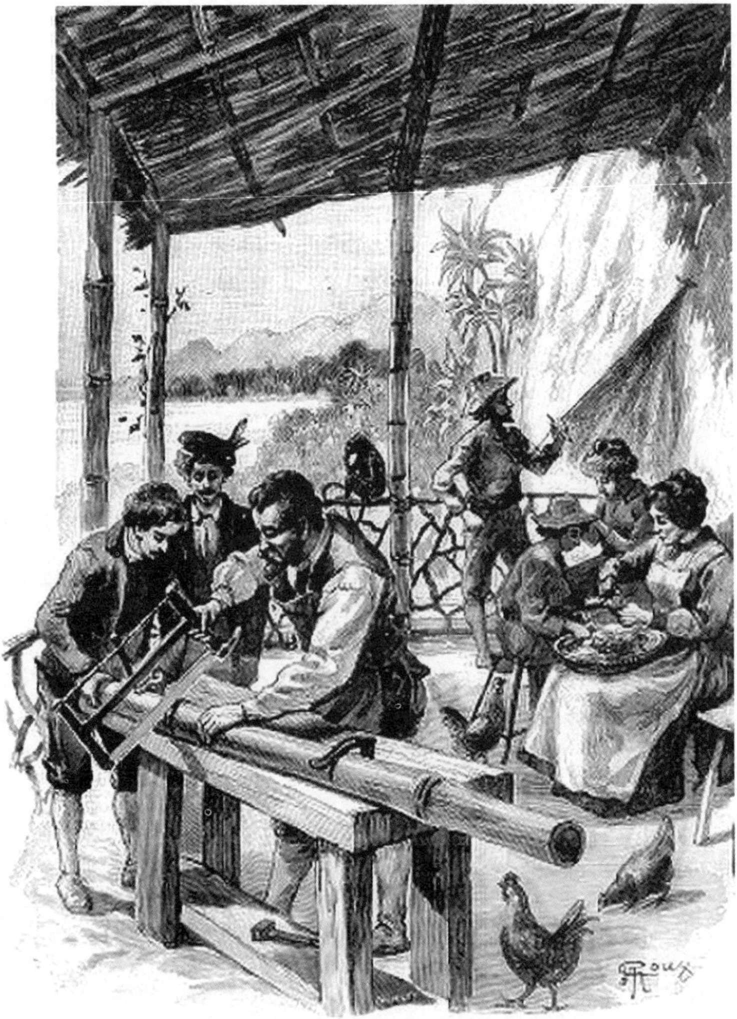

这位珍妮·蒙特罗斯小姐与泽玛特先生和妻子,以及他们的四个儿子一起生活,感到十分惬意。当然了,他们对前途依然心怀畏惧,获得外来救援的可能性微乎其微,他们思念故乡,希望与人类世界建立联系,这些想法不时涌上心头。不过,对于任何人来说,产生这样的想法,难道不是合情合理吗?

于是,这天一大早,泽玛特先生穿过山洞之家①的篱笆墙,信步走到豺狼溪的水边,弗里茨和杰克已经携带捕鱼工具,提前来到这里。弗朗索瓦很快跑来与他们会合。至于欧内斯特,他一向不喜欢早起,总想在被窝里赖一阵儿,这会儿还躺在床上。

此时,泽玛特夫人和珍妮正在忙家务。

"爸爸,"杰克说道,"今天可是一个好天气……"

"我也是这么想,孩子,"泽玛特先生回答道,"而且,我希望往后几日的天气都不错,毕竟,春天已经来临。"

"那么今天,你们打算做什么呢?……"弗朗索瓦询问道。

"我们准备去捕鱼,"弗里茨回答道,边说边拿出了渔网和鱼线。

"是去海湾吗?……"泽玛特先生问道。

"不,"弗里茨回答道,"我们打算沿豺狼溪溯流而上,一直抵达水坝,尽可能多地捞些鱼,足够中午吃一顿。"

"然后呢?"杰克看着父亲,接着说道。

"然后嘛,我的儿子,"泽玛特先生回答道,"我们还有好多活计要干呢。完了之后,下午,我打算去一趟鹰巢②,看一看我们的夏季营地是否需要维修。另外,我们还要利用这几日的好天气,去照看一下另

---

① 原文是德语。
② 泽玛特一家在一棵巨大红树上修建的空中楼阁。

泽玛特夫人和珍妮正在忙家务。

外几处农场,包括瓦尔德格、扎克托普、埃伯福特小屋,以及展望山别墅……此外,还得去看看那些动物,还有种植的作物……"

"就这么办,爸爸,"弗里茨回答道,"不过,既然今天上午我们还有一两个小时的时间,杰克、弗朗索瓦,你俩跟我来……"

"我们早就准备好了,"杰克高声叫道,"我的鱼线另一头好像已经钓到鳟鱼……一条……又一条!"

杰克摆动鱼线,似乎鱼钩上挂着想象中的大鱼,终于,他的嘴里迸出清晰、愉快的两个字:

"出发!"

也许,弗朗索瓦很想留在山洞之家,因为,他更愿意把早晨的时光用来学习。不过,在哥哥的极力催促下,他还是决定跟着一起去。

三个年轻人朝着豺狼溪的右岸走去,恰在此时,泽玛特先生叫住了他们。

"我的孩子们,你们光想着钓鱼了,"他说道,"却忘记了一件事……"

"什么事儿?……"杰克问道。

"就是那件,每年好季节开始的时候,按照惯例,我们必须要做的事情……"

弗里茨回到父亲身边,拍了拍自己的额头。

"究竟是什么事儿呢?……"他说道。

"怎么……你还没想起来吗,弗里茨?……杰克,你也没想起来?……"泽玛特先生接着说道。

"难道是,我们没有为了庆祝春天的到来而拥抱你?……"杰克说道。

"噢!不!……"刚刚从篱笆墙里面走出来的欧内斯特,揉着眼睛,伸展双臂回答道。

"要不就是,我们出发之前忘记了吃早饭,对不对,我贪吃的欧内斯特?……"杰克说道。

他这么说是在嘲讽自己这位兄弟的小毛病,因为欧内斯特的胃口特别好,尤其喜欢大快朵颐。

"不对,"欧内斯特回答道,"这件事和吃没关系,老爸不过就是想提醒你们,按照惯例,每年这个时候,我们都要在鲨鱼岛炮台上鸣响两炮……"

"完全正确。"泽玛特先生说道。

实际上,每年雨季结束后,在十月份下半月的某一天,按照惯例,弗里茨和杰克都要前往位于救命湾入口处的鲨鱼岛,重新升起新瑞士的旗帜,然后鸣放两炮,向旗帜致敬,这炮声能够清晰地传到山洞之家。之后,尽管不抱多大希望,他们还要例行公事地用目光巡视一遍海面,以及海滨一带……也许,某条船经过这片海域,船上的人能够听见这两声炮响?……也许,他们会急忙赶到这座海湾瞧上一眼?……甚至,也许会有其他的海难幸存者,被抛到这片土地上,他们原本以为这里无人居住,而这炮声能够提醒他们?……

"说的对,"弗里茨说道,"我们差点儿忘记这档子事儿……快去准备小艇,杰克,用不了一个小时,我们就能回来。"

然而,欧内斯特却说道:

"去炮台弄这个动静有什么用?……这么多年了,我们用这几门炮放响了多少次,除了让炮声搅乱了山洞之家和鹰巢的宁静,什么用也没有!……为什么要白白浪费火药呢?……"

"欧内斯特,我完全赞成你的想法!……"杰克叫道,"既然放响一炮的代价如此昂贵,那就应该让它物有所值……否则,还不如让

6

大炮保持沉默!"

"你这么说可不对,"泽玛特先生对二儿子说道,"我不认为这点儿付出毫无意义……仅仅在鲨鱼岛这座小岛上竖起旗帜还不够,因为,在广阔的海面上未必看得见它……然而,我们的炮声却能在海面上传出去一里之遥[①]……如果有船只从海上经过,炮声能让对方知道我们在这里,这点儿运气不应该被忽视……"

"既然这样,"欧内斯特说道,"那就应该每天早晚都去放炮……"

"没错……就像军舰那样,每天放炮……"杰克肯定道。

"对于军舰来说,它们不用担心弹药的储备。"欧内斯特提醒道。在四个男孩子里,他的脾气最固执,从不轻易服输。

"放心吧,我的儿子,我们的火药还够用,"泽玛特先生肯定地说道,"每年冬季来临前和结束后,我们各放一次炮,每次放两响,这点儿消耗微不足道。我觉得,还是不要放弃这个惯例……"

"我们老爸说得对,"杰克接着说道,"如果说,鹰巢和山洞之家的宁静被炮声打破,搅扰了那里的美梦,那好吧!就让欧内斯特去诚恳道歉,它们一定会很高兴……走吧,弗里茨。"

"动身之前,"弗朗索瓦说道,"应该去跟妈妈说一声……"

"还有我们亲爱的珍妮……"弗里茨补充道。

"我会去说的,"泽玛特先生回答道,"因为,这几声炮响可能会让她们感到意外,甚至产生误会,以为有船驶入了救命湾……"

此时,泽玛特夫人和珍妮·蒙特罗斯从走廊里出来,站在了篱笆墙的门口。

[①] 此处为法国古里。法国的古里有海里与陆里之分,1海里约合5.5千米,1陆里约合4.4千米。

弗里茨首先拥抱了妈妈，然后把手伸向朝自己微笑的年轻姑娘。姑娘看见杰克走向停靠平底渔船和小艇的小港湾，于是说道：

"今天早上，你们打算出海吗？……"

"是的，珍妮，"杰克反身走回来，回答道，"弗里茨和我，我们打算进行一次远航……"

"一次远航？……"泽玛特夫人重复道，尽管她对自己这两个儿子驾驭小艇的能力很有信心，然而，每当他们驾船出海，总让她忧心忡忡。

"放心吧，我亲爱的贝茜。还有珍妮，也请放心，"泽玛特先生说道，"杰克开玩笑呢……他们不过就是去趟鲨鱼岛，把旗帜升起来，按照惯例，放两声炮，再巡视一番，看看是否一切正常，然后就回来。"

"那就说定了，"珍妮回答道，"弗里茨和杰克去小岛，与此同时，只要贝茜太太不需要帮忙，我就和欧内斯特、弗朗索瓦一起去钓鱼……"

"去吧，我亲爱的闺女，"泽玛特夫人说道，"正好利用这段时间，我准备洗几件衣服。"

杰克把小艇顺流划到豺狼溪的入海口，随后，与弗里茨一起，在大家的祝愿声中，驾驶轻盈的小艇，迅速驶出小港湾。

天气真好，海面风平浪静，潮水正好助力。兄弟俩一前一后，分别坐在小艇的两个座位上，轮番舞动着短桨，很快远远驶离山洞之家。此时，海流的方向略微有些偏东，小艇不得不靠近对岸，穿过狭窄的海湾通道，驶出救命湾，进入广阔的外海。

这一年，弗里茨刚好二十五岁。他为人机警、身强力壮，谙熟各种体力活计，走起路来不知疲倦，打猎也是一把好手。他是泽玛特家的长子，也是这家人的骄傲。他性格坚韧，却又不失温柔。过去，他往往性情冲动，为此时常受到父母的告诫，如今，弟弟们已经无须为此烦恼。此外,有一份感情也帮助他改善了天生的躁脾气。

实际上,弗里茨心中念念不忘的,就是他从烟石岛领回来的那位年轻姑娘。与此同时,对于弗里茨的搭救之恩,珍妮·蒙特罗斯也难以忘怀。珍妮是位可爱的姑娘,披着丝滑卷曲的金发,身躯柔韧,十指纤细,尽管风吹日晒,她的面庞肤色较深,却掩饰不住全身肌肤的鲜嫩清新。自从加入这个善良勤劳的家庭,珍妮给这个家带来了匮乏已久的愉快气氛,更何况,她还是一位擅长操持家务的姑娘。

不过,如果说,在欧内斯特、杰克,以及弗朗索瓦的眼中,这位可爱的姑娘就像是一位姐姐,那么,弗里茨的想法是否有什么异样?……他内心深处的情感是否迥然不同?……至于珍妮,对这位营救过自己的勇敢的年轻人,她难道仅仅是心存友谊之情吗?……自从烟石岛发生过令人动情的那一幕以来,已经过去了两年的岁月……弗里茨生活在珍妮身边,不可能不对她萌生爱意……更何况,弗里茨的父母已经多次谈起过,未来,在这方面难免会出现一些状况!

至于杰克,如果说他的性格出现了某些变化,那也无非就是,对于需要出大力气的活计,以及需要鼓足勇气、发挥技巧才能胜任的工作,他的兴趣更加浓厚,如今,在这方面,他已经可以和弗里茨并驾齐驱。今年,杰克二十一岁,中等身材,体型健美,天性淳朴,性格开朗,喜欢开玩笑,做事欠考虑,一心向善,助人为乐,忠贞不贰,从来不给父母添麻烦。另一方面,他总喜欢拿兄弟们打趣开玩笑,不过大家对此并不介意。谁让兄弟们都喜欢这个好伙伴呢!

此刻,小艇似箭一般疾速掠过水面,海风迎面吹来,因此,弗里茨没有打算升起小船帆。等会儿返回的时候,他才会把桅杆立起来,利用海风,不用划动船桨,就能把小艇驶回豺狼溪的入海口。

9

这段行程不远，只有大约三千米，途中，两兄弟没有发现任何异常。小艇东侧，海岸上趴着一溜黄色沙丘，景色冷漠荒凉。小艇的另一侧，绿色的海滨从豺狼溪的入海口延伸到红鹳溪的入海口，再往前，一直伸展到失望角。

"毫无疑问，"弗里茨说道，"我们的新瑞士并不位于航船的必经之路，在印度洋的这片海域，很少有船只往来……"

"嗯，"杰克应道，"我倒不大希望有人发现我们的新瑞士！……如果有一条船停靠在这儿，一定会立即把新瑞士占为己有！……倘若船上的人在这里竖起旗帜，我们的旗帜该怎么办？……而且，可以肯定，对方的旗帜不会是赫尔维蒂亚旗[①]，因为瑞士的船舶从来不会航海，这样一来，感觉好像我们丧失了自己的家园……"

"那么，将来……杰克……将来呢？……"弗里茨回答道。

"将来？……"杰克接着说道，"就是把现在的生活继续下去……难道你不满意现在的生活……"

"我们……也许……"弗里茨说道，"可是，别忘了还有珍妮……他的父亲一直以为珍妮已经在多克斯号的事故中遇难了，难道你忘了吗？……难道她不应该怀抱希望，期盼回到父亲身边？……她知道，自己的父亲就在英国，如果没有船在某一天出现，她如何与父亲团聚？……"

"你说得对，"杰克微笑着说道，他早已洞悉了哥哥的那点儿心思。

经过四十分钟航行，平底小艇停靠在鲨鱼岛的低矮礁石边。

弗里茨和杰克首先巡视一遍小岛，绕着小岛走一圈。数年来，他们

[①] 赫尔维蒂人属于欧洲塞尔特民族，公元前二世纪从德国南部迁徙至瑞士北部。此后，赫尔维蒂亚作为瑞士的官方名称一直保留下来，并成为瑞士的代名词。

弗里茨和杰克首先巡视一遍小岛……

在炮台小山岗的四周种了许多树,他们迫切想要查看这些树木的状况。

实际上,由于小岛位于救命湾通向外海的通道上,地形犹如一个漏斗,北风和东北风猛烈侵袭这里种植的树木,然后冲进漏斗状风口,在那里形成强烈的大气涡流,不止一次地掀翻过安置两门火炮的窝棚顶。

十分幸运,种植的树木损失不大,仅仅在小岛的北部,有几棵树被吹倒在沙滩上,需要把它们锯断,运回山洞之家。

至于那些用来圈养羚羊的篱笆墙,它们都很结实,弗里茨和杰克并未发现任何破损。篱笆墙里生长的野草十分茂盛,足够圈养的动物吃上一整年。目前,这些动物的总数足有五十来只,预计它们的数量还将增加。

"对于这些动物,我们打算怎么利用呢?……"看着篱笆墙里这些姿态优雅、活蹦乱跳的反刍动物,弗里茨不禁问道。

"我们可以把它们卖掉……"杰克说道。

"你觉得,早晚有一天,总会有船开过来,然后,我们有可能把它们卖出去?……"弗里茨问道。

"根本不对,"杰克反驳道,"倘若我们真要卖掉它们,那也应该是在新瑞士的自由市场上出售……"

"自由市场,杰克!……听你这么说,好像新瑞士出现自由市场的日子并不遥远……"

"毫无疑问,弗里茨,就好像在不久的未来,在新瑞士,将要出现许多村庄、许多乡镇、许多城市,甚至还将出现一座首都,当然了,这首都一定坐落在山洞之家……"

"那么,将会在什么时候呢?……"

"等到新瑞士的各个地区拥有成千上万居民的时候……"

"他们都是外国人?……"

"不,弗里茨,不!……"杰克断言道,"他们都是瑞士人,而且只能是瑞士人……我们的祖国故乡人口过于稠密,可以送过来数百个家庭……"

"不过,我们的祖国从来没有过殖民地,杰克,而且我觉得,她永远也不会拥有殖民地……"

"那好吧,弗里茨……可以让她至少拥有一个……"

"哦!杰克,我们的同胞似乎并不喜欢向外移民。"

"可是,我们呢,我们正在干什么?……"杰克叫道,"难道我们不是正在培养自己的殖民习俗?……而且并非一无所获?……"

"那是因为,我们被迫来到这里,"弗里茨回答道,"此外,倘若有一天,新瑞士真的人口繁衍,我担心,它很可能改换门庭,到那时,它的大部分居民将来自盎格鲁-撒克逊民族[①]!"

弗里茨说得有道理,杰克心里也明白,他只好摆出一副苦相,做个鬼脸。

实际上,在那个时代,在所有欧洲各国当中,只有英国正在以最快速度建立自己的殖民帝国。逐渐地,印度洋已被纳入它的新势力范围。因此,倘若真有一条船出现在视野,它的桅杆上悬挂的很可能是英国旗帜,它的船长将把这里据为己有,并且把英国旗插上展望山的山巅。

巡视过小岛之后,兄弟俩爬上小山岗,来到炮台窝棚。站在最高

---

① 盎格鲁-撒克逊民族是指盎格鲁和撒克逊两个民族的结合体,通常用来形容五世纪初到1066年间,生活于大不列颠东部和南部地区,在语言、种族上相近的民族。

处的平台上，他俩凭栏远眺，手持望远镜四处张望，眼前海面开阔，一侧是失望角，另一侧是位于救命湾东端的海岬。

海面一如既往地荒凉空旷，远方海天一线，空无一物。在东北方一里半远的地方，矗立着一座礁石，当初，地主号^①就是在那里触礁搁浅。

弗里茨和杰克把视线转向失望角，透过山坡上的树林，展望山别墅的身影依稀可见。这栋专供夏天居住的房子安然无恙，——这情形足以告慰泽玛特先生，因为他一直担心，在天气恶劣的季节，这栋房子可能已被狂风摧毁。

随后，兄弟俩钻进窝棚，尽管在两个半月的冬季里，这里多次遭受狂风暴雨，乃至飓风的袭扰，但是，窝棚依然完好无损。

现在，他俩需要做的，就是在窝棚旁的旗杆上升起那面红白颜色的旗帜，并且让它一直飘扬到秋季结束的时候，随后，他俩还需点燃一年一度的两声炮响。

杰克忙着从箱子里掏出来那面旗帜，用绳索拴紧两角，准备把它升到旗杆顶端，与此同时，弗里茨仔细检查两门卡罗纳德炮[2]，让它们对准空旷的海面。这两门炮状态良好，只需装填火药就可击发。为了节约火药，弗里茨按照自己的习惯做法，往火药里掺了一点儿土屑，这样可以提高爆炸的强度。随后，他把导火索插进点火孔，只等杰克把旗帜升起来，就点火开炮。

此刻，已经是早晨七点半钟，晨雾开始散去，天空清澈明朗。然

---

① 十一年前，泽玛特一家乘坐地主号轮船。轮船在暴风雨之夜遇险，全体船员弃船逃命，只剩他们在破船上随波逐流，最终在这里触礁搁浅。
② 卡罗纳德炮是一种大口径舰炮，体重较轻，射程较近，曾于18世纪末至19世纪初装备英国海军。这两门炮是从搁浅的地主号卸下搬运来的。

而，在西方天际，一团螺旋状云朵正在涌起，海风拂面，预示着天气开始发生变化。灿烂的阳光洒在海面上，海湾里波澜不兴。

准备工作完毕，弗里茨问弟弟，是否可以开炮了。

杰克确认旗帜已经越过窝棚顶，开始飘扬，于是回答道："随时可以点火，弗里茨。"

"第一炮……开火！……第二炮……开火！……"弗里茨认真扮演炮手的角色，连声喊道。

两门炮先后打响，与此同时，红白颜色的旗帜迎着海风猎猎飘扬。

弗里茨再次给两门炮装填火药，然而，就在他给第二门炮装好火药，刚刚直起身……

耳边传来一声炮响，炮声来自远方。

眨眼的工夫，杰克和他一起跑出窝棚。

"一声炮响！……"杰克大声叫道。

"不……"弗里茨说道，"这不可能！……我们一定是听错了……"

"听！……"杰克屏住呼吸，接着说道。

第二声炮响传了过来，紧接着，隔了一分钟，又响起了第三声。

"是……是的……这的确是炮声……"杰克再次说道。

"炮声是从东边传过来！……"弗里茨补充道。

是不是有一条船，从新瑞士附近经过，听见鲨鱼岛上两声炮响后做出了回答？这条船会不会朝救命湾驶过来？……

第二章

小艇回来 —— 浮想联翩 —— 做出决定 —— 连续三日
暴风雨 —— 绕过东边的海岬 —— 一条船锚泊

鲨鱼岛上的两声轰鸣传到山洞之家，炮声在山间回荡。听到炮声，泽玛特夫妇、珍妮、欧内斯特，以及弗朗索瓦跑到沙滩边，眺望火炮喷出的两股白色硝烟徐徐向鹰巢飘去。他们挥舞手中的绢帕，呼喊着回应炮声，这喊声虽然不如炮声震耳，但却发自内心。

欢呼之后，各人重新忙碌各自的活计，此时，珍妮用望远镜望向小岛的方向，说道：

"看呀，弗里茨和杰克回来了……"

"这么快？……"欧内斯特惊讶道，"这点儿时间刚够他们给卡罗纳德炮重新装填火药……干吗这么着急赶回来？……"

"确实，他们似乎挺着急。"泽玛特先生说道。

从望远镜里望过去，在小岛的右侧，出现一个活动的小黑点儿，毫无疑问，是那条轻盈的小艇，在短桨的划动下，黑点儿正在迅速变大。

"至少，这事儿有点儿非同寻常！……"泽玛特夫人提醒道，"他们是不是想要告诉我们什么消息……而且是重要的消息？……"

"我也这么想。"珍妮说道。

这个消息，它会是好消息，还是坏消息呢？……每个人心里都在想，但是谁也猜不透。

所有人把目光盯向小艇，它的身影越来越大，已经肉眼可辨。一刻钟之后，小艇已经来到鲨鱼岛与豺狼溪入海口的中间位置。弗里茨没有打开那张小帆，因为风力太弱了，微风掠过救命湾的水面，两兄弟凭借手中的短桨，划动小艇比风还要迅疾。

这时候，泽玛特先生脑海里冒出一个念头：那兄弟俩是不是正在逃跑，是不是有土著的独木舟正在追赶小艇，也许那些独木舟还在小岛的转弯处，尚未露头，或者，甚至可能是海面上驶来一艘海盗船……不过，这想法实在令人心生疑惧，他没敢告诉任何人，而是紧跟贝茜，以及珍妮、欧内斯特和弗朗索瓦，一起赶往小港湾的最前端，打算等小艇靠岸，向弗里茨和杰克问个究竟。

一刻钟之后，小艇终于停靠在小港湾充当码头的最靠前的那座礁石旁。

"出了什么事儿？……"泽玛特先生问道。

弗里茨和杰克从小艇里跳到沙滩上，气喘吁吁、满头大汗、胳膊酸痛，刚开始，他俩说不出一句话，只是打着手势，指向救命湾东边的海滨。

"到底出了什么事儿？……"弗朗索瓦抓住弗里茨的胳膊，接着追问道。

"你们没有听见吗？……"弗里茨终于说出话来，张嘴询问道。

"听到了……你们从鲨鱼岛炮台放的那两声炮响？……"欧尼斯

特说道。

"不是……"杰克回答道,"不是我们的炮响,是回答的炮声……"

"什么……"泽玛特先生说道,"听见炮声了?……"

"可能吗……怎么可能!……"泽玛特夫人不停念叨着。

珍妮激动得脸色刷白,走到弗里茨身边问道:

"你们听到那边传来炮声?……"

"是的,珍妮,"弗里茨回答道,"三声炮响,间隔很规律。"

弗里茨的语气十分坚定,别人根本无从质疑。另一方面,杰克也证实了哥哥的说法,而且补充说道:

"毫无疑问,有一条船已经发现了新瑞士,而且,我们点燃的两声炮响,引起了他们的注意……"

"一条船……有一条船!……"珍妮喃喃自语道。

"那么,炮声确实来自东边吗?……"泽玛特先生追问道。

"是的……来自东边,"弗里茨肯定地说道,"而且,我确信,是在距离救命湾不过两三里远的海面上。"

完全可能,不过,大家心里都清楚,对于那边海滨的情况,他们并不了解。

过了一会儿,震惊之余,或者不如说在经历一阵惊愕之后,不难想象,这些新瑞士的居民心潮澎湃、感慨万千。一条船……可以认定,确实来了一条船,它发出的炮声伴随着海风,一直飘到了鲨鱼岛!……十一年来,地主号的幸存者们生活在这片土地上,与世隔绝,如今,这条船如同一线希望,将要把他们与人类社会重新联系起来,是这样吗?……这么多年来,鲨鱼岛的炮声多少次送走,又迎来美好的季节,如今,海船大炮的轰鸣,犹如发出呼唤,穿越遥远的距离,第一次回响在耳畔！……就在泽玛特先生和家人已经不再抱有希望的时候，炮声出人意料地不期而至，宛如一句久违、几乎已经忘却的问候。

不过，大家很快冷静下来，开始思考面临的新情况，并且尽量往好的方面去思考。从远方传来的轰鸣声，与他们长久以来已经听惯，习以为常的大自然发出的声音迥然不同，它既不是飓风折断树枝的声音，也不是狂风掀起的海浪撞击声，更不是热带地区猛烈暴风雨带来的闪电霹雳声……不！……这声音一定是人力所为！……如果海面上有船只经过，那船上的船员，还有船长，一定不会认为这是一片无人居住的土地……倘若那条船进入海湾停泊，船上的旗帜一定会向新瑞士的旗帜致意！

想到这里，所有人都确信，获救的机会即将来临。泽玛特夫人感到，自己对于前途的畏惧心理已经烟消云散……珍妮想到了自己的父亲，她曾经以为此生再无缘相聚……泽玛特先生和儿子们想到终于能够结识新伙伴……总之，不约而同地，大家无不怀揣期盼。

就这样，一家人感到，心中最热切的希望即将变为现实，大家都觉得，这件事幸运至极，盼望它早日来临，并且为此感谢上苍。

"我们首先需要感恩上帝，因为他从未忘记庇佑我们，"弗朗索瓦说道，"感谢上帝，我们要向上帝祈祷！"

如此表露心迹，对于弗朗索瓦来说再自然不过，因为大家都知道，这孩子一向虔诚信仰宗教，而且随着年龄的增长，他的宗教热情与日俱增。弗朗索瓦性格率直，喜欢安静，善待身旁的人，或者说，对迄今为止出现在身旁的所有人，都能和蔼相处。在这个和睦的家庭里，成员之间偶尔也会出现意见分歧，虽然弗朗索瓦是四兄弟当中年龄最小的，然而，他却总能劝诫别人。如果弗朗索瓦生活在祖国故乡，在天性的感召下[①]，他将扮演什么角色？……毫无疑问，他可能选择从医，或者学习法律，甚至担任神职，就好像弗里茨与杰克喜欢体力活动，欧内斯特酷爱开动脑筋，弗朗索瓦内心深处蕴藏的是献身精神。因此，他虔诚地向上帝祈祷，而且是替父母亲、兄弟们，以及珍妮共同祈祷。

事发突然，最好抓紧时间。现在，谁也顾不上质疑那条船是否存在，很可能，那条船没有从新瑞士前面的海面驶过，而是停泊在了沿海的某个小海湾。也许，船上回应的炮声表明，那条船上的人已经开始探索这片土地？……也许，那条船即将绕过东边海岸尽头的海角，尝试着驶入救命湾？……

以上都是弗里茨的猜想，他言之凿凿地说道：

"我们唯一能够做的，就是赶在这条船到来之前，沿着东边的海滨探索一番，无疑，那边的海滨应该呈南北走向……"

"谁知道呢，也许，我们这么做已经来不及了……"杰克说道。

"我不这么认为，"欧内斯特回答道，"甭管这条船的船长是什么人，他不大可能贸然行事……"

"说了这么多……全都是废话！……"杰克叫道，"我们走……"

"总得给我们一点儿时间，把渔船准备妥当……"泽玛特先生提醒道。

"准备渔船需要花费太多时间，"弗里茨说道，"划小艇去就足够了……"

"那也行！"泽玛特先生表示同意。

紧接着，他补充道：

[①] 此处的"感召"，特指基督教教义中的"特殊召唤"，暗喻弗朗索瓦可能担任神职。

"问题的关键在于，你们千万要小心谨慎……我觉得，在东边的海滨一带，不大可能出现马来亚，或者澳大利亚土著……但是，印度洋里经常会有海盗出没，因此，最需要提防的就是他们……"

"对呀……"泽玛特夫人接着说道，"最好还是让这条船远远地离开，假如……"

"还是让我去跑一趟吧，"泽玛特先生说道，"在与这些外来人打交道之前，首先我们得弄清楚，对方是什么人。"

这个想法比较明智，剩下的就是如何具体落实了。然而，真是太不走运，从早晨起，天气就开始发生变化。起先还风平浪静，很快就刮起了西风，而且风势越来越强劲。这样的天气，别说划着小艇穿过海湾了，就连划到鲨鱼岛都不可能。此时，云朵从西方席卷而来，很快，天空中乌云密布——乌云预示着暴风雨即将来临，水手们一向最惧怕这种天气。

然而，如果不划小艇，改用渔船，至少得花费一两个小时才能做好准备，更何况，救命湾航道外的海面肯定波涛汹涌，渔船能否抵御得了？……

泽玛特先生非常沮丧，他不得不放弃出海的打算。正午之前，一场猛烈的暴风雨让救命湾里海涛激荡，水面已经无法行船。如果说，在这个季节，变幻的恶劣天气不会持久，但是，哪怕这场暴风仅仅持续二十四个小时，它也将妨碍任何方案的实施，因为，等风停了再去寻找那条船，是不是已经太迟了？……此外，如果那条船停泊的地方不足以抵御暴风侵袭，毫无疑问，它只能离开那里，在这阵西风的推动下，很快就能远离新瑞士，消失得无影无踪。

另一方面，欧内斯特说的有道理：也许，这条船可能绕过东边的海岬，跑到救命湾里来避风？……

"实际上，这很可能，"泽玛特夫人说道，"而且，只要他们不是海盗，我们甚至希望他们过来……"

"这样的话，爸爸，我们就得加倍小心，"弗朗索瓦说道，"我们不仅需要在整个白天保持警觉……夜里也不能放松……"

"不仅如此，如果我们能够前往展望山，或者，哪怕仅仅去往鹰巢，"杰克补充说道，"我们都能更清楚地观察海面上的情况！"

这个想法不错，但不可能实现。下午时分，天气变得更加恶劣。风势变本加厉。下雨了，而且是倾盆大雨，豺狼溪的水位猛涨，家庭桥几乎被大水冲垮。泽玛特先生和儿子们时刻保持警惕，努力设法阻止洪水侵入山洞之家。贝茜和珍妮甚至都无法走出房门。这一天的情形无比凄惨，谁也不知道，那条船是否已经远遁，也不知道，它会不会回到这片海域……

夜幕降临，狂风暴雨更加猛烈，在泽玛特先生的叮嘱下，孩子们终于休息了一会儿，弗里茨、欧内斯特、杰克，以及弗朗索瓦轮流值守，一直挨到天明。他们始终没有离开走廊，待在那里紧盯海面，一直望向鲨鱼岛。如果有船只灯光出现在海湾入口，他们一定能够发现；尽管翻腾的海浪拍打在小港湾的岩石上，发出骇人的喧嚣，但是，如果传来炮声，他们也一定能够听见。每当飓风的风势略显减弱，他们四个总有人裹着涂满蜂蜡的斗篷，一直走到豺狼溪的入海口，确保系泊在那里的渔船与平底小艇安然无恙。

这场暴风雨持续了四十八个小时，在这段时间里，泽玛特先生和儿子们曾经勉强走到通往鹰巢的半途，从那里眺望更广阔的海平线。只见海上浪花翻卷，白茫茫一片，景色凄凉。事实上，在这样的狂风

泽玛特先生和儿子们……眺望更广阔的海平线。

暴雨中，没有一条船胆敢冒险靠近岸边。

泽玛特夫妇早已不再抱有期望。欧内斯特、杰克，以及弗朗索瓦从小在这儿长大，习惯了这里的生活，对错失此次机会并不觉得有多可惜。不过，弗里茨却为弟弟们，或者，不如说是为珍妮深感遗憾。

说实话，倘若那条船开走了，假如它不再返回这片海域，蒙特罗斯上校的女儿将会感到多么失望！……与父亲重新团聚的机会就这样错失了……像这样重返欧洲的机会，她已经等待了很久，错过这一次，还将再等待多久？……

"期望！……期望！……"弗里茨不停念叨着，"珍妮正在遭受内心的煎熬。希望这条船……或者另外一条船能够返回，因为，从现在起，已经有人知道了新瑞士的存在！"

在十月十一日至十二日的那个夜晚，风向开始转向北方，恶劣的天气终于过去。在救命湾里，海面迅速恢复平静，从清晨开始，海浪已经不再翻卷拍打山洞之家的沙滩。

全家人走出围墙，不约而同把目光投向广阔的海面。

"我们去鲨鱼岛，"很快，弗里茨建议道，"现在划平底小艇出海没有危险……"

"你们去那里做什么呢？……"泽玛特夫人问道。

"也许，那条船还在海滨停泊，躲避风浪……而且，甚至，如果迫于风浪，那条船不得不驶往外海，也许，现在它已经返回？……我们去放上几炮，也许能得到回答……"

"对……弗里茨……对！"珍妮回答道，她恨不得亲自前往鲨鱼岛。

"弗里茨说得对，"泽玛特先生说道，"不能放过任何可能性……如果那条船还在那儿，听到我们的炮声，它一定会回答！……"

几分钟之后，平底小艇准备妥当。不过，就在弗里茨准备跨进小艇的时候，泽玛特先生却建议，让他留在山洞之家，守在妈妈、兄弟们，以及珍妮身边。泽玛特先生让杰克和自己一起去鲨鱼岛，并且让他带上一面旗帜，如果有好消息，或者，遇到危险情况，泽玛特先生将挥舞旗帜示意。假如遇到危险，他将连续挥动三次旗帜，然后把旗帜扔进海里。看到这个信号，弗里茨应该带领全家前往鹰巢。与此同时，泽玛特先生和杰克也将尽快赶往那边与全家会合。而且，如果有必要，全家还可以躲避到瓦尔德格农场，或者扎克托普农场，甚至，躲藏到埃伯福特乡间小屋。如果情况相反，泽玛特先生将挥舞两次旗帜，然后把它插到炮台旁。这表明，一切安然无恙，如此，弗里茨只需等待他俩返回山洞之家。

不用说，站在豺狼溪的入海口，用一副望远镜，就能明确无误地看清楚这些信号。

杰克把平底小艇牵到岩石旁，父亲与他登上小艇，在小港湾外面几链①远的地方，海浪已经平息，海波汩汩，他俩划动短桨，小艇疾速向鲨鱼岛驶去。

泽玛特先生把小艇靠拢鲨鱼岛的岸边时，心情十分激动，他和杰克快步爬上小山岗！

走到平台前，他俩停住脚步，站在那里，用目光巡视着宽阔的海平线，从东边的海岬，一直巡视到失望角。

海面上依旧波涛汹涌，凄凉冷漠，看不到一片船帆。

就在他俩转身准备钻进窝棚的时候，泽玛特先生最后一次询问杰克道：

---

① 链是计量海洋上距离的长度单位，1链等于1/10海里，合185.2米。

"你和哥哥，你俩确信听到……"

"绝对确信……"杰克回答道，"我们听到的确实是炮声，来自东边……"

"但愿如此！"泽玛特先生说道。

既然弗里茨已经给两门卡罗纳德炮重新装填过火药，现在就可以直接点火。

"杰克，"泽玛特先生说道，"你去燃放两炮，中间间隔两分钟；同时，给第一门炮填充火药，然后，点燃第三声炮……"

"没问题，爸爸，"杰克回答道，"那么，你呢？……"

"我嘛，我去站到平台拐角朝东边的地方，这样，如果从那个方向传来炮声，站在那儿能听得更清楚。"

此外，现在风向已经转为北风，尽管风势变弱，但对于传送炮声仍然比较有利，无论从东边，还是西边传来的炮声，只要距离不超过一里半，都能很容易听到。

泽玛特先生出去站到平台的一侧。

然后，杰克按照约定的间隔时间，连续点燃了三声炮响。紧接着，他跑出窝棚，站到父亲的身边，两个人伫立在那儿，一动不动，竖起耳朵，倾听东边的动静。

第一声炮响十分清晰，一直传到鲨鱼岛。

"爸爸……"杰克叫道，"那条船还在！……"

"再听听！"泽玛特先生回答道。

随着第一声，连续又传来六声炮响，间隔十分规律。这炮声表明，那条船不仅做出了回答，而且，它似乎还想说：事情不应该停留在这一步。

两个人伫立在那儿，一动不动，竖起耳朵，倾听东边的动静。

此时，泽玛特先生挥舞了旗帜，然后把它插在炮台旁。即使刚才的炮声没有传到山洞之家，至少应该让家人知道：没有危险，可以放心。

随后，过了半个小时，当平底小艇驶入小港湾，杰克放声喊道：

"七声！……他们燃放了七声炮响……"

"那就应该向上帝感恩七次！"弗朗索瓦说道。

所有人激动得欢呼雀跃，珍妮紧紧握住弗里茨的手，然后投向泽玛特夫人的怀抱，后者热泪盈眶，禁不住连连亲吻珍妮。

现在，这条船的存在已经确切无疑，因为它刚刚回复了鲨鱼岛的炮声。出于某种未知的缘由，这条船应该停泊在东边海滨的某一个海湾里……也许，在暴风雨肆虐期间，这条船根本未曾被迫离去？……此时，在与这片陌生土地上的居民建立直接联系前，这条船不可能离开……那么，是否应该在这条船进入救命湾之前，就采取行动？……

"别等了！……出发……出发……"杰克连声说道，"现在就出发！……"

不过，一向小心谨慎的欧内斯特说出了自己的几点顾虑，而且，他的想法得到泽玛特先生的赞同。这条船究竟属于哪个国家？如何才能弄清楚？……有没有可能，这条船已经遭到海盗劫持，要知道，那个年代，在印度洋的这片海域，海盗的数量相当可观！……谁知道，这条船是否已经落入海盗之手？……如果是这样，泽玛特先生和全家人将面临怎样的危险？……

这些问题必须予以认真对待。

"既然这样，"弗里茨断言道，"必须尽快弄个一清二楚……"

"是的……必须弄清楚！……"珍妮焦虑的心情溢于言表。

"让我划平底小艇过去一趟,"弗里茨接着说道,"正好现在风平浪静,我能很容易地划着小艇绕过东边海岬。"

"那好吧,"泽玛特先生回答道,"毕竟,我们不能总是犹豫不决……甭管怎么说,在接近这条船之前,有必要弄清楚……弗里茨,我和你一起划小艇过去……"

杰克挤了过来。

"爸爸,"他说道,"挥桨划船,这个我最在行——如果只是划到东边的海岬,两个小时就够了,然而,从海岬再过去,要想划到那条船停泊的地方,可能还要划很远的距离!……还是让我和弗里茨结伴去吧……"

"这样应该更合适。"弗里茨接着说道。

泽玛特先生还在犹豫。他觉得,这次出行必须非常谨慎,因此,恐怕非他亲自出马不可。

"说得对!……就让弗里茨和杰克俩人去吧……"泽玛特夫人插话道,"这件事儿,我们完全可以托付给他俩。"

泽玛特先生退让了,他对两兄弟千叮咛万嘱咐:绕过海岬之后,应该紧贴着海岸划行,从那片海滨的岩石中间钻过去,在看到对方之前,不要暴露自己,只要弄清楚那条船的情况即可,千万不要登船,必须立即返回山洞之家,由泽玛特先生亲自决定下一步怎么办。如果弗里茨和杰克能够不让对方发现,那就再好不过了。

另外,也许——正如欧内斯特提醒的——最好让对方以为弗里茨和杰克俩人都是土著。就像当初弗里茨把珍妮带回珍珠湾那样,为什么不能再用一次同样的方法:穿上土著模样的衣服,把脸庞、胳膊,以及双手都涂黑? 在印度洋的这片土地上,遇到黝黑的土著,应该可以让那条船上的人不感到意外……

欧内斯特的主意很不错。于是，两兄弟把自己打扮成尼科巴群岛的土著[①]，然后，用炭灰把脸庞和胳膊涂黑。做完这一切，他俩跳上平底小艇，半个小时之后，小艇驶出海湾通道。

不用说，泽玛特夫妇、珍妮、欧内斯特，还有弗朗索瓦一直用目光紧盯追随小艇，看着它驶出海湾通道，直到望不见了，大家才返回山洞之家。

驶到鲨鱼岛附近，弗里茨操纵平底小艇靠近对面的海滨。此时，如果那条船放出一条小艇，绕过海岬的顶端，平底小艇就能躲避到沿岸礁石的后面，仔细观察对方。

从鲨鱼岛到那座海岬，这段路程超过两里，他俩花了不到两个小时。海风从北边吹过来，弗里茨没有打开小艇的小船帆。此时，海水正在退潮，刚好方便驾驭轻盈的小艇。

自从泽玛特一家在救命湾死里逃生以来，他们从未翻越过这座海岬，这是第一次。失望角位于这座海岬的西北方，距离大约四里，然而，那边的景色与这里竟然如此不同！这地方位于新瑞士的东部，放眼望去一片荒凉！海岸边俯卧着一座座沙丘，矗立着一块块黝黑的岩石，海滨礁石密布，一直延伸出去足有好几百托阿斯[②]，直抵海岬的另一侧，海面扑来的波涛不停地猛烈拍击礁石，即使在晴朗的天气也从不停歇。

平底小艇绕过海岬的最后一簇岩石，东部海岸在弗里茨和杰克的

---

① 尼科巴群岛位于印度洋东北部的安达曼海，岛上的土著居民是热带黄种人，身材偏矮，肤色暗黄。
② 托阿斯是法国的旧制长度单位，1托阿斯等于1.949米。

眼前一览无余，这条海岸线基本呈南北走向，构成了新瑞士的东侧边缘。也就是说，如果新瑞士不是一座岛屿，那么，这片土地也只能从南边与某处大陆相连。

平底小艇贴着海岸前行，利用岩石做掩护，让人很难轻易发现。

向前划行一里，出现了一座狭窄的海湾，里面停泊着一条船，是一条三桅帆船，顶桅帆打开，正在那里锚泊维修，靠近停船的海岸上，支着好几座帐篷。

小艇接近到距离那条船六链远的地方。当他们被对方发现的时候，无论弗里茨，还是杰克，俩人都觉得，船上的人向自己做出了友好的表示。他俩都听见对方喊了几句话，那是英语。显然，对方把他们看作了本地土著。

至于弗里茨和杰克，他俩确信已经弄清楚了这条船的国籍。因为，在它的后桅杆斜桁上，飘扬着一面英国旗帜。这是一艘拥有十门火炮的英国轻巡洋舰。

也就是说，如果与这艘巡洋舰的舰长沟通一下，应该没有什么不妥。

杰克本想上前搭话，但是，弗里茨不同意。因为他已经承诺，一旦弄清楚了这条船的国籍，以及它的状况，就立刻返回山洞之家。弗里茨更愿意恪守承诺。于是，平底小艇掉头向北驶去，划行了两个半小时之后，重新驶入救命湾的通道。

小艇接近到距离那条船六链远的地方。

第三章

英国轻巡洋舰独角兽号 —— 听见炮声 —— 驶来一条船 —— 泽玛特一家 —— 沃尔顿一家 —— 分手 —— 各种交换 —— 再见 —— 轻巡洋舰起航

独角兽号是一艘配备十门火炮的小型巡洋舰,悬挂英国旗帜,它目前处于从悉尼①(澳大利亚)驶往好望角②的航行途中。这艘军舰的舰长是利特尔斯通海军上尉,他的部下共有六十来号人。本来,按照惯例,军舰是不允许搭载乘客的,不过,独角兽号却被授权搭乘了一家英国人,这家的家长是沃斯顿先生,一位机械制造师,身体不好,不得不返回欧洲。家庭成员包括他的夫人玛丽·沃斯顿,以及他们的两位女儿,安娜和朵尔,她俩的芳龄分别是十七岁和十四岁。此外,这家还有一个儿子,名叫詹姆斯·沃斯顿,不过,此刻他与妻子,还有他们的孩子居住在开普敦③。

① 悉尼位于澳大利亚的东南沿岸,是澳大利亚面积最大、人口最多的城市。
② 好望角是非洲西南端非常著名的岬角,在苏伊士运河通航前,这里是来往亚欧之间船舶的必经之地。
③ 开普敦是非洲南部最大的城市,位于开普半岛的北端,而开普半岛的角点就是好望角。

独角兽号于一八一六年七月启程离开悉尼港,先是沿着澳大利亚的南部海岸行驶,然后,把航向对准印度洋的东北部。

在本次航行中,遵照海军部①的命令,利特尔斯通海军上尉指挥独角兽号,在相关纬度的海域巡航,在澳大利亚西部海岸,或者在临近岛屿,寻找可能生还的多克斯号的幸存者,那条船在三十个月之前遇难,从此杳无音信。对于该船的具体遇难地点,人们一无所知,唯一确定的就是,这场海难确实曾经发生,因为这条船的二副,以及船上的两名水手在海上获救,并且被带回了悉尼。当时,他们乘坐一条大型救生艇,是艇上众多海难者中仅存的生还者。至于多克斯号的格伦菲尔德船长、其他水手,以及乘客,——包括蒙特罗斯上校的女儿,——根据事后二副描述的船只遇难情形,找到他们的希望已经十分渺茫。不过,大不列颠政府仍然坚持在印度洋的东部,以及帝汶海②附近继续开展搜救行动。在这些海域,分布着众多岛屿,而且很少有商船经过那里。因此,在多克斯号可能遇难的海域,寻访散布在那儿附近的岛屿,就成为独角兽号的任务。

根据上述命令,独角兽号绕过澳大利亚西南端的卢温角③之后,随即掉头向北方行驶。在巽他海峡④的几座岛屿停留,一无所获之后,它重新踏上前往开普敦的航程。然而此时,独角兽号遇到了猛烈的暴风雨,并且在狂风暴雨中挣扎了一周之久,舰体遭到严重损害,不得

---

① 18世纪时,英国政府成立海军部,负责指挥英国皇家海军和皇家海军陆战队。
② 帝汶海是印度洋的分支海域。位于帝汶岛东南、澳大利亚西北。西连印度洋,东接阿拉弗拉海。
③ 卢温角位于西澳大利亚的西南最顶端,与南非的好望角、南美洲的合恩角并称世界三大角,是南太平洋与印度洋的交汇处。
④ 巽他海峡是印度尼西亚爪哇岛与苏门答腊岛之间的海峡,连接爪哇海与印度洋,是太平洋通往印度洋的重要战略通道之一。

不寻找一处抛锚地点，以便进行维修。

十月八日，瞭望水兵报告，在南方发现陆地——看上去像是一座岛屿——但是，即使在最新的海图上，也没有标出它的位置。利特尔斯通海军上尉随即下令驶往这片陆地，并且在岛屿东侧的海湾找到避难所，那是一处良好的锚泊地，可以躲避狂风的侵袭。

全体舰员立即投入工作。他们在沙滩的山崖脚下，支起几座帐篷，建立宿营地，同时，采取一系列谨慎的防范措施，因为，这片海滨很可能有土著居住，或者有土著出没。众所周知，印度洋的土著恶名昭著，劣迹斑斑。

独角兽号在这儿停泊了两天，一直到十月十日的那天早晨，舰长和水兵们听到两声炮响，炮声从西边传来，引起大家的注意。

必须对这两声炮响给予答复，于是，独角兽号的左舷炮台连续开了三炮。

随后，利特尔斯通海军上尉耐心等待。因为，他的军舰还在维修，无法起锚驶出海湾。还需要几天时间，独角兽号才能出海航行，绕过西北边的海岬。无论如何，舰长确信，独角兽号发出的炮声已经被对方听见，因为当时，海风是从海面吹过来，他认为，很可能，用不了多久，就能看到另一艘船驶入海湾。

于是，瞭望水兵坚守在桅杆顶上，然而，直到日落，海上并未出现任何船帆。向北方望去，海面空无一物——与此同时，弯曲的海岸线连接着海滨向远方伸展，那里同样荒凉寂寞。至于是否向内陆派遣一支小分队，以便侦察虚实，利特尔斯通海军上尉出于谨慎，拒绝了这项提议，因为，他不希望部下冒险。另一方面，眼下的形势并非十分紧迫，一旦独角兽号有能力重新起航，它将围绕这座岛屿航行。

上尉已经对这座岛屿进行了精确定位——即：纬度为19度30分，经度则是大西洋加纳利群岛的耶罗岛子午线①以东114度5分。毫无疑问，这儿是一座岛屿，因为，在印度洋的这片区域，不存在任何大陆。

又过了三天，情况照旧。在此期间，发生过一场暴风雨，把周围搅得天昏地暗，不过，依靠海岸的庇护，独角兽号安然无恙。

十月十三日，再次传来几声炮响，与第一次的炮声来自同一方向。

这一次，每声炮响的间隔时间为两分钟，对此，独角兽号回应了七声炮响，每次间隔的时间与对方一样。由于听上去，这次的炮声并不比上次的炮声更近，独角兽号舰长判断，对方船只应该没有移动位置。

这一天，将近下午四点钟，利特尔斯通海军上尉在艉楼上散步，手里端着望远镜，举到眼前，突然发现一条小艇，上面坐着两个人。小艇绕过海岬，在海滨的岩石中间穿行。这俩人皮肤黝黑，看上去应该属于马来亚，或者澳大利亚的土著。他们的出现表明，这片海滨有人居住。于是，舰长下令采取措施，谨防遭到攻击，因为，在印度洋的这些海域，土著袭击的事情司空见惯。

小艇逐渐靠近——看上去这是一条平底小艇。舰长下令允许小艇驶过来，然而，就在小艇距离独角兽号仅有三链远的时候，两个土著喊出了一种让人完全听不懂的语言。

利特尔斯通海军上尉和属下军官们挥舞手里的绢帕，高举双手，表示自己并未持有武器，但是，小艇并未露出愿意靠近的意思，片刻之后，小艇迅速离开，消失在海岬后面。

---

① 19世纪以前，许多国家采用通过大西洋加那利群岛耶罗岛的子午线为本初子午线，即零度线。1884年，国际经度会议决定，以通过英国格林尼治天文埃里中星仪的经线为本初子午线，作为全球经度的起算经线。

夜幕降临后，利特尔斯通海军上尉与自己的军官们商量，是否需要派遣一条大型救生船，前往北边海滨一带侦察。实际上，眼下的局面确实需要弄清楚，今天早晨听见的炮声，绝对不可能是土著燃放的。毋庸置疑，在这座岛屿的西侧有一条船，也许，这条船陷入困境，而且，它需要救援。

因此，舰长决定，第二天早晨九点钟，把救生艇放到水面，在一切布置就绪后，立即对那个方向进行侦察。

第二天一早，海岬那头儿出现了一条船，这不是那条平底小艇，也不是土著们惯常使用的独木舟，而是一条轻便小船，或者说是平底渔船，船身结构足够现代化，排水量达十五吨左右。当它驶近独角兽号的时候，船上升起一面红白颜色的旗帜。看着这艘船放下一条小艇，小艇尾部升起一面表示友好的白色小旗，朝着巡洋舰驶过来，包括舰长、军官，以及水兵在内，巡洋舰上的所有人惊讶不已，目瞪口呆！

两个男人登上独角兽号的甲板，做了自我介绍。他们是瑞士人，一位名叫让·泽玛特，另一位是他的长子弗里茨。他们都是地主号的海难幸存者，这条船早已沉没，迄今为止毫无音信。

英国人给予父子俩极其热情友好的接待。随后，父子俩邀请利特尔斯通海军上尉过去，登上那条平底渔船，上尉迫不及待地接受了邀请。

在平底渔船上，泽玛特先生向独角兽号舰长介绍了自己勇敢的妻子，以及另外三个儿子，看到他自豪的神色，在场者无不动容。看着他们果敢的神情、充满智慧的面容，以及健康的体魄，面对这了不起的一家人，所有人赞叹不已，倍感欣慰。随后，珍妮也被介绍给利特尔斯通海军上尉。

上尉禁不住问道："泽玛特先生，你们在这里生活了十二年，这个地方究竟叫什么名字呀？"

"我们给它起了一个名字，叫'新瑞士'，"泽玛特先生回答道，"我希望，它能一直保留这个名字……"

"请问舰长，这里是一座岛屿吗？……"弗里茨问道。

"是……是印度洋上的一座岛屿，但是海图上并未标出。"

"我们一直不知道这是一座岛屿，"欧内斯特强调道，"因为，由于害怕遇到坏人，我们始终不曾巡视过周围。"

"你们做得很对，因为，我们曾经在这儿见到过土著……"利特尔斯通海军上尉回答道。

"土著？……"弗里茨反诘道，毫不掩饰自己的惊讶。

"毫无疑问，"舰长肯定道，"昨天……他俩乘坐一条独木舟……或者是一条平底小艇……"

"那两个土著，不是别人，就是哥哥和我，"杰克笑着回答道，"我们把脸和胳膊都涂黑了，装扮成土著的模样……"

"你们为什么要乔装打扮呢？……"

"因为，舰长，我们并不知道正在和什么人打交道，您的军舰很可能是一艘海盗船！"

"噢！"利特尔斯通海军上尉说道，"乔治三世陛下[①]的一艘军舰！……"

"我们并无恶意，"弗里茨回答道，"只不过，我们希望安然无恙地返回山洞之家驻地，也希望全家平安无事。"

"我补充说一句，"泽玛特先生接着说道，"昨天，弗里茨和杰克发现你们的巡洋舰正在维修，这让我们确信，还能在这座海湾里找到你

---

① 乔治三世（1738—1820），英国国王兼汉诺威国王。

们，于是我们就赶紧过来了……"

现在，珍妮感到无比幸福，因为舰长告诉她，听说过蒙特罗斯上校的名字。甚至，就在独角兽号启程前往印度洋的前夕，各家报纸还刊登过报道，声称上校已经抵达朴次茅斯，随后到达伦敦。然而，自从那一次，有消息说多克斯号沉没了——除了那位二副和三名水手被救往悉尼，其他旅客和船员全部遇难，可以想象得到，获悉自己的女儿在这场灾难中丧生，那位不幸的父亲该多么绝望。现在，如果蒙特罗斯上校知道，珍妮在多克斯号海难中死里逃生，他必将大喜过望，一切悲伤烟消云散。

这时，平底渔船准备返回救命湾，泽玛特夫妇希望能在那边招待利特尔斯通海军上尉。然而，上尉却希望他们别走，一直盘桓到傍晚。最终，泽玛特夫妇同意留下来，在这座海湾过夜。于是，人们在岩石旁支起三顶帐篷，一顶帐篷让四个男孩子留宿，一顶帐篷让泽玛特夫妇居住，第三顶留给珍妮·蒙特罗斯。

于是，泽玛特一家讲述了自己的经历，从流落新瑞士岛开始，直到现状，详尽无遗。不出所料，舰长和军官们提出，希望参观这小片殖民地的各处设施，包括舒适的山洞之家居所，以及鹰巢。

在独角兽号上享用了一顿丰盛的晚餐之后，泽玛特夫妇和他们的四个儿子，以及珍妮向利特尔斯通海军上尉道过晚安，分别钻进海岸边岩石旁的帐篷。

当泽玛特先生独自面对夫人的时候，他把自己的想法说了出来：

"亲爱的贝茜，我们现在有了一个回欧洲的机会，有幸重新见到我们的同胞，还有朋友们……但是，必须考虑到，现在，我们的处境已经完全不同……新瑞士已经被世人知道……用不了多久，其他

39

在独角兽号上享用了一顿丰盛的晚餐……

船只就会来这里停泊……"

"你到底想要说什么呀？……"泽玛特夫人问道。

"我想说，究竟应不应该利用这个机会？……"

"我的朋友，"贝茜回答道，"从昨天起，我就已经在考虑这个问题，而且，考虑的结果是：既然我们在这儿生活得很幸福，为什么要离开这片土地？……光阴荏苒，时光已经把我们与过去的联系彻底切断，既然如此，为什么还要再续前缘？……人这一辈子，长途跋涉寻找幸福，总得歇歇脚，我们是不是已经到了该歇脚的时候？"

"噢！亲爱的夫人，"泽玛特先生禁不住一把搂住贝茜，叫道，"你太理解我了！……是的！……如果抛弃我们的新瑞士，简直就是辜负了上帝的眷顾！……不过，这件事不仅仅与我俩有关……还有孩子们……"

"我们的孩子？……"贝茜回答道，"如果他们想要回到自己的祖国，我能理解……他们还年轻，有属于自己的未来……虽然他们的离去会让我们悲伤，但是，最好还是把选择的自由留给孩子们……"

"你说的对，贝茜，在这个问题上，我与你想的一样……"

"尽管放心，让我们的孩子搭乘独角兽号离去，我的朋友……即使他们走了，最终还会回来……"

"另外，还要替珍妮想一想，"泽玛特先生说道，"别忘了，早在两年前，她的父亲蒙特罗斯上校就已经返回英国……两年来，他为自己的女儿流尽了眼泪……让珍妮回去看望父亲，这是理所当然……"

"她已经成了咱们的闺女，看着她离开，我们心里着实难受……"贝茜回答道，"弗里茨对珍妮感情深厚……而且，珍妮对他也一往情深……但是，我们不能替珍妮做这个主。"

41

泽玛特夫妇花了很长时间谈论这些事情。他俩知道，自己的生活即将发生变化，对这个变化带来的后果，他俩也一清二楚。直到后半夜，很晚了，泽玛特夫妇才终于睡去。

第二天——平底渔船离开这座海湾，绕过东边海岬，一直驶往救命湾。利特尔斯通海军上尉、另外两位军官，以及泽玛特一家共同乘船，一同前往的还有沃斯顿一家。平底渔船直抵豺狼溪的入海口。

与当年珍妮·蒙特罗斯一样，几位英国人第一次参观山洞之家，惊叹之余，难免赞叹不已。在这栋冬季住宅里，泽玛特先生招待了几位来宾，又陪他们参观了鹰巢的空中楼阁、展望山别墅、瓦尔德格和扎克托普的农舍，以及埃伯福特乡间小屋。希望之乡的繁荣景象，令利特尔斯通海军上尉和他的军官们赞不绝口。一个遭遇海难的家庭，流落在一座孤岛，依靠自己的勇气和智慧，全家人齐心协力，经过十一年的努力，终于取得这些成就，能不令人钦佩吗？在山洞之家的大厅里，来宾们享受了一顿丰盛的美餐，大家频频举杯，向新瑞士的移殖民致敬。

这一天，沃斯顿先生和他的妻子，以及他们的两个女儿有机会认识泽玛特夫妇，并且相见恨晚。沃斯顿先生的身体不好，亟需上岸，在陆地上休息几个星期，于是，自然而然地，当天晚上，就在大家分手的时候，他开口说道：

"泽玛特先生，可否允许我坦率地、发自内心地跟您说几句话？"

"当然。"

"你们在这座岛上的生活方式，令我非常羡慕，"沃斯顿先生说道，"在这个美丽的自然环境中，我感觉身体好了不少。如果能在您的希望之乡得到一处生活的角落，我将倍感幸运。当然，甭管怎么说，这需要得到您的同意……"

"请您千万别犹豫，沃斯顿先生！"泽玛特先生迫不及待地回答道，"如果您能来我们这块小小的殖民地落脚，我夫人和我，我们将倍感荣幸，并与你们共享在这儿的幸福生活……另外，我和夫人已经做了决定，我俩打算在新瑞士颐养天年，这里将成为我们的第二祖国，我们的愿望，就是永远不再离开此地……"

在场的所有人不禁齐声高呼："好哇！为了新瑞士！……"

泽玛特夫人把每个人杯子里的土酿葡萄酒，换成在重大庆典日才舍得拿出来的加纳利酒①，大家共同举杯，为了新瑞士，一饮而尽。

"让我们为愿意在这里安家落户的人，也干上一杯！……"欧内斯特和杰克补充叫道。

弗里茨一句话没说，珍妮垂下头，沉默无语。

随后，参观者们换乘独角兽号派来的大型救生艇，就在大家陆续登船的时候，弗里茨找机会单独与母亲相处，他拥抱了母亲，却一句话也不敢说。

看到自己的长子准备离开，母亲痛苦万分。看到母亲这样，弗里茨不禁跪倒在母亲面前，叫道：

"不……妈妈……不！我不走了！……"

珍妮也跑了过来，投入泽玛特夫人的怀抱，不断重复说道：

"对不起……对不起……我让您伤心了……我爱您，就像爱自己的母亲！……但是……那边……我的父亲……我又怎么舍得！"

泽玛特夫人与珍妮相拥而泣。当她俩终于说完了心里话，看上去，

---

① 加纳利酒是一种在酿造过程中，或在酿造完成后添加酒精的葡萄酒。原产于西班牙加纳利群岛，亦称加纳利加强葡萄酒。

43

贝茜已经差不多坦然面对即将分手的事实。

此时，泽玛特先生和弗里茨走了过来，珍妮对泽玛特先生说道："爸爸，"——这是珍妮第一次如此称呼泽玛特先生，"刚才妈妈已经为我祝福了，请您也为我祝福吧！……请允许我……请允许我们动身去欧洲！……您的孩子会回到您的身边，请放心，无论如何，他们都不会与您天各一方！……蒙特罗斯上校是个热心人，他一定会替女儿报答她欠下的恩情！……希望弗里茨在英国能够见到他！请相信我们两人！……您的儿子已经向我保证，一定履行对您的承诺，同样，我也对他保证过，一定不辜负您的期望！……"

最终，根据独角兽号舰长做出的允诺，事情安排如下：沃斯顿一家下船登岸，腾出他们在巡洋舰上的位置。弗里茨、弗朗索瓦和珍妮离岸登舰，随行的还有朵尔，也就是沃斯顿家那位最小的千金。她将前往开普敦与哥哥见面，并在晚些时候，与哥哥、嫂嫂，以及他们的孩子一起返回新瑞士。至于欧内斯特和杰克，他俩一致表示，绝不离开父母亲半步。

至此，利特尔斯通海军上尉的使命已经完成，因为首先，他寻找到了多克斯号旅客的唯一幸存者珍妮·蒙特罗斯，其次，他找到的这座新瑞士岛，可以作为印度洋里一处绝佳的停泊地。不仅如此，作为这座岛屿的第一位占有者和拥有者，泽玛特先生表示，希望将这座岛屿献给大不列颠。利特尔斯通海军上尉承诺，一定将此事处理妥当，并且把英国政府的承诺书送交回来。

因此，可以预计，独角兽号还将返回新瑞士岛，以便完成对它的占领。独角兽号返回的时候，将把弗里茨、弗朗索瓦，以及珍妮·蒙特罗斯送回来，此外，它还将在开普敦接上詹姆斯·沃斯顿、他的妹妹朵尔、他的妻子、以及他们的孩子。说到弗里茨，他已经获得泽玛特夫妇的同意，因此，他将带回来结婚所必需的相关证明文书——蒙特罗斯上校一定很愿意答应这桩婚姻——甚至，大家毫不怀疑，上校本人也将乐意陪同年轻夫妻来到新瑞士。

是的，所有这一切都已安排妥当。不过，在一段时间里，泽玛特一家将不得不分开，为此，他们心里很不是滋味。确实，弗里茨、弗朗索瓦、珍妮，以及珍妮的父亲终将回到新瑞士，也许，随同前来的还有其他移殖民，一旦他们返回，必将迎来幸福美满的生活，而且新瑞士岛定会长治久安，为这片殖民地造就繁荣昌盛的未来！

大家立刻着手准备远行。再过几天，独角兽号就将驶出位于岛屿东部海滨的海湾，这座海湾从此被命名为"独角兽湾"。一旦巡洋舰的帆缆索具安置到位，它就将出海远航，船头直指好望角。

毋庸置疑，珍妮希望带给，或者说给蒙特罗斯上校带去纪念品，这些都是她在烟石岛亲手制作的东西。这些物品无不让她回想起那孤独无助的两年，然而也是勇敢生活的两年！……于是，这些物品统统交由弗里茨保管，对他来说，这些东西无比珍贵。

泽玛特先生交给两个儿子很多颇有商业价值的东西，在英国的市场上，这些东西可以兑换成金钱，包括大量采集来的珍珠，它们无不价值连城；在鹦鹉螺湾小岛附近采集的珊瑚；此外，还有肉豆蔻，以及好几口袋香草荚[①]。把这些东西出售以后，弗里茨可以用换来的钱采购殖民地必需的各种物品——这些物资将委托给第一艘开往新瑞士的商船，未来的移殖民们将携家带口，乘坐这条船抵达这片殖民地。事实

---

① 香草荚又叫香草枝，是非常名贵的香料，广泛应用于制作冰淇淋、可乐、巧克力和咖啡。

上，这批物资的数量将十分可观，需要一条载货量高达数百吨的大船。

另一方面，泽玛特先生还与利特尔斯通海军上尉做了几笔交易，并因此得到好几桶烧酒和葡萄酒，此外，他还交换到若干衣物、纺织品、武器、十几桶火药、子弹、铅弹，以及圆炮弹。因为新瑞士必须满足居民们的需求，特别是对火器的需求。他们需要这些火器，不仅为了狩猎，也是为了防身，因为，如果土著部落占据了岛屿山脉南边某些迄今为止还未被移殖民涉足的地方，海盗或者土著可能对移殖民发起攻击，而且，出现这种局面的可能性很大。

与此同时，独角兽号的舰长还被委托一件事情，就是向地主号遇难旅客的亲属们送还遗物，这些都是泽玛特一家在地主号残骸上收集的，包括贵重物品和首饰，其中有好几千枚皮阿斯特、项链、戒指，以及金银手表。这些欧洲的奢侈品虽然珍贵，但在新瑞士却毫无用处。撇开它们可以用金钱衡量的价值，对于遇难者的亲属来说，这些东西有着特殊的纪念意义……至于泽玛特先生在这些年里每天坚持书写的日记，弗里茨将负责把它在英国出版，以便确立新瑞士岛在地理名录中应有的位置①。

临出发前夕，上述准备工作全部完成。利特尔斯通海军上尉把工作以外的闲暇时间，全部用来与泽玛特一家进行亲密交往。大家都希望，在今后不到一年的时间里，独角兽号首先在开普敦停泊，然后返回英国，在伦敦接受海军部关于这块殖民地的命令后，随即返回新瑞士，以大英帝国的名义，正式接管这块殖民地。当独角兽号返回时，泽玛特一家人也将重新团聚，永不分离。

终于，十月十九日这一天来临。

---

① 这本书后来以《瑞士鲁滨孙漂流记》的名字出版。——原注

此前一天，巡洋舰已经离开了独角兽湾，在距离鲨鱼岛一链远的海面抛锚。

对于泽玛特夫妇，以及欧内斯特和杰克来说，这是悲伤的一天。第二天，弗里茨、弗朗索瓦和珍妮就要与他们分手。对于沃斯顿夫妇来说，这一天也不轻松，因为，他们的女儿朵尔也将动身离去。对于这些内心坚强的人来说，他们必须努力表现得更为坚定，即使如此，难道他们能够忍住伤心的泪水？……

泽玛特先生竭力掩饰自己激动的心情，可是很难做到。至于贝茜和珍妮，她俩相互拥抱——母亲与女儿相互抛洒惜别的泪水。

天刚放亮，救生船载着旅客们驶往鲨鱼岛，泽玛特夫妇、欧内斯特，以及杰克，还有沃斯顿夫妇和他们的大女儿，大家一起陪伴他们。

就在那儿，在这座小岛上，在救命湾的入口处，大家最后一次道别。此时，救生船载着旅客们的行李靠拢巡洋舰。大家相互拥抱，紧紧握手。由于在英国与新瑞士之间尚未通邮，因此，大家将无法互致信函。没办法！所有人只好相互道别，希望早日重逢，而且越快越好，以便早日开始共同生活。

随后，珍妮·蒙特罗斯照顾着朵尔·沃斯顿，与弗里茨、弗朗索瓦一起乘坐独角兽号的大型救生艇，登上巡洋舰。

半个小时后，独角兽号收起铁锚，一阵顺畅的东北风吹来，巡洋舰载着所有乘客，鸣放三声礼炮，向新瑞士的旗帜致意，然后，向大洋深处驶去。

听见独角兽号的三声炮响，作为回应，欧内斯特和杰克也点燃了鲨鱼岛炮台的火炮。

一个小时之后，巡洋舰高耸的船帆消失在失望角最后几簇岩石背后。

第四章

十年之前 —— 泽玛特一家初次在新瑞士落户 —— 泽玛特先生在日记里记录的重要事件 —— 第十年的年终

关于地主号的海难幸存者在新瑞士岛头十年的生活经历,有必要给读者简要介绍如下。

那是在一八〇三年的十月七日,有一家人被抛弃在位于印度洋东部的一片不为人知的陆地上。这一家的家长是个瑞士人,名叫让·泽玛特,他的夫人名叫贝茜。那一年,泽玛特先生三十五岁,贝茜三十三岁。他们有四个孩子,四个都是男孩,按照年龄大小排序,依次是弗里茨,十五岁、欧内斯特,十二岁、杰克,十岁,以及弗朗索瓦,六岁。

泽玛特一家乘坐的那条船名叫地主号,在经历了一个星期的狂风暴雨后,这条船在汪洋大海中偏离了航向。看起来,地主号被吹向南方,离开既定航线,漂流到更南边的海域,远离了它的目的港巴达维亚[①]。后来,地主号撞上了一堆礁石,那堆礁石距离海岸大约两里之遥。

---

① 巴达维亚即今日印度尼西亚的首都雅加达。荷兰于16世纪侵占印度尼西亚后,于1621年把雅加达更名为"巴达维亚",并把这里作为殖民贸易的大本营。

泽玛特先生是个聪明的男人，受过良好教育；贝茜女士不怕危险，勇于奉献。他们的四个孩子秉性各异：弗里茨英勇无畏，心灵手巧；在四个孩子当中，欧内斯特最为持重，善于学习，而且颇有心计；杰克做事鲁莽，淘气调皮；至于弗朗索瓦，他还是个娃娃。总之，这是一个和谐团结的家庭，即使身处困境、厄运临头，依然不屈不挠。另一方面，家庭成员全都具有深厚的宗教感情，诚挚而虔诚地信仰基督，对教会的教义忠贞不贰、从不动摇。

泽玛特先生已经为全家积攒了一点儿财产，但是，他为什么还要离开自己的故乡阿彭策尔州①？这是因为，泽玛特先生有个愿望，就是到荷兰的某处海外领地去安身立命。因为，那个时候，荷兰的海外领地繁荣昌盛，对勤劳能干的男人颇具吸引力。然而，在顺利航行穿越大西洋、抵达印度洋之后，他们乘坐的那条船却遭遇了灭顶之灾。在这次海难中，地主号的全体船员和旅客无一幸免，只有泽玛特和他的夫人，以及孩子们侥幸逃生。当时，那条船卡在了礁石上，船体已经破损、桅杆倒塌、龙骨断裂，在滔天巨浪的冲击下，只需再刮来一阵狂风，船身就将分崩离析。他们不得不及时弃船。

那一天，天黑之前，在孩子们的帮助下，泽玛特先生用绳子和木板，加上六只木桶，成功制作了一只木筏，让全家人坐了上去。此时，海风已经平息，海浪变成缓慢滚动的余波，恰逢涨潮，潮水把木筏涌向岸边。木筏右侧首先出现一条狭长的海岬，然后，木筏停靠在一处小海湾，岸边有一条溪流，溪水注入海湾。

他们把木筏上的物品全部搬上岸，找了一块地方支起帐篷，后来，

---

① 瑞士共有26个州，阿彭策尔是内阿彭策尔州的首府。此处的阿彭策尔州应该是指内阿彭策尔州。

潮水把木筏涌向岸边。

他们把这个地方命名为"泽尔特海姆"①。在以后的日子里,泽玛特先生和孩子们多次前往搁浅在礁石上的地主号残骸,从货仓里找出储存的物品,逐渐充实自己的营地。这些物品包括:各种器皿、家具、被褥、肉罐头、种子、植物秧苗、狩猎武器、葡萄酒桶、烧酒桶、成箱的饼干、奶酪、火腿、衣物、各种纺织品,总之,囊括这条载重四百吨的船上所有物资,要知道,这条船原本就是给新殖民地运送货物的海船。

另外,这里海岸边有许多飞禽走兽,包括成群的刺鼠,这种动物很像兔子,但是脑袋像猪;成群的麝香鼠,这是一种身上带着香料的老鼠;还有水牛、野鸭、红鹳、大鸨、松鸡、野猪,以及羚羊。在小港湾的另一侧,有一处弧形海湾,海水里游弋着鲑鱼、鲟鱼、鲱鱼,以及其他二十来种鱼类;还有各种软体动物,诸如贻贝、牡蛎;甲壳类动物,例如鳌虾、龙虾,以及螃蟹。在营地附近的野地里,生长着木薯、甘薯,甚至还有野生棉花、椰子树、红树、棕榈树,以及其他热带植物。

总之,这片地理位置不明的土地,似乎给海难幸存者一家提供了确保生存下去的环境。

补充一句,后来,泽玛特一家还从地主号残骸里救出几头家畜,并且陆续运至泽尔特海姆——包括图尔克,它是一条英国种看门狗;比尔,这是一条丹麦种母狗;除此之外,还有两头山羊、十头母羊、一头怀胎的母猪、一头驴、一头奶牛,以及各种家禽,包括公鸡、母鸡、火鸡、鹅、鸽子,它们很快就适应了海滨附近的水塘、沼泽和草地。

泽玛特先生和孩子们最后几次前往地主号残骸,彻底搬空了里面

---

① 泽尔特海姆为德语单词音译,其含义为"帐篷家"。

这片土地给海难幸存者一家提供了确保生存下去的环境。

的剩余物资，包括所有珍贵物品和有用的东西。甚至，他们还拆运了好几门卡罗纳德炮，以便用于保卫营地。此外，他们还找到一艘拆散的平底渔船的全部零件，按照零件编号，没费太大力气就把它组装好。这是一条轻便小船，他们把它命名为"伊丽莎白号"，以示对贝茜的尊重。从此，泽玛特先生有了一条方尾、带后甲板的双桅横帆船，估计排水量为十五吨。有了这条船，泽玛特先生可以很方便地绕过附近的海岬，探索东边和西边海域的情况。营地附近有两座海岬：一座海岬伸向北方，形成尖锐的岬角、另一座海岬位于泽尔特海姆的对面，一直延伸向远方。

营地位于一条溪流的入海口，周围岩石高耸，形成天然屏障，易守难攻，至少，足以防备猛兽的袭击。但是，有一个问题需要弄明白：泽玛特先生和家人到底是流落到了一座岛屿，还是深入印度洋的一片陆地的一隅？……关于这个问题，他们知道的仅有一点信息，还是在海难发生前，地主号的船长告诉泽玛特先生的：

这条船当时已经距离巴达维亚不远，也就在那时，暴风雨降临，而且持续了六天之久。狂风把地主号向东南方吹去，就此偏离航线。在偏离航线之前，船长曾经测定的海船位置为：南纬13度40分，以及加纳利群岛的耶罗岛子午线以东114度5分。由于当时狂风持续不断从北方吹来，因此，他们逃生路线的经度应该变化不大。如果把经度确定为114度左右，按照泽玛特先生的推断，以六分仪的方式计算纬度，地主号应该是向南移动了大约6度。也就是说，泽尔特海姆所处的海岸应该位于南纬19度至20度之间[①]。

换句话说，如果用整数表示，这块陆地应该位于澳大利亚，或者

---

① 误差大约为100千米。——原注

说新荷兰[①]以西三百海里[②]。因此，尽管泽玛特先生有了那条平底渔船，而且他很想返回故乡，但是，他从来不敢下决心让全家人坐上这条脆弱的小船，到茫茫大海上去挑战飓风和龙卷风，要知道，在这片海域，狂风暴雨可是家常便饭。

在当时的处境下，这些海难幸存者只能祈求上帝的庇佑。在那个时代，在印度洋的这片海域，很少见到驶往荷兰殖民地的帆船。这片海域位于澳大利亚以西，那个时候，还没有人了解这里，由于不易找到停泊地点，所以，无论从地理学角度，还是从商业贸易的角度考虑，这片海域都无人愿意涉足。

在这里落脚的初期，泽玛特一家居住在泽尔特海姆的帐篷里。帐篷坐落在一条溪流的右岸，后来，这条溪流被命名为"豺狼溪"，那是为了纪念这些食肉动物发起的一次袭击。不过，由于这里山岩耸立，尽管有海风吹拂，气温仍异常炎热，令人无法忍受。为此，泽玛特先生决定，在这座海湾南北走向的岸边，重新选择定居点，那里位于"救命湾"的另一侧——他们给这座海湾起了这样一个含义深远的名字。

有一次，他们经过距离海边不远的一处森林，那里景色极为秀美，在森林的尽头，泽玛特先生在一棵巨大的红树下停住脚步，这是一棵原本生长在山区的红树，它最低的树杈距离地面足有六十来尺[③]高。于是，父亲和儿子们协力，利用从地主号残骸拆卸来的木板，在高处树杈上搭建了一个平台。就这样，他们修建了一座空中楼阁，楼阁上

[①] 澳大利亚曾经被称为"新荷兰"。荷兰人于17世纪初发现澳洲大陆，是最早登陆澳大利亚的欧洲人，并曾将其命名为新荷兰。
[②] 应该约合1650千米。
[③] 这里是指法尺，法尺是法国古长度单位，1法尺等于325毫米，60来尺约合20米。

加盖了结实的屋顶，楼阁里分为好几个房间。这座空中楼阁被命名为"鹰巢"。另外，与很多柳树一样，这棵红树的树干中间是空心的，仅靠树皮支撑吸取养分。一窝蜜蜂占据了中空的树干。泽玛特一家在树干的空心里安装了一架软梯，后来又换成螺旋楼梯，使这里成为鹰巢的出入口。

随着时间的推移，他们对这儿的认识扩展到周边三里远的地方，一直抵达"失望角"的顶端，泽玛特先生曾在那里寻找地主号的幸存旅客或船员，但一无所获，失望之余，那个海角由此得名。

在救命湾的入口，正对着鹰巢的地方，有一座小岛，周长大约半里。它被命名为"鲨鱼岛"，因为有一天，木筏从残骸运送家畜前往泽尔特海姆的途中，看到一条巨大的鲨鱼在小岛边搁浅。

如果说，这座小岛是因一条鲨鱼而得名，那么，几天之后，另外一座小岛却是因一条鲸鱼而得名，那座小岛的周长只有四分之一里，坐落在一座名叫"红鹳湾"的小海湾入口，位于鹰巢的北边。鹰巢距离"帐篷家"大约有一里之遥，由于修建了一座桥，使得两者之间的交通便捷了许多，这座桥被命名为"家庭桥"。后来，泽玛特一家在豺狼溪上又架设了一座吊桥，用它代替家庭桥，作为两地交通的捷径。

在帐篷家居住了几个星期之后，天气晴好的季节尚未结束，鹰巢的修建工程还没有完成，泽玛特先生已经将家畜转移到了空中楼阁下面。依靠红树硕大的树根，修建了一个棚子，棚顶浇上柏油，于是有了一座畜栏。那个时候，他们尚未发现任何猛兽的踪迹。

不过，冬天很快就将到来，必须未雨绸缪，即使不考虑御寒，至少需要预防热带地区常见的狂风，在冬季的九至十个星期里，狂风暴雨持续不断。如果居住在泽尔特海姆，地主号上搬运来的物资也储存

这里成为鹰巢的出入口。

鹰巢距离"帐篷家"大约有一里之遥……

在这儿，很难确保这批幸存的宝贵物资安然无恙，因为，泽尔特海姆营地无法提供足够的保障。暴雨来临之际，豺狼溪的水位将会上涨，溪水变成湍急的洪流，如果水位满溢，泽尔特海姆的物资将面临被冲走的危险。

泽玛特先生为此忧心忡忡，下决心寻找一处可靠的居所。后来，十分幸运，他碰到了一个偶然的机会。在豺狼溪的右岸，泽尔特海姆相对靠后的地方，耸立着一面很厚的岩壁。泽玛特一家用十字镐、铁锤，甚至炸药，凿了一座山洞。弗里茨、欧内斯特，以及杰克奋力挖掘，但是工程进度很慢。直到一天早晨，杰克凿石的工具一下子穿透了岩石，小伙子不禁惊叫道：

"我把山凿穿了！"

事实上，在岩石后面，隐藏着一座巨大的天然洞穴。他们在钻进这座洞穴前，首先点燃一把茅草，扔进洞穴，设法净化里面的空气，然后，又扔进去两枚从地主号找到的信号弹。当他们打着火把进入洞穴后，看到洞顶悬挂的钟乳石，以及钟乳石上覆盖的岩盐结晶，还有洞穴地面铺满的细沙，泽玛特夫妇和儿子们万分惊讶，赞叹不已。

泽玛特一家旋即在这座洞穴里安营扎寨。他们给洞穴里的炉灶安装了排气管，甚至把地主号上拆卸的窗户也安装到洞穴里。在洞穴的左侧，依次安置了工作间、马厩、牛栏；在洞穴的后面，用木板隔出了仓库。

在洞穴的右侧，安置了三个房间：第一个房间属于爸爸和妈妈；第二个房间用作餐厅；第三个房间里住着四个孩子，他们的吊床悬挂在洞穴的穹顶下面。几个星期之后，这个住所安置妥当，美轮美奂。

在以后的日子里，泽玛特一家在草地和树林里陆续修建了其他设

在岩石后面，隐藏着一座巨大的天然洞穴。

施。这座海湾的西侧,从鹰巢一直延伸到失望角,海岸线足有三里长。海滨有一座小湖泊,被命名为"天鹅湖",紧挨这座小湖,他们修建了"瓦尔德格农场",在更靠近内陆的地方,修建了"扎克托普农场";失望角上矗立着一座山丘,他们在山丘上修建了"展望山别墅"。泽玛特先生把这片地区命名为"希望之乡",它的西侧边界有一条山谷间的隘路,它被命名为"横谷隘路"。在横谷的入口,他们修建了一座"埃伯福特乡间小屋"。

这片被称为"希望之乡"的地区物产丰饶。它的南侧和西侧是高耸的岩石山脉,构成天然屏障。山脉从豺狼溪一直延伸到另一座海湾的深处,那座海湾后来被命名为"鹦鹉螺湾"。希望之乡的东侧是海滨,从山洞之家一直延伸到失望角。它的北侧是一片汪洋大海。这片地区的宽度为三里,长度为四里[①],形成一块小小的自给自足的殖民地。在这片殖民地里,泽玛特一家放养牲畜,同时驯养野生动物,包括一头野驴、两头水牛、一只鸵鸟、一只豺狼、一只猴子,还有一只老鹰。他们在这里成功种植了各种植物,包括多种果树,因为地主号上运载了品种齐全的树苗,包括:橘树、桃树、苹果树、杏树、栗树、樱桃树、李树,甚至还有葡萄藤,由于这里阳光充沛,酿出的葡萄酒远比热带棕榈酒[②]好喝。

毋庸置疑,这里的自然环境对海难幸存者们十分有利,不过,这片土地能够繁荣昌盛,主要依靠的还是幸存者们的勤劳智慧和坚强毅力。为了纪念自己的祖国,他们把这里命名为"新瑞士"。

在这里落脚第一年的年末,那条搁浅在礁石上的地主号残骸已经

---

① 约合宽度为13千米,长度为17千米。
② 棕榈酒是用棕榈树的汁液制成的饮料,味道酸甜,风味奇特,亦能醉人。

无影无踪。弗里茨搞了一次爆破,把卡在礁石里的最后一点儿残骸炸碎,碎片被海浪冲到海滩各处。不用说,在爆破之前,残骸里的所有珍贵物品都已被拆走,包括原来准备在杰克逊港①与种植园主,或者大洋洲土著进行贸易的商品,地主号旅客们遗留的首饰、怀表、鼻烟盒、戒指、项链,以及数量可观的皮阿斯特金银币,在印度洋的偏僻土地上,这些东西毫无价值。不过,从地主号残骸上得来的其他东西却大有用处,包括铁栏杆、压仓铅锭、需要调校的推车轮子、磨刀石、十字镐、锯子、鹤嘴镐、铁锹、犁头、成捆的铁丝、钳桌、台虎钳、木工工具、钳工工具、铁匠工具、手摇磨、锯磨,以及各种谷物,包括玉米、燕麦,等等。除此之外,还有各种蔬菜种子,今后,新瑞士将因此获益匪浅!

简言之,在新瑞士度过的第一个雨季,泽玛特一家的生活环境相当不错。他们居住在岩洞里,为布置住所而终日忙碌。母亲提出一系列建议,并且得到采纳。在她的指挥下,大家忙于家务劳动。从地主号残骸里搬来的家具被安放在各个房间,包括椅子、衣柜、半边靠墙的桌子、无靠背长沙发,还有床。既然这里已经没有了帐篷,大家把泽尔特海姆的名字改为"费尔森海姆"——意为"山洞之家"。

很多年过去了,在这片遥远的海域,从来没有出现过一条海船的身影。尽管地主号的幸存者们不放过任何机会,随时准备求援,但徒劳无功。他们在鲨鱼岛上修建了一座炮台,安放了两门小型卡罗纳德炮,在炮台上面升起旗帜。弗里茨和杰克隔三岔五放上几炮,但是,从未听见海面传来回应的炮声。

另一方面,在希望之乡的临近地区,新瑞士似乎无人居住。这片

---

① 杰克逊港是澳大利亚港口中的偏港之一,曾是澳大利亚航线的重要港口。

土地相当广阔，有一天，泽玛特先生和儿子们想要了解南边的情况，一直走到横谷隘路穿越的岩石屏障附近。他们发现一处绿色的山谷，并且把它命名为"格林塔尔山谷"，站在山谷斜面，放眼望去，广阔的地平线一直延伸到一条山脉的脚下，据估算，那条山脉距此足有十里之遥。野蛮人部族很可能在那片地方出没，这一点令人十分担忧。不过，在希望之乡附近，他们从未发现过土著的任何踪迹。唯一的危险是猛兽可能发动的攻击。这些猛兽来自希望之乡以外，包括熊、老虎、狮子、蛇——其中有一条蟒蛇，身躯极为硕大，一头驴子成了它的牺牲品。而且，这条蟒蛇曾经游弋到山洞之家附近。

泽玛特先生拥有丰富的自然历史学、植物学，以及地质学知识，因此，他有本事充分利用本地物产。本地生长一种树，很像野生的无花果树，皲裂的树皮渗出树脂，可以制成橡胶。橡胶有很多用处，包括制作不透水的雨靴；这里有许多浓密低矮的小树丛，生长类似"肉豆蔻"的东西，可供提炼植物蜡，并被制作成蜡烛；至于椰子树的果实，不仅果仁香甜可口，果壳还能加工制成杯盘，而且十分结实，经得起磕碰摔打；用椰子树的顶芽，可以提炼出清爽的饮料，即闻名遐迩的"棕榈酒"；用可可豆，可以制成味道相当苦涩的巧克力；用西谷椰子树根茎的精髓，经过冲洗和揉捏，可以提炼出营养丰富的淀粉，贝茜经常用这种淀粉烹饪食物①。希望之乡有成群的蜜蜂，采集大量蜂蜜，因此，泽玛特一家从来不缺甜食。他们利用"新西兰麻"的披针形叶子提取亚麻纤维，不过，梳理和拉伸这种纤维确实不大容易。他们把生石膏炼熟，把碎屑碾磨成粉，用来刷涂山洞之家的内壁。他们收集

---

① 西谷椰子树属棕榈科植物，主要分布于马来半岛、印尼诸岛和巴布亚新几内亚等地。西谷椰子树富含淀粉，可加工制成"西谷米"，是当地土著居民的重要食粮。

广阔的地平线一直延伸到一条山脉的脚下……

饱满爆裂的蒴果，蒴果里饱含珍贵的纤维，从中提取棉花。他们在另一处岩洞找到一种粉尘，类似漂白土，可以用来制作肥皂。他们找到一种被称为牛心果[1]的植物果实，用于制作苹果肉桂，味道鲜美。他们利用一种名叫"罗文萨拉"树的树皮，添加肉豆蔻制成的香料，以及丁香花苞，制作调味品。他们在附近的岩穴里，发现含有石棉纤维的云母片，用它制成类似"窗玻璃"的物品。他们用海狸鼠和安哥拉兔子的毛皮制成衣服。他们利用大戟属植物[2]提炼用于治病的各种树胶。他们还发现了用于制作陶瓷的陶土，发明了用蜂蜜制作的清凉饮料。他们在鲸鱼岛采集海藻，泽玛特夫人按照开普敦居民的方法，用它制作香甜可口的蜜饯。

除了上述物产之外，新瑞士还有各种动物作为勇敢猎人的狩猎对象。这儿的猛兽不多，尽管如此，仍需时刻提防，包括：貘[3]、狮子、熊、豺、山猫、老虎、鳄鱼、豹、大象，以及猴子，由于猴子性喜劫掠，亟需大量猎杀。有必要指出，在野生的四足动物中，有几种是可以驯养的，包括野驴和水牛。另外还有各种禽类，甚至有一只老鹰，它后来成为弗里茨打猎的帮手。还有一只鸵鸟，杰克最喜欢骑它。

在瓦尔德格的树林里，以及埃伯福特小屋附近，有许多可供狩猎的飞禽走兽；在豺狼溪的水里，可以捞到肥嫩的鳌虾；在沙滩的岩石之间，繁衍着众多软体动物和甲壳类动物；海水里有鲑鱼，以及各式各样的海鱼。

说到对周围环境的勘察，泽玛特一家在这儿住了那么长时间，却

---

[1] 牛心果为番茄枝科植物牛心番荔的果实，可直接吃，或晒干食用。
[2] 大戟属植物遍布世界各地，种类繁多、形态各异，有些种类的茎、叶可入药。
[3] 貘是奇蹄目、貘科的哺乳动物，分布于东南亚和南美洲。体型似猪，有可伸缩的短鼻，善于游泳和潜水，植食性。

从未涉足鹦鹉螺湾和救命湾以外的地方。不过，绕过失望角，他们巡查过另一侧海岸，最远去过大约十里远的地方。除了那条平底渔船，现在，泽玛特先生还拥有一条小艇。这条小艇是他亲自指导制造的，而且，根据弗里茨的提议，这条小艇采用格陵兰小艇的样式，犹如著名的皮艇①，它采用一条在红鹳湾搁浅的鲸鱼的鲸须②做船肋骨，外面蒙上鲨鱼皮做成的船壳。泽玛特先生用苔藓和沥青，对这条便携式小艇做了防水处理，在艇身上面开两个口，两名划桨者分别坐进去；如果只有一名划桨者，那就必须把另一只口密封起来。他们把小艇放进豺狼溪，溪水随即把它冲进救命湾，艇身平稳，非常好用。

十年光阴荏苒，岁月蹉跎。这一年，泽玛特先生四十五岁，尽管历经磨难，身体依然强健，精力仍旧充沛。

作为四个孩子的妈妈，贝茜四十三岁了，依旧坚韧不拔，无论体力，还是信念，丝毫不见衰颓；对丈夫，她恋情依旧；对孩子们，她慈爱体贴。

弗里茨已经二十五岁了，体魄强健、柔韧灵活、机智敏捷，十分出色。他性格开朗、脸庞俊秀、眼光极为敏锐，为人极富个性。

欧内斯特二十二岁了，看上去比实际年龄更成熟。相对于体力活动，他更喜欢开动脑筋，在这方面，他与弗里茨形成鲜明对照。他如饥似渴地阅读从地主号搬回来的图书，积累了丰富的学识。

杰克刚满二十岁，天性好动、生龙活虎，与弗里茨一样富有冒险精神，就连对狩猎的喜好程度，也与弗里茨不相上下。

---

① 皮艇是一种类似独木舟的水上载具，有单座和双座两种，其外型源自传统爱斯基摩人的兽皮艇，乘者用一支长的船桨为艇的左右两边轮番划水。
② 鲸须是蓝鲸、长须鲸、大须鲸等鲸鱼口部的一种由表皮形成的巨大角质梳状薄片，柔韧不易折断。

尽管小弗朗索瓦已经长成十六岁的大男孩，但是母亲依然宠爱他，就好像他只有十岁。

看起来，这一家人生活得相当幸福，难怪泽玛特夫人对丈夫说过好几次：

"啊！我的朋友，如果我们能永远与孩子们生活在一起，如果在孤独的环境里，我们不会先后离他们而去，让他们悲哀伤心，如果不是这样，那么，现在的生活真的十分幸福……是的！我感谢上帝赐予我们这座人间天堂！……但是，可惜！总有一天，我们终将老去……"

这是贝茜最担心的事情，也是她始终无法释怀的一件事儿。泽玛特先生与妻子经常交谈，对这个话题深思熟虑。然而，就在这一年，发生了一桩意外事件，改变了他们的生活状况，甚至可能影响他们未来的生活。

四月九日，大约上午九点钟，泽玛特先生与欧内斯特、杰克，以及弗朗索瓦一起走出住所，他以为大儿子在外面忙碌，但是找了一会儿，却没找到。

弗里茨经常不在眼前，在泽玛特先生看来，这并不奇怪，儿子的母亲也从不担心，尽管每当弗里茨驾船驶入救命湾，总让贝茜牵肠挂肚。

不用说，今天，勇敢的小伙子已经出海了，因为，停船的地方看不到那条小艇。

时间很快到了下午，泽玛特先生、欧内斯特，以及杰克驾驶平底渔船前往鲨鱼岛，他们想去迎一迎弗里茨。为了不让贝茜担心，他们打算，如果弗里茨回来的太晚，有必要去放上一炮。

这么做，其实没有必要。泽玛特先生和两个儿子刚刚登上鲨鱼岛，就看到弗里茨的小艇从失望角那边绕过来。看见弗里茨，他们随即驾驶平底渔船返回山洞之家，抵达小港湾，刚好看到弗里茨跳上沙滩。

弗里茨的这趟出行，前后长达二十来个小时，于是，他向大家讲述了事情的经过。一段时间以来，弗里茨一直琢磨，想要探查北边海滨一带的情况。今天一大早，在他那只老鹰"闪电"的陪伴下，弗里茨独自把小艇放下水，随身携带了食物、一把斧子、一把鱼叉、一把挠钩、渔线、一把长枪、两只手枪、一只皮挎包，以及一只装满蜂蜜水的水壶。乘着退潮的海水，借助陆地吹来的海风，小艇很快就越过了海岬，海岬另一侧海岸偏向西南方延展，弗里茨顺着海岸划行。

在海岬的后面，剧烈的地质运动造就了一大片巨石堆积的海滩，怪石林立，形成一座宽阔的海湾，海湾对面是一座狭长的海角。这座海湾里，麇集了各种各样的海鸟，四处传来喧闹的海鸟叫声。沙滩上，众多海洋哺乳动物趴着晒太阳，鼾声如雷，包括海狼、海豹、海象，以及其他动物。与此同时，海面上漂浮着成千上万只姿态优雅的鹦鹉螺[①]。

弗里茨并不想与那些令人生畏的哺乳动物发生冲突，更不想乘坐脆弱的小艇面对它们的攻击。于是，他从海湾口经过，继续向西划去。

前面出现一座外形奇特的岬头，后来，弗里茨把它命名为"塌鼻子"。绕过塌鼻子，弗里茨钻过一座天然拱桥，激昂的浪花拍打着拱桥根基的岩石。那儿，麇集着成千上万只燕子，在拱桥的岩壁，以及穹顶上，密密麻麻地悬挂着，或者不如说镶贴着燕子窝。这些燕子窝的构造十分奇特，弗里茨不禁摘下许多，塞进口袋里。

"这些燕子窝，"听到这里，泽玛特先生打断弗里茨，说道，"在天

---

① 鹦鹉螺是海洋软体动物，分布于热带印度洋——西太平洋珊瑚礁水域。鹦鹉螺具有卷曲的珍珠似外壳，在暴风雨过后的夜里，鹦鹉螺会成群结队漂浮在海面上，被水手们称为"优雅的漂浮者"。

朝①的市场上，它们的价值极其昂贵。"

钻出拱桥，弗里茨发现了第二座海湾，海湾由两座海岬包裹，两座海岬之间的距离大约为一里半，它们之间，有一座暗礁相连，使海湾出入口变得极为狭窄，如果海船的吨位超过三四百吨，它都驶不进这座海湾。

在海湾的里头，伸展着一望无际的大草原，绿茵茵的草地上溪流纵横、林木茂密、沼泽遍布，景色万千。至于这座海湾，如果在亚洲、美洲和欧洲的拓荒者们眼里，它拥有取之不尽的宝藏，那就是珍珠蚌，弗里茨捡回来一些漂亮的样品。

弗里茨划着小艇，绕着海湾兜了一圈，经过一条长满绿色水草的河流的入海口，一直抵达海湾另一侧海岬，这里与天然拱桥遥遥相对。

弗里茨不打算巡游到更远的地方。时候不早了，他向东划行，准备返回，直奔失望角，并且在泽玛特先生打响鲨鱼岛大炮之前，绕过了失望角。

以上就是小伙子讲述的此次旅行的经过，就是这次旅行，让他发现了"珍珠湾"。随后，当弗里茨与泽玛特先生单独相处的时候，他向父亲讲述了一件事情，让后者不禁大吃一惊：

当时，在海岬上空盘旋着各种海鸟，包括海燕、海鸥，以及军舰鸟，另外，还有好几对信天翁，其中有一只被挠钩打中，掉了下来。然而，就在弗里茨把这只鸟儿放到自己的膝盖上时，发现这只鸟儿的一个爪子被厚帆布包裹着。在这块厚帆布上，可以看到几行字迹清晰的英文：

"此信来自一个不幸的人，不论您是谁，上帝把这封信送给了您。

---

① 天朝是历史上外国人，尤其近代西方人对封建制度下中国的称呼。

发现这只鸟儿的一个爪子被厚帆布包裹着。

请您费心寻找一座小火山岛，它的一个火山口仍在冒烟，您能据此认出它。请救救烟石岛上的孤独女子！"

这就是说，在新瑞士附近海域，也许，多年以来，一直有一位不幸的人，也许是妇女，或者是女孩儿，她生活在一座小岛上，而且，地主号赐予幸存者一家的那些物资，她却一点儿都没有！……

"你是怎么做的？……"泽玛特先生问道。

"唯一能做的，"弗里茨回答道，"就是把这只信天翁弄苏醒，其实，它只是挨了一挠钩，被打晕了。然后，我又往它的嘴里灌了点儿蜂蜜水。随后，我撕下一小块手绢，沾着水獭的血，用英文写了两行字：'请相信上帝！……他的援救可能不远了。'我把这块布条系在那只信天翁的腿上。我毫不怀疑，这只信天翁应该是被驯养，它肯定还会原路飞回烟石岛，同时捎去我的信。这只信天翁从我手中获得自由，立刻朝着日落的方向飞去，飞得很快，转瞬不见了踪影，我没办法跟上它。"

泽玛特先生禁不住心烦意乱……怎样才能援救这位不幸的女子？……这座烟石岛究竟在哪里？……它在新瑞士附近，还是在西边几百里远的地方？……信天翁是强大而不知疲倦的飞行家，能够长距离飞行……这只信天翁是否来自远方，远到平底渔船无法企及的地方？

弗里茨把这个秘密仅仅告诉了父亲一个人，对此，泽玛特先生十分赞同。因为，实在没必要让泽玛特夫人，以及其他孩子平白为这件事操心。让他们操这份心，有什么用呢？除了担惊受怕，于事无补。……另一方面，烟石岛上的这位幸存女士，她是否还活着？……那封信上并没有注明日期……也许，自从她把这封信系到那只信天翁脚上后，时间已经过去了很多年？……

这个秘密被隐藏了起来，而且，不幸的是，要想从小岛上搭救那位英国女子，泽玛特先生和弗里茨完全无能为力。

不过，泽玛特先生还是决定前往见识一下那座珍珠湾，看一看它周围的环境到底怎么样。贝茜表示赞同，不过多少有些担心。实际上，弗里茨、欧内斯特和杰克都将陪同父亲前往，留下泽玛特夫人和弗朗索瓦看守山洞之家。

于是，第二天，四月十一日，平底渔船驶出了豺狼溪的小港湾，借助风势，疾速向北方航行。参加这次旅行的还有好几只驯养的动物，包括猴子"克尼普斯二世"、豺狼"雅克"、母狗比尔，她年事已高，经受不起这趟旅行的辛劳，本应留在家里；另外，还有两条精力充沛的好狗：布朗和法尔布。

弗里茨划着小艇引导平底渔船，绕过失望角之后，小艇穿过一大片礁石，向西驶去。在这片礁石之间，活跃着成群的海象，以及其他生活在这一带海滨的海洋哺乳动物。

不过，特别吸引泽玛特先生注意的，倒不是这些海洋哺乳动物，而是成千上万的鹦鹉螺，此前，弗里茨已经介绍过它们。海湾的水面布满了这些优雅的头足纲动物，它们迎风张开风帆，犹如浮动花朵组成的船队，浩浩荡荡[①]。

离开失望角，平底渔船继续行驶了大约三里之后，弗里茨伸手指向鹦鹉螺湾尽头的那座塌鼻子海岬，它的外形确实很像一个变形的鼻子。从那儿继续向前行驶一里半，耸立着一座天然拱桥，拱桥再过去，

---

① 根据古希腊博物学的记载，有一种身上长有风帆、能借助风力航行的海洋动物，其拉丁语名称是"鹦鹉螺"。但是，这种鹦鹉螺并非动物分类学严格意义上的鹦鹉螺。此处的鹦鹉螺即指这种传说中的动物。凡尔纳在《海底两万里》中也曾提及此种动物。

珍珠湾的景象尽收眼底。

穿过拱桥的时候，欧内斯特和杰克收集了相当数量的金丝燕窝，那些燕子拼命保卫自己的家园，它们的行为合情合理，无可非议。

当平底渔船穿过拱桥与暗礁之间那条狭窄的水道后，宽阔的海湾呈现在面前，一览无余。整座海湾方圆足有七至八里。

海湾水面平滑如镜，船行在平静的水面上，令人心旷神怡，海湾里坐落着三四个小岛，岛上林木葱郁。海湾四周伸展着绿茵茵的草地，茂密的树林，以及一座座山丘，风景如画。在海湾的西岸，一条美丽的河流注入海湾，岸上河床掩映在密林当中。

平底渔船停靠在一处小港湾，紧挨着盛产珍珠蚌的海滩。此时已近日落时分，泽玛特先生指挥大家，在河边支起帐篷，燃起一只火炉，在炭灰中焐熟了几枚鸡蛋，晚餐包括几张干肉饼、几颗土豆，还有几个玉米饼子。吃完饭，为了安全，大家返回平底渔船睡觉，只留下布朗和法尔布看守营地，以防豺狼的袭击。远处，顺着河流的方向，不时传来豺狼的嚎叫。

从十二日到十四日，他们用了三天时间打捞珍珠蚌。在它们闪着珍珠光泽的蚌壳里，每一只珍珠蚌都包含了一粒珍贵的圆珍珠。夜幕降临后，弗里茨和杰克动身前往河流右岸的小树林，在那里狩猎野鸭和鹧鸪。他们必须小心谨慎，甚至需要保持警惕，因为，那座小树林里经常有野猪出没，很可能还有其他野兽伤人。

事实上，就在十四日的夜里，出现了一只雄狮和一只母狮，它俩身型硕壮，张开大嘴咆哮着，愤怒地甩着尾巴，用尾梢击打自己的肋部。弗里茨射出的一粒子弹击穿了那只雄狮的心脏，紧接着，母狮也中弹倒地，不过，临死前，它一爪击碎了可怜老狗比尔的脑壳——

它的主人为此伤心欲绝。

这一事件证明，在希望之乡以外，在新瑞士的部分地区有猛兽出没，包括珍珠湾的南部和西部。虽然，迄今为止，十分幸运，尚未有任何猛兽越过横谷隘路，闯进希望之乡。不过，泽玛特先生还是琢磨着，需要把贯穿岩石屏障的横谷隘路尽可能堵死。

在此之前，作为防范措施，泽玛特先生反复叮嘱，特别告诫弗里茨和杰克两人，不要为了满足自己狩猎的喜好而轻举妄动，四处游荡，要时刻提防遇险。

这一天，他们把散布在沙滩上的珍珠蚌全部采集起来，由于这些软体动物开始散发出难闻的气味，泽玛特先生和孩子们决定，第二天一大早动身。是时候返回山洞之家了，因为，泽玛特夫人一定放心不下。平底渔船起航了，前面引路的是平底小艇。不过，在抵达天然拱桥之后，弗里茨给父亲留了一张字条，然后驾驶小艇离开平底渔船，径直向西划去。泽玛特先生知道，弗里茨一定是去寻找那座烟石岛了，这还用问吗？……

第五章

回到山洞之家 —— 伊丽莎白号驶往珍珠湾 —— 一个野人 —— 一个人形动物 —— 珍妮·蒙特罗斯 —— 多克斯号沉没，流落烟石岛两年 —— 弗里茨的故事

不难想象，泽玛特先生非常担心儿子遇到危险。不过，他既没有阻拦，也没打算追上去。平底渔船继续驶往失望角。

回到山洞之家，泽玛特先生没把弗里茨的去向告诉别的孩子，更没有向自己的夫人吐露半个字。因为，如果说了，只能白白让他们担惊受怕，同时让他们的期望落空。他只好说，弗里茨此去是为了探查西侧海岸的环境。然而，三天过去了，弗里茨始终没有回来。泽玛特先生惶恐不安，决定出发去寻找。

四月二十日，天蒙蒙亮，伊丽莎白号起航了。船上不仅有父亲和母亲，还有他们的三个孩子，而且带足了旅途所需的给养。

他们希望此行一帆风顺。这时，海风从东南方吹来，渔船一路疾行。到了下午，平底渔船已经绕过天然拱桥，驶入珍珠湾。

在珠蚌滩附近，紧靠那条河流的入海口，泽玛特先生停船抛锚，

上次宿营的遗迹仍然清晰可辨。大家正准备下船，突然，欧内斯特惊叫道：

"野人……一个野人！"

确实，海湾西侧，在几座林木葱郁的小岛之间，出现了一条小艇，它似乎正在接近平底渔船。

迄今为止，泽玛特一家一直以为新瑞士无人居住。见此情景，伊丽莎白号立即准备自卫，卡罗纳德炮被装上火药，火枪也随时准备发射。但是，当那条小艇距离只有几链远的时候，杰克叫了起来：

"是弗里茨！"

确实是他，独自一人，划着平底小艇。刚才，距离很远，想不到会在这里碰见伊丽莎白号，因此，他没有认出平底渔船，小心谨慎地靠过来，甚至把自己的脸和手臂都涂成黑色。

现在，他与家人团聚了。弗里茨首先拥抱了母亲，以及几个兄弟，亲昵地把他们的脸蛋也抹黑，然后，把父亲叫到一边：

"我成功了……"他说道。

"怎么……那个烟石岛上的英国女子？……"

"她就在那儿……离这儿不远……在珍珠湾里的一座小岛上，"弗里茨回答道……

泽玛特先生既没告诉妻子，也没告诉孩子们，而是按照弗里茨指点的方向，驾驶伊丽莎白号，朝着海湾西侧，距离海岸不远的一座小岛驶去。靠近小岛，大家看到，在沙滩附近，有一小片棕榈树林，树林当中，有一个霍屯督式[①]的茅草棚。

[①] 霍屯督人是南部非洲的种族集团，体质特征和语言同布须曼人相近，主要分布在纳米比亚、博茨瓦纳和南非。

当那条小艇距离只有几链远的时候，杰克叫了起来……

大家下船，弗里茨拿出手枪，朝天放了一枪。于是，一个藏在树枝间的年轻男子，顺着树干滑下来。

秘密很快真相大白。这个人——地主号幸存者们十年来第一次见到的外人——并不是一位年轻男子，而是一位身穿海员服装、二十岁的年轻女子。她就是珍妮·蒙特罗斯，那位烟石岛的英国姑娘。

泽玛特夫人、欧内斯特、杰克，以及弗朗索瓦终于知道，弗里茨是如何获悉有一位女子流落在一座小火山岛上，而这座小岛距离珍珠湾并不远，至于弗里茨的那封回信，年轻姑娘并未收到，因为那只信天翁再也没有飞回那座小岛。

泽玛特夫人热烈欢迎珍妮·蒙特罗斯，把她抱在怀里，那份儿柔情蜜意简直难以描述！通过弗里茨的介绍，珍妮已经了解地主号海难幸存者们的经历，以及新瑞士的情况，以后，她将讲述自己的故事。

平底渔船很快启程离开珍珠湾，船上载着泽玛特全家，还有新来的年轻英国姑娘。由于交谈双方都能讲流利的英语和德语，因此，交谈起来毫不困难。在返回的旅途中，伊丽莎白号上洋溢着友爱的气氛！……这一家人有父亲、有母亲，还有四兄弟，如今，刚刚又新添了珍妮！……对于泽玛特夫妇来说，他们带回爱巢山洞之家的是一位女儿；对于弗里茨、欧内斯特、杰克和弗朗索瓦来说，他们增添的是一位姐妹！

不用说，伊丽莎白号还带回了英国姑娘的一些器皿，这些都是她在烟石岛独居时亲手制作的东西。对于这位可怜的孤女来说，这些东西饱含着无数的回忆，难道这不是人之常情吗？

除此之外，还有两个活物，它们都是珍妮的忠诚伴侣，难分难舍——一只是经过训练善于捕鱼的鸬鹚，一只是训练有素的豺狗，毫无疑问，它与杰克豢养的那只豺狗能成为好朋友。

启程以后，伊丽莎白号乘着顺畅清新的海风，全速疾驰。天气好极了，平底渔船绕过失望角后，泽玛特先生按捺不住自己的心情，在希望之乡的几处营地先后停船，以便让珍妮一睹它们的真容。

第一次停船的地点，就是展望山别墅，它坐落在一座青翠的山岗上，从那里可以眺望鹰巢。全家人在这里过了一晚，很久以来，珍妮第一次睡得如此香甜。

不过，清晨，弗里茨和弗朗索瓦很早就划小艇出发了，他们想提前赶回山洞之家，做好迎接英国姑娘的准备。他们走了以后，平底渔船再次启程，首先在鲸鱼岛停泊，那里有许多繁衍不息的兔子。泽玛特先生希望年轻姑娘成为这座小岛的主人——这番好意被接受，并报以感谢之情。

从这里开始，伊丽莎白号的乘客可以改走陆路，先后参观瓦尔德格，以及鹰巢的空中楼阁。但是，泽玛特夫妇希望把这个机会留给弗里茨，让他以后领着新伴侣去参观。

于是，平底渔船继续顺着弯曲的海岸航行，一直抵达豺狼溪的入海口。当伊丽莎白号经过救命湾的入口时，鲨鱼岛的炮台上响起三声轰鸣，与此同时，弗里茨和弗朗索瓦升起红白旗帜，向年轻姑娘表达敬意。

作为回礼，平底渔船上的两门小炮也发出轰鸣。随后，泽玛特先生把船停进小港湾，此时，弗里茨和弗朗索瓦刚好从小艇下来。于是，全家人聚齐了，一起沿着沙滩朝山洞之家走去。

珍妮走进凉爽的绿色走廊，参观了各个房间，看到整个居所秩序井然，赞叹之情油然而生！在餐厅里，当她看到由弗里茨和弟弟精心准备的桌子，上面摆满了竹杯、椰壳盘、鸵鸟蛋壳制作的碗，旁边还有从地主号取来的欧洲式样的器皿，珍妮更是惊叹不已。

晚餐的菜肴包括鲜鱼、烤家禽、野猪火腿、各种各样的水果，以及蜂蜜水和加纳利葡萄酒。大家兴高采烈，开怀畅饮。

新人被安置在贵宾的座位上，坐在泽玛特夫妇中间。珍妮禁不住热泪盈眶，这是激动与高兴的泪水。珍妮看到，在餐桌上方悬挂着一个花环，中间嵌着横幅，上面写着：

"欢迎珍妮·蒙特罗斯！……感谢上帝，让她莅临瑞士鲁滨孙之家！"

于是，珍妮讲述了自己的经历：

珍妮是英国驻印度军官威廉·蒙特罗斯少校的独生女，在印度，从少年时代，甚至从幼年起，她就跟随父亲从一个军营转往另一处军营。七岁那年，她没有了母亲，在单身父亲的抚养下长大。由于没有了母亲的抚爱，珍妮从小就学会承受生活的艰辛。她学会了一个女孩子应该学会的一切，接受过强化的体能训练——特别擅长骑术和狩猎，在这方面，她表现出极高天赋，可谓女性中的佼佼者。

一八一二年，蒙特罗斯少校被任命为上校，并受命返回欧洲，他乘坐的是一艘战舰，该战舰的使命是运送英国驻印军的老兵回国。蒙特罗斯上校被任命为一支远征军的团长，而且很可能需要等到退休年龄，才能回家。那时候，他的女儿只有十七岁，根据这种情况，蒙特罗斯上校认为有必要把女儿送回祖国，寄养在伦敦，住在珍妮的姑姑，也就是上校妹妹的家里。珍妮将在姑姑家里等待父亲回国，到那时，一生服役于军队的蒙特罗斯上校，终将摆脱繁忙的军务，颐养天年。

珍妮准备搭乘一条运输船，陪同她的是一位女仆，蒙特罗斯上校把女儿托付给一位朋友格伦菲尔德上尉，他是多克斯号的船长。这条船比蒙特罗斯上校准备乘坐的那艘军舰提前几天出发。

多克斯号的航行从一开始就不顺利：刚驶出孟加拉湾，狂风暴雨扑面而来，而且风势极为强劲；随后，多克斯号遭到一艘法国三桅战舰的追击，不得不驶入巴达维亚港暂避一时。

当那艘敌舰终于离开这片海域后，多克斯号重新升起船帆，直奔好望角驶去。然而，此时已经进入大风季节，航行困难重重。风向一直不顺，而且纠缠不休。在一股东南方吹来的飓风袭扰下，多克斯号偏离了航线。整整一个星期，格伦菲尔德船长始终未能纠正航向。换句话说，这条船究竟被暴风刮到了印度洋的哪一片海域，船长一无所知。直到一天夜里，多克斯号撞上了礁石。

隐约可见远方有一片陆地，船上的人立刻乘上一条救生艇，试图登上那片陆地。珍妮·蒙特罗斯和女仆，以及其他旅客乘坐的是第二条救生艇。此时，多克斯号已经解体，必须尽快弃船。

半个小时后，一阵大浪掀翻了救生艇，与此同时，第一条救生艇已在黑暗中消失得无影无踪。

当珍妮恢复知觉时，发现自己躺在一片沙滩上，海浪仍在不断拍击沙滩，也许，她是多克斯号海难的唯一幸存者。

自从那条救生艇倾覆后，已经过去了多久？……年轻姑娘一无所知。珍妮用尽浑身仅存的力气，奇迹般地找到一处岩洞，钻了进去，吃过几枚鸟蛋，便沉沉睡去。

后来，她终于站起身。海难发生前一刻，为了身体活动方便，她换上了水手的服装，此刻，她把衣服晾干，发现衣袋里有一个金属打火机，于是，她燃起了一堆篝火。

珍妮沿着小岛海岸的沙滩巡视了一圈，一个同伴都没看到，只看到沉船的残骸碎片，她利用这些碎木板，搭建了一个窝棚。

幸亏这位年轻姑娘拥有健康的体魄和坚强的毅力，从小接受过近乎男子一般的教育，从来不晓得什么是绝望颓丧。她在岩洞里安排好住处，从多克斯号残骸木板上拔下钉子，利用它们做成仅有的工具。珍妮一向心灵手巧，富于创新精神，动手制作了很多生活必需品。她制作了一张弓，琢磨了几支箭，用于狩猎海岸附近数量众多的飞禽走兽，满足了自己每天的食物需求。甚至，珍妮还驯养了几只动物，包括一只豺狗，以及一只鸬鹚。这两只宠物与她形影不离。

珍妮所处的这座小岛中央，矗立着一座火山，火山口喷发着火焰和浓烟。珍妮曾经攀爬到火山顶，这里距离海面的高度大约有一百来个托阿斯[①]，站在山顶，珍妮看不见海平线上有陆地的踪影。

这座烟石岛方圆大约为两里[②]，在小岛的东侧，有一条狭窄的山谷，谷底流淌着一条小溪。山谷遮挡住海风的侵袭，山谷里生长了各种树木，浓密的枝叶把山谷遮挡得严严实实。珍妮找到一棵红树，在树上搭建了一个住处，这个住处与泽玛特一家修建的空中楼阁有异曲同工之处。

从此，珍妮在山谷附近狩猎，在溪流中捕鱼，在山谷岩石间，利用铁钉制作的弯钩，从矮树丛上摘取可供食用的浆果和荚果。此外，在多克斯号海难发生后的两三天里，海浪把一些罐头和酒桶冲到了海滩上，这些东西刚好救急，因为，在落难的最初几天，英国姑娘仅靠草根和贝壳充饥。

---

① 约合200米。
② 大约不到10千米。

自从珍妮·蒙特罗斯来到烟石岛，直到终于获救，她究竟在这里生活了多长时间？……

一开始，珍妮并没有想到需要计算日期，既没有计算最初的日子，也没有计算过了几个星期。不过，根据回忆经历过的事情，把有些日子串联起来回想，她大约估算出，自从多克斯号沉没以来，时间已经过去了两年半。这是她猜测的时间，而且，她的猜测没有错。

在经历过的这些日子里，有若干星期是在下雨，还有若干星期天气炎热，年轻姑娘每天都要眺望海平线，然而，天地之间从来没有出现过一片船帆！站在小岛的最高处，在天气晴朗的日子里，有那么两三次，她似乎看到东边有陆地……然而，距离如此遥远，如何才能过去？……这片陆地，它是什么样子？……

这个纬度属于热带，如果说，珍妮并未遭遇严寒的侵袭，那么，令她最感烦恼的，却是淫雨连绵的季节。一到雨季，珍妮只好蜷缩在岩洞的最深处，既没办法出去狩猎，也不能去水边捕鱼。然而，她必须填饱肚子。十分幸运，在岩石之间，有很多鸟蛋，岩洞脚下能找到贝壳类动物，还有这个季节已经成熟的野果，依靠这些，珍妮活了下来。

总之，两年多的时光转瞬即逝。终于，她想出一个主意——一个绝妙的灵感——抓到一只信天翁，在它的爪子上绑一块布条，让外人知道她在烟石岛的孤独处境。至于这座小岛的具体方位，她一无所知。当珍妮放飞那只信天翁时，它随即向东北方飞去。谁能想到，它再也没有返回烟石岛？……

很多天过去了，那只信天翁再也没有出现。渐渐地，年轻女孩儿心中那点儿微弱的希望丧失殆尽。不过，她并未绝望。终于，她所期盼的救援以一种意想不到的方式出现了。

以上就是珍妮向泽玛特一家详细描述的亲身经历。听众不止一次热泪盈眶，因为，无论谁听到这个故事都会心情激动。贝茜边听边亲吻自己刚刚收养的女儿，止不住泪流满面！

接下来，就是弗里茨讲述自己如何发现那座烟石岛。

大家知道，当平底渔船离开珍珠湾时，弗里茨在前面划着小艇，他留了一张字条给泽玛特先生，告诉他，自己准备前去寻找那个英国姑娘。然后，小艇穿过天然拱桥，没有沿着海岸向东，而是朝相反的方向远去。

那一带海岸附近到处是暗礁，岸边巨石林立。陆地上，林木茂密，景色堪与瓦尔德格农场，以及埃伯福特小屋相媲美。在沿岸一座又一座小海湾里，众多溪流潺潺。这段位于西北方的海岸，与救命湾至鹦鹉螺湾的海岸景色大相径庭。

第一天，天气异常炎热，弗里茨不得不上岸，找个阴凉地儿避暑。他必须时刻保持警惕，因为，在溪流的入海口，有好几头河马正在嬉戏，如果小艇落到它们脚下，片刻之间就能被撕成碎片。

随后，弗里茨划着小艇靠近一处茂密树林的边缘，把小艇拖到一棵大树脚下。接着，疲惫不堪的他沉沉睡去。

第二天，弗里茨继续划小艇航行，一直划到正午时分。这次靠岸时，弗里茨不得不击退一只老虎的进攻，他打伤了老虎的肋部，与此同时，他的老鹰设法抓挠老虎的眼睛。最后，弗里茨用两发手枪子弹让老虎一命呜呼。

然而，这次遭遇让弗里茨肝胆俱裂！因为他的老鹰遭到虎爪一击，肚肠破裂，一命归西！从此，主人丧失了一位狩猎的好帮手。弗里茨黯然神伤，只好在沙滩上掩埋了可怜的"闪电"，随后，再次登上小艇。

第三天，弗里茨划小艇继续沿着海岸行驶。沿途没有发现任何地方冒烟，烟石岛始终不曾现身。此时，海面极为平静，弗里茨决定离开海岸，往西南方向寻找，看一看海平线上是否有冒烟的迹象。于是，弗里茨朝西南方划去。他打开小帆，让陆地上吹来的顺畅海风鼓满风帆。经过两个小时的航行，就在他准备掉头返回时，突然隐约看到一缕轻烟……

那一刻，弗里茨忘掉了一切，不仅忘掉了疲劳，也忘掉了自己长时间外出，可能让山洞之家的家里人担忧，更忘掉了，自己身处茫茫大海，随时可能遭遇危险。借助短桨，平底小艇在浪尖上飞速行驶，一个小时之后，弗里茨抵达一座耸立着火山的小岛，小艇在距离小岛六链远的地方停了下来。他看到，火山口正在冒着轻烟，轻烟夹杂着火焰。

看上去，这座小岛的东侧海岸比较荒凉。弗里茨划小艇绕小岛转了一圈，发现确实如此，只见东侧的海岸被一股溪流一分为二，溪水从一座葱绿的峡谷中淌出。

弗里茨把小艇划到狭窄港湾的尽头，然后把它拖到沙滩上。

海岸右侧，有一座敞着口的岩洞，洞口躺着一个人形动物，正在闷头酣睡。

弗里茨凝神注视着她，抑制不住内心的激动！这是一位十七八岁的姑娘，穿着厚帆布做成的衣服，那帆布应该来自船帆，不过，洗得很干净，衣服也挺合体。她的身材曲线优美，面部表情安详温柔。弗里茨没敢惊醒她，准备等她睡醒，再走过去打声招呼！

终于，年轻姑娘睁开了双眼。看到面前的陌生人，吓得大叫一声。

弗里茨做了一个手势，让姑娘放心，然后用英语说道：

洞口躺着一个人形动物,正在闷头酣睡。

"请不要害怕，小姐……我绝不会伤害你……我是赶来救你的……"

然后，不等对方做出回答，弗里茨讲述了如何遇见一只信天翁，它如何跌落到自己手中，这只信天翁如何携带一封信，那是来自烟石岛的一位英国姑娘的求救信……弗里茨接着介绍道，在东边数里远的地方，有一片陆地，那里生活着海难幸存的一家人。

听到这些，姑娘不禁双膝跪地，感谢上帝的眷顾，然后把双手递给弗里茨，对他表示感谢。随后，她简要介绍了自己的经历，请弗里茨参观自己简陋的住所。

弗里茨接受了邀请，同时提出，希望这番参观尽量简短。时间已经很紧迫了，他想尽早把年轻的英国姑娘带回山洞之家。

"明天，"她回答道，"我们明天出发，弗里茨先生……请允许我在烟石岛再居住一晚，因为，我很可能再也看不到这里……"

"——行，那就明天。"小伙子回答道。

于是，利用珍妮储藏的食物，再加上小艇里携带的食品，两人一起吃了一顿晚餐，席间，相互讲述了各自非同寻常的经历……

最后，珍妮做过晚祷，蜷缩进自己的岩洞里，与此同时，弗里茨守候着，睡在洞口，犹如一只忠心的看家狗。

第二天，天色蒙蒙亮，珍妮带上所有舍不得放弃的物品，包括她的鸬鹚与豺狗，与弗里茨一起登上小艇。年轻姑娘穿上了那身男式水手服，坐在轻便小艇的后座上。弗里茨打开小帆，两人挥动短桨，一个小时之后，烟石岛的最后一缕轻烟消失在海平线上。

弗里茨原本计划直接划向失望角，但是，由于平底小艇装载的东西太多，触到了一处暗礁，不得不停下维修。弗里茨只好把小艇划进珍珠湾,带着同伴登上了一座小岛,也就是后来平底渔船过来迎接他们的那座小岛。

以上是弗里茨叙述的经历。

此后,按照老习惯,泽玛特一家人的生活继续着,他们有时居住在鹰巢,有时迁回山洞之家,自从有了珍妮·蒙特罗斯,自从她成为这个善良勤劳家庭的成员,生活变得更加幸福。很多个星期过去了,大家既要忙碌农场的农活儿,还要照看饲养的牲畜。如今,从豺狼溪到鹰巢的空中楼阁之间,修建了一条果树林荫的直道,十分漂亮。无论在瓦尔德格、扎克托普、埃伯福特的乡间小屋,还是在展望山别墅,到处修整得更加美丽。在展望山别墅度过的时光最为甜蜜,这栋小屋完全用竹子搭建,而且采用了瑞士山区木屋的样式。站在山岗上,极目远望,一侧是宽阔的希望之乡,另一侧是水天一线的大海,海平线伸展开,足有八到九里宽[①]。

雨季来临了,六月份,雨水接连不断。此时,有必要离开鹰巢,返回山洞之家居住。每年这个时候,总有两三个月的日子比较难熬,持续不断的恶劣天气,让人心情沮丧。为了照看牲畜,他们必须去农场巡查,弗里茨和杰克还要在山洞之家附近花上几个小时狩猎,每天,大家都要在外面操心忙碌。

无论如何,在这块小天地里,谁也没有懒惰松懈。在泽玛特夫人的指挥下,各项劳作有条不紊。依照盎格鲁-撒克逊人的特性,珍妮精心协助泽玛特夫人,她的做派,与略显墨守成规的瑞士作风迥然不同。另一方面,如果说,年轻姑娘正在跟着泽玛特先生学习德语,那么,全家人也在一起学习英语,而且,几个星期之后,弗里茨的英语

① 约合40千米左右的视野宽幅。

已经说得十分流利。是呀，有这样一位教授辅导，弗里茨的学习热情如此高涨，他的进步能不快吗？……

如此一来，对于雨季冗长的时光，大家不再觉得厌烦。珍妮的到来，让全家晚餐后的时光变得热情洋溢。每个人不再着急返回自己的房间。泽玛特夫人和珍妮忙着做针线活儿，年轻姑娘拥有美妙的嗓音，经常被邀请一展歌喉。珍妮学会了很多首瑞士民歌，以及瑞士山歌，这些歌曲历久弥新，听她演唱简直令人陶醉！欣赏完了歌曲，大家开始倾听欧内斯特朗诵，这些都是他从图书室里找出来的精彩片段。大家觉得，这段休息时间过得总是太快。

毋庸置疑，在这样的家庭氛围中，泽玛特先生和妻子，以及孩子们，大家都觉得非常幸福。虽然对于未来，他们依然充满疑虑；外来救援的可能性依然渺茫；还有对于故乡的记忆，如何能够忘怀？……另一方面，每当珍妮想起自己的父亲，她怎能不牵肠挂肚？……还有把她送来这里的那条船，就是那条多克斯号，再也没有任何消息，在印度洋的飓风侵袭下，它是否已经沉没，人货俱亡？……最后，这些生活在新瑞士的居民，如果他们不是地主号海难的幸存者，对于他们来说，过上这种与世隔绝的生活，算不算幸福美满？

我们知道，后来发生的意外事件，极大地改变了他们的处境。

第六章

启程之后 —— 新瑞士的已知世界 —— 沃尔顿一家 —— 新的安居方案 —— 在豺狼溪与天鹅湖之间修一条水渠 —— 一八一六年的年终

在独角兽号启程离开后的最初日子里，沉闷悲伤的气氛笼罩着山洞之家。大家怎能不悲伤呢？迄今为止，上帝一直眷顾这个偏居一隅的简陋角落，然而此时，一种不祥的命运似乎正在降临！对于两个孩子的离去，泽玛特夫妇始终无法摆脱歉疚感，然而，这个决定又是情势所迫，无法回避，必须做出，是一个谁也无法取消，或者推迟的决定。

然而，无论对父亲，还是母亲来说，这又是一个违心的决定。那个勇敢、年轻的弗里茨走了。弗里茨一向朝气蓬勃，是这个家庭的顶梁柱，也是未来的家长，然而，他不在了。同样消失的，还有弗朗索瓦，他循着兄长的足迹，也走了。

不过，欧内斯特和杰克留了下来。欧内斯特继续钻研，刻苦学习，经过一番苦读，他的学识已经丝毫不逊于杰克的动手能力。杰克的天性爱好与弗里茨如出一辙：狩猎、捕鱼、骑术、航行，无所不能，而且，

欧内斯特继续钻研，刻苦学习……

最喜欢探究新瑞士的未知秘密。杰克将接替弗里茨,继续冒险巡游新瑞士。最后,还有那个热情可爱的珍妮,她也走了。对于贝茜来说,珍妮的离去,就像丢失了亲生女儿。看到他们在山洞之家的房间空空荡荡,看到他们在餐桌旁的位置无人落座,看到每天晚会上没有了他俩的身影,贝茜的心都要碎了。这一次分手,似乎让整个家都变得冷清,这个家庭的红火日子,犹如一盆火,熄灭了,家庭的温暖烟消云散!

当然了,尽管分手时的伤心,以及分离后的悲楚令人难忘,但是,他们终究还会回来。当他们回来时,还将带来新朋友——包括蒙特罗斯上校,他将不希望与女儿天各一方,同时,还会让女儿的救命恩人成为女婿;此外,还有朵尔·沃斯顿,她的哥哥詹姆斯、嫂子,以及他俩的孩子,他们一定毫不犹豫地迁居到这片土地。最后,还有其他移殖民,他们很快就能让大不列颠的这块遥远殖民地日丁兴旺。

是的!最多一年以后,在一个晴朗的日子,在失望角的海面上,就能看到从西边驶来一艘船,而且这艘船不会径直驶往北方,或者东方!它一定会掉头驶入救命湾。很可能,这条船还是那艘独角兽号。或者,甭管是哪艘船,它一定会载来蒙特罗斯上校和女儿,以及弗里茨和弗朗索瓦,它还将带回来沃斯顿夫妇的孩子们!

就这样,新瑞士的处境发生了巨大的变化。它的宾客不再只是地主号海难幸存者,这些幸存者当初逃到这块陌生土地上,期盼着偶然出现的救援机会,然而这种机会往往永远也等不来。现在,这片土地所处的经度和纬度已经明确,利特尔斯通海军上尉已经掌握了精准定位。他将把这些数据交给海军部,后者将发布必要指令,以完成对新瑞士的占领。自从独角兽号离开新瑞士,它的身后似乎就牵着一条绳索，尽管远隔千山万水，却把新瑞士与古老大陆连接到了一起——而且，这个连接将永远无法割断。

确实，现在，人们还仅仅认识这座岛屿的一部分，即位于岛北侧的海岸一带——包括独角兽湾在内，最多不过十五到十六里[①]的海岸一线，以及烟石岛东边的海域。无论他们乘坐平底渔船、小船，还是平底小艇，都还没能跑遍那三座宽阔的海湾，即救命湾、鹦鹉螺湾，以及珍珠湾的各个角落。在过去的十一年里，泽玛特先生和儿子们很少越过岩石屏障，从未去横谷隘路的另一侧探险，最多也就是沿着格林塔尔山谷的谷底走一趟，从未爬上山谷对面的山顶。

我们应该注意到，自从独角兽号开走后，山洞之家的居民并未减少，那是因为沃斯顿一家人的到来。

那一年，沃斯顿先生四十五岁，是一个体魄强壮的男人。由于在澳大利亚的新南威尔士[②]染上高热病，他的体质变得虚弱，不过，得益于新瑞士良好的气候条件，经过细心调养，他的身体状况渐趋好转。沃斯顿先生在机械制造方面经验丰富、知识渊博，在新瑞士大有用武之地。在泽玛特先生的建议下，他将发挥特长，着手实施泽玛特先生一直未能开始的改造工程。不过，在工程开始前，首先需要让沃斯顿先生彻底康复。欧内斯特的兴趣爱好与沃斯顿先生相仿，对后者的好感与日俱增。

玛丽·沃斯顿夫人比贝茜·泽玛特年轻几岁，这两位女士彼此都有好感，相处久了，一定能成为好朋友。她俩的丈夫和孩子们趣味相

---

① 约合60至70千米。
② 新南威尔士州位于澳大利亚东南部，东濒太平洋，北邻昆士兰州，南接维多利亚州，是英国在澳大利亚最早的殖民地。

投,志同道合,彼此友爱,毫无嫌隙。在山洞之家,她俩共同操持家务;在瓦尔德格农场、埃伯福特乡间小屋,以及扎克托普农场,她俩携手劳作,相互帮助。

至于安娜·沃斯顿,她虚弱得简直不像一位十七岁的姑娘。与她的父亲一样,安娜也病了,在希望之乡逗留,肯定对她的身体大有裨益。她的身体逐渐康复,苍白的脸颊慢慢变得红润。安娜一头金发、面容姣好、肤如凝脂,浑身散发出青春气息。她体态优雅,蓝色的眼眸顾盼秋波,将来一定能长成大美人。她的妹妹与安娜形成鲜明对照,朵尔只有十四岁,从来都是容光焕发,银铃般的笑声清脆响亮,回荡在山洞之家的各个房间。她的头发是淡褐色的,喜欢不停地说笑,思维敏捷,对答如流!是呀,朵尔犹如一只飞翔的小鸟,几个月之后,她还将飞回来,当然,这几个月的时光十分漫长,到那时,她的欢声笑语将重新回荡在这个小天地!

另一方面,有一件重要的事情,就是扩建山洞之家。独角兽号回来以后,这处居所将显得过于狭小。新添的居民包括蒙特罗斯上校和珍妮,弗里茨和弗朗索瓦,詹姆斯·沃斯顿和他的妹妹,以及他的妻子和孩子,总不能让他们挤住在一起。至少应该在洞穴里开辟出几块地方,专供他们分别使用。如果跟他们一起来的还有其他移殖民,不用说,那就还需要另外兴建住房。无论在豺狼溪的左岸,还是在海边,一直走到红鹳湾,抑或是那条从山洞之家通往鹰巢的林荫道两旁,到处都能找到修建房屋的地方。

泽玛特夫人与沃斯顿夫人两人经常谈论这个话题,对于这个话题,欧内斯特也很感兴趣,而且经常提出一些值得重视的建议。

与此同时,杰克现在独自承担过去他与兄长共同承担的使命,那就是不断给厨房提供食物。在猎狗布朗和法尔布的协助下，杰克每天奔跑在树林里、草地间，追逐数量众多的飞禽走兽；他还经常去沼泽地，那里的野鸭和沙锥，再加上家禽饲养场的产品，能让餐桌食谱每天花样翻新。杰克豢养了一条豺狗，名叫"椰子"，它与那几条狗做伴，每天争先恐后参与狩猎行动。有时候，年轻的猎人会骑上那匹名叫"莱希特福斯"的野驴，它的名字含义是"健步如飞"，这名字名副其实。有时候，他也会骑上那只名叫"布劳斯温德"的鸵鸟，或者那头名叫"斯特姆"的水牛，在树林中如旋风般疾驰。不过，这位勇敢的猎人被严厉告诫，千万不能跑到"希望之乡"以外的地方，更不能翻越那条通往格林塔尔山谷的横谷隘路，因为，在那些地方，很可能遇见猛兽。在母亲的再三要求下，杰克不得不承诺，每次外出绝不超过一天时间，一定赶回来吃晚饭。不过，尽管杰克做出了承诺，每当看他如箭一般飞快消失在山洞之家附近的树林里，贝茜依然提心吊胆。

至于欧内斯特，相对于狩猎，他更喜欢安安静静地钓鱼。有时候，他会坐在豺狼溪的岸边，或者，守候在红鹳湾的岩石脚下。那里有许多甲壳类和软体类动物，还有各种各样的鱼类，包括鲑鱼、鲱鱼、鲭鱼、龙虾、鳌虾、牡蛎，以及贻贝。有时候，安娜·沃斯顿会跑去找他搭伴，欧内斯特对她相敬如宾。

不用说，年轻姑娘想方设法讨好珍妮从烟石岛带来的那只鸬鹚和那条豺狗。因为珍妮动身前，把这两只宠物托付给了安娜，而且，我们可以确信，它俩受到了很好的照顾。如今，它俩在山洞之家的篱笆墙内外自由进出，珍妮回来以后，一定会看到，自己的两位忠实伙伴健壮如初。确实，那只鸬鹚在家禽群里如鱼得水，至于那只豺狗，却与杰克豢养的豺狗不大合得来，甚至相互敌视。杰克想方设法让两只

安娜·沃斯顿会跑去找他搭伴，欧内斯特对她相敬如宾。

豺狗交朋友，可惜白费力气：它俩相互嫉妒，动不动就要打架。

"我是没办法让它俩和好，"有一天，杰克对安娜说道，"我把它俩交给您，不管了。"

"交给我吧，杰克，"安娜回答道，"耐心一点儿，也许我能让它俩互生好感……"

"您再试一试吧，亲爱的安娜，要知道，豺狗们本来是可以成为伙伴的……"

"我也是这么觉得，杰克，至于您的那只猴子……"

"克尼普斯二世吗？……哎！这家伙老想着去咬珍妮的宠物！"

事实上，克尼普斯二世对新来的宠物始终心怀不满。让这些动物相互礼让，实在是一件困难的事情，尽管它们都受过良好的训练。

时光荏苒，贝茜和玛丽整日忙得不亦乐乎。泽玛特夫人经常缝补衣物，这个时候，擅长女红的沃斯顿夫人就会动手裁缝袍子和裙子，这些布料统统来自沉没的地主号，一直被仔细收藏着。

外面天气好极了，气温不算太炎热。上午，海风从陆地吹向海面，下午，从海面吹向陆地；晚上，海风和缓而凉爽。现在是十月的最后一个星期——季节相当于北半球的四月份——十一月份很快就要到来，这是一个万物更新的月份，相当于北半球春暖花开的季节。

两家人经常去农场看一看，有时候步行，有时候乘坐水牛拖拽的小车。经常欧内斯特骑着小驴"拉什"，杰克则趴在鸵鸟的背上。沃斯顿先生很喜欢这样的散步方式，他的高热已经很少出现，即使发烧，热度也不太高。他们从山洞之家走到鹰巢，一路沿着那条美丽的林荫路，十年来，泽玛特一家在路边栽种了栗子树、胡桃树、樱桃树，这些果树都已成荫，阴影覆盖路面。有时候，他们会在空中楼阁里逗留一天一夜。他们从空洞的树干里，顺着梯子攀爬上去，站在半空中的平台上，硕大红树的浓密枝叶遮天蔽日！也许，现在，这处居所显得过于狭窄，不过，沃斯顿先生认为，没有必要扩建这座空中楼阁。于是，有一天，泽玛特先生对他的建议回答道：

"您说得对，亲爱的沃斯顿先生。把住所安置在树杈上，对于鲁滨孙们来说，这很好，因为，他们首先需要一个地方躲避猛兽的袭击。我们刚到这座岛屿时，确实需要这么做。然而眼下，我们已经是移殖民了……而且是名副其实的移殖民……"

"从另一个角度考虑，"沃斯顿先生接着说道，"我们的孩子们将要回来，必须有所准备。需要改造山洞之家，让它能够接纳所有人，我们的时间很紧迫。"

"是的，"欧内斯特说道，"如果说到扩建工程，首先就是山洞之家……我们到哪里还能找到一处住所，在那儿能更安全地度过雨季？……我赞成沃斯顿先生的想法，如果鹰巢不够住了，到了夏季，我觉得最好迁居瓦尔德格，或者扎克托普……"

"我倒是更喜欢迁居展望山，"泽玛特夫人提醒道，"那里改造起来也更容易……"

"妈妈，这个主意太好了！"杰克叫道，"展望山那里视野开阔，可以眺望大海，整个救命湾一览无余，景色妙不可言。这座山岗最适合修建别墅……"

"或者是修建一座城堡，"泽玛特先生回答道，"一座可以俯瞰这座岛屿海岬的城堡……"

"一座城堡？……"杰克重复道。

"嗯！我的儿子，"泽玛特先生回答道，"不要忘记，新瑞士将成为英国的领地,英国人肯定想要修筑防御工事。将来,新城市很可能坐落在红鹳湾与山洞之家之间,而鲨鱼岛上的炮台不足以保卫这座未来的城市。因此,在我看来,在展望山上,必将竖立起一座城堡。"

"在展望山上……或者,更靠前一点儿,在失望角那儿,"沃斯顿先生接着说道,"在这种情况下,必须让别墅伫立在那里……"

"我更喜欢这样的安排……"杰克表示道。

"我也一样,"泽玛特夫人补充道,"如此一来,可以尽量保留一些我们初到此地时的回忆,无论是展望山,还是鹰巢……如果看到它们就此淹没消失,我感到十分遗憾!"

无疑,贝茜的感情合乎情理。然而,时过境迁。当新瑞士仅仅属于地主号的几位海难幸存者时,根本不需要考虑为它设防。但是,一旦它归属了英国,成为大不列颠海外领地的一部分,那它就必须在沿海一带设置炮台。

总而言之,对于独角兽号抵达新瑞士海域,以及由此导致的后果,那些率先在此地落脚的人们是否会感到一丝遗憾?……

"不会,"泽玛特先生断言道,"这个地方在未来将逐渐改变面貌,我们乐观其成。"

不仅如此,相对于鹰巢与展望山别墅的翻修,还有更紧急的工作需要进行。收获的季节已经临近,此外,瓦尔德格农场、埃伯福特乡间小屋,以及扎克托普农场里圈养的牲畜也亟须照管。

此外,顺便提一句,当他们第一次参观鲸鱼岛的时候,泽玛特先生和沃斯顿先生意外地发现,那里兔子繁衍的数量已经相当惊人。他俩清点了一下,这些多产的啮齿动物已经多达数百只。幸运的是,这座小岛盛产青草,草叶和草根尚可维持兔子们的生计。由于泽玛特先生已经把这座小岛作为礼物送给了蒙特罗斯上校的女儿,因此,当珍妮回来以后,她会看到这里一片繁荣景象。

"您把这些兔子禁闭在这里,实在是一件明智之举,"沃斯顿先生不禁说道,"否则,终有一天,兔子们的数量将成千上万,把希望之乡的田野啃噬净尽!我从澳大利亚过来,在那里,这些畜生已经泛滥成灾,甚至比非洲的蝗虫危害更甚,如果人们不采取极其严厉的措施,抑制这些糟蹋资源的畜生,整个儿澳大利亚终将被它们扫荡得一干二净①!"

现在是一八一六年,在这一年的最后几个月里,尽管沃斯顿一家十分努力,但大家仍不止一次地感到,缺少了弗里茨和弗朗索瓦,实在有点儿忙不过来。收获的季节异常繁忙,无论玉米地、木薯地,还是稻田,各处农活亟须人手。除此之外,在红鹳湾沼泽地的另一侧,还有许多果树的果实需要采摘,这些果树既有欧洲品种,也有本地品种,诸如香蕉树、番石榴树、可可树,以及樟属植物②等其他果树。此外,还要摘取和炮制西米③。最后,还要收割谷物,包括小麦、水稻、荞麦、黑麦,以及大麦。另外,在扎克托普生长着茂盛的甘蔗,它们也需要收割。对于仅有的四个男人来说,这些活计确实够繁重。不过,那三位女士鼓足勇气,尽力帮忙。而且,几个月之后,这些活计还要重复再做一遍,因为,这里的土地如此肥沃,一年种植两茬庄稼,完

---

① 沃斯顿先生对于这件事的预测不幸言中。60年后,澳大利亚的兔子以惊人的速度繁衍,构成了极其严重的威胁。那里的人们不得不千方百计消灭这些啮齿动物。——原注
② 樟属植物共约250种,分布于热带亚洲、澳大利亚至太平洋岛屿和热带美洲。例如肉桂、锡兰肉桂、柴桂等。
③ 即西谷米,是用西谷椰子茎髓做成的淀粉质食品。

全没有问题。

与此同时，泽玛特夫人、沃斯顿夫人，以及安娜不可能完全放弃家务劳动，它们同样很重要，诸如缝补、浆洗、烹饪等等家里边的所有活计。因此，每当沃斯顿先生、泽玛特先生，以及他的两个儿子外出劳作，三位女士就留在山洞之家。

尽管希望之乡的土地很肥沃，但是，由于夏季干旱少雨，农作物的产量难免受到影响。希望之乡的农田面积足有好几百公顷，这片土地最缺乏的，就是一个实用的灌溉系统。希望之乡的河流，主要是豺狼溪，以及位于鹰巢东边，以及西边的那条"东方河"，这条河的入海口位于鹦鹉螺湾的最南端。希望之乡缺乏灌溉系统的现状，让沃斯顿先生大为震惊。于是，有一天，那是十一月九日，吃过午饭，他谈起了这个话题。

"最理想的办法，"他说道，"就是修建一条引水渠，充分利用豺狼溪的那座瀑布，它位于山洞之家上面仅半里之遥。亲爱的泽玛特，在您从地主号搬运回来的物资里，有两台建筑用的水泵。一旦引水渠竣工，就有足够的动力带动水泵，把水提升到蓄水池里，然后顺着多条水管分别流到瓦尔德格和扎克托普农场……"

"但是，这些水管，"欧内斯特提醒道，"我们如何造得出来？……"

"既然我们已经制作小水管，把豺狼溪的水引进山洞之家的菜园里，我们就能制作大水管，"沃斯顿先生回答道，"小水管是用竹子做的，如果改用西谷椰子的树干，把树髓掏空，就能做成大水管，依照我们现有能力，制作这套设施应该不难。"

"——没问题！"杰克确信道，"一旦我们让这些土地变得更肥沃，它们的产量也将大增，甚至多到吃不完，让我们为多余的粮食发愁，因为，甭管怎么说，在山洞之家找不到市场可以出售粮食……"

"市场会有的，杰克，"泽玛特先生回答道，"就好像不久以后，这里会出现一座城市，然后是更多的城市，不仅在希望之乡，而是在整个新瑞士……这些都在预料之中，我的孩子……"

"那么，"欧内斯特补充道，"一旦有了那些城市，就会有许多居民，而且需要保证他们的食物供给。那样一来，就需要让土地尽其所能……"

"我们能够做到，"沃斯顿先生补充道，"根据我的研究，有了这套灌溉系统，我们一定能够做到。"

杰克沉默不语，心里却有些不服气。一旦新瑞士变成英国殖民地，总有一天必将人丁兴旺，毫无疑问，这些人将来自四面八方，这让杰克心里感到很不爽，而且，实际上，在泽玛特夫人的内心深处，也许，她对于新瑞士的前途同样充满疑虑……

甭管怎样，沃斯顿先生、泽玛特先生，以及欧内斯特三人对这项工程兴趣盎然，在忙碌完农活儿之后，利用仅有的一点儿空闲时间，他们认真研究农田的灌溉问题。在测量过这片地形的走向，以及平整程度后，大家认为，这项工程的方案应该是修建一条运河。

事实上，那座天鹅湖就坐落在瓦尔德格以南四分之一里远的地方，每到雨季，湖面总被雨水灌得很满，而到了旱季，湖面水位又降落到无法利用的程度。现有的几小股溪水无法阻止湖面水位的降低，但是，如果想办法把豺狼溪的水引过来，就能让天鹅湖的水位保持满溢，并且很容易分流输送到周围的农田，如果再设计一套合理的分流系统，一定可以提高农作物的产量。

确实，从天鹅湖的最南端到豺狼溪的瀑布，距离足有一里之遥。若想在这段距离安置输水管道，工程量虽然不算太大，但是，那得砍倒多少棵西谷椰子树呀!

十分幸运,欧内斯特与沃斯顿先生重新测量地形,发现可以大幅度缩短输水管道的长度。

于是,这天晚上,当两家人里里外外忙碌了一天,聚集在大厅里的时候,欧内斯特发表了一通如下见解:

"父亲、沃斯顿先生,还有我,我们仔细研究了地形。只要把豺狼溪的水位抬高三十尺[①],再通过一段二百托阿斯的距离,就能把豺狼溪的水引到一个地方,从那儿开始,修建一条输水沟,直通天鹅湖,让溪水顺着山坡倾注进湖里。"

"很好,"泽玛特先生高兴道,"如果这样,工程的难度就小多了……"

"这样一来,"沃斯顿先生补充道,"天鹅湖就变成了蓄水池,湖水可以灌溉瓦尔德格和扎克托普的农田,甚至可以惠及埃伯福特乡间小屋。而且,我们只向湖里倾注满足灌溉必需的水量,如果湖水满溢,可以很方便地把水引导入海。"

"就这样定了,"泽玛特先生决断道,"这条水渠一旦落成,未来的移殖民将对我们感恩戴德……"

"但是,不包括原来的移殖民,对于大自然的赐予,他们已经心满意足!……"杰克提醒道,"可怜的豺狼溪,它将推动一个水轮,够它辛苦的……我们还要取走它身躯的一部分……而且,这么干,仅仅是为了让我们根本不认识的陌生人富裕起来!"

"显而易见,杰克并不赞同殖民化!……"沃斯顿夫人说道。

"我们两家人住在这个地方,生活安定,难道还不满足吗,沃斯顿夫人?"

[①] 约合9.75米。

"好吧！……你们将要让这个地方大变样，到那时，也许杰克的想法会改变。"安娜·沃斯顿说道。

"您会看到这一切的，小姐！……"杰克笑着反诘道。

"那么，你们打算什么时候开始这项大工程？……"贝茜问道。

"几天以后，我亲爱的朋友，"泽玛特先生断然说道，"等第一季收获结束，我们可以有三个月的空闲时间，然后才开始第二个收获季。"

做出上述决定后，从十一月十五日开始，直到十二月二十日，在整整五个星期里，大家投入了紧张的劳动。

他们频繁前往展望山，到那儿附近的树林里，砍伐了数百棵西谷椰子树。把树干掏空很容易，他们仔细地把树髓收集起来，装进竹筒里。这项工程中最繁重的活计，应当是运输那些掏空的树干。这项活计落到了泽玛特先生和杰克的肩上。两头水牛，以及野驴和小驴一起，拖拽着一辆双轮车，或者叫做平板车，那车子的样式，与不久之后，在欧洲流行的板车模样相似。这个主意是杰克想出来的，他预先把轮子和车轴从车上卸下来，然后把沉重的树干直接悬挂在车轴上。即使在行进途中，树干剐擦到路面，那也仅仅是树干的两端，利用这种方法，运输条件大为改善。

即使如此，水牛、野驴和小驴承担的活计依然颇为繁重，以至于有一天，杰克忍不住说道：

"爸爸，我们应该弄两头大象来干活，否则太辛苦了！……有了大象，我们这几头可怜的畜生可就轻松多了……"

"不过，那些皮糙肉厚的可怜家伙不大可能被我们驱使……"泽玛特先生回答道。

"可是，大象的身躯孔武有力，"杰克接着说道，"如果让它们来拖

103

这些西谷椰子树干，简直就像玩弄火柴棍！……既然在新瑞士有野象生存，如果我们能……"

"我可不希望这些动物侵入到希望之乡来，杰克！……它们很快就能把我们的农田弄得一塌糊涂！"

"这很可能，爸爸！不过，如果在珍珠湾的热带草原，或者在格林塔尔山谷对面的平原上，我们有机会碰见它们……"

"那我们就要利用这个机会，"泽玛特先生回答道，"甭管怎么说，还是不要刻意去寻找这样的机会……小心为妙。"

就在泽玛特先生和他儿子忙着一趟又一趟搬运树干的时候，沃斯顿先生和欧内斯特一起，正在设法安装提水机。他们首先需要制作一个水轮，机械师萌生了一个奇思妙想——这想法特别吸引欧内斯特，因为他原本就对机械制造有着浓厚兴趣，从沃斯顿先生那里，他学到了不少知识。

这座水轮就安装在豺狼溪的瀑布脚下，它可以让那台从地主号搬来的水泵连杆转动起来。水泵把溪水提升到三十来尺的高度，蓄积到左岸在岩石之间挖掘好的一座水池里，陡坡上很快安装了第一批西谷椰子树干，并且与水池接通。

总之，这项工程进行得井然有序，十分顺利，将近十二月二十日，包括开挖引水渠在内的全部工程已经结束，水渠一直通到天鹅湖的最南端。

"我们需要举行一个工程落成庆典吗？……"这天晚上，安娜·沃斯顿问道。

"我认为需要，"杰克回答道，"就好像在我们的老瑞士，如果开通了一条运河，人们也会举行仪式！……对不对，妈妈？……"

这座水轮就安装在豺狼溪的瀑布脚下……

"你们想怎样都可以，我的孩子们。"贝茜回答道。

"那就决定了，"于是，泽玛特先生说道，"明天举行庆典，让我们的机械开动起来……"

"那么，庆典以什么方式结束？……"欧内斯特接着问道。

"一顿美餐，以此向沃斯顿先生致敬……"

"包括您的儿子欧内斯特，"沃斯顿先生说道，"他的工作热情与聪明智慧，值得表彰。"

"您的称赞让我非常高兴，沃斯顿先生，"小伙子回答道，"不过这一次，我确实获益匪浅。"

第二天，将近上午十点钟，两家人齐聚在瀑布旁，共同举行了引水系统开通仪式。只见瀑布的流水推动水轮匀速转动，两台水泵随即启动，扬升的溪水流入蓄水池，过了一个半小时，蓄水池里灌满了水。随后，闸门被打开，溪水顺着二百托阿斯长的管道奔流而下。

大家一齐跑向管道的出口，当第一股水花涌出管道口，注入明渠的时候，所有人禁不住鼓掌欢呼。欧内斯特向水渠里投放了一个浮标，随后，两家人乘上早已守候在那里的牛车，上路直奔天鹅湖。与此同时，杰克赶在前头，趴在鸵鸟身上，疾驰而去。

牛车跑得也不慢，尽管那条路绕了一个弯，当它跑到明渠的尽头时，正好看到那枚浮标已经漂在天鹅湖的水面。

看到浮标，大家齐声欢呼，这项工程总算圆满完成。从此，在炎热的季节，即使遇到大旱之年，只需在山坡上打开几道缺口，就能让周围所有农田得到充分浇灌。

这一天，也是独角兽号启程离开整整三个月的日子。如果中途没有耽误，只需再等三个同样长的时间，这艘巡洋舰将重新出现在救命湾的海面上。自从独角兽号离开后，几乎每一天，大家都要谈论那几位远行的人。大家的心思伴随着他们的行程……他们应该在哪一天抵达好望角，詹姆斯·沃斯顿正在那里等候自己的妹妹朵尔……哪一天，巡洋舰开始进入大西洋，沿着非洲海岸北上……另外哪一天，终于，巡洋舰抵达朴次茅斯……珍妮、弗里茨，以及弗朗索瓦下船，抵达伦敦……在那儿，蒙特罗斯上校见到了原本以为永别了的女儿，把她拥抱在怀里，而且，他还见到了在烟石岛收留了自己女儿的那个人，并且，他将对两个人的结合给予祝福……

还需再等九个月，他们全都会回来。对于这两个家庭来说，他们谁也不能少。在不久的将来，也许，这两个家庭还将以更密切的方式结合在一起？……

就这样，一八一六年的年终到了。这一年，发生了一系列事件，它们导致的后果，将给新瑞士带来深远影响。

第七章

新年第一天 —— 漫步在鹰巢 —— 礼拜堂方案 —— 旅行建议 —— 讨论 —— 平底船准备就绪 —— 三月十五日出发

元月一日，泽玛特和沃斯顿两家人互致新年祝福，大家相互交换礼物，这礼物不值什么钱，重在情谊，——随着时间的推移，这些小礼物将成为宝贵的纪念品。一大清早，到处洋溢着节日气氛，大家相互握手，共同祝愿新的一年：

拉开舞台的幕布
开启了未知明天。

这是一首法语的七言诗，言真意切。确实，地主号幸存者抵达泽尔特海姆沙滩以来，已经过去了十二年，与过去的岁月相比，这个新年的第一天非同一般。大家心情激动，洋溢着发自内心的欢乐，和谐的气氛充满率直的喜悦，杰克也融入这种和谐气氛中，情不自禁，兴高采烈。

泽玛特先生与沃斯顿先生相互拥抱。他们已经是老朋友了，在共同的生活中，彼此赏识，惺惺相惜。安娜把泽玛特先生看做慈爱的父亲，与此同时，沃斯顿先生把欧内斯特和杰克视为自己的儿子。两位母亲同样把这几个孩子视为己出。

对于欧内斯特表达的爱慕之情，安娜·沃斯顿颇为心动。大家别忘了，这个小伙子特别喜欢诗歌。那一次，当那匹可敬的驴子遭遇可恶的蟒蛇，不幸遇难，欧内斯特为驴子撰写墓志铭，韵律精准，才华横溢，难道不是吗？……既然如此，面对可敬的年轻姑娘，他再次福至心灵，有感而发，当这位阿波罗①的弟子向姑娘表示赞许，祝贺她在希望之乡的清新空气中身体康复，安娜的双颊禁不住腾起红晕。

"康复的身体……伴随幸福！"她回答道，转身抱住泽玛特夫人。

虽然这天是星期五，但是，大家举行了与周日相同的感恩仪式，祈祷上帝保佑远行的亲人，对上帝的赐福表示衷心感谢。

突然，杰克叫道：

"糟糕，还有我们的动物呢？……"

"什么……我们的动物？……"泽玛特先生问道。

"是呀……图尔克、法尔布、布朗，还有我们的水牛斯特姆和布鲁默，公牛布鲁尔，母牛布拉斯，野驴莱希特福斯，小驴菲伊尔、富林克，以及拉什，还有我们的豺狗'椰子'、鸵鸟布劳斯温德、猴子克尼普斯二世，总之，我们所有的四条腿，以及两条腿的朋友们……"

"好了，杰克，"泽玛特夫人对他说道，"你总不至于让你哥哥给畜

---

① 阿波罗是古希腊神话中的光明、预言、音乐和医药之神，也是艺术之神，是所有男神中相貌最英俊的一个。

栏和家禽栏都献上一首诗吧……"

"不用，肯定不用，妈妈，我不认为这些忠实的动物会对辞藻华丽的诗歌感兴趣！……但是，我们应该为它们送上新年祝福，送给它们双份食物，以及新鲜的饲草……"

"杰克说得对，"沃斯顿先生说道，"今天，确实应该给我们所有的动物……"

"——别忘了，还有珍妮的豺狗和鸬鹚！"安娜·沃斯顿提醒道。

"——说得对，我的女儿，"沃斯顿夫人说道，"珍妮的宠物也应该得到自己那一份儿……"

"此外，既然今天是新年第一天，也就是整个新瑞士的新年第一天，"泽玛特夫人宣布道，"让我们为所有离开了我们，并且想念着我们的人祈祷……"

于是，两家人共同回忆起独角兽号的所有旅客，心中涌起无限温情。

所有动物各自得到相应的馈赠，不仅给它们分发了糖果，还给予了温情的抚摸。

随后，全体宾客来到山洞之家的餐厅落座，餐桌上摆满美味佳肴，巡洋舰舰长赠送的几瓶陈年葡萄酒被打开，节日气氛更显浓郁。

不用说，今天是个休息日，大家把日常的活计都放下。泽玛特先生建议散步前往鹰巢，过去，在那座夏季楼阁里，泽玛特一家可以一直居住到冬天来临——这段距离不足一里，走在这条漂亮的林荫道上，不会太累人。天气好极了，不过确实，气温相当炎热。然而，林荫道两旁的树木枝繁叶茂，挡住了直射的阳光。沿着海滨走一遭，右手是大海，左手是田野，让人颇感惬意舒适。

大约十一点钟，全体出发了。大家准备在鹰巢待上整整一个下午，然后回来吃晚饭。这一年,如果说两家人既没有住在瓦尔德格,也没有住在展望山,更没有住在埃伯福特乡间小屋,那是因为,这几处农场的住所都需要一定程度的扩建,而扩建工程必须等到独角兽号返回以后才能进行。甚至,必须预先想到,新来的移殖民可能改变希望之乡的现有格局。

大家走出蔬菜园的篱笆墙,从家庭桥上越过豺狼溪,漫步在两侧栽种果树的林荫道上,在热带气候影响下,这些果树茁壮成长。

散步者们并不着急,反正走到鹰巢只需一个小时。几条狗,包括布朗和法尔布,被准许陪伴主人出行,欢蹦乱跳地跑在前头。路边的庄稼地,包括玉米、小米、燕麦、小麦、大麦、木薯,以及甘薯地,一片连着一片。第二个收获季一定是大丰收。至于北边的那些土地,得到天鹅湖的湖水灌溉,更是丰收在望。

"充分利用豺狼溪的溪水,这实在是个好主意,迄今为止,那些溪水都白白流掉了,因为,其实海洋并不需要这些溪水!"杰克对沃斯顿先生坦言道。

走了两三百步之后,大家站住休息片刻,谈话更加热烈。安娜很高兴地采集了几朵美丽的野花,花香弥漫在林荫道上。枝叶茂密的果树上结满沉甸甸的果实,数百只鸟儿在林间飞舞。草丛里各种猎物窜来窜去,包括野兔、松鸡、花尾榛鸡,以及山鹬。无论欧内斯特,还是杰克,今天都没被允许携带猎枪,这些飞禽走兽好像也知道:今天,人们出来就是散步,不是为了狩猎。

"我希望,"临出发前,泽玛特夫人说道,她身边紧挨着安娜·沃斯顿,"我要求,今天,你们不得打扰这些善良的生灵……"

对于狩猎的成功与否,欧内斯特历来不大在意,所以,他更愿意

111

安娜很高兴地采集了几朵美丽的野花……

发发善心；然而，对于杰克，必须严加管束。他出门的时候没有扛枪，可是他从来枪不离身，此刻，杰克感觉自己好像被截去了一只胳膊，或者一条腿——我们姑且这么理解。

"我觉得还是应该带上猎枪，即使不用它。"杰克说道，"刚刚，一对鸸鹋飞过，离我只有二十步远，但是，我履行承诺，绝不开枪……"

"您根本无法保证自己的承诺，杰克，"年轻姑娘回答道，"如果是欧内斯特，我不用担心……但是，至于您……"

"可是，如果出现了猛兽，譬如豹子、狗熊、老虎，或者狮子……岛上可是有……"

"但是，希望之乡并没有，"泽玛特夫人反驳道，"好了，杰克，今天就发发善心吧……你在一年里还有三百六十四天可以……"

"今年会不会是闰年[①]？……"

"不是……"欧内斯特回答道。

"倒霉！"年轻的猎人叫道。

当两家人穿过红树林，终于站在鹰巢的下面时，已经是下午一点钟。

泽玛特先生检查了圈养动物的畜栏，看到篱笆墙完好无损。往常，总有猴子或者野猪喜欢跑来恶意破坏篱笆墙，这次却秋毫无犯。如此一来，杰克也就没有了报复这些盗贼的理由。

在这棵巨大红树的脚下，有一个用黏土覆盖红树根，筑造成半圆形的平台，平台上铺洒了一层树脂与沥青的混合液，确保平台不会渗水。几位散步者一边在平台上休息，一边品尝从蜂蜜酒桶里取出的清凉饮料，而蜂蜜酒桶就贮藏在平台下面的地窖里。然后，大家沿着树

[①] 闰年是历法名词，为弥补历法规定的年度天数与地球实际公转周期的时间差而设立，平年为365天，而闰年有366天。

干内部的螺旋楼梯，攀爬到上面的平台，那座平台距离地面足有四十尺[①]高。

每次置身于红树的浓密枝叶当中，泽玛特一家总会觉得心旷神怡。……这里曾经是他们的第一个巢居，总能让他们回想起很多往事，不是吗？……看到那两个桁架阳台，看到双层楼板，还有那几个房间，上面覆盖着用树皮精心搭建的房顶，还有那些轻巧的家具，整座空中楼阁宛如一栋凉爽舒适的民居。如今，它已经仅仅是一处歇脚的地方，在展望山，他们将要修建一座更宽敞的居所。不过，只要这棵巨大红树的枝杈还能支撑，泽玛特先生就将长期保留这座"鹰巢"，直到有一天，在岁月的销蚀下，这棵老树轰然倒塌。

这天下午，大家在阳台上聊天，沃斯顿夫人提出一个建议，得到众人的赞同。沃斯顿夫人是位虔诚的教徒，宗教感情极为真挚，因此，当她说出下面这番话，没有人觉得意外：

"我一向十分赞赏，"她说道，"我的朋友们，我非常赞赏你们在自己岛屿的这个角落所做的一切……包括山洞之家、鹰巢、展望山别墅，还有那些农场、种植园，以及农田，这些体现了劳动的智慧与勇气。不过，我已经向泽玛特夫人询问过，为什么你们还没有修建……"

"一座礼拜堂？……"贝茜紧接着说道，"您说得对，亲爱的玛丽，我们确实应该向上帝奉献一座……"

"一座比礼拜堂更好的……一座教堂。"杰克高声叫道，"毫无疑问，它应该是一栋高耸着钟楼的教堂！……爸爸，我们什么时候动工？……我们还有很多建筑材料……沃斯顿先生可以负责设计……我们动手建造……"

[①] 平台的高度为13米。

"好吧！"泽玛特先生微笑着回答道，"如果说，在想象中，我已经看到了这座教堂，可是，我还没看见牧师……一位传道者……"

"这回轮到弗朗索瓦担当重任了。"欧内斯特说道。

"在此之前，请您不必担心，泽玛特先生，"沃斯顿夫人回答道，"我们可以在这座礼拜堂里只做祈祷……"

"沃斯顿夫人，您的想法非常好，不过，请别忘记，很快，就会有许多新移殖民到来……为此，不如利用雨季的闲暇时间，让我们研究具体方案……以便找到一处最合适的地方……"

"我的朋友，我觉得，"泽玛特夫人插嘴道，"如果我们不再把鹰巢当做住所，那就不如把这里改造成一座空中礼拜堂，这样做很容易。"

"如此一来，我们的祈祷就在前往天国的半途中了……当初弗朗索瓦就是这么说的……"杰克补充道。

"这里距离山洞之家稍微有点儿远，"泽玛特先生回答道，"我觉得，最好把礼拜堂建在我们的主要住所附近，那样比较合适，围绕这座礼拜堂，将陆续建起新的住房。总之，我再说一遍，这项计划有待研究。"

好季节还将持续三至四个月，在此期间，所有劳动力都将集中忙碌要紧的活计，从三月十五日起，直到四月底，大家没有一天可以休息。沃斯顿先生也得不辞辛苦，勉力顶替弗里茨和弗朗索瓦的角色，为农场储存足够的草料，以备冬季来临。如今，绵羊、山羊和猪的数量已经达到上百头，山洞之家的畜棚已经容纳不下这群牲畜，它们都被赶往瓦尔德格、埃伯福特乡间小屋，以及展望山。唯独那些家畜，包括小驴、水牛、奶牛，以及它们的小牛犊，它们都得留在山洞之家。此外，还有家禽，在恶劣气候来临之前，所有家禽都得收拢赶进饲养

沃斯顿先生也得不辞辛苦……为农场储存足够的草料……

场,到那时,无论母鸡、大鸨,还是鸽子,每天都需要人手照料。至于那些鹅和鸭子,依旧可以在水塘里嬉戏,远离猎枪的射程。照这样忙下来,他们将不得不停止狩猎和捕鱼,虽然四月至九月仍是渔猎丰收的季节,在此期间,厨房里的食物只能依赖家禽饲养场提供。

无论如何,从三月十五日起,大约八天的光景,大家必须集中精力忙碌田里的农活儿。在此之前的这个星期里,还可以抽出时间,到希望之乡边界之外巡游几次。当天晚上,两家人就这个话题商讨了一番。大家的想法不谋而合,并且最终获得一致赞同。

沃斯顿先生已经清楚豺狼溪至失望角的情况,包括瓦尔德格农场、埃伯福特乡间小屋,以及扎克托普和展望山,但对其他地方仍一无所知。

"亲爱的泽玛特先生,有一件事让我感到十分惊讶,"有一天,沃斯顿先生说道,"过去十二年来,无论您的孩子,还是您本人,你们从未尝试过进入新瑞士的内陆地区……"

"沃斯顿先生,我们为什么要去那边呢?……"泽玛特先生反诘道,"您可以想象一下:当地主号发生海难事故,我们被抛到了这里海岸边的时候,我的儿子们都还幼小,不可能陪着我去开疆扩土……我的夫人也不可能陪我远行,把她独自留在这里,我又不放心……"

"当时弗朗索瓦只有五岁,我只能看着他,"贝茜补充说道,"另一方面,我们当时还没绝望,总觉得有条船能来援救……"

"那时的当务之急,"泽玛特先生继续说道,"是要满足我们的生活必需,我们守候在沉船附近,一直到把残骸里有用的东西全部搬空。而且,守着豺狼溪的入海口,我们就能保证拥有淡水,豺狼溪的左岸很适宜种植农作物,不远处,还能栽培各种植物。很快,我们偶然发

117

现了山洞之家,这个住所条件良好,而且安全可靠。我们没必要为了满足好奇心而浪费时间,不是吗?……"

"另一方面,如果远离救命湾,"欧内斯特提醒道,"会不会冒险遇见本地土著,诸如安达曼人[①],或者尼科巴人[②]?……这些人可是恶名昭著。"

"总之,"泽玛特夫人接着说道,"每天都在忙碌,每件事儿都必须做,腾不出时间干别的……每到新的一年,我们都要穷于应付上年积压下来的活计……渐渐地,习惯成自然,我们也适应了这样的生活,可以说,在这儿已经落地生根……这也就是为什么,我们从未离开过这里!……时光荏苒,一晃多少年过去了。有什么办法呢,亲爱的沃斯顿先生,我们在这个地方过得挺好,从来不想到外面寻找更好的去处!"

"所有这一切合情合理,"沃斯顿先生回答道,"不过,在我看来,如果我在这儿待了许多年,一定按捺不住,想要去南边、东边和西边一探究竟……"

"那是因为您有着英国人的血统,"泽玛特先生回答道,"在本能的怂恿下,您总想要旅行。但是,我们是瑞士人,天性喜静,宁愿宅在家里。一旦走出山区,心里就感到空落落的……我们是一些喜欢待在家里的人,要不是因为特殊原因,迫使我们不得不离开欧洲……"

"我抗议,爸爸,"杰克说道,"这种说法不适合我!……我也是纯正的瑞士人,但我喜欢周游世界!"

[①] 安达曼人为南亚少数民族,居住在安达曼群岛,属非洲黑人的后裔。
[②] 尼科巴人是南亚印度民族之一,主要分布于尼科巴群岛。属蒙古人种南亚类型,身材矮小强壮。

"你更适合当个英国人,我亲爱的杰克,"欧内斯特断言道,"我这么说,绝不是批评你好动的性格。不过,沃斯顿先生,我也觉得,有必要对我们的新瑞士进行一番全面考察……"

"这个新瑞士,就是印度洋里的一座岛屿,对于这一点,现在已经十分清楚。"沃斯顿先生补充道,"最好在独角兽号返回之前,我们完成考察。"

"只要爸爸愿意,随时都可以!……"杰克高声叫道,他跃跃欲试,随时准备发现新事物。

"等到坏天气季节结束,我们再谈论这件事情。"泽玛特先生断然说道,"我赞成去岛屿内陆旅行一趟……不过,必须承认,我们当年登陆的这片海岸,条件优越、物产丰茂,让我们受益匪浅!……还能有另一处地方与之媲美?……"

"谁知道呢?……"欧内斯特回答道,"毫无疑问,那次我们乘坐平底渔船绕过东边的海岬,一直航行到独角兽湾,沿途海岸到处是裸露的岩石,危险四伏的暗礁,甚至,直到那艘巡洋舰的锚泊地,沿岸连一片沙滩都没有。如果从那里继续向南航行,很可能,新瑞士的景色能有所改善……"

"要想弄明白这一点,"杰克说道,"那就驾驶平底渔船环岛绕一圈,把这座岛屿的轮廓搞清楚……"

"但是,"沃斯顿先生坚持说道,"如果说你们向东,仅仅航行到独角兽湾,那么,你们曾经沿着北侧海岸航行,去过更多地方……"

"是的……去过大约十来里[①]远的地方,"欧内斯特回答道,"从失望角,一直航行到珍珠湾。"

[①] 约合55千米。

"甚至,我们都没有出于好奇,去参观一下烟石岛……"杰克叫道。

"那是一座枯燥无味的小岛,"安娜提醒道,"珍妮说,她永远不想再看见那儿!"

"总而言之,"泽玛特先生总结道,"最值得探索的,应该是珍珠湾附近,以及从那儿延伸到海岸的广阔地域。因为,从那里再向前,绵延着大片绿色草原、起伏不平的山岗,以及布满野棉花的田野,还有茂密的树林……"

"在那儿能找到块菰[①]!"欧内斯特说道。

"啊!这个馋鬼!"杰克叫道。

"确实能找到块菰,"泽玛特先生笑着说道,"不过,也能遇上喜欢挖掘它们的家伙[②]……"

"别忘了,那儿还有豹子和狮子!……"贝茜补充说道。

"嗯,根据这些情况判断,"沃斯顿先生说道,"看起来,还是小心谨慎为妙,我们既不必冒险去这边海岸,也不用去另一侧海岸。不过,既然我们未来的殖民地需要扩展到希望之乡以外的地方,我觉得,与其绕岛航行一周,倒不如去岛屿内陆探查一番。……"

"而且要赶在巡洋舰返回之前,"欧内斯特补充道,"我甚至觉得,既然从埃伯福特乡间小屋能看到远方的山脉,那么,最好就是翻过横谷隘路,穿越格林塔尔山谷,一直攀爬到那边山上去。"

"去那边儿,你们不觉得有点儿过于遥远吗?……"沃斯顿先生问道。

"是的……距离大约得有十里……"欧内斯特回答道。

---

① 块菰,亦称松露,是一种主要生长在橡树须根部附近的泥土下、一年生的天然真菌类植物,极为珍贵、美味至极,是一种昂贵的调味品。
② 此处指野猪,因为野猪凭借灵敏的嗅觉,喜欢拱食块菰。

"我确信，欧内斯特已经准备好了一份路书。"安娜·沃斯顿微笑着说道。

"我承认，安娜，"小伙子回答道，"我甚至急着想要绘制一张我们新瑞士的精确地图。"

"朋友们，"于是，泽玛特先生说道，"为了初步满足沃斯顿先生的愿望，我郑重建议如下："

"我第一个举手赞成……"杰克抢着说道。

"等一下，耐心点儿……眼下，距离第二个收获季还有十来天的时间，到那时我们就要忙碌起来，如果你们觉得可行，我们就拿出几天时间，前往岛屿东侧探寻一次。"

"如果这样，"沃斯顿夫人用质疑的口吻反驳道，"如果泽玛特先生和两个儿子，还有沃斯顿先生一起去，泽玛特夫人和安娜，还有我，我们岂不是要单独留守山洞之家？……"

"不是，沃斯顿夫人，"泽玛特先生回答道，"我们全体乘坐平底渔船，一起出门……"

"我们什么时候出发……"杰克叫道，"今天吗？……"

"那还不如昨天就出发呢，是不是？……"泽玛特夫人微笑着反诘道。

"既然我们已经了解珍珠湾里面的情况，"欧内斯特说道，"那么，我们最好沿着东边的海岸航行，让平底渔船直接前往独角兽湾，然后从那儿继续向南。也许，我们能发现一条河流的入海口，甚至尝试沿河溯流而上……"

"这倒是个好主意。"泽玛特先生赞成道。

"至少，"沃斯顿先生提醒道，"我们还可以考虑绕岛航行一圈……"

121

"绕岛一圈？……"欧内斯特回答道，"哦！恐怕我们没有那么多时间。因为，第一次抵达格林塔尔山谷的时候，我们只能隐约看到远在地平线上的蓝色山影……"

"正是这个缘故，我们才更应该去弄个明白……"沃斯顿先生坚持道。

"我们早就应该去弄明白了！"杰克断言道。

"那就说定了，"泽玛特先生总结道，"也许，这段海岸存在一条河流的入海口，而且有可能溯流而上，即使平底渔船进不去，但划着小船总可以。"

大家一致赞成这个方案，随即准备后天出发。

距离出发还有三十六个小时，必须抓紧时间准备。首先，需要让伊丽莎白号进入远航状态，与此同时，要为家畜准备足够的饲料，如果旅途遇到意外，也许时间延长，需要预防万一。

因此，每个人手头都有一大堆活计要做。

沃斯顿先生和杰克忙着检查平底渔船，此刻，它正停泊在小港湾深处。自从上次行驶到独角兽湾回来后，它就再也没有出过海，因此，需进行必要的维修，在这方面，沃斯顿先生是行家里手。他在驾驶航船方面也颇有经验。虽然，杰克值得信赖，作为弗里茨的接班人，他一向果敢无畏，但是，他驾驶平底渔船，能否像操纵平底小艇那般得心应手？……不仅如此，杰克做事儿一向热心；然而，这种热心往往导致粗心大意，必须及时提醒。

泽玛特先生与欧内斯特，以及泽玛特夫人、沃斯顿夫人，还有安娜，他们负责安顿好畜栏和家禽栏，一切做得有条不紊。上一个收获季节储存下大量饲料，对于那些食草家畜来说，无论水牛、野驴、小

需要让伊丽莎白号进入远航状态……

驴、奶牛，还是鸵鸟，它们全都不会挨饿。他们还给家禽准备了足够的食物，包括母鸡、鹅、鸭子，以及珍妮的鸨鹬、两条豺狗、猴子，以及那几条狗。他们只准备带布朗和法尔布出门，因为在路途中，如果平底渔船停靠在岸边，很可能有机会去狩猎。

不用说，为了做好准备，他们还必须前往瓦尔德格农场、埃伯福特乡间小屋、扎克托普，以及展望山，因为，那几处地方都饲养着牲畜。必须把这几处安排妥当，做好几天以后才回来的准备。借助小车，他们按照泽玛特先生的要求，在三十六个小时之内完成了所有准备工作。

说实话，他们必须抓紧时间。地里的庄稼已经泛黄，很快就要成熟。最多十二天之后，就要开始收割，毋庸置疑，平底渔船必须在收割前赶回来。

终于，三月十四日晚上，伊丽莎白号上装满了物资，包括一箱罐头肉、一袋木薯粉、一桶蜂蜜饮料、一小桶棕榈酒、四支长枪、四支短枪、火药、铅弹，以及为两门小炮准备的、数量足够多的弹丸。此外，还有被褥、纺织品、换洗衣服、用打蜡帆布制作的短工作服，以及各种炊具。

准备工作全部完成，只待曙光初现，海风从陆地吹向海面，伊丽莎白号就要启程，直奔东边的海岬。

这一晚格外安静，清晨五点钟，两家人开始登船，身后紧跟着那两条年轻力壮、活蹦乱跳的狗。

当全体乘员就位后，小船被拴在船后尾，紧接着，后桅帆、前桅帆，以及三角帆全部升起，泽玛特先生掌舵，沃斯顿先生和杰克执行指令，平底渔船开始乘风破浪，驶过鲨鱼岛，很快，山洞之家的身影逐渐消失在远方。

第八章

航行 —— 绕过地主礁 —— 独角兽湾 —— 伊丽莎白号锚泊 —— 在悬崖顶 —— 不毛之地 —— 南部地区 —— 第二天的方案

伊丽莎白号驶出救命湾的狭窄湾口后，在开阔的海面上航行，这里恰好位于失望角与东边海岬之间。天气好极了，蓝灰色的天空漂浮着几朵白云，柔和的阳光透过白云洒向水面。

清晨，风从陆地吹来，平底渔船顺风破浪，不过，绕过东边海岬后，海面吹来的海风才能把船帆撑鼓。

轻盈的渔船升起双桅船帆，展开三角帆，甚至张开两个顶桅小帆，乘着强劲的后顺风，全速航行，船身后半部略向右舷倾斜，船艏柱劈开平静如同湖面的海水，航速达到八节[①]，船后汩汩浪花，拉出一道狭长的航迹。

泽玛特夫人、沃斯顿夫人和女儿坐在后甲板上，不时向后望去。

[①] 节是航速单位，1节等于1小时1海里，即1852米。航速八节，即每小时行驶14.6千米。

她们的视线横扫海岸线，从鹰巢，一直到失望角，看着它们逐渐远去。随着渔船的疾速行驶，所有人随着船身愉快地晃动身躯，嗅着陆地清风送来的最后一点芬芳气息。

贝茜思绪万千，心头涌起十二年前的无限往事。她似乎又看见了当初那条用酒桶拼凑，随时可能倾覆的木筏，它曾经救了全家人的性命……然而，就是这条弱不禁风的木筏，载着她驶往一片陌生的土地，木筏上还有她最亲的亲人，包括丈夫和四个孩子，最小的孩子刚满五岁……最终，她在豺狼溪的入海口走下木筏，然后，在那个叫做泽尔特海姆的地方支起第一顶帐篷，后来又迁居到山洞之家。再后来，当泽玛特先生和弗里茨重返那条遇险海船的残骸时，她害怕得要死！然而，岁月如梭，如今，她稳坐在这条装备齐全、平稳行驶的平底渔船上，亲自参与对岛屿东部的探索之旅。另一方面，过去五个月来，她目睹了巨大的变化，而且，在不久的将来，也许还会发生更重要的变化！

随着伊丽莎白号远离陆地，风势逐渐变小，泽玛特先生驾驶渔船，设法尽量利用风力。沃斯顿先生、欧内斯特和杰克听候指令，根据需要，随时拉紧，或者放松风帆。如果渔船在抵达东边海岬前陷入无风停驶状态，那可就麻烦了，因为，伊丽莎白号只有到了海岬那边，才能借得上海风。

为此，沃斯顿先生说道：

"我担心风势不遂人愿，你们看，船帆已经瘪了……"

"确实，"泽玛特先生说道，"风势在减弱，不过，由于风是从船后面吹来，请把一侧的前桅帆升起，再把另一侧的后桅帆也升起来！……毫无疑问，这样能让船速提高一点儿……"

"看起来，只需不到半个小时，我们就能绕过海岬了……"欧内斯特提醒道。

"如果突然一下风停了，"杰克提议道，"我们只好使用船桨，想办法'游'到海岬。我想，如果四个人一起用力划桨，包括沃斯顿先生、父亲、欧内斯特，还有我，应该不至于让渔船寸步难移……"

"可是，如果你们都去划桨，谁来掌舵呢？……"泽玛特夫人问道。

"你……妈妈……或者，沃斯顿夫人……或者，甚至可以让安娜掌舵，"杰克反诘道，"噢！为什么不能让安娜掌舵呢？……我敢肯定，她一定很乐意握住舵柄，一会儿向左，一会儿向右，就像一匹经验丰富的海狼！……"

"那有什么不行……"年轻姑娘微笑着回答道，"反正我只需听从你的指令就好，杰克……"

"好极了！操纵一条船，其实并不比掌管家务更难，就好像任何一位女士，天生就会操持家务……"杰克说道。

其实没有必要求助于船桨，也无须划动小船拖带渔船——尽管这办法更简便。刚才升起的两侧船帆形成剪刀状，渔船更温顺地驾驭起海风，明显提速，直奔东边海岬。

此外，毫无疑问，种种迹象表明，海岬那边正吹起西风。在海岬外侧，不到一里远的范围内，海水呈现一片绿色，海面不时泛起微波，卷起一层又一层闪闪发亮的白色浪花。于是，伊丽莎白号继续快速航行，早晨八点半钟，渔船已经绕过海岬。

伊丽莎白号调整船帆，船速更快了，船身轻微地前后颠簸，不过，无论男士，还是女士，没有人感到不舒服。

风势明显加大了，泽玛特先生建议向东北方行驶，以便绕过前面

伊丽莎白号调整船帆,船速更快了……

的一堆礁石，当初，地主号就是在那里触礁。

"我们可以轻松地绕过它，"沃斯顿先生回答道，"不过，我个人十分好奇，很想看一看当初在狂风暴雨中把你们掀翻的那座暗礁，看看它究竟是否位于从好望角前往巴达维亚的航路上。"

"在那场海难事故中，有许多人丧生，"回想起当初那一幕，泽玛特夫人面色阴郁，她补充道，"只有我的丈夫和孩子们，还有我，侥幸死里逃生……"

"这样，"沃斯顿先生问道，"从来没有听说过，那条船上有人在海上被救起，或者，逃生到附近岛上？……"

"按照利特尔斯通海军上尉的说法，一个人都没有，"泽玛特先生回答道，"而且，很长时间以来，地主号一直被确认沉没，人货俱亡。"

"关于这个问题，"欧内斯特说道，"可以参照多克斯号的乘员情况，珍妮就是那条船的乘客。他们比我们幸运，毕竟，那条船的二副，还有两位水手被送到了悉尼……"

"说得对，"泽玛特先生回答道，"不过，是否可以认为，地主号上可能还有若干幸存者，他们逃到了印度洋的某处海岸，甚至，多少年后，他们还生活在那里，就像我们生活在新瑞士？……"

"什么情况都可能发生，"欧内斯特说道，"因为，我们这座岛屿距离澳大利亚三百里①。由于澳大利亚的西海岸很少有欧洲船只往来，因此，很少有海难幸存者落入当地土著手中。"

"这一点能够解释一切，"沃斯顿先生断言道，"由于这片海域危机四伏，而且狂风暴雨肆虐无常……仅仅数年间，首先是地主号遇难……随后又是多克斯号……"

---

① 约合1300千米。

"毫无疑问，"欧内斯特回答道，"由于海图上没有标明这座岛屿的精确位置，因此，海难发生时，不少船只被岛屿周围遍布的暗礁撞碎，这点并不奇怪。不过很快，像印度洋里的其他岛屿一样，这座岛屿也将在海图上明确标出来……"

"真可惜……"杰克叫道，"是的……可惜，新瑞士从此被暴露在公众面前！"

此时，伊丽莎白号从西侧绕过暗礁，为了躲过最西端的礁石，渔船必须紧紧兜住海风，确保船头保持正确航向。

在那块暗礁侧方的海面上，泽玛特先生指给沃斯顿先生看，只见那块暗礁上有一个狭窄的缺口，当时，巨大的浪花把地主号抛到那个缺口上，礁石如同斧头一般撞击船身，随即，船身遭受第一次爆裂。后来，他们就是从那个裂口向外运送物资，一直到最后某一天，船身在火药的爆炸声中被彻底摧毁。如今，暗礁上已经看不到地主号残骸的踪影，海浪把碎片和所有漂浮物冲到海滩上。在此之前，他们借助空桶的浮力，已经把许多物资运到岸上，包括锅炉、铁制品、铜制品、铅制品，以及那几门小型卡罗纳德炮，其中的两门被安置在鲨鱼岛，其余几门被安置在山洞之家炮台。

伊丽莎白号的乘客巡视那片礁石，此刻，海面平静，海水清澈，大家希望看一看水下是否还有残留物。两年半以前，弗里茨划小艇前往珍珠湾，路过此地，他看到海水下面还残留着几门大型火炮、炮架、炮弹、铸铁块，以及龙骨和绞盘的残骸，要想打捞这些东西，没有潜水钟[①]根本做不到。说实话，即使他们拥有这套设备，泽玛特先生也

[①] 潜水钟是一种无动力单人潜水运载器，潜钟内充满新鲜空气，以保证潜水人员的生存。由于早期的潜水器是一个底部开口的容器，外形与钟相似，故得此名。

不觉得这些东西值得捞取。如今，水面以下，这些物品踪影全无，一堆沙子混杂着茂盛的水藻，掩盖了地主号的最后一点儿残迹。

巡视过这片暗礁，伊丽莎白号斜插向南方行驶，准备尽量靠近东边海岬。不过，泽玛特先生异常小心谨慎，因为，在那一片暗礁中间，有一段礁石形成尖岬，一直延伸到深海。

这段尖岬很可能就是新瑞士岛的最东端，伊丽莎白号航行四十五分钟后，终于绕到这段尖岬的另一侧，此时，西北风从陆地吹来，借着风势，渔船与海岸保持半链距离，开始顺着弧形海岸行驶。

在这段航程中，泽玛特先生再次观察到，岛屿东侧海岸的景色十分荒凉。悬崖上看不到一棵树，地表裸露，植被稀疏，阳光灼烤着景色单调的岩石，裸露凄凉的石缝中，看不到潺潺溪水。这情形，与救命湾一直延伸到失望角，葱翠欲滴的海岸形成鲜明反差！

于是，泽玛特先生不禁感慨道：

"当初，如果地主号沉没后，我们被抛到这座岛屿的东岸，将面临多么艰难的处境，如何才能活得下来？……"

"那样的话，"沃斯顿先生回答道，"你们就不得不前往岛屿内陆……然后绕到救命湾，可以肯定，你们还是会到达首次支起帐篷的那个叫泽尔特海姆的地方……"

"相信是这样，我亲爱的沃斯顿，"泽玛特先生回答道，"不过，那要历经多少艰辛，尤其在最初的日子，我们可能会陷入绝望境地……"

"甚至，谁知道呢，"欧内斯特补充道，"也许我们的酒桶木筏还会在礁石上撞得粉碎！……这里与豺狼溪的入海口简直天差地别，我们在那边靠岸，既安全，也没费劲！"

"显然，你们受到了上帝的眷顾，我的朋友们。"沃斯顿夫人坚信不疑地说道。

"显而易见,我亲爱的玛丽,"泽玛特夫人回答道,"为此,我每天都要祈祷,感谢上帝。"

将近十一点钟,伊丽莎白号抵达独角兽湾,又过了半个小时,它在一块岩石脚下抛锚,这地方位于当初那艘英国巡洋舰锚泊地的附近。泽玛特先生征得全体旅伴的同意,打算在海湾的这个角落登岸,就地度过今天的剩余时光,然后,第二天黎明时分重新启程,继续沿海岸航行。

当铁锚坠落至海底的时候,船尾抛出的缆绳把渔船拉拢至岸边,大家陆续下船,踏上细腻坚硬的沙滩。

海湾周围耸立着石灰岩悬崖,从悬崖脚下到崖顶的高度足有上百尺[①],要想攀爬上去,只能通过悬崖间的一段狭窄裂隙。

两家人首先踏勘了这片沙滩,露营地的遗迹清晰可辨。在高于海平面的沙滩上,不时能看到脚印,巡洋舰维修后抛弃的木块碎屑,支帐篷留下的木桩沙洞,卵石间夹杂的小块煤屑,以及燃烧后留下的灰烬。

看到这些遗迹,泽玛特先生思考一番后,不禁说道:

"假设,"他说道,"我们今天是第一次来这座岛屿的东岸,当我们看到这些登陆遗迹,如此清晰,无可争议,而且如此新鲜,我们将感到多么遗憾,多么大失所望!……这些遗迹显示,曾经有一条船在这里停泊,船上的人在这座海湾驻扎过,然而,我们却一无所知!……而那条船,在离开这片荒凉的海岸之后,谁还指望它能返回呢?……"

"事情确实如此,"贝茜回答道,"我们究竟是如何获悉独角兽号的莅临?……"

---

① 约合30米。

"是碰巧……"杰克说道,"纯属偶然!"

"不,我的儿子,"泽玛特先生回答道,"正如欧内斯特曾经反对的,那是因为我们养成了习惯,每年这个时候,总要在鲨鱼岛上燃放卡罗纳德火炮,正是听到我们的炮声,巡洋舰才点燃三声炮响作为回答。"

"我认输,心悦诚服……"欧内斯特承认道。

"当时,我们犹豫不定,惶恐不安,"泽玛特先生接着说道,"在听到回应炮响之后的三天时间里,狂风暴雨阻止我们重返鲨鱼岛,无法再次发出信号,我们担心极了,唯恐那条船见不到我们就开走了!……"

"是的,朋友们,"沃斯顿先生回忆道,"那样的话,你们将大失所望!你们发现一条船停泊在这座海湾,但是却无法与它建立联系!……在我看来,无论如何,你们返回故乡的可能性大多了。"

"这一点毫无疑问,"欧内斯特肯定道,"因为,我们这座岛屿终于被世人发现了,这条船肯定精确测定了岛屿的位置,并且把它标在海图上……早晚有一天,总有一条船会跑来占领这座岛屿……"

"总而言之,结论如下,"杰克说道,"独角兽号来了,独角兽号被发现了,独角兽号接待了我们,独角兽号开走了,独角兽号还将返回,剩下来,我们应该做的,就是……"

"吃午饭?……"安娜·沃斯顿微笑着问道。

"完全正确。"欧内斯特肯定道。

"开饭喽,"杰克高声叫道,"我饿极了,胃口大开,真想把盘子都吞进肚里!……"

他们从渔船上搬来食物,包括肉罐头、火腿、凉拌家禽肉、木薯饼,还有昨天就烤好的面包。至于饮料,渔船的食品库里存了好几桶蜂蜜水,甚至,还为餐后吃甜点准备了好几瓶鹰巢出产的葡萄酒。紧靠悬崖缝隙,躲在阴凉处,大家不约而同在沙滩上席地而坐。

从船上搬下来生活物资,以及各种炊具后,沃斯顿夫人、泽玛特夫人和安娜一起,打开一张桌布,细沙滩上铺着一层厚实的干海藻,她们把桌布铺在海藻上,大家开始享用丰盛的午餐,至于晚餐,则需要等到晚上六点钟。

不用说,在这片沙滩登岸,再重新上船,驶到海岸另一处,重新锚泊,然后再次重新起航,这套程序在本次旅行途中将多次重复。对于整座新瑞士岛来说,希望之乡毕竟只是很小的一部分。

因此,在午餐即将结束时,沃斯顿先生提议道:

"今天下午,我建议去内陆走一趟……"

"那就必须抓紧时间!……"杰克叫道,"如果提前出发,现在已经走出去一里地了……"

"在午餐之前,您可不是这么说的,"安娜微笑着提醒道,"要知道,您一个人吃的,顶上四个人的食量……"

"那么,我就准备一个人走出四个人的运动量……"杰克回答道,"哪怕走到世界尽头……当然,我说的是咱们这个小世界!"

"但是,如果你走出去太远,我亲爱的孩子,"泽玛特夫人说道,"别人可追不上你……无论是沃斯顿夫人,还是安娜,包括你的妈妈,我们没办法陪你……"

"说实话,"泽玛特先生拍了拍儿子的肩膀,说道,"我不知道如何才能按捺住杰克的急迫心情!……简直没办法让他静下心来……我觉得,即使当初弗里茨,也从未如此跃跃欲试……"

"弗里茨?……"杰克反驳道,"噢!我是不是需要在各个方面都取代他？……等他回来,弗里茨将变得与过去截然不同……"

"为什么？……"安娜问道。

"因为,他要结婚了,要当爸爸了,甚至,要是回来得再迟一点儿,他还可能当爷爷……"

"您真是这么想的,杰克？……"沃斯顿夫人接着说道,"弗里茨不过出去待了一年,就当爷爷了！……"

"总之……甭管他当不当爷爷,反正他要结婚了……"

"那么,为什么他会变得与过去不一样了呢？……"安娜·沃斯顿接着问道。

"你就让杰克信口开河吧,我亲爱的安娜,"欧内斯特回答道,"早晚有一天,与弗里茨一样,他也会扮演一个好丈夫的角色！……"

"你才和弗里茨一样,兄弟,"杰克两眼瞧着欧内斯特和年轻姑娘,接着说道,"至于我,虽然有点儿不可思议,但是,我似乎天生只适合当叔叔……而且是天下最称职的叔叔……是整个新瑞士岛的叔叔！……不过,我知道,咱们现在议论的,并不是穿上结婚礼服站在山洞之家的典礼主持人面前……而是如何了解身后悬崖那边的情况……"

"我觉得,"沃斯顿夫人提醒道,"泽玛特夫人、安娜,还有我,我们最好待在这儿,等你们巡游回来,因为,这趟巡游肯定十分辛苦,而且可能很晚才结束。这片沙滩十分荒凉,根本不用担心外人骚扰。另一方面,要想重新登船也十分容易……我们就留在宿营地,这样,你们不会中途停顿,也不会很晚才回来……"

"我亲爱的玛丽,"泽玛特先生说道,"事实上,尽管我认为,你们在这里十分安全……但是,离开你们,总让我放心不下……"

135

"那好吧！"欧内斯特建议道，"我提议，不如让我留下来……当你们不在的时候……"

"啊！"杰克高声叫道，"这才是我们的大学问家！……留下来……一定又把脑袋埋在书本里！……我敢肯定，他一定在船舱里藏了一本，或者两本书！……行吧！让他留下来，但有个条件：让安娜跟我们走……"

"那就让沃斯顿夫人，还有你母亲也一起跟上，"泽玛特先生补充道，"思来想去，这个办法最稳妥。到时候，只要她们累了，随时可以停下来休息……"

"也可以让欧内斯特停下来陪她们……"杰克开怀大笑，高声叫道。

"别再浪费时间了，"沃斯顿先生说道，"攀爬这座悬崖可不大容易，据我估算，它的高度足有一百至一百五十尺。幸运的是，这道缝隙的斜坡不算十分陡峭，沿着它能一直爬到崖顶。等我们爬上去之后，再决定下一步行动方案……"

"出发……上路！……"杰克不停说道。

动身前，泽玛特先生再次检查了伊丽莎白号的缆绳，确认，即使潮水降落到最低，渔船也不会搁浅，潮水涨到最高处，渔船也碰不到岩石。

这支小队伍向悬崖缝隙走去，不用说，每个男人都背了一支长枪，带了一小袋铅弹，一个火药壶，还有杰克事先准备好的子弹。总之，年轻猎人打算收获几只猎物，也许，甚至是一只猛兽，甭管它属于新瑞士岛的已知品种，还是未知品种。

布朗和法尔布在前边搜索，大家跟在后面，顺着一条类似小路的斜坡前进，斜坡蜿蜒曲折，崎岖陡峭。在雨季的时候，这道缝隙是崖顶平原倾泻积水的河道，曾经激流湍急。不过，在这个夏日炎炎的季节，河道已经彻底干涸。一行人走在河道中，两侧岩石摇摇欲坠，似乎随时可能崩塌，大家小心翼翼。

尽管途中绕来绕去，但是，不到半个小时，他们已经攀爬到悬崖顶端。第一个爬上崖顶的——不出所料——是那个急性子杰克。

在他眼前，西侧，伸展着一望无际的平原。

杰克站在那里，目瞪口呆。他转过身，又把身子转过去，然后，当沃斯顿先生上来站到他身边时：

"这简直是另一个世界！……"杰克惊叫道，"简直令人大吃一惊，不过，也令人大失所望！"

当泽玛特先生与其他同伴陆续站到崖顶，一片失望的情绪蔓延开来。

安娜紧挨沃斯顿和泽玛特夫人，在一座岩石旁坐下，烈日炎炎，周围甚至没有一棵树的阴影可供遮阳，也没有一片绿草坪可供躺倒歇息。到处布满砂砾，散布着不规则的石块，根本不适宜任何植物生长，地面稀稀落落分布着片片苔藓，只有它们，才能在没有腐殖土的地方生存。正如泽玛特先生所说，虽然这里毗邻富饶的希望之乡，但是犹如一片荒凉的阿拉伯岩区[①]。

是的！希望之乡与这片地区截然不同，确实令人惊诧不已。从豺狼溪开始，希望之乡一直延伸到失望角，然后，它越过横谷隘路，以及格林塔尔山谷，一直伸展到与珍珠湾相连的地方！看到眼前这一

[①] 阿拉伯岩区是阿拉伯半岛中部岩石地带的旧称，现称阿拉伯半岛沉积区，主要由石灰岩、砂岩和页岩构成。

切，令人不禁想起泽玛特夫人的话，倘若当时，酒桶木筏把这家海难幸存者抛到岛屿的东海岸，他们将面临怎样的困境？……

看起来，从这座悬崖开始，一直向西伸展到救命湾，大约两里的距离，放眼望去，一片荒凉，既没有绿色植被，也没有树木，更没有河流。地面上，看不到任何四足动物，甚至就连鸟儿，无论是林鸟，还是海鸟，也都不愿光顾这里。

"看来，巡游到此结束。"泽玛特先生说道，"至少，对于我们岛屿的这个角落来说，巡游结束……"

"的确，"沃斯顿先生回答道，"我也觉得，冒着酷暑炎热，前往探查这片砂砾，实在毫无意义，何况我们在这儿啥也干不了。"

"大自然如此变幻无常，荒诞无稽！……"欧内斯特感叹道，"它总喜欢让事物形成强烈对比！……在希望之乡，它欣欣向荣、生机盎然……在这儿，它却贫瘠枯燥，令人望而生厌……"

"我觉得，"于是，泽玛特夫人说道，"我们最好赶紧下去，返回沙滩，然后上船离开……"

"我也这么想。"沃斯顿夫人补充道。

"那好吧，"杰克说道，"不过，先让我爬上那块岩石看一眼！"

说完，他走向左侧的一块岩石，岩石顶端距离地面足有六十尺高，不过五分钟，杰克就爬了上去。随后，他放眼四处张望，旋即招呼沃斯顿先生，以及父亲和兄弟，让他们上去。

只见杰克用手指向东南方，他是不是发现了什么？……

没费多大力气，沃斯顿和泽玛特两位先生已经站到杰克身边，朝那个方向望去，事实上，海岸的景色截然不同。

在距离独角兽湾大约两里远的地方，在一处突兀的拐角，海岸悬

不过五分钟，杰克就爬了上去。

崖陡然降低高度，伸向一处宽阔的山谷，看上去，山谷里流淌着新瑞士岛的一条主要河流。在这片凹陷山谷的对面坡上，生长着绿色的茂密森林。在林间空地，以及森林的另一侧，植被葱郁的原野伸向南方和西南方，一眼望不到尽头。

看上去，这块贫瘠土地的面积不大，位于东边海岬与救命湾之间，方圆不过五六里。

如果说，有一天，这个地区需要开发，地点恰恰位于刚才第一眼看过去的那片地方，也许，那里蕴藏着很多惊喜，无限潜力，不过，未必能与希望之乡媲美！

"出发……"杰克说道。

"出发。"沃斯顿先生重复说道，随时准备冲向那座新发现的山谷。

然而，从这里到山谷足有两里之遥，地面砾石遍布，在岩石之间寻出一条通道，不仅耗时，而且路途艰辛，甚至，在这片裸露的平原上，难免中暑晕倒！

于是，面对心急火燎的沃斯顿先生和杰克，泽玛特先生极力安抚道：

"今天不去……天色已经太晚……我们等到明天……与其步行穿过这片地区，不如乘船走海路过去……我们望见的这座山谷，肯定延伸到海岸某处……有一条河流注入大海，形成一座小港湾……如果平底渔船在那儿找到良好锚地，可以停留一两天，认真勘察一番那边的内陆。"

无疑，这个说法最为明智，没人对此持有异议。

他们最后看了一眼那座山谷，泽玛特与沃斯顿先生，以及杰克走下岩石，把刚才的决定告诉众人。探险活动将推迟到明天，所有人都有机会参与，而且毫无风险，轻松怡人。

于是，众人沿着刚才的小路穿过悬崖缝隙，很快回到悬崖脚下。

独角兽湾的海滨一带见不到猎物——为此，杰克十分沮丧——不过，海水里鱼儿很多，岩石之间随处可见甲壳动物——对此，欧内斯特欣喜若狂。在安娜的帮助下，他张开渔网，大获丰收。于是，晚餐菜肴中，添加了一道烧螃蟹，肉质细腻，以及一道油炸小鳎鱼[1]，鲜美可口。

吃过晚饭，大家沿海边散步，一直走到沙滩尽头。将近九点钟，众人回到伊丽莎白号上。

---

[1] 鳎鱼身体呈椭圆形，头部钝圆，背鳍从头部开始，一直延伸至尾柄基部，肉质非常鲜美，富含蛋白质。

第九章

海滨风光 —— 企鹅 —— 一条新河流 —— 陌生的土地 —— 南部的山脉 —— 第二天的方案 —— 蒙特罗斯河

第二天,泽玛特先生细心眺望东边海岸,那里笼罩着一层薄雾,透过折射的阳光,太阳显出浑圆的轮廓。薄雾很快就要散去,看来,今天是个难得的好天气,气压平稳,没有丝毫迹象显示可能变天。三四天以来,气压计的水银柱始终维持在良好位置。虽然雾霾让空气略显阴暗,但湿气不重,霾尘始终悬浮在空中。另一方面,海风依然清新,稳定地从西北方吹来。在一陆里[①]的范围内,海面相当平静。因此,平底渔船可以继续沿海岸行驶,安然无恙。

早晨六点钟,大家来到甲板上,缆绳已被解开。伊丽莎白号升起前桅帆、后桅帆,以及绷紧帆角索和前下角索的三角帆,驶出独角兽湾的海岬,驶入大海,强劲的海风开始鼓动船帆。半个小时之后,沃斯顿先生掌舵,伊丽莎白号的船头指向正南,沿着崎岖蜿蜒的海岸,

① 约合4.445千米。

与海岸保持十链左右的距离，让海岸锯齿状的沙滩，以及岩石突兀的悬崖始终处于清晰可辨的视野范围内。

那座山谷位于独角兽湾的南方，估计距离四至五里，只需航行两三个小时即可到达。日出之后，海水一直在涨潮，海浪朝这边涌来，当伊丽莎白号抵达目的地，可能恰好赶上平潮[①]。到那时，需要根据地形，临机处置，采取相应措施。

在平底渔船两侧，个头很大的鲟鱼成群结队，快速掠过，游弋嬉戏，其中有几条身长足有七至八尺[②]。虽然杰克和欧内斯特非常想捕捞，但泽玛特先生不允许。因为，捕捞这种鱼需耽误时间，哪有这个必要？如果顺路逮几条鲭鱼，或者别的什么鱼，那倒无妨。于是，他们抛下鱼线，在水里拖拽，钓上来十几条活蹦乱跳的海鱼，等下次锚泊时煮熟，给午餐添一道佳肴。

海岸的景色一直没有变化。石灰岩，或者花岗岩构成的高耸悬崖连绵起伏，悬崖脚下紧挨着沙滩，岩洞深陷，大洋海风推波助澜，海浪冲击岩穴，发出震耳的喧嚣。整条海岸线景色凄凉，气氛阴郁。

不过，随着渔船不断向南航行，海岸逐渐露出生机，成群的军舰鸟、鲣鸟、海鸥，以及信天翁盘旋翱翔，鸟鸣声震耳欲聋。它们不时接近渔船，飞到猎枪的射击范围内。杰克心动手痒，难以抑制猎人的兴奋。如果不是安娜劝阻，他怎能放过这些无辜的飞禽？……

"更何况，"安娜提醒道，"在这些信天翁里，也许就有珍妮的那一只……杰克，如果你把那只可怜的鸟儿打死了，简直令人伤心不忍！……"

---

① 平潮是指潮汐过程中，海水上涨到最大高度后，短时期内保持的不涨也不落的现象。
② 约合2.2至2.6米。

随着渔船不断向南航行,海岸逐渐露出生机……

"安娜说得对……"欧内斯特补充道。

"她说得永远都对,"杰克反诘道,"我答应,只要还没有找到烟石岛的那位信使,我将永不杀死任何一只信天翁。"

"那么,"安娜接着说道,"您想不想听一听我的看法?……"

"当然,请讲!……"杰克回答道。

"早晚有一天,我们将再次遇到这只信天翁……"

"那还用说,因为,我从未把它杀死!"

将近九点钟,海岸悬崖突兀地向内陆拐去,平底渔船紧擦着海岸的凹陷处驶过。海岸悬崖逐渐降低,变得不那么粗糙,形成漫长的斜坡,与岸边的沙滩衔接,不时突起一堆堆黑黝黝的岩石。这儿与海面一样,到处密布暗礁,好几处延伸到几链远的海面上。伊丽莎白号小心翼翼地靠近这里,沃斯顿先生趴在船头,全神贯注观察水面,寻找可疑的浪花,查看水体颜色的变化,以及任何可能出现暗礁的迹象。

"啊!真没想到,"此时,只听杰克感叹道,"至少,这片海岸绝非死气沉沉!……而且生机盎然,动人心魄!"

所有人把视线投向沙滩与岩石,全都以为,杰克锐利的目光已经发现了很多生物。

"请你解释一下,我的儿子,"杰克的妈妈问道,"也许,你已经发现了很多人……也许,是很多野人……"

要知道,印度-马来亚人种的野人生性凶残,泽玛特夫人最害怕遇见他们,这种恐惧绝非毫无道理!

"说呀……杰克……解释一下吧……"他的爸爸也说道。

"请放心……请你们放心……"杰克叫道,"我说的不是人类,虽然它们也有两只脚,但是浑身披着羽毛……"

"那么,你说的是那些大企鹅?……"欧内斯特问道。

"或者是企鹅[①],随你怎么说。"

"很可能看错了,杰克,"欧内斯特回答道,"要知道,这些禽类与蹼足水鸟[②]十分相似。"

"比方说鹅,就是蹼足……你总该认可吧,杰克?"泽玛特先生反诘道,"这名字与企鹅这种笨拙的鸟儿恰好相得益彰。"

"也许,正是由于这个缘故,有时候,它们往往被视为人类……"杰克坚持说道。

"你捉弄人!"安娜·沃斯顿叫道。

"哦!老远看,还真像……"泽玛特先生补充道,"事实上,你们瞧瞧它们脖子上一圈白色羽毛,下垂的两只翅膀活像一双小手臂,挺直了脑袋,一双黑脚丫,队伍排列得整整齐齐!……活像一支身穿制服的队伍!……你们还记得吗,孩子们,当初,在豺狼溪的入海口,那些企鹅成群结队站在岩石上,数不胜数?……"

"甚至,"欧内斯特回忆道,"我还记得,杰克扑到企鹅队伍当中,站在齐腰深的水里,勇敢地与企鹅打架,用木棍打死了好几只企鹅!"

"你说得一点儿不错,"杰克承认道,"不过,那一年我还只有十岁,我当时是否做过承诺[③]?……"

"而且,你也履行了自己的承诺!"泽玛特先生微笑着补充道,"至于这些可怜的畜生,由于遭到我们的虐待,很快集体逃离了救命湾海滩,毫无疑问,这儿成了它们的避难所。"

---

① 欧内斯特说的企鹅,特指皇企鹅或王企鹅。杰克所说的企鹅,是所有企鹅的统称。
② 蹼足是鸟足类型的一种。前三趾间具有较完整的蹼相连,例如雁、鸭、天鹅等游禽的足。
③ 此处指不再捕杀企鹅。

无论是否这个原因，或者由于别的缘故，事实就是，自从泽玛特一家入住山洞之家后没多久，这些大企鹅，或者说企鹅全部抛弃了救命湾海滨，逃之夭夭。

伊丽莎白号靠近开阔的岸边，继续行驶，此时，海水已经退潮，露出一片平坦、布满盐霜的海滩。毫无疑问，这里的海盐足够装满数百只箱子，可以满足未来殖民地对海盐的需求。

悬崖在突兀的拐角处消失了，悬崖拐角延伸到水下，形成一座狭长的海岬，因此，平底渔船只能在半里远的海面上停下来。随后，渔船再次靠近海岸，驶向一座小港湾。当初站在独角兽湾的高处，他们已经发现这座山谷，以及位于谷口的那座小港湾。

"一条河……那儿有一条河！……"杰克爬到前桅杆的上面，高声叫道。

泽玛特先生把望远镜举到眼前，仔细观察这段海岸，嘴里念叨着眼前看到的景象：

右侧——海岸突兀形成拐角，悬崖的边缘向上衔接到内陆的山坡。左侧——海岸尽头有一座海岬，距离很远，至少有三至四里。岸上，原野苍翠，草地和森林绵延起伏，一直伸向地平线。在左右两侧海岬之间，形成一座圆形港湾，俨然一座天然良港，岩石构成了港湾的屏障，遮挡住东边吹来的狂风，而且看上去，进入港湾的水道颇为通畅。

在这座港湾的内侧，有一条河流注入，河道被茂密的树林阴影遮蔽，河水清澈而宁静，河面似乎可以航行，在视线可及的范围内，河道向西南方延伸。

小港湾里有一处很好的锚泊地，平底渔船准备在这儿停泊。船头对准港湾入口，船帆降了下来，仅保留后桅帆和三角帆，使右舷受风，乘势驶入港湾。此刻，海面处于低潮期，潮水将在一个小时之后涌来，虽然，暗礁从周围水面探出头，浪花拍着礁石汩汩有声，但是，港湾内波澜不兴，十分适宜入港。

尽管如此，他们依然不敢掉以轻心。泽玛特先生掌舵，沃斯顿先生和欧内斯特守在船头，杰克紧抓栏杆，大家注视着港湾水道，伊丽莎白号从水道中间穿过。泽玛特和沃斯顿夫人，还有安娜坐在上甲板。面对这个逐渐逼近的陌生地方，所有人沉默不语，好奇与担忧的心情油然而生。毫无疑问，人类涉足此地，这是破天荒的第一次。杰克不断报告测量的水深。四周一片寂静，耳边唯有船下滑过的流水声，间或夹杂船帆鼓动的拍击声，不时传来海鸥与水鸟的鸣叫，它们受惊振翅飞向港湾岸边的岩石。

当伊丽莎白号在一座貌似天然码头的地方抛锚，时间已近十一点钟。这个地方位于河流入海口的左侧，十分方便乘客下船。船身稍后处，岸上立着高大的棕榈树，阴影恰好遮挡了接近正午的强烈阳光。午饭后，大家准备讨论一下，如何对内陆进行考察。

不用说，这条河流的入海口，看上去与当初豺狼溪的入海口一样荒凉，海难幸存者们第一次上岸时，面对的就是这样一幅景象：没有任何人类踏足过的迹象。不过，这条河与豺狼溪的区别在于——它不像豺狼溪那么狭窄，蜿蜒曲折，不适于航行。相反，这是一条真正的河流，沿着它溯流而上，应该可以深入到岛屿腹地。

伊丽莎白号紧贴岸边岩石，船后用缆绳固定，锚泊妥当后，杰克纵身跳上岸。在这儿，不用小船就能登岸，很快，所有人踏上岸边的沙滩。大家把各种物资搬运到树荫下面，然后要做的一件事，就是填饱肚皮，经过长时间航行，在海风的刺激下，人人饥肠辘辘。

大家开始吃饭，与此同时——尽管是狼吞虎咽——你一言我一语地交换看法。各种意见得到充分表达——在所有看法当中，沃斯顿先生的见解如下：

"也许很遗憾，我们应该把船停到河左岸，那样是不是更好？……在那儿，陡峭的河岸更平缓，可是河对岸，耸立的悬崖高达上百尺……"

"不过，我倒并不介意攀爬悬崖……"杰克说道，"如果站在崖顶，至少，我们可以把周围景色一览无余……"

"其实，大可不必遗憾，我们划小船尽可轻易穿越港湾，"泽玛特先生回答道，"不过……在河对岸，我只望见石块与砂砾，活像救命湾延伸到东边海岬的那片不毛之地。然而，在河这边，情形恰好相反，到处绿草茵茵、茂密树林遮天蔽日。远处，我们已经眺望过，那里伸展着一片原野，踏勘起来比较轻松……我认为，我们没有更好的选择了……"

"对于这个选择，我们表示赞同，对吗，沃斯顿先生？……"贝茜说道。

"其实，泽玛特夫人，如果我们愿意，也可以到对岸去看一看。"

"补充一句，我们现在所处的地方，其实就挺不错……"沃斯顿夫人说道。

"但愿您留恋此地，不打算离开！……"杰克接着说道，"那好吧，就这么说定了！……我们放弃山洞之家……鹰巢……以及整个儿希望之乡，移居到这里，守着这条壮观河流的入海口，把这儿确定为新瑞士的首都。"

"你们瞧，杰克又在信口开河！……"欧内斯特回答道，"不过，

149

尽管他是开玩笑,但有一点可以确定,与豺狼溪入海口相比,这条河流的规模,以及这座港湾的深度,更适合建立一座殖民地……当然啦,这片地方还有待开发,进一步开拓,还需要考察它的资源,看一看这里是否有食肉动物出没,品种多不多,危害大不大。"

"言之有理。"安娜·沃斯顿说道。

"欧内斯特说话总是有理。"他的兄弟接着说道。

"无论如何,"泽玛特先生补充道,"甭管这个地方多么美好,不管它如何富饶,我们谁也没想过抛弃希望之乡……"

"当然,毫无疑问,"泽玛特夫人肯定道,"想到抛弃希望之乡,我不禁心如刀绞……"

"我太理解您了,亲爱的贝茜,"沃斯顿夫人回答道,"我永远不愿与您分手,移居到这儿……"

"噢!"沃斯顿先生说道,"现在谈论这个问题太早,倒不如想一下,午饭后如何去周围探索一番!"

所有人都对沃斯顿先生的提议表示赞同,然而,他的夫人和女儿,以及泽玛特夫人却表示,无法参加这趟肯定异常艰苦的探索之旅。为此,经过一番考虑,泽玛特先生说道:

"我实在不愿意让你们独自守在这里,即使只有几个小时。而且,贝茜,你也知道,我每次离开山洞之家外出,总要把你委托给一个儿子照顾……我们不在的时候,如果出现危险,你们怎么办?……我心里一刻不得安宁……不过,我会把一切安排妥当,既然这条河可以行船,我们为何不一起溯流而上呢?……"

"划小船吗?……"欧内斯特说道。

"不……乘坐平底渔船,当然了,我也希望不要放弃这个锚泊点。"

"那就说定了,"贝茜回答道,"我们三个人随时准备陪你们一起去。"

"伊丽莎白号可以溯流而上吗?……"沃斯顿先生问道。

"我们可以利用潮水,"泽玛特先生解释道,"前提则是,必须等待涨潮。海水很快就要上涨倒灌,六个小时之后,我们就可以利用……"

"那个时候出发,会不会有点儿太晚了?……"沃斯顿夫人提醒道。

"确实太晚了,"泽玛特先生回答道,"因此,我觉得最明智的做法,就是在原地度过这一天,然后在船上过夜,等到明早,天蒙蒙亮,乘着潮水动身。"

"需要等到那个时候吗?……"杰克问道。

"必须等到那时,"泽玛特先生回答道,"我们有足够时间考察这座港湾,以及它的周边。不过,由于天气过于炎热,我建议各位女士待在营地,等候我们返回……"

"我赞成这个办法,"沃斯顿夫人回答道,"条件则是,你们不要走得太远……"

"我们就在河右岸随便走一走,不会走远的。"泽玛特先生承诺,并且保证,就在营地附近逡巡。

于是,按照这个方案,在深入岛屿腹地之前,一行人首先要对这座山谷的外部进行考察。

根据约定,泽玛特与沃斯顿先生,以及欧内斯特和杰克一起,首先爬上陡峭的河岸,然后向西,走到位于河流与原野之间的小山岗。

与他们从远处眺望的情景相同,这片土地看上去十分肥沃,——枝叶茂密的树林一片连着一片,一望无际。平原上生长着浓密的野草,足够放养数千只反刍动物,到处水网纵横,溪水纷纷流向那条大河,最后,在西南方的天际,耸立着一座山脉,犹如一道天然屏障。

151

"看到这条山脉，"泽玛特先生说道，"我得承认，它比我们原先估计的要近得多。第一次看到这条山脉时，我们是站在格林塔尔山谷的山巅，当时，雾霾笼罩这座山脉，让它蒙上一层蓝青色，导致视觉误差，让我把距离误判为十五里左右。当时，欧内斯特有所察觉，我认为……"

"事实上，爸爸，那天，我们错误地把实际距离多估了一倍。我认为，如果把这条山脉距离格林塔尔山谷的距离估计为七里，或者八里，比较符合实际……"

"我赞成这个说法，"沃斯顿先生说道，"不过，你们确定这是同一条山脉吗？……"

"就是同一条，"欧内斯特回答道，"而且，我也不认为新瑞士岛有那么大，可以容纳两条如此高大的山脉。"

"为什么不能？……"杰克反诘道，"为什么我们的新瑞士岛就不能像别的岛屿那么宽广，诸如西西里①、马达加斯加②、新西兰③，或者新荷兰？……"

"那它为什么就不能是一座大陆？……"沃斯顿先生笑着高声说道。

"您的意思似乎是说，"杰克接着说道，"我总喜欢夸大其词……"

"不必为自己辩解，我亲爱的孩子，"泽玛特先生说道，"确实，你时常兴奋过度，富于幻想……不过，如果认真思考一下，倘若我们的这座岛屿真的如你想象得那么大，或者说，如你希望得那么大，那

---

① 西西里岛是地中海最大的岛屿，属于意大利共和国，面积2.57万平方千米。
② 马达加斯加岛位于非洲大陆的东南海面上，是非洲第一、世界第四大岛屿，面积为62.7万平方千米。
③ 新西兰岛是一个南太平洋群岛，由北岛、南岛及一些小岛组成，总面积为27万余平方千米。

么，它恐怕很难躲过那么多航海家的视野……"

"……无论对于老大陆，还是新大陆来说，……"欧内斯特补充道，"这座岛屿在印度洋中所处的位置太宝贵了，一旦它被发现，毫无疑问，比方说，英国就要……"

"不必为此感到烦恼，我亲爱的欧内斯特，"沃斯顿先生语气和蔼地说道，"我们这些英国人都是殖民者，我们的天性，就是把遇到的所有地方，统统变成殖民地……"

"所以，一言以蔽之，"泽玛特先生接着说道，"从我们的岛屿被发现之日起，它就被标注在英国海军部的海图上了，而且毫无疑问，它将被命名为'新英格兰'，而不是'新瑞士'。"

"既然你们作为第一批占领者，已经决定把这座岛屿让给大不列颠，"沃斯顿先生断言道，"那么，在任何情况下，事情已成定局……"

"也就是说，"杰克说道，"独角兽号将要返回，接收这座岛屿！"

关于西南方那座山脉的距离，泽玛特先生确实应该修正原先的估计。因为，从这条河流的入海口到这条山脉的距离，与这条山脉到格林塔尔山谷的距离大致相当，都不超过七至八里。只是还不清楚，这条山脉是位于岛屿的中心，还是位于岛屿的南侧海岸。

一旦确定这座山脉的位置，欧内斯特甚至可以满足心愿，绘制一幅完整的新瑞士岛地图。所以，沃斯顿先生关于踏勘这片地区的建议十分正确，根据他的建议，不仅需要一直走到山脉脚下，甚至应该爬上山顶。不过，恐怕只能等到夏季重新来临，才能实施这个踏勘方案。

不用说，这座岛屿所有被踏勘过的地方，欧内斯特都已相当精确地予以描绘。其中，岛屿北部的海岸总长大约十里：东侧，从东边海岬到救命湾的湾口，海岸线相当规整；随后，这座海湾向内凹进，形

153

状如同一只羊皮袋①,紧接着,在鹰巢岩石林立的海岸与失望角的暗礁之间,海岸线继续延伸;从失望角开始,海岸线向西转,凹进去,一直抵达塌鼻子海岬,形成鹦鹉螺湾,那条名叫东江的河流注入这座海湾;最后,海岸线画出一道大弧线,形成了广阔的珍珠湾,湾口一侧矗立着天然拱桥,与另一侧的海岬遥遥相对。在那座海岬凸出部的西南方,距离四里远的海面上,耸立着烟石岛。由此可知,希望之乡的一侧是茫茫大海,另一侧是鹦鹉螺湾,背后围着一道屏障,这道屏障从救命湾的狭窄湾口,一直延伸到鹦鹉螺湾的尽头,这是一道难以逾越的屏障,唯独南侧的横谷隘路可供通行。这块天地的面积大约为四平方里,包含了豺狼溪、鹰巢周边地区、天鹅湖、山洞之家和鹰巢两处住宅、瓦尔德格和扎克托普农场,以及埃伯福特乡间小屋。

一行人沿着陡峭的河岸继续巡视,然而,泽玛特先生不希望走得太远。欧内斯特表示赞同,他对父亲说道:

"这趟踏勘结束后,我可以把这条河流的一段描绘下来,包括它流经的这座山谷。不过,这片新天地确实很富饶,毫无疑问,我们这座岛屿足可供养数千移殖民……"

"这么多!……"杰克惊叫道,毫不掩饰自己哀怨的神情,他很难接受自己的"第二祖国"将来人满为患的前景。

"补充说一句,"欧内斯特继续说道,"要知道,一座城市如果坐落在江河的入海口,必将享受极大便利,很可能,未来,这座小港湾将成为移民定居的首选……"

"那样,我们就不会与他们发生争执,"泽玛特先生补充道,"我们当中,永远不会有人舍得放弃希望之乡……"

---

① 此处特指一种地中海、近东一带常见的,用于盛液体的羊皮袋。

"更何况，泽玛特夫人并不喜欢这儿……对此，她已经明确表示过……"沃斯顿先生提醒道。

"妈妈说得对！……"杰克叫道，"你们不妨再去问一问我们那些忠实的飞禽走兽仆从，去问问斯特姆、布鲁默、拉什、布拉斯、布鲁尔、菲伊尔、富林克、克尼普斯二世、莱希特福斯、布劳斯温德、图尔克，以及跟我们一起来这儿的布朗和法尔布，问问它们是否愿意搬家！……如果我们给予它们投票权，就这个问题举行公投，它们一定占多数，而且，我能猜得出来投票结果……是的！民心所向！"

"冷静一点儿，杰克，"泽玛特先生回答道，"我们还不至于要征求这些畜生们的意见……"

"既然它们个个有名有姓，那就不能算是畜生！"杰克反驳道，惹得两只年轻的小狗活蹦乱跳，吠叫不已。

将近六点钟，泽玛特先生和同伴们顺着狭长的河岸回到营地，远处，茂密的针叶林层峦叠嶂。大家坐在草地上吃晚饭，席间，各位宾客品尝了油炸鲍鱼，它们都是安娜利用欧内斯特事先准备好的渔线，在河边钓上来的淡水鱼。看起来，这条河里的鱼儿很多，河流上游分布着众多支流，带来大量淡水鳌虾，众人都说，临走时，一定得捕捞一些。

吃过晚饭，谁也不着急回到船舱里，甚至，即使没有帐篷，大家也希望在河滩上露宿。这里的夜晚实在舒适惬意！微风拂面，飘来浓郁的田野芬芳，清新的空气弥漫着花香，沁人肺腑。经过热带烈日烘烤了一日之后，畅快淋漓地呼吸凉爽的空气，浑身疲劳顿时消弭。

可以肯定，明日是个好天气。海平线上，升起一层薄雾。雾霾飘浮在上空，让繁星闪烁的光芒变得轻柔。众人漫步，相互交谈，聊着

繁星闪烁的光芒变得轻柔。

明天的日程……随后，将近十点钟，大家回到伊丽莎白号，每个人找好自己休息的位置，除了欧内斯特，因为，他负责值第一班岗。

然而，就在大家准备休息时，泽玛特夫人突然想起来：

"你们是不是忘记了一件事儿？……"她问道。

"忘记了什么，贝茜？……"泽玛特先生回答道。

"是的……忘记给这条河起名字……"

"你说得太对了，"泽玛特先生承认道，"不过，这点遗憾难不住欧内斯特，他最擅长辑录地名……"

"那好吧，"欧内斯特回答道，"有一个现成的名字……我们就把它称为安娜河……"

"非常好，"杰克说道，"……这下，您该高兴了吧，安娜？……"

"当然了，"年轻姑娘回答道，"不过，我倒想出来另一个名字，更合适……"

"什么名字？……"泽玛特夫人问道。

"就是我们亲爱珍妮的家族姓氏……"

所有人一致同意，于是，从这一天起，蒙特罗斯河被标注在新瑞士的地图上。

157

第十章

小艇游弋蒙特罗斯河 —— 不毛之地 —— 沟壑里的砾石 —— 水坝 —— 返回伊丽莎白号锚泊地 —— 沿河顺流而下 —— 东南方出现一缕烟 —— 返回山洞之家

第二天,将近清晨六点钟,海面水位处于低潮,港湾岸边几簇昨天没有露头的岩石,现在都钻出了水面。伊丽莎白号漂浮在靠近岩石的锚地水面,那里砂质海底的水深仍有三至四尺[①]。不过,大家注意到,即使水位最低时,港湾的水道依然保有四十至五十托阿斯[②]的宽度,可供船只通行。也就是说,无论海潮水位如何变化,蒙特罗斯河随时可供航行。显然,如果这条河流深入内陆几里远,那么,可以肯定,它的入海口必将成为殖民地的首选,未来,这里可望发展成一座重要的海港城市。

接近七点钟,即将涨潮,沿岸的岩石传来汩汩浪声,幸亏渔船后面系着缆绳,船身没有顺着铁锚调转方向。

① 水深约合0.9至1.3米。
② 约合80至100米宽。

天刚亮,沃斯顿先生和欧内斯特就下船去了,此刻,注意到港湾下游水面的变化,他俩跳上甲板,返回船上,与泽玛特夫妇、沃斯顿夫人和女儿会合。但是杰克带着两条狗,出去打猎,还没有回来。传来几声枪响,表明他就在附近,而且打到了猎物。很快,杰克出现了,猎袋鼓鼓囊囊,塞着两对儿鹧鸪,以及好几只鹌鹑。

"我既没有浪费时间,也没有浪费火药。"杰克一边说着,一边把羽毛艳丽的猎物扔上船。

"祝贺你,"他的父亲回答道,"现在,我们不能浪费时间,也不能错过上涨的潮水……松开缆绳,赶紧上船。"

杰克立即执行命令,带着两条狗回到船上。锚链已经被绷紧,铁锚随即被吊起。渔船立刻感受到海浪冲击,在海面吹来的轻风鼓噪下,伊丽莎白号进入蒙特罗斯河的入海口,紧接着,借助顺风,沿着中心航道,溯流而上。

河两岸之间的距离,至少宽达二百五十至三百尺[1]。顺着河道望去,两岸一直伸展,它们之间的距离并未逐渐变窄。右侧河岸,高耸的悬崖继续延伸,但是,随着地面斜坡的缓慢抬升,悬崖的高度逐渐降低。左侧河岸,虽然陡峭,但是河岸相对低矮,远望广袤平原,分布着一片又一片树林,以及一簇又一簇树丛,在每年的这个时节,树梢泛出淡黄色。

快速航行半个小时之后,伊丽莎白号来到了蒙特罗斯河的第一个拐弯,河道形成30度拐角,直奔西南方。

从这处拐弯起,河岸的高度已经低于十至十二尺[2]——此时,潮

---

[1] 约合80至将近100米。
[2] 约合3至4米。

159

水也已达到最高峰。沙洲上绿草茵茵，杂乱的芦苇伸出刺刀般尖锐的苇尖。不过，今天是三月十九日，分点潮①处于最高水位。由此可以看出，蒙特罗斯河的河床完全可以容纳上涨的河水，水流不会溢出河床，漫延到附近田野。

平底渔船按照每小时三至四里的速度行驶，换句话说，在涨潮期间，它总共可以航行七至八里的距离。

欧内斯特记录了上述航速，并且观察说道：

"我们曾经估计过南方那座山脉的距离，而我们行驶的距离几乎与之相当。"

"你的估算完全正确，"沃斯顿先生回答道，"如果这条河能够延伸到山脉脚下，我们可就方便多了。如此一来，原先拟定的考察方案，也无须等到三四个月以后再实行……"

"这样一来，我们拥有更充裕的时间。"泽玛特先生回答道，"不过，即使蒙特罗斯河把我们送到山脉脚下，恐怕原定目标仍然无法实现。因为，我们还要攀爬到山顶，那得耗费很长时间。"

"再说了，"欧内斯特补充道，"首先，必须明确，这条河流是否继续向西南延伸，其次，还需要明确，这条河流是否存在险滩，或者其他不可逾越的障碍。"

"我们很快就能知道，"泽玛特先生继续说道，"只要潮水仍在涌动，我们就继续前进，几个小时之后，我们再就这个问题做出决断。"

驶过河道拐弯处后，两侧河岸变得不那么陡峭，放眼望去，蒙特罗斯河的广阔流域一览无余，尽收眼底。这个地区的确十分荒凉，草丛中，河岸芦苇里，各种各样的猎物令人眼花缭乱，包括大鸨、松鸡、

---

① 分点潮是指当月球位于赤道面，春分点和秋分点也在赤道面的时候发生的潮汐。

鹧鸪，以及鹌鹑。如果杰克把猎狗放出去，任由它们沿着河岸在附近奔跑，很快就能撵出来野兔、刺鼠、野猪，以及水豚。从这个角度观察，这片地方与鹰巢周围，以及那几座农场附近颇为相似——甚至也有不少猴子，在树木之间蹦跳。远处，成群的羚羊在奔跑，它们与圈养在鲨鱼岛上的羚羊一模一样。在山脉那边，距离一里多远的地方，望得见成群水牛，有时候，在更远的地方，还能看见扇着翅膀、快步飞奔的成群鸵鸟。今天，泽玛特先生和两个儿子不会再像上回，在埃伯福特乡间小屋第一次眺望鸵鸟的时候一样，把它们误认为阿拉伯人。

此刻，不难想象杰克的心情，他被困在伊丽莎白号上，无法跳下船，跑上岸，与这些四条腿的走兽，以及飞禽一起撒欢，用手中的猎枪与它们打招呼。不过确实，既然没有必要，何苦要打扰这些猎物呢？……

"今天，我们都不是猎人，"杰克的父亲反复说道，"我们是探险家，或者，更确切地说，是地质学家和水文学家，在新瑞士的这片天地，我们肩负使命。"

对这番劝告，年轻的宁录①根本听不进去，他思忖着，等平底渔船到达下一个停泊地，一定带着猎狗去周围搜寻猎物，以自己的方式从事地质学调查：他要确定的是鹧鸪与野兔的准确位置，而不是地理坐标。那些活儿，应该留给博学的欧内斯特去完成，既然他那么渴望在自己的地图上，补充画上位于希望之乡南边的这块新天地。

航行过程中，在蒙特罗斯河两岸，大家并未发现任何凶残的食肉动物，或者说猛兽，然而，谁都知道，这些家伙在格林塔尔山谷附近，以及珍珠湾尽头的那片大平原和树林里经常出没。非常幸运，这里既

---

① 宁录是《圣经·创世记》记载以打猎为生的猎户，孔武英勇，为世上英雄之首。

没有狮子，也没有老虎，更没有花豹和非洲豹。不过，在附近树林的边缘地带，时常传来豺狗的号叫。由此可以得出结论，这种介于狼与狐狸之间，作为狗类亚属的动物，在这座岛屿的猛兽群落中，占了绝大多数。

另外，别忘了，这里还有数量众多的水鸟，包括针尾鸭、野鸭、白眉鸭、沙锥，它们在陡峭的河岸上飞来飞去，或者躲藏在芦苇丛中。遇到这样的机会，杰克充分满足欲望，展示狩猎技巧，斩获颇丰。杰克兴奋地开了好几枪，这次却没人指责他，除了安娜，她一个劲地为这些无辜的动物恳求杰克放手。

"它们无辜……但是如果做熟了，味道却很鲜美！"杰克回答道。

事实上，当法尔布游到蒙特罗斯河里，叼回来一对儿针尾鸭，以及两只野鸭后，不仅丰富了午饭和晚饭的菜单，而且，所有人都赞叹不已。

十一点钟刚过一点儿，伊丽莎白号来到蒙特罗斯河的第二个拐弯处，欧内斯特发现，从这里开始，河道向西转去。根据蒙特罗斯河的大体走向，大家推断，很可能，这条河就是源自那座山脉，尽管现在距离那座山还很远，足有六至七里之遥，但是毫无疑问，那座山与这条河血脉相连。

"十分遗憾，"欧内斯特说道，"涨潮就要结束，我们无法继续往前航行……"

"确实，很遗憾，"泽玛特先生回答道，"不过现在河面处于平潮状态，潮水不会很快退去。而且，由于现在是大潮，可以确定，潮水很少越过蒙特罗斯河的这个拐弯处。"

"这一点显而易见，"沃斯顿先生赞成道，"现在，我们需要做出决定,是否在这里停泊,或者,借助退潮的河水,掉头返回,渔船从这儿返抵港湾,不会超过两个小时。"

这个地方太可爱了,必须承认,每个人都热切希望在这里度过一整天。左侧河岸正好有一座小港湾,清澈的溪水活泼地注入河流,溪水上方矗立着高大的树木,树干低垂,枝繁叶茂,众多鸟儿在树冠里蹦跳,飞来飞去。这是一株高大的印度无花果树,与鹰巢的红树极为相似。在这棵大树的身后,生长着成片的橡树,绿叶婆娑,犹如撑开巨大的阳伞,遮挡了炽烈的阳光。密林深处,沿着蒙特罗斯河的支流,番石榴树与樟树的浓荫遮天蔽日,轻风吹过,低垂的树枝摇曳不定,宛若一簇簇风扇。

"说实话,"泽玛特夫人说道,"这地方真不错,最适合修建一座别墅!……可惜,这里距离山洞之家太远了……"

"是的……确实太远,我亲爱的朋友,"泽玛特先生回答道,"不过,请相信,这个地方不会被遗忘,我们也不可能把一切攫为己有!……你就不想给这座岛屿未来的公民留点儿什么吗?……"

"可以肯定,贝茜,"沃斯顿夫人说道,"新瑞士岛的这片地方,依靠蒙特罗斯河的滋润,一定会得到新移殖民的青睐……"

"那么,在此之前,"杰克说道,"我建议在此宿营,一直待到晚上,甚至逗留至明早……"

"这倒是一个亟待解决的问题,"泽玛特先生宣布道,"别忘了,退潮的河水能让我们在两个小时内返回港湾,那样的话,明天晚上,我们就能回到山洞之家。"

"安娜,您是怎么想的?……"欧内斯特问道。

"还是由您的父亲决定吧,"年轻姑娘回答道,"不过,我愿意承认,

这个地方太可爱了……

这地方当真舒服极了,值得在这儿逗留一下午。"

"不仅如此,"欧内斯特接着说道,"我也很想再做几次测量……"

"而且,我们还可以填饱肚子!……"杰克叫道,"吃午饭,求求你,让我们吃午饭吧!"

事情就这么决定了,大家将在蒙特罗斯河的拐弯处逗留一下午,外加一个晚上。然后,待下次退潮,也就是将近凌晨一点钟,在明亮的夜色中——因为当晚是满月——平底渔船将安然无恙地乘着退潮,顺流而下。根据海况,以及风向,伊丽莎白号将从入海口的港湾出发,或者驶往独角兽湾停泊,或者直接绕过东边海岬,返回山洞之家。

于是,平底渔船的船头系泊在大树脚下,船尾随即甩向下游方向——显然,退潮已经开始了。

午饭过后,泽玛特夫人、沃斯顿夫人,以及安娜同意留守营地,与此同时,其他人开始踏勘周围田野。事实上,他们需要了解这片地区的整体情况。于是,做出如下决定:泽玛特先生与杰克组成一队,从一条小支流的入河口开始,溯流而上,一路狩猎,但是不能走得太远。沃斯顿先生与欧内斯特组成另一队,乘坐小船,沿蒙特罗斯河溯流而上,能划多远就划多远,只要能赶回来吃晚饭就行。

至于留守营地的泽玛特和沃斯顿夫人,以及安娜,她们不会面临任何危险。然而,在这个问题上不可掉以轻心。在任何情况下,如果需要,她们只需点燃船上已经填满火药的一门小炮,就能轻而易举地召回两名猎人。杰克特意询问年轻姑娘,燃放船上的火炮是否让她感到恐惧,安娜回答说,燃放一声火炮,有什么好怕的,只要贝茜一声令下,她就开炮。

不仅如此,泽玛特先生和杰克就在蒙特罗斯河的拐弯附近,并不

165

走远，在那些矮树丛下面，猎物很多，他们有足够的机会利用手中的火药和铅弹，在半里距离的范围内，枪声肯定能够传到营地。

沃斯顿先生和欧内斯特两人划桨，小船背朝渔船，溯流而上，与此同时，泽玛特先生和杰克沿着蜿蜒曲折的河岸，朝北方走去。

过了拐弯处，蒙特罗斯河斜插向西南方。小船顺着河道划行，两岸矗立着枝叶茂密的苍老树木。岸边杂草丛生，斜坡上布满密密麻麻的芦苇，小船几乎难以靠岸。不过，既然不能上岸，也就没有上岸的必要。重要的是尽可能地溯流而上，能划多远就划多远，争取把这条河流的大致走向搞清楚。另一方面，河面的视野逐渐开阔，前方半里远的地方，植被逐渐稀疏，一棵一棵孤立的树木，直射的太阳光在树下投出浑圆的阴影。紧接着，连续出现大片平原，突兀的岩石零散分布，而且越来越密集，源源不断，一直延伸到山脉脚下。

阳光笼罩着蒙特罗斯河面，看上去，就像一面闪闪发光的镜子。下游两岸蔽日遮阴的树木，此刻已经没了踪影。不仅如此，炎热的空气似乎在燃烧，周围一丝风也没有，划桨运动变得异常艰辛。幸运的是，退潮并没有加快河水的流速，因为，潮水并未越过第二处拐弯，在这个季节里，水位相对较低，河水流速正常，小船继续逆流而上。也许，几个星期之后，情况将迥然不同，到那时，雨季来临，山上的洪水汹涌而来，倾泻进入蒙特罗斯河的河道。

不过，尽管天气炎热，沃斯顿先生和欧内斯特毫不气馁，依然奋力划行。河道两岸蜿蜒曲折，河面上形成一个又一个漩涡，他们竭尽全力选择水流，以便节省气力。

"我们完全有可能，"沃斯顿先生说道，"一直抵达山脉的脚下，蒙特罗斯河应该是从那里发源。"

"您依然坚持自己的想法，沃斯顿先生？……"欧内斯特摇了摇头，回答道。

"我坚信，而且我的想法很可能是正确的，我亲爱的孩子。你们若想真正认识自己的岛屿，那就必须站上那条山脉的山巅，放眼眺望四周，何况，那座山似乎并不太高。"

"我估计，它的高度大约为一千二百，或者一千五百尺①，沃斯顿先生，我的想法和您一样，如果站在那座山顶，肯定能把新瑞士岛一览无余，除非它的面积之大，超出了我们的预期。在这条山脉的另一侧，我们能看到什么呢？……如果说，迄今为止，我们对此尚一无所知，那是因为，过去十二年来，我们生活在希望之乡，从未觉得那里狭小逼仄……"

"你说得对，我亲爱的欧内斯特，"沃斯顿先生回答道，"但是，现在，为了迎接移殖民，必须了解这座岛屿的规模，这件事非常重要……"

"这件事肯定需要去做，沃斯顿先生，但是要等好季节重新来临的时候。而且，毋庸置疑，肯定能在独角兽号回来之前做好。至于今天，我认为应该利用这几个小时进行踏勘，搞清楚蒙特罗斯河的走向，这才是明智的做法……"

"但是，只要我们坚持不懈，稍作努力，欧内斯特，也许我们就能抵达那条山脉……沿着北坡爬上去……"

"前提则是，那座山坡不太陡峭，沃斯顿先生……"

"噢！只要我们的双腿强健有力！……"

"说实话，您真应该带着杰克来，而不是我，"欧内斯特微笑着说道，"他肯定不会跟您唱反调，他这个人……恨不得怂恿您一直爬上

---

① 约合390至490米。

山顶……哪怕明天，甚至明天下午才能返回……至于推迟返回可能让其他人担惊受怕，他根本不会考虑！"

"看起来，您说的有道理，我亲爱的欧内斯特，"沃斯顿先生感叹道，"既然我们之前做过承诺，那就得履行诺言。我们再往前划一个小时，就让小船随波逐流，往下游漂吧……没关系！我还会继续努力，早晚要把历史悠久的英格兰旗帜插上新瑞士岛的最高峰！"

沃斯顿先生赌咒发誓，雄心勃勃，对此，我们不必感到意外。那个时候，恰逢大不列颠向全世界到处派遣航海家，全力拓展殖民势力的时代，他的言行，符合一个英国佬的标准。不过，他也明白，攫取这座岛屿的时机尚不成熟，不妨等一等，因此，沃斯顿先生不再固执己见。

小船继续向前行驶，随着河道向西南伸展，两岸原野一览无余，看不到一棵树，土地渐趋贫瘠。渐渐地，绿草茵茵的田野变得干旱枯燥，到处布满裸露的岩石。裸露的岩石上，偶尔有几只鸟儿飞过，早晨两岸随处可见的动物，包括水牛、羚羊、鸵鸟，现在一只也见不到了。成群的豺狗隐匿身形，号叫声此起彼伏，消失在旷野远方。

"没有与我们同行来这里，杰克一定感到十分庆幸。"欧内斯特说道。

"确实，"沃斯顿先生回答道，"如果来这儿，他可没有开枪的机会。在蒙特罗斯河那条小支流附近，有成片茂密的树林，在那儿，他能大显身手……"

"无论如何，沃斯顿先生，我们这趟巡游收获不大，"欧内斯特说道，"无非是弄清楚了，这片地方与独角兽湾延伸过去的那片地方相似……甚至也许，山脉的另一侧也是这个样子，谁知道呢？……很可能，这座岛屿只有北部和中部土地肥沃，也就是从珍珠湾到格林塔尔山谷的那片地方。"

"所以，下次进行长距离踏勘的时候，我们不必驾船绕到岛屿的东岸，或者西岸，最好直奔南方……"

"我也是这么考虑的，沃斯顿先生，翻过横谷隘路，然后直奔原野，这才是最佳方案。"

将近四点钟了。小船距离宿营地大约有二里半之遥，恰在此时，上游传来水流奔腾的喧嚣声。难道那里有一条瀑布注入蒙特罗斯河？……或者，是河流本身出现急转弯？……上游，是否出现了一道岩石屏障，小船航行到此为止？……

此时，沃斯顿先生和欧内斯特的小船处于漩涡当中，停滞不前，在河岸凸角的庇护下，他们正准备调转船头。由于河岸斜坡的遮挡，他们看不到凸角另一侧。

"我们再划几下，"沃斯顿先生说道，"争取绕过凸角……"

"看起来……"欧内斯特回答道，"我担心不能沿蒙特罗斯河划船直抵山脉脚下了。"

顶着头上似火的骄阳，沃斯顿先生和欧内斯特已经划行了四个小时，此刻，他们用尽最后一点力气，奋力划桨。

从这儿，蒙特罗斯河再次拐向西南方，而且形成这条河流的基本走向。过了一会儿，在上游好几百尺远的地方，河道笔直地延伸出很长一段距离，然后，被一堆岩石挡住，岩石从一侧河岸，一直延伸堆积到另一侧河岸。在两岸之间，仅仅留出狭窄的缝隙，河水奔流而下，形成喧嚣的瀑布，在下游二十托阿斯[①]远的地方，都能感受到紊乱水

---

① 约合40米。

流的冲击。

"瞧吧,我们被挡在这儿了,"欧内斯特说道,"即使我们想要继续,也无计可施……"

"也许,我们还有可能……"沃斯顿先生回答道,"可以把小船抬到水坝另一侧……"

"假如它仅仅是一座水坝,沃斯顿先生……"

"我们会弄清楚的,我亲爱的欧内斯特,因为,弄清楚这一点十分重要……下船登岸。"

水坝左侧,有一处小洼地,在这个季节,洼地干涸无水,而且蜿蜒曲折通往河岸坡顶。毫无疑问,几个星期之后,雨季来临时,这里将成为泄洪通道,喧嚣的洪水将与蒙特罗斯河水汇合奔流。

沃斯顿先生把抓钩扔到地上,随后,他与欧内斯特一起攀上河岸,斜插走向水坝。

他们踏着半掩在沙土中、被杂草缠绕的石块,缓步走了一刻钟,地上到处散落着棕色的卵石,石头的棱角被磨得浑圆,活像核桃大小的一块块糕点。

沃斯顿先生和欧内斯特走到水坝上,他们发现,在足有半里远的范围内,蒙特罗斯河面无法航行。因为,河面上布满了岩石,河水在岩石的缝隙中奔流,要想抬着小船走到上游,实在有点儿得不偿失。

周围的原野一直延伸到山脉脚下,看上去异常贫瘠。要想看到一点儿绿色植被,必须把目光转向西北方,以及北方,那里恰好就是格林塔尔山谷所处的位置,放眼望去,远方依稀可辨高耸的台地,那是希望之乡的边界。

由于蒙特罗斯河的河道在这里被堵塞,沃斯顿先生和欧内斯特只

沃斯顿先生与欧内斯特一起攀上河岸……

好遗憾地抽身往回走。

返回途中，在蜿蜒曲折的沟壑里，欧内斯特弯腰捡起几块棕色的小卵石，它们体积不大，但是分量沉甸甸。他心想，回到山洞之家之后，一点要检验一下，想着，随手把两块小卵石塞进裤兜里。

沃斯顿先生转身背朝西南方，心中难免有些烦乱。然而，太阳已经开始倾斜，此地距离宿营地还有一段距离，必须抓紧时间。于是，小船被重新推进河里，借助船桨，在两岸之间快速顺流而下。

六点钟，全体人员在橡树苍翠的树荫下会合，泽玛特先生和杰克的狩猎大获丰收，他们带回来一只羚羊、一对兔子、一只刺鼠，以及各种各样的飞禽。

至于那条蒙特罗斯河的小支流，它滋润着大片肥沃、可供种植谷物的土地，不仅贯穿平原，而且纵贯树种繁多、枝叶茂密的树林。不仅如此，这个地方还是良好的狩猎场，毫无疑问，今天，这里第一次响起猎人的枪声。

泽玛特先生讲述完自己的经历，轮到沃斯顿先生。他按照先后顺序，介绍了在这条河上游，驾驶小船划行二里的所见所闻。他讲到，往南去，这片土地渐趋贫瘠；讲道他和欧内斯特遇到了一座把河道拦腰截断的水坝，而且无法逾越，不由得心情沮丧；他还补充道，要想抵达位于西南方的那座山脉，必须离开蒙特罗斯河，另辟蹊径。

贝茜、玛丽和安娜为探险家们准备了丰盛的晚餐。大家在树荫下，围坐在河岸旁，河里长满水草，河水在砂质的河床上流淌，欢快地喃喃低语。菜肴受到众人的交口称赞，欢声笑语一直延续到晚上九点钟。

饭后，每个人在伊丽莎白号上找到自己的位置，不一会儿，在男士们这一侧，鼾声此起彼伏，伴随着远方豺狗们的号叫。

他们已经约定，为了充分利用退潮下降的河水，一旦退潮开始，立即出发。也就是说，出发时间定在凌晨一点钟。为此，他们睡觉的时间并不多。不过，第二天晚上，他们可以补觉，因为伊丽莎白号可能停泊在独角兽湾，或者，如果能在二十四个小时之内抵达，则径直返回山洞之家。

尽管两个儿子，以及沃斯顿先生迫切恳求，泽玛特先生始终坚守在甲板上，以便确保一点钟的时候唤醒大家。无论何时，必须小心谨慎。夜色深了，虽然白天没有发现猛兽，因为它们隐藏在巢穴里，此时，却可能跑来河边饮水解渴。

一点钟，泽玛特先生叫醒了沃斯顿先生、杰克，以及欧内斯特，此时，已经传来退潮的汩汩水声，从内陆吹来阵阵微风，他们升起船帆，拉紧前下角索和帆脚索，借助阵风和潮水的双重作用，伊丽莎白号顺流而下。

夜色十分明亮，天空中繁星密布。接近朔望[①]的月亮正在缓慢地向北方地平线滑落。

蒙特罗斯河的河道畅通无阻，伊丽莎白号只需把准中心航道。因此，起航的操作结束后，船帆已经到位，只需两个人操纵航行。沃斯顿先生负责掌舵，杰克站在船头。至于泽玛特先生和欧内斯特，前者躺倒休息，后者则再次躺倒继续休息。

实际上，休息的时间并不长。清晨四点钟，东方露出鱼肚白，伊丽莎白号已经接近蒙特罗斯河的入海口，抵达上次停泊的位置。

[①] 朔是指月球与太阳的地心黄经相同的时刻，这时月球处于太阳与地球之间。望是指月球与太阳的地心黄经相差180°的时刻，这时地球处于太阳与月球之间。朔望均为大潮期。

本次夜航一帆风顺，尽管途中听到过几次河马的呼噜声。根据弗里茨在东江航行的经验，以及他所描述的状况，大家已经知道，在新瑞士岛的河流中，难免碰见这种身躯硕大的两栖动物。

天气好极了，海况极佳，大家决定，充分利用清晨的海风，立即出海。泽玛特先生满意地判断道，从这里驶往山洞之家，大约只需十五个小时，也就是说，天黑前即能回家。

为了缩短路程，直奔东边海岬，伊丽莎白号远离海岸线，距离海岸超过半里，从这里，乘客们可以清晰眺望岛屿南部，视野向南方延伸三里或者四里之遥。

泽玛特先生发出指令，拉紧下后角索，以便更紧凑地利用风力，伊丽莎白号向右舷抢风行驶，直奔东边海岬。此时，沃斯顿先生站在船前端，把单筒望远镜举到眼前。他仔细擦了擦镜头玻璃，更加全神贯注地盯着岸边某一处海岬。

他把望远镜举到眼前，然后放下，再举到眼前，反复多次，顽固地坚持观察东南方的海平线，这一举动引起所有人的关注。

泽玛特先生把船舵交到杰克手里，走到渔船前面，准备询问沃斯顿先生，恰在此时，后者把长长的望远镜从眼前放下来，说道：

"不……我看错了……"

"您看错了什么，沃斯顿……"泽玛特先生问道，"您在那个方向发现了什么？……"

"一缕烟……"

"一缕烟？……"欧内斯特重复道，听到这句话，他深感疑惑，不禁靠拢过来。

事实上，这缕烟只能来自某处营地，而这座营地就位于海岸边。

倘若这样，此事后果将极为严重：这座岛屿上可能居住着土著，或者野人……他们可能乘坐独木舟来自澳大利亚海岸，他们是否已经上岸，并且试图向岛屿内陆进发？……如果这些土著贸然进入希望之乡，山洞之家的居民可能面临极大危险……

"您是在什么地方望见这缕烟？……"泽玛特先生急切地问道。

"那边……从这一侧海岸线延伸过去，最后一座海岬的上面。"

沃斯顿先生指着海岸的最远端，距离大约三里之遥，从那个地方再过去，海岸蜿蜒伸展向西南方，消失在视线之外。

泽玛特先生和欧内斯特先后举起各自的望远镜，聚精会神地凝视那处地方。

"我什么也没发现……"泽玛特先生说道。

"没看见……"欧内斯特补充道。

沃斯顿先生再次认真观察了一番。

"没有……我再也没看到这缕烟……"他说道，"也许，那只是一缕轻薄的灰色雾霾……一朵低垂的云彩，很快消散了。"

这个解释让大家略感放心。无论如何，当那座海岬重新进入视线后，泽玛特先生和同伴们紧盯不放，仔细观察，但是，没有发现任何可疑之处。

伊丽莎白号张开满帆，在波浪略微起伏的海面上疾驰，浪花不高，丝毫不影响船速。下午一点钟，它已经来到独角兽湾前的海面，海湾位于左舷一里远的地方；随后，渔船掠过海岸，笔直驶向东边海岬。

四点钟，伊丽莎白号绕过东边海岬，此时恰逢涨潮，海水涌向救命湾的西侧，渔船仅用一个小时驶过这段路程，绕过鲨鱼岛，船头直指豺狼溪。三十五分钟后，乘客们在山洞之家的海滩登陆。

第十一章

雨季来临之前 —— 巡视农场与小岛 —— 狂风骤起 —— 山洞之家的晚会 —— 礼拜堂 —— 欧内斯特的发现及后果 —— 恶劣天气没完没了 —— 两声炮响 —— 在鲨鱼岛

四天半,也就是说,山洞之家的居民们离开这里整整一百零八个小时。尽管出发前,他们给家畜们预备了充足的草料,但是仍然不大放心,否则,他们还可以再晚一点儿返回。在本次巡游期间,沃斯顿先生原本可能抵达山脉脚下,毕竟,那里距离蒙特罗斯河的水坝并不太远。甚至,很可能,他还想提议,请泽玛特先生在蒙特罗斯河的锚泊地多待三至四天,仅仅由于小船在那条河溯流而上时遇到障碍,才令他打消这个念头。

总体来看,此次探险有所收获。首先,从东边海岬开始,平底渔船沿东部海岸航行了十来里,增长了见识,把对岛屿北部海岸直达珍珠湾的认识范围,几乎扩大了一倍,进一步弄清了这座岛屿的轮廓。至于新瑞士岛的西部和南部究竟什么样,那些地方肥沃还是贫瘠,两家人只能把这个问题留给下次环岛航行解决。至少,在没有爬上那条山脉、俯瞰整座新瑞士岛之前,这个问题没有答案。

确实,独角兽号上次启程出海的时候,很可能已经勘测了这座岛屿的轮廓与规模。因此,即使沃斯顿先生策划的探险之旅无法弄清这座岛屿的整体情况,也无关紧要,只需等待那艘英国巡洋舰回来,这个问题自然一清二楚。

从现在起,在七至八个星期内,大家都要忙于收割草料和庄稼,给谷物脱粒,酿造葡萄酒,把收获物入仓,忙得不可开交。在南半球的这个纬度地区,冬季气候恶劣,要想在冬天来临之前,把农活赶完,泽玛特先生和同伴们一天都不能休息。

于是,每个人各司其职,首先,两家人动身前往鹰巢,那里比较靠近瓦尔德格和扎克托普农场,以及展望山。作为夏季居所,鹰巢足够大,也足够舒适,因为,他们在那棵红树的粗壮树干下,加盖了新房间。至于那座空中楼阁,依然坐落在绿叶丛中,舒适宜人。在大树脚下,有一座宽敞的庭院,用于圈养动物,安置牲口棚和仓房,周围竖立密不透风的竹篱笆,以及多刺的灌木丛。

无须赘述各种农活的细节,总之,经过两个月的辛劳,一切都会安置妥当。他们从一个农场奔忙到另一个农场,把谷物和草料收储进仓,把熟透的果子摘下来,还要尽力安置鸟类和家禽,以确保它们安然度过恶劣季节。

需要指出,依靠水渠提供的丰沛水源,经过天鹅湖水的浇灌滋润,农作物的产量大幅提高。希望之乡的土地足以养活上百位移殖民,正是为了这个缘故,几位居民忙得不亦乐乎,争取颗粒进仓。

必须考虑到,恶劣气候将要延续八至九个星期,为了预防几个农场遭受狂风暴雨的侵袭,围栏和住房的门窗必须关紧封闭,缝隙堵死,再用木条加固。房顶上要增加重物，用于抵御东边吹来的飓风。至于库房、谷仓、牲畜棚，以及鸡窝，同样需要加固。那些四条腿和两条腿动物的数量已经太多，无法统统迁移到山洞之家。

毋庸置疑，鲸鱼岛和鲨鱼岛同样需要维护，以便让它们能够抵御狂风暴雨的袭扰，因为，它们更靠近海岸，遭受的侵袭更直接。

在鲸鱼岛上，那些生长在海滨、富含树脂、常年绿油油的松树已经枝繁叶茂。至于那些椰子树，以及其他树种的幼苗，在荆棘树丛的庇护下，也都长势良好。最初，那里数百只兔子把幼苗叶子啃得精光，如今，已经不必为这些树苗担心了。这座小岛有许多海藻，足够这些贪吃的啮齿动物充饥——另一方面，这些藻类"富含糖分"，兔子们很喜欢吃。泽玛特先生已经把这座小岛送给了珍妮，可以肯定，她对鲸鱼岛的现状一定十分满意。

说到鲨鱼岛，那里种植的红树、椰子树，以及松树欣欣向荣。倒是圈养羚羊的那些篱笆，恐怕需要加固，这些羚羊已经开始被驯化，作为反刍类动物，它们以青草和树叶为食，在整个冬天，这类食物都不会匮乏——它们更不会缺乏淡水，因为，小岛上有一股泉水，流淌不绝。在小岛中央，泽玛特先生用厚木板修建了一座仓库，储存了各种各样的物资。另外，在小山岗的平台上，他还修建了一座炮台，加盖了厚实的棚顶，周围种植苍翠的树木，并且竖立了一根旗杆。

每年雨季来临前夕，以及雨季结束之后，按照惯例，他们都要来鲨鱼岛巡视。这一天，欧内斯特和杰克照旧燃放了两响火炮，这一次，与六个月之前英国巡洋舰抵达的那一次不同，海面上没有传来任何回应的炮声。

欧内斯特和杰克给两门火炮重新装填火药，安装导火索，突然，杰克叫道：

"下次，应该是我们给独角兽号做出回应了，等它回来，一定会发炮向新瑞士致敬，我们就发炮回应，那时，大家一定欣喜若狂！"

最终，收获季进入尾声，小麦、大麦、黑麦、水稻、玉米、燕麦、高粱、木薯、西米，以及土豆，全部及时进入山洞之家的粮仓和库房。此外，由于采用轮作制①，菜园里生长的豌豆、扁豆、蚕豆、胡萝卜、萝卜、韭菜、莴苣，以及菊苣②也都获得丰收。至于甘蔗，还有果树，它们都位于豺狼溪两岸附近，距离住所不远。鹰巢的葡萄园随时可以前去采摘酿造。由于蜂蜜是制作调料和黑麦糕点的必要成分，顺便酿制了蜂蜜饮料。他们制作了大量的棕榈酒，不用说，还储存了不少加纳利葡萄酒。在岩洞的地下酒窖里，存着好几桶利特尔斯通海军上尉留下来的烧酒。厨房炉灶所需燃料，来自柴房里堆放的干燥木柴，除此之外，狂风大作的时候，山洞之家周围会有很多吹落的树枝，涨潮时，海浪还会把树枝冲上救命湾的海滩。这些木柴足够用于客厅和各个房间的炉子。在南北回归线之间，也就是纬度19度线以内，天气并不十分寒冷。生火主要是做饭烧菜、涤衣物，以及其他日常家用。

转眼到了五月份的下半月，这些活计均已按时完成。没有任何迹象预示恶劣天气即将来临。太阳落山的时候，天空笼罩了一层雾霾，雾霾一天比一天浓厚。狂风在东方正在酝酿，一旦它从那个方向扑过来，整个大海都将掀起波涛，狂风暴雨席卷新瑞士岛。

在躲进山洞之家之前，泽玛特先生打算利用五月二十四日一天时

---

① 在同一块田地上有顺序地在年度间轮换种植不同作物或复种组合的种植方式，是用地养地相结合的一种生物学措施。
② 菊苣为药食两用植物，叶可调制生菜，根含菊糖及芳香族物质，可提制代用咖啡，促进人体消化器官活动。

间,到埃伯福特乡间小屋去巡视一次,沃斯顿先生和杰克一同前往。

此行要去查看横谷隘路是否紧密关闭,以确保猛兽不会溜进希望之乡。必须严防任何入侵行为,否则后果严重,所有种植园都将毁于一旦。

横谷隘路位于希望之乡的边缘,是最远的农场,距离山洞之家大约三里之遥[①]。

三位旅行者各自骑上水牛、野驴和鸵鸟,用了不到两个小时抵达横谷隘路。隘路的栅栏完好无损;不过,出于谨慎,他们又给隘路口增加了几根粗大的横梁。无论是食肉猛兽,还是厚皮动物,都不能翻过隘路,入侵希望之乡。

不过,他们并未发现任何可疑足迹,必须承认,杰克对此颇感遗憾。这位勇敢的猎人早就发誓,至少要抓住一头年轻的大象,把它圈养起来,予以驯服,驱使它运输重物,甚至,杰克还想把它训练成自己的坐骑。

最终,五月二十五日,新瑞士岛下了第一场雨,两家人早已撤离鹰巢,移居到山洞之家。

这处可靠的住所极为难得,在这里,不仅能躲避恶劣天气,而且安逸舒适。自从那一天,杰克的铁锤"洞穿了大山",这里已经被装饰一新!溶洞变成适宜生活的住宅。洞穴的前部岩石林立,被分割成一连串房间,并且开凿出房门和窗户。欧内斯特最钟爱的图书室开了两扇门洞,面朝东方,正对着豺狼溪,屋顶上悬挂着一个优雅的鸽子窝。宽敞的大厅有好几扇窗户,窗上悬挂绿色的窗帘,窗帘布上涂抹了薄薄一层橡胶。主要家具都安置在这间大厅里,包括桌子、椅子、沙发、

[①] 约合12至15千米。

长背靠椅,这些都是从地主号的艉楼拆来的。在沃斯顿先生修建好礼拜堂之前,这里继续充当祈祷室。

在所有房间的上面,有一座平台,两条小径通向平台,它的前部是一座长廊,上面覆盖单坡屋顶,用十四根竹筒作为支柱。沿着这一排支柱,蜿蜒生长着胡椒树苗,以及其他灌木丛,散发出沁人的清香,竹柱上攀爬着藤蔓,以及其他翠绿的攀缘植物。

在岩穴的另一侧,顺着溪水走上去,坐落着山洞之家的私家花园,那儿围着多刺的篱笆,里面整齐分布着菜畦、花圃,以及各种果树,包括开心果树、杏树、核桃树、柑橘树、柠檬树、香蕉树,以及番石榴树等各种热带树种。至于欧洲地区特有的温带树种,包括樱桃树、梨树、野樱桃树,以及无花果树,它们都被种植在通往鹰巢的那条大道两旁。

十三年来,泽玛特一家始终在岩穴住宅里度过雨季,安然无恙,既可躲避狂风,也免于海浪侵袭。这一次,几个星期过去了,他们依然如此,只不过,增添了几位房客。确实,他们也少了几个人,包括弗里茨和弗朗索瓦,还有和蔼可亲的珍妮,这块小天地仿佛失去了欢乐和活力。

从二十五日开始,雨水不停地从天而降。与此同时,飓风在海上呼啸,从东边海岬的台地上席卷而来。于是,所有外出巡视都被取消,大家只能待在家里,操持手头活计。这些活儿都很重要,诸如照料牲畜,包括水牛、野驴、奶牛、牛犊,以及驴驹子。还有那些驯化的宠物,包括猴子克尼普斯二世、豺狗雅格,以及珍妮的宠物豺狗和鸬鹚,由于珍妮的缘故,这两个小家伙总能受到额外宠幸。最后,还有一系列细致的家务活,包括制作罐装食品。除此之外,一旦狂风暴雨短暂

181

大家只能待在家里，操持手头活计。

停歇，他们还要去豺狼溪，或者山洞之家的礁石旁捕鱼。

六月的第一个星期，狂风肆虐，有时候，细雨蒙蒙，雨点儿密密麻麻从天而降，有时候，大雨倾盆，在地面砸出千万朵铃铛状的小花，如果不穿防水风衣，根本走不出岩穴。

周围的一切，包括菜园、苗圃、农田，全都浸泡在倾泻如注的雨水中，山洞之家顶部长廊的屋檐下，雨水形成千万条水柱，如同瀑布一般喧嚣跌落。

除非十分必要，没有一个人走出岩穴，尽管如此，大家并未觉得生活枯燥乏味。两家人彼此理解，趣味相投。经过六个月的共同生活，泽玛特和沃斯顿两位先生友好相处，彼此建立了真诚的友谊。两位夫人同样如此，她俩惺惺相惜，彼此欣赏。最后，还有那个快乐诙谐的杰克，一向乐观阳光，精力充沛，始终富于冒险精神，他唯一需要抱怨的，就是自己天生的狩猎爱好无法得到满足。

至于欧内斯特和安娜，他俩的父母早就看出来，这两个人相互吸引，彼此感情浓厚，已经超越了纯粹的友谊。这一年，年轻姑娘十七岁，性格有点儿严肃，喜欢思考，恰恰迎合了同样性格严肃，喜欢动脑筋的小伙子，姑娘很喜欢小伙子，尤其喜欢他的为人。无论泽玛特一家，还是沃斯顿一家，对于这次结合的可能性，无不乐见其成，希望不久之后梦想成真——这个结合将使两个家庭的关系更加紧密。更何况，这事儿没有任何障碍，大家乐得顺其自然。等到独角兽号回来，这事儿水到渠成，那时，弗里茨和珍妮已经喜结连理。如果说，还有什么事情令人烦恼，那就是这个浑不懔的杰克。要知道，这小子一心想要独身过日子，对欧内斯特毫无嫉妒之意。

无论在吃饭席间，还是晚上聚会的时候，他们谈论的一个永恒话题，就是几位远行的亲人。大家忘不了蒙特罗斯上校，忘不了朵尔和弗朗索瓦，更忘不了准备把新瑞士作为第二祖国的所有人。

一天晚上，泽玛特先生盘算了一番，说道：

"诸位朋友们，今天是六月十五日，既然独角兽号是在去年十月二十日起航，迄今已经整整八个月了……因此，它应该正在驶出欧洲海域，前往印度洋的途中……"

"对此，你怎么看，欧内斯特？……"泽玛特夫人问道。

"我认为，"欧内斯特回答道，"考虑到这艘巡洋舰需在开普敦停泊，然后，还需航行三个月才能抵达英国港口。之后，它还需要花费同样的时间返回。既然它已经答应，将在一年之后回来，也就意味着，它将在欧洲逗留半年时间。因此，我得出的结论就是，独角兽号将在……"

"也就是说，毋庸置疑，它正准备启程出海……"安娜插话道。

"这很可能，我亲爱的安娜。"欧内斯特回答道。

"总之，它很可能缩短在英国停留的时间……"沃斯顿夫人说道。

"可能，而且可以肯定，"沃斯顿先生接着说道，"尽管，考虑到它要处理的事务，在欧洲停留半年时间不算太久……我们海军部那些大人物的办事效率并不高……"

"然而，"泽玛特先生说道，"如果事情涉及占领一块领土……"

"那么，就会快速处理！……"杰克叫道，"要知道，沃斯顿先生，我们向贵国赠送的，可是一件漂亮的礼物……"

"对此，我并无异议，我亲爱的杰克。"

"但是，"小伙子继续说道，"对于我们古老的赫尔维蒂亚来说，这也是一次机会，是它开拓殖民地的良好开端……在热带地区，一座拥有各种动植物资源的岛屿……在浩瀚的印度洋中，对于发展与东亚和太平洋的贸易，这座岛屿所处位置无与伦比……"

"瞧呀，我们的杰克情绪激动，好像正骑着水牛布鲁默，或者野驴莱希特福斯冲锋！……"沃斯顿先生说道。

"好啦，欧内斯特，"安娜问道，"关于独角兽号，你是如何算计它的行程？……"

"最迟七月初，这艘巡洋舰就会扬帆起航，在回程中，它应该搭载我们日夜思念的亲人，以及一些决心跟随他们的移殖民。由于它将在开普敦停泊，我亲爱的安娜，这艘巡洋舰似乎将因此耽搁到八月中旬。因此，在十月中旬之前，我觉得不大可能看到它出现在失望角……"

"还要等四个月，简直遥遥无期！……"泽玛特夫人喃喃说道，"想到我们亲爱的人已经漂泊在海上，我们只能耐心等待！……愿上帝保佑他们！"

如果说，女士们一刻不停地忙于家务劳动，那么，男士们在一旁，也不能袖手旁观。铁匠作坊里，总能传来轰鸣，以及转轮的隆隆声。作为技艺娴熟的机械师，在泽玛特先生的帮助下，沃斯顿先生制造了很多日常用品，极大地丰富了山洞之家的工具储备，有时候，欧内斯特也会过来搭把手，杰克帮忙的时候不多，因为，只要天气稍微放晴，他就会跑出去。

经过深入讨论，大家最终确定了一个方案，就是建造一座礼拜堂。关于礼拜堂的位置，众人各执己见。一部分人认为，它应该坐落在海岸悬崖之上，面朝大海。而且，它应该位于山洞之家与鹰巢之间，这样，无论从哪一处住所走到礼拜堂，路程都不算太远。另一部分人则认为，如果建在这个过于突出的位置，礼拜堂难免遭受海上吹来的飓风袭击，不如把它建在豺狼溪附近，位于那座瀑布的下游。但是，泽玛特和沃斯顿夫人却不无道理地认为，那个位置有点儿遥远。这座礼拜堂应该建在菜园的一侧，让它受到高耸岩石的保护。

沃斯顿先生认为，应该选择比木头和竹子更结实的材料，把礼拜堂建造得坚固耐久。为什么不能使用石灰岩，或者，甚至利用海滩上的卵石，海边渔村的教堂不都是这样的吗？至于海滩上俯拾皆是的贝壳和石珊瑚，只要经过煅烧，去除氨基甲酸，它们就能变成石灰。因此，一旦天气允许，就可以开工，只需两三个月，必能建成大家都满意的礼拜堂。

七月份，在这个纬度地区，正是雨季方兴未艾之时，恶劣的天气日甚一日。大家经常根本无法走出岩穴。狂飑①和飓风接连不断地袭击海岸，威力之大，令人难以想象。一旦冰雹来袭，活像机枪在无情扫射。海面上波涛汹涌，海浪拍打在海岸凹陷处，发出巨响。无数次，巨浪冲上悬崖，海水如地毯般涌到树林脚下！有时候，借助风势和潮水，大股涌潮奔入豺狼溪，逼迫溪水倒流，甚至逼到瀑布脚下。对于附近田野的状况，泽玛特先生忧心忡忡，甚至，应该考虑截断豺狼溪与天鹅湖之间的那道水渠，否则，湖水泛滥，瓦尔德格农场周围将变成泽国。平底渔船和小船都停泊在小港湾内，它们的状况同样令人担忧。众人多次跑去查看铁锚是否稳妥，竭力加固缆绳，避免让它们撞上岩石。迄今为止，它们仍然完好无损。但是，那几座农场是否损失惨重？特别是瓦尔德格和展望山，因为，与别处相比，它们更靠近海

---

① 飑是气象学名词，指风向突然改变，风速急剧增大的天气现象。飑出现时，气温下降，并可能有阵雨、冰雹等。

滨,遭受的暴雨冲刷更猛烈,经受的狂风袭击更吓人。

这一天,风势暂缓,于是,泽玛特先生、欧内斯特、杰克,以及沃斯顿先生利用这个时机出去巡视,准备一直走到失望角。

他们的担忧不无道理,两座农场都遭到损害,需要修复,然而,这个季节没办法施工,只能等雨季结束。

每天晚上,两家人在图书室里聚会,那里有很多书,不仅有来自地主号的图书,还有利特尔斯通海军上尉留下来的最新出版的书籍,包括各种游记、自然历史名著,以及动物学和植物学著作,欧内斯特反复阅读过这些书籍。此外,这里还有属于沃斯顿先生的书籍,包括机械学手册,以及气象学、物理学和化学著作。甚至,这里还有关于印度和非洲狩猎历史的书,杰克看了这些书,跃跃欲试,真想去这些地方一展身手!

狂风暴雨在岩穴外咆哮,图书室里正在高谈阔论。众人彼此交谈,一会儿说英语,一会儿说德语 —— 如今,大家都能流利地使用这两种语言,尽管有时候,他们还需要翻一翻字典。有时候,晚上聚会的整场时间里,大家只说大不列颠语言,或者只说瑞士德语,偶尔,甚至只说瑞士法语,尽管表达得不那么流利[①]。在学习法语这种美丽的语言方面,只有欧内斯特和安娜的进步最为显著,这种语言明晰、准确、灵活,充满诗情画意,而且,在涉及各门科学,以及文学的时候,词义表达异常精准。对于年轻姑娘和小伙子来说,听对方倾诉法语,简直就是一种享受,尽管有时候听不大明白。

众所周知,在印度洋的这片海域,七月份是气候最恶劣的时候。

---

① 在瑞士,60%至70%的居民讲德语,25%左右的居民讲法语,少数人讲意大利语和本地语言。不过,瑞士德语和瑞士法语与国际通用的德语和法语略有不同。

187

即使狂风暴雨稍有平息，随即就有浓雾漫天，笼罩了整座岛屿。如果有一条船路过，即使距离岛屿只有数链之遥，也看不到海岸凸出的海岬，更看不见岛中央的山脉。这片浓雾一直向东方弥漫，因此，人们担心，如果有一条船驶来，难免在这片海域迷失方向，就像当初的地主号，或者多克斯号……因此，对于这座岛屿的新移殖民来说，毫无疑问，必须在海岸，至少在岛屿北岸设置照明设备，为船只靠岸提供便利。

"为什么，我们不能修建一座灯塔呢？……"杰克说道，"你们瞧……比方说，在失望角上建一座灯塔，在东边海岬再修建另一座灯塔？……依靠鲨鱼岛上的灯火，来往船只就能轻而易举驶入救命湾……"

"将来，这些都会建起来，我亲爱的孩子。"泽玛特先生回答道，"因为，修建这些需要时间。幸运的是，利特尔斯通海军上尉不需要灯塔，就能找到咱们的岛屿，也不需要灯火指引，就能锚泊到山洞之家的对面。"

"总之，"杰克接着说道，"我猜想，将来，这条海岸终将被照亮……"

"肯定，毫无疑问，我的朋友杰克！……"沃斯顿先生忍不住插话道。

"沃斯顿先生，在您的指挥下，迄今为止，我们已经做了很多事情，毫无疑问，我们还将做更多的事情，不是吗？……"

"我亲爱的朋友，听到有人在恭维您了吗？……"泽玛特先生说道。

"当然，我不会忘记沃斯顿夫人的功劳，"杰克补充道，"甚至也不会忘记安娜……"

"无论如何，"年轻姑娘回答道，"虽然鄙人学识浅薄，却不乏良好心愿。"

"只要有了良好心愿……"欧内斯特接着说道。

"我们就能在大洋之上修建高达两百尺的灯塔！……"杰克反诘道，"而且，我希望由安娜安放第一块奠基石……"

"诚如所愿，我亲爱的杰克！……"年轻姑娘微笑着回答道。

七月二十五日清晨，发生过一次谈话，十分重要。

那天，泽玛特夫妇待在房间里，欧内斯特走了进来，表情比往日更为严肃，目光炯炯有神。

他要告诉父亲，自己有一个新发现，他认为，这项发现将对未来产生重大影响。

欧内斯特最后看了一眼手里的东西，然后把它递给父亲。

这是一小块石头，上次，他与沃斯顿先生一起，划小船沿蒙特罗斯河溯流而上，在一道沟壑里捡回来这块石头。

泽玛特先生接过石块，对它的重量颇感诧异。随后，他询问儿子，如此神神秘秘地拿来这块石头，究竟想要说什么。

"那是因为，这是一块值得仔细瞧一瞧的石头。"欧内斯特回答道。

"究竟什么缘故？……"

"因为，这石头是一个天然金块①……"

"天然金块？……"泽玛特先生反问道。

于是，他靠近窗户，借助天光，仔细审视这块石头。

"对于这个预判，我相当有把握，"欧内斯特断言道，"我研究了这块石头，分析了它的碎屑，我可以证明，在很大程度上，它的成分是自然金……"

"你可以确信自己没有弄错，我的儿子？……"泽玛特先生问道。

"是的……爸爸……是的！"

---

① 天然金块俗称"狗头金"，往往与岩屑或沙子共生，由砂金多年演化、日积月累而成。

这是一块值得仔细瞧一瞧的石头。

泽玛特夫人听着这段对话，默默无语，甚至都没想伸手去拿这块宝贵的石头，看上去，这个发现令她无动于衷。

"而且，"欧内斯特继续说道，"在攀爬蒙特罗斯河的那道沟壑，以及从那儿下来的时候，我还发现了好些这样的石块。据此可以认定，在这座岛屿的那个角落，存在着丰富的天然金块……"

"这事儿对我们很重要吗？……"

泽玛特先生看着自己的夫人，听出了这句答话里的轻蔑含义。

"我亲爱的欧内斯特，"于是，他说道，"你没有把这个发现告诉任何人吧？……"

"没有。"

"你做得对……并非我对你弟弟，以及沃斯顿先生不信任……而是因为这个秘密事关重大，在公开之前，必须认真思考一番……"

"有什么值得担心吗，爸爸？……"欧内斯特说道。

"眼下用不着担心，但是，事关未来殖民地的前途！……一旦人们知道这块土地富含金子，知道新瑞士岛盛产天然金块，那些淘金者就会蜂拥而至，随之而来的，是各种恶行，混乱失序，甚至，为了攫取金子，造就各种罪恶！……毫无疑问，请相信，你发现的东西，欧内斯特，其他人也会发现，蒙特罗斯河的矿脉早晚将被世人所知……最好，让它尽量晚一点儿暴露……你隐藏了这个秘密，很好，我的儿子，让我们共同保守这个秘密……"

"你说得合情合理，我的朋友，"泽玛特夫人补充道，"我很赞同你的想法……别！什么都别说，也不要返回蒙特罗斯河的那片沟壑……让事情顺其自然，或者不如说，上帝拥有这个世界上的财富，并且按照自己的意愿给予众生！"

父母亲与儿子一起沉思片刻，痛下决心，绝不利用这个发现，让那些石块留在原地。那个地方位于蒙特罗斯河上游与山脉之间，贫瘠荒凉，在很长时间内，不会受到这座岛屿新居民的青睐。毫无疑问，无数恶行将因此得以幸免。

恶劣的天气依然猖獗，众人还须耐心等待三个星期。今年，好天气的来临似乎略微迟了一点儿。在印度洋北部紊乱气流的影响下，狂风暴雨在暂歇二十四个小时之后，更为猛烈地扑面而来。现在已经进入八月份，如果说，这个月相当于北半球的二月份，那么，至少在这个季节，无论在回归线，还是在赤道地区，正常情况下，风势和雨量都应开始趋缓，浓重的雾气也应逐渐散去。

"十二年来，"这一天，泽玛特先生说道，"我们还从未经历过如此漫长的狂风骤雨……甚至，从五月至七月，还会出现几个星期的恶劣天气暂歇期……至于西风，每年八月初就开始吹来了……"

"我亲爱的玛丽，"泽玛特夫人补充说道，"您很快就能适应我们这座岛屿的气候了……"

"请您放心，贝茜，"沃斯顿夫人回答道，"在我们英国，每年足有半年的恶劣天气，我们不也适应了？……"

"无论如何，"杰克断言道，"确实很烦人……在新瑞士，居然度过如此糟糕的八月！……早在三个星期前，我就应该开始狩猎了，每天清晨，那几条狗都要质问我，这究竟是怎么回事儿！"

"这个季节很快就会结束，"欧内斯特断言道，"根据大气压力表，以及温度计显示，雷雨期很快就要开始，按照惯例，雷雨预示着雨季的终结。"

"甭管怎样，"杰克接着说道，"这种烦人的天气拖得太久了……

我们当初曾经向沃斯顿先生和夫人做过承诺,我敢肯定,安娜一定会抱怨我们欺骗了她……"

"不……杰克……不会……"

"哎,随便怎么想吧!"

安娜的眼神流露出了内心的想法。这眼神表明,对于泽玛特一家的热情接待,她感到幸运之至。无论她自己,还是她的父母,他们永远也不愿与这家人分开。

欧内斯特的观察完全正确,猛烈的雷雨降临了,并且持续五至六天,之后,与往年一样,雨季终将结束。伴随着雷声轰鸣,闪电照亮了夜空,布满繁星的天穹似乎就要崩塌,整座海岸四处回荡着雷声。

这一天是八月十七日。伴随雷声而来的,是气温的回升,空气沉闷,西北方浓云密布,浅灰色的云朵中蕴含着高压电能。

凭借岩石外壳的保护,山洞之家足以抵御狂风暴雨的侵袭。住在里面,根本不用惧怕从天而降的雷电,然而,如果身处旷野,或者密林中,那里易遭雷击,危机四伏。虽然明知雷电无法伤害自己,但是无疑,对雷雨的威力,泽玛特和沃斯顿两位夫人,以及安娜虽然并不十分恐惧,却心有余悸。

又过了一天,晚上聚会时,所有人聚集在图书室,一声清脆的霹雳撕破寂静,把大家震得跳了起来,惊天动地的可怕炸雷令人心慌意乱。紧接着,雷声经久不息,在广阔的夜空中滚动不已。

雷声持续了足有一分钟,然后,四周陷入死一般的沉寂。

毫无疑问,刚才这声霹雳击中了山洞之家附近某处。

就在此时,传来一声轰鸣。

"这是什么?……"杰克惊叫道。

"这可不是雷声……"泽玛特先生说道。

"肯定不是。"沃斯顿先生回答道,边说边靠近窗户。

"刚才,会不会是海湾里传来的炮声?……"欧内斯特问道。

大家心情紧张,侧耳倾听。也许听错了……只是听力产生的错觉……也许是夜空中雷声的余音?……但是,如果这声音来自一门大炮,那就意味着,有一条船位于岛屿不远处,也许是被暴风雨驱赶而来,而且身处险境。

又传来了第二声。同样的声音,同样的距离,而且,这一次,炮声传来之前,并未出现闪电。

"又响了一声……"杰克重复道,"这一声,毫无疑问,我觉得……"

"确实,"沃斯顿先生确信道,"我们刚刚听见的,肯定是一声炮响!"

立刻,安娜起身跑向门口,情不自禁地大声喊道:"独角兽号……一定是独角兽号!"

片刻之间,大家陷入尴尬的沉默。独角兽号靠近岛屿……寻求救援?……不……不可能!……假设,这是一条偏离航路的海船,随波逐流,被风吹到了岛屿的东北方,撞上了失望角,或者东边海岬附近的暗礁。然而,这条船不可能是那艘英国巡洋舰,因为,这意味着,早在三个月之前,它就离开了欧洲,也就是说,它大大缩短了在英国停留的时间……不……这不可能!……于是,泽玛特先生斩钉截铁地断定:这绝不可能是独角兽号!对于这个结论,众人一致赞成。

然而,一想到距离岛屿不远处,有一条船遇难了,大家难免心烦意乱……也许,暴风把它推向了那堆暗礁,当初,地主号就是在那儿遇难……它孤立无援,求助无门。

泽玛特和沃斯顿两位先生,以及欧内斯特和杰克冒雨跑了出去,爬上山洞之家背后的斜坡。

海面一团漆黑，目力所及不过距离海边数托阿斯远的海面。四个人在救命湾里什么也没看到，只好转身返回。

"可是，我们能否为这条船做点儿什么？……"杰克问道。

"啥都做不了。"泽玛特先生回答道。

"让我们为遇难的不幸人们祈祷吧，"沃斯顿夫人说道，"愿上帝保佑他们！"

三位女士靠近窗子跪了下来，男士们弯腰站在她们身旁。

再也没有炮声传来，可以确认，这条船或者已经彻底沉没，或者，它在岛屿附近漂流远去。

这一晚，谁也没有离开大厅，天刚放亮，暴风雨停歇，所有人起身跑到山洞之家的篱笆墙外。

无论在救命湾里，还是失望角与东边海岬之间的海面上，放眼望去，见不到一片船帆。

在三里远之外地主号触碰暗礁的那片海域，同样看不到一丁点儿海船的影子。

"我们去鲨鱼岛看看……"杰克说道。

"你说得对，"泽玛特先生回答道，"从岛上炮台高处瞭望，能看得更远……"

"另外，"杰克补充说道，"此刻，最需要点燃几声炮响！……也许，这炮声能传到海上，甚至得到回应，谁知道呢？……"

显然，此时划船去鲨鱼岛并不容易，因为，海湾里依然波涛汹涌。不过，充其量，这段路程只有一里左右，划小船不会冒太大风险。

焦虑不安的沃斯顿夫人和泽玛特夫人并不反对这个提议。也许，

195

这么做可以拯救遭遇不幸的海难者。

早晨七点钟,小船驶离小港湾。在退潮的潮水助力下,泽玛特与沃斯顿先生,以及欧内斯特和杰克奋力划动船桨。海浪迎面扑来,他们毫不退缩。

小船很快抵达鲨鱼岛,四个人一起踏上岸边的岩石。

眼前面目全非,破败不堪!……一棵又一棵树被狂风连根拔起,圈养羚羊的篱笆墙也被掀翻,惊慌失措的动物们四散跑开!

泽玛特先生与同伴们来到坐落炮台的小山岗脚下,理所当然,杰克第一个爬上山顶。

"来呀……来呀!……"他焦急地喊道。

泽玛特先生、沃斯顿先生,以及欧内斯特快步跟了上去。

炮台棚子下面放着两门火炮,但是,昨天夜里,棚子被火烧了,满地灰烬,残骸仍在冒烟。高耸的旗杆幸免于难,依然挺立在被火燎掉一半的草堆和矮树丛中。至于那几棵树,树干已经粉碎,只剩下树根,被火烧过的树枝凌乱地覆盖在炮台上。

两门卡罗纳德炮依然支在炮架上,它们的分量太重,狂风无法掀翻。

欧内斯特和杰克随身带来了导火线,甚至还有好几个弹药筒,如果海上传来炮声,他们准备开炮回应。

杰克站在第一门火炮跟前,把导火索点燃。

导火索开始燃烧,一直烧到点火口,但是,火炮并未发射。

"火药变质了,"沃斯顿先生提醒道,"没办法发射……"

"给它重新装填火药,"泽玛特先生回答道,"杰克,把长柄圆刷拿过来,取出炮膛里的填塞物……然后,你再放进一个新的弹药筒。"

然而，当长柄圆刷被塞进炮膛后，直接捅到底部，让杰克吃了一惊。上次，好季节结束的时候，他曾经给火炮塞过一个弹药筒，现在，它却踪影全无。另一门火炮的情况完全相同。

"它们都被燃放过？……"沃斯顿先生惊讶道。

"燃放过？……"泽玛特先生重复道。

"是的……两门都放过……"杰克说道。

"可是，谁点燃的？……"

"谁点燃的？……"欧内斯特快速思索了一下，回答道，"是雷击点燃。"

"雷击？……"泽玛特先生反问道。

"毫无疑问，爸爸……昨天夜里，我们听到的最后一声雷响，就击打在小山岗上……炮台的棚子被烧着了，火势蔓延到这两门炮，它俩先后被燃放……"

这个解释证据确凿，只要看一看满地灰烬就能明白。然而，这两声炮响，却让山洞之家的居民焦虑不安，度过了一个漫长的风雨之夜！

"你们瞧，雷电扮演了炮手的角色……"杰克叫道，"这位杰出的朱庇特①纯属无事生非！"

两门卡罗纳德炮被重新装填妥当，随后，小船离开鲨鱼岛。一旦天气好转，泽玛特先生打算重建炮台棚子。

总算弄明白了，昨天夜里，根本没有任何船只出现在新瑞士岛海域，更没有船只在它附近的暗礁遇难。

---

① 朱庇特是古罗马神话里十二主神之首，统领神域和凡间的众神之王，与古希腊神话中的神王宙斯相对应。

第十二章

在鹰巢 —— 在瓦尔德格 —— 在扎克托普 —— 在展望山 —— 荒凉的海面 —— 准备深入岛屿内陆 —— 出发的人与留守的人 —— 走出横谷隘路 —— 告别

这一年的雨季比往年长，到八月的最后一个星期，雨季终于结束。根据原定计划，大家准备去内陆旅行。于是，众人抓紧时间耕地、播种。在九月的后半月之前，泽玛特先生不打算开始这次探险，因此，他们有足够时间忙完手头的活计。

这次，两家人决定不在鹰巢定居，因为，经过最近的狂风肆虐，这座空中楼阁有些破损，必须维修。不过，他们还是在这里逗留了几天，抓紧时间播种，修剪葡萄园，照料牲畜，这些活计涉及瓦尔德格、扎克托普，以及展望山，很快就能忙完。

"必须考虑到，"泽玛特先生提醒道，"我亲爱的沃斯顿，我们远行的亲人归来时，将给我们带来许多新朋友，包括蒙特罗斯上校。以及您的儿子詹姆斯夫妇，或许还有一定数量的移殖民，到那时，无论是鹰巢，还是其他农场，都必须予以扩建。这些工程量相当可观，需要增加人手。因此，我们必须干完手头的农活，照料好牲畜，以及家禽。在独角兽号回来之前的这两个月里，这些活计够我们忙一阵。"

由于泽玛特夫人和沃斯顿夫人必须留守山洞之家，于是，两位主妇把屋里屋外的活计全部承担起来，包括照料牲畜和鹅塘里的家禽，以及菜园里的蔬菜。同时，两位夫人允许安娜陪同父亲往来于各个农场，年轻姑娘乐此不疲，欧内斯特同样欢欣鼓舞。此外，这种来回奔波的活儿其实并不累人，因为有两条水牛拖拽小车，还有三头小驴，它们一起奔忙运输，往来于希望之乡。小车上面坐着泽玛特先生和欧内斯特，以及沃斯顿先生和安娜，至于杰克，他一向喜欢扮演侦察兵的角色，骑着野驴莱希特福斯跑在最前头，这头野驴是他最钟爱的坐骑之一。如果让杰克在公水牛布鲁默与鸵鸟布劳斯温德之间做个选择，他还是更喜欢这头野驴。于是，布鲁默和布劳斯温德只好乖乖地待在山洞之家。

八月二十五日，在鹰巢，大家终于休息了一天，家畜都被关进篱笆墙内。天气好极了，轻风从救命湾上拂面而来，气温并不显得十分炎热。走在海岸的林荫大道，人人惬意舒畅，感觉就像是在散步。

在每年的这个季节，泽玛特先生和他的儿子们总有一种紧迫感，因为春天已经来临，大自然送来了第一波好天气，让人心情愉快，跃跃欲试。就像这位泽玛特家的家长在他撰写的历险记中所说："经过几个月的期盼，好天气终于回来，就像一位朋友，带来快乐与祝福。"

在鹰巢居住的那几天，他们没有忙于地里的农活，因为，那些需要播种的土地都位于另外几个农场，距离比较遥远。他们把时间全部用于照料牲畜，给它们更换饲料，维修牲口棚，再把通往这里的水渠清洗干净。

附近树林里那些壮观的林木，全都抵御住了狂风暴雨的侵袭，尽管有些树枝被折断，这样，就需要把那些折断的树枝捡回来，储存在篱笆墙内的木料棚里。

他们发现，有一棵高大的红树遭到雷劈。虽然支撑空中楼阁的这棵红树安然无恙，但是，欧内斯特还是想到，出于谨慎，最好安装一根避雷针，避免这棵红树遭受雷击，他把一根金属棒竖立在最高枝杈的上面，再用一根金属线把它连接到地下。他执意试一试这个装置，因为夏季常有雷雨袭扰，闪电很可能给鹰巢带来灭顶之灾。

干完上述活计用了整整三天时间，第四天，泽玛特先生回到山洞之家。二十四个小时之后，他和同伴们将要一起出发，给车套上牲口，驱动胯下坐骑，直奔瓦尔德格农场。

从山洞之家走到这座农场，他们用了一上午的时间。抵达目的地后，各人立即着手干活儿。这儿有一个羊圈，里面圈养着绵羊和山羊，数量逐年递增；另外，那儿还有一个鸡舍，里面养着百十来只鸡。上个季节收获的饲草都储存在干草房里，那里有好几处地方需要维修。至于居住的房子，它们并未遭受恶劣天气的损害。确实，这些住房早已不是初期用茅草和脆弱的细木杆支撑的简陋棚屋，如今，它们是砌筑搭建的木屋，外墙涂抹了黏土和砂浆，内墙刷了一层石膏，可以确保雨水无法侵入。另外，泽玛特先生十分满意地观察到，瓦尔德格农场附近种植的棉花田长势良好。此外，利用沼泽池塘改造的水稻田也安然无恙，经受住了雨水的冲刷。另一方面，虽然天鹅湖的水位相对较高，已经几乎与湖岸持平，但是，并没有威胁到附近的农田，如今，这座小湖泊里活跃着许多水鸟，包括苍鹭、鹈鹕、沙锥、针尾鸭，以及黑水鸡。甚至，就连姿态优雅的黑天鹅也成双成对地在湖中漫游。

这座小湖泊里活跃着许多水鸟……

毫无疑问，杰克肯定会在那些家禽当中挑选几只，作为瓦尔德格农场餐桌上的菜肴。另外，他还狩猎了十来只鸭子，在树丛里打到一只肥硕的水豚①，它们都被装上车，准备运回山洞之家。

说到这里成群的猴子，众人尽管放心。这些四条腿的动物异常机灵，作恶多端，常以抛掷松果为乐，它们曾经在附近树林里骚扰为害，给农场造成重大损失，如今，却毫无踪迹，一只都不见了。因为，泽玛特一家对这些猴群发动过大规模围剿，从那以后，这些猴子明智地逃之夭夭。

做完这些活计之后，他们开始给瓦尔德格的农田播种。这里的土地异常肥沃，只需小驴拖拽犁耙让地表翻新，无需深耕，虽然农场的牲畜提供了大量肥料，但这儿的土地无需施肥。然而，在某些时候，播种的活计仍然需要多人参与，——甚至安娜也不例外——因此，在九月六日之前，他们不大可能返回山洞之家。

泽玛特先生和同伴们不在山洞之家的时候，沃斯顿夫人与贝茜的劳动热情极为高涨。无论家禽饲养场，还是牲畜棚，全都秩序井然。经过除草清理，菜园干净整齐，各类蔬菜生机盎然。两位家庭主妇把所有卧具晾晒敲打一遍，彻底清扫了各个卧室、客厅和大厅，整栋住宅焕然一新。虽然她们忙得一刻不停，但心里依然惦念着几座农场，希望那边的活计早日结束。

众人决定，在接下来的日子里，前往希望之乡的最后两处农场，也就是扎克托普农场和展望山。由于那里位于希望之乡的最高处，这趟出行需要至少一周左右的时间，在九月中旬之前，肯定无法顺利返回。

---

① 水豚是一种半水栖的食草动物，也是世界上最大的啮齿动物，栖息于植物繁茂的沼泽地中。

"至于埃伯福特乡间小屋，"泽玛特先生提醒道，"我们可以在开始内陆之旅的时候，顺路去看一看，反正我们要想走出希望之乡，横谷隘路是必经之地，正好路过那座农场……"

"这么做顺理成章，"沃斯顿先生回答道，"不过，那儿是不是有许多农活要做，会不会耽搁我们的行程？……"

"我亲爱的沃斯顿，"泽玛特先生直言道，"我们只需等到收割草料和庄稼的季节再去那里干活儿，那将是几个星期之后的事儿了。现在，我们先要忙完扎克托普农场与展望山的活计。"

一切安排妥当，大家决定，由于这趟外出将超过一个星期，因此，安娜不必陪着她父亲一同前往。沃斯顿夫人也觉得这趟外出时间太久，更何况，山洞之家有许多家务活需要安娜去干，很多纺织品需要浆洗，还有不少外套和衬衣需要缝补。安娜必须放下耙、锄与耙子，重新操弄熨斗和缝衣针。面对沃斯顿夫人极为充分的理由，以及作为母亲的威严与固执，安娜只好非常遗憾地表示服从。

不难理解，欧内斯特并不喜欢这些理由，他甚至提出，如果山洞之家需要人手，自己愿意留下来。

于是，出于哥们儿义气，好心的杰克决定帮他一把。出发前一天，所有人在大厅里聚齐，杰克毫不犹豫地发表看法，说道：

"爸爸，我知道，沃斯顿夫人和她女儿，还有我妈妈留在山洞之家不会遇到任何危险……然而，毕竟，如果让她们单独留在这里一个星期，嗯，——谁知道呢？……也许，最好还是……"

"毫无疑问，杰克，"泽玛特先生回答道，"我们不在这里的时候，每时每刻都会担心她们……尽管她们不可能遇到任何危险……迄今为止，我们每次分离最多不过两三天，然而，这一次却要整整一个星期……确实太久了！……可是，如果大家一起动身，又有诸多不便……"

"如果您不放心，"沃斯顿先生说道，"我可以留在山洞之家……"

"不，我亲爱的沃斯顿，与其留下您，不如让别人留下。"泽玛特先生回答道，"考虑到下一步工程安排，您必须陪同我们一起去扎克托普和展望山……不过，如果我的一个儿子愿意留下来守着他母亲，我就能彻底放心……这样的安排已经有过多次，比方说，让杰克留下……"

杰克忍不住笑成一团，偷眼瞧着欧内斯特。

"怎么，"他叫道，"你们竟然让我留下来看家！……我是个猎人，竟然要剥夺我狩猎的机会，放过那些大大小小的猎物！……如果一定要留个人在山洞之家，为什么是我，而不是欧内斯特？……"

"欧内斯特，或者杰克，二选一……"泽玛特先生反诘道，"是不是这样，沃斯顿夫人？……"

"确实如此，泽玛特先生。"

"而且，由欧内斯特作陪，您不会感到害怕，包括你，贝茜，还有您，我亲爱的安娜，对不对？……"

"一点儿都不害怕。"年轻姑娘回答道，脸上流露出一丝笑意。

"你说呀，欧内斯特，"杰克接着说道，"你还没说，对这样的安排满意吗？……"

这样的安排令欧内斯特心满意足，而且，泽玛特先生对这位严肃的小伙子很信任，因为他不仅谨小慎微，而且十分勇敢。

于是，他们决定第二天动身。天刚放亮，泽玛特与沃斯顿先生，以及杰克与大家道别，同时承诺，一定尽量争取早日返回。

顺着前往瓦尔德格的道路，沿着海滨一直走，然后左拐，就是山洞之家通往扎克托普的捷径。泽玛特和沃斯顿先生坐在牛车上，车上载着装满种子的口袋、一些用具和工具、生活物资，以及数量充足的弹药。

杰克不愿意与野驴莱希特福斯分开，骑着它跟在车旁，后面尾随着两条猎狗布朗和法尔布。

他们首先朝西北方前进，把右侧的天鹅湖甩在身后，周围是广阔的草场和天然牧场，一直伸展到连接豺狼溪的引水渠，水渠的一端跨过一座单孔桥，距离鹰巢大约一里之遥。与通往瓦尔德格的道路不同，脚下这个方向，并没有一条现成的道路可供车行。不过，多条深深的车辙印碾压过青草，地面还算平坦。在两条壮实的水牛拖拽下，车子顺利前行，速度并不慢。

前往扎克托普农场的路程大约三里远，需要走四个小时。

泽玛特先生、沃斯顿先生，以及杰克抵达那里已是午饭时分。三个人狼吞虎咽之后，立即着手干活儿。

他们首先拔掉篱笆墙的木桩，整个雨季，圈养的猪就住在篱笆墙内。这座篱笆墙已被其他猪类动物拱穿了，它们是麝香猪①，早就生活在扎克托普，并且与圈养的猪交上了朋友。泽玛特先生知道，麝香猪身上有一种香囊，很有利用价值，因此，不准狩猎这种四条腿动物。

这座农场距离海岸较远，因此，各种作物长势良好，包括番石榴树、香蕉树，以及卷心菜棕榈树②。还有那些旅人蕉，树干粗壮，顶端呈椎体，树皮混合散发出桂皮和丁香的味道。

当初，泽玛特先生和儿子们落户这座岛屿不久，第一次来这里的

---

① 此处的麝香猪，并非通常所谓的"香猪"，而是一种产生麝香的猪类动物。麝香来源于脊索动物门哺乳纲麝科动物，如林麝、马麝或原麝。此外，麝香鼠等其他香动物也有类似麝香分泌物。

② 此处特指一种生产棕榈芯的棕榈树，其芯可供食用，味道如同卷心菜。

时候，这儿还是一片沼泽地，因此，它被命名为沼泽甘蔗田。如今，扎克托普农场周围已经是大片的农田，以及广阔的草场，几头奶牛悠闲地漫步吃草。树枝搭建的简陋窝棚早已不见，代之而起的是坐落在树荫下的房屋。不远处是茂密的植被，它们全是翠竹，竹竿上尖利的竹刺像钉子一样坚硬，无论什么人胆敢在竹林里穿行，身上的衣服必然被刮得稀烂。

三个人在扎克托普逗留了八天，忙着播种小米、小麦、燕麦和玉米；天鹅湖的湖水分流滋润了这片土地，谷物生长受益匪浅。事实上，为了浇灌这片土地，沃斯顿先生在天鹅湖的西岸开挖了一条引水渠，湖水顺着水渠自然流淌，浇灌滋润了这里的大片土地。受益于这项工程，在希望之乡的三座农场当中，扎克托普摇身一变，成为最富饶的一座。

不用说，在这个星期里，杰克的狩猎爱好得到极大满足。在农忙闲暇时，他总要带着猎狗出去。餐桌上总能出现丰富的菜肴，诸如鹌鹑、松鸡、鹧鸪、大鸨之类的飞禽，以及诸如野猪、刺鼠之类的走兽。至于附近经常出没的鬣狗，杰克一只都没有碰到，也没有看见过其他食肉动物。毫无疑问，在人类面前，猛兽们也会退避三舍。

在狩猎方面，杰克的运气比几年以前的弗里茨还要好，这次，他幸运地在天鹅湖边打到了一只动物，它的个头堪比一头驴，深棕色的皮毛，有点儿像犀牛，但是头上没长角，应该是一只貘。当时，年轻的猎人距离它只有二十步之遥，第一枪就把它击倒了；但是，随后它又猛地冲向杰克，随即被第二粒子弹洞穿了心脏。

终于，到了九月十五日晚上，扎克托普的活计全部干完。第二天，他们把房门严密关好，紧闭篱笆墙的栅栏门，然后，牛车启程，向北方进发,直奔位于失望角附近的展望山。

失望角犹如一只老鹰的喙,延伸到鹦鹉螺湾与广阔的海面之间。这座海岬与扎克托普农场之间的距离大约为二里,大部分路程的道路相对平缓,牛车轻松前行。不过,接近海边悬崖的时候,道路的坡度明显加大。

启程后走了两个小时,经过那片翠绿肥沃、被雨季的雨水滋润透了的田野,泽玛特先生、沃斯顿先生,以及杰克来到了猴子树林,不过,现在这个名字已经名不副实了,因为那些劣迹斑斑的猴子早已不见了踪影。他们抵达山岗脚下,停脚歇了一会儿。

道路沿着展望山的侧面山坡蜿蜒而上,实际上,这条路不算陡峭,无论水牛,还是野驴,都能把车拽上去。驾辕的水牛用劲把车拉上山顶平台。

海风从东方和北方吹过海岬,这栋房屋直接暴露在海风中。经过不久前飓风的侵袭,房子已经受到损害,房顶被狂风掀翻了好几处,必须立即予以维修。尽管如此,在盛夏季节,这栋房屋依然适宜居住——几位来宾正好在这里暂居数日。

在这儿的家禽饲养场里,各种家禽咯咯叫着,活蹦乱跳。经过恶劣天气的袭扰,饲养场也有多处需要维修;靠近山岗顶端,有一小股清澈的山泉,它的引水渠也需要疏通。

至于这里种植的树木,主要是山柑和茶树,狂风吹倒了一些,但树根尚未被拔起,需要扶正重新培植。

在这里居住的几天里,几位来宾好几次走到失望角海岬的顶端,站在那里眺望东方一望无垠的大海,以及位于西方的鹦鹉螺湾的一角。多年来,这些海难幸存者无数次盼望海岬远方出现一艘航船,然而,每次，他们都失望地无功而返！

于是，当泽玛特先生和两位同伴再次前往海岬，杰克忍不住说道：

"十二年前，我们在这儿没有发现地主号的其他幸存者，不禁大失所望，为此，我们把这座海岬命名为失望角，这个称号名副其实……然而，如果今天，独角兽号在附近现身，我们是否应该给这座海岬换个名字，管它叫好运角呢？……"

"完全可以，我亲爱的杰克，"沃斯顿先生回答道，"不过，这个情况不大可能出现……眼下，独角兽号远在大西洋，差不多还需要两个月，才可能抵达新瑞士岛海域……"

"谁知道呢，沃斯顿先生，谁知道呢……"杰克反复念叨着，"另外，即使独角兽号不来，难道就不会有另一条船驶来，发现并占领这座岛？……确实，这条船的船长有权利把这座岛屿命名为失望岛……随后，把这座岛屿攫为己有！……"

甭管怎样，海面上并未出现任何船只，因此，也就用不着操心给这座海岬更名。

九月二十一日，展望山别墅的活计全部完成，泽玛特先生决定，第二天一大早，大家动身往回走。

这天傍晚，三个人齐聚在别墅前的小平台上，观赏太阳隐入海平线的壮丽景色，空气清澈透明，一览无余。距离四里远的地方，东边海岬已经隐没在暮色当中，偶尔，海浪拍打在海岬低处的岩石上，浪花翻滚，余光闪烁。海面平静，波澜不兴，弧形海岸延伸到救命湾。山岗脚下，树林的阴影逐渐笼罩在平展的草场上，绿茵茵的草毯与黄斑点点的海滩逐渐融为一色。远处，南边距离大约八里远的地方，一条山脉朦胧纵横，沃斯顿先生的目光久久盯住那里，落日余晖给那座

观赏太阳隐入海平线的壮丽景色……

山脉的山脊镶嵌了一条金色的绦带。

第二天,牛车顺着展望山的斜坡下来,踏上归途。下午,他们已经走进山洞之家的篱笆墙,几位远行客受到热情欢迎,这趟远行差不多将近两个星期!毫无疑问,这段时间不算太久,可是,分离带来的思念之情,却难用分离时间的长短衡量。

不用说,在这十五天里,泽玛特夫人、沃斯顿夫人和安娜没有浪费一点儿时间,洗涮工作成效显著,修补过的床单、桌布、餐巾焕然一新,菜园里两棵树之间拉着绳子,雪白的衣物悬挂在绳子上,与青翠碧绿的菜园相得益彰,看到这一切,令人心旷神怡。

至于欧内斯特,他也没闲着,只要家务活儿不需要帮忙,他就把自己关在图书室里,并不告诉别人自己在忙啥。不过,也许,只有安娜知道秘密,晓得他在做什么。

这天晚上,两家人聚集在大厅里,泽玛特先生讲述了此次农场之行的经历,随后,欧内斯特把一张纸放到桌子上,纸上用彩笔画着一幅图。

"哦!这是什么?……"杰克问道,"这是未来新瑞士首都的平面图吗?……"

"还不到那个程度。"欧内斯特回答道。

"那么,我可猜不出来……"

"原来,这是我们小礼拜堂内部装饰的设计图……"安娜说道。

"没错,杰克,"欧内斯特补充道,"必须抓紧时间做好设计方案,毕竟,礼拜堂的外墙都垒砌了一半。"

这幅装饰图让大家惊喜异常,欧内斯特的劳动成果受到一致赞扬,所有人都觉得这张图很棒,不仅设计优雅,而且布局合理。

"我们会建一座钟楼吗？……"杰克问道。

"毋庸置疑……"安娜回答道。

"也挂一口钟？……"

"对……就是地主号的那口钟……"

"这样，"欧内斯特说道，"将由安娜敲第一声钟响！"

这一天是九月二十四日，它意味着，沃斯顿先生的探险计划即将开始实施。这趟深入岛屿内陆的探险将带来什么成果？……在过去的十二年里，这些海难幸存者在希望之乡故步自封，因为，众所周知，这片土地不仅确保了他们的生存，而且让他们活得很舒适。如今，几位亲人即将远行，不仅让泽玛特夫人感到担心，而且，她还预感到，这趟探险之旅的结果也许并不乐观，不过，她对此并未多加解释。

于是，这天晚上，当泽玛特先生回到房间，泽玛特夫人说出了自己的担忧，丈夫认为不无道理，回答道：

"亲爱的朋友，如果我们一直维持迄今为止的生存状态，那么，我同意你的想法，这趟探险之旅没有必要。假设沃斯顿先生和他一家人遭遇海难，被抛掷在我们的岛上，我也会告诉他们：这里的一切够我们生活，也足够你们生活，没有必要出去探险，因为很可能遭遇艰难险阻，得不偿失……可是现在，新瑞士岛占据了一个重要的地理位置，考虑到它未来的殖民前景，有必要弄清楚这座岛屿的面积，四周海岸的走向，以及它究竟拥有多少资源……"

"好吧……我的丈夫……好的……"泽玛特夫人回答道，"但是，为什么不能让新来的移殖民去做这趟勘测之旅呢？"

"当然，"泽玛特先生回答道，"完全可以继续等待，而且，勘测的条件也会更完善。但是，贝茜，你也知道，沃斯顿先生一心想着这趟

211

旅行，另外，欧内斯特也想把那张新瑞士地图画完……因此，我想满足他们的愿望。"

"我并不是反对这件事，我的朋友，"泽玛特夫人反诘道，"只不过，我们又要分离……"

"此行最多也就是十五天！……"

"要不然，让我和沃斯顿夫人，还有安娜一起去……"

"这么做不妥，我亲爱的夫人，"泽玛特先生断然道，"如果说，这趟旅行不算危险，但肯定困难重重，而且相当累人……我们将要顶着灼热的阳光，穿越荒凉的地区……何况，攀爬这条山脉一定异常艰辛……"

"所以，沃斯顿夫人、安娜，还有我，我们只能留在山洞之家？……"

"是的，贝茜，不过，我并不想让你们单独留在这里。经过认真考虑，我设想了一个方案，而且，这个方案一定能得到大家的赞同。按照这个方案，沃斯顿先生将与我们的两个儿子一起去旅行——欧内斯特负责勘测，至于杰克，他肯定不愿意错过这样一个探险的机会……至于我，我将留在山洞之家……这样，你满意了吧，贝茜？……"

"没有问题，我的朋友！"泽玛特夫人回答道，"我们完全可以信任沃斯顿先生，这是一个值得信赖的男人……他一定非常谨慎……跟他一起，我们的两个儿子不会遇到危险……"

"我猜想，"泽玛特先生接着说道，"沃斯顿夫人和安娜也会赞成这样的安排……"

"但是，我们的欧内斯特即将远行，安娜会依依不舍！……"泽玛特夫人说道。

"欧内斯特肯定也舍不得离开她，"泽玛特先生补充道，"确实！这两个宝贝儿相互爱慕。欧内斯特已经把礼拜堂的设计图画好了，总有一天，在这座礼拜堂内，他将与自己的心上人结合！……不过，关于这桩婚事，我们以后找时间讨论……"

"对于这桩婚事，沃斯顿夫妇一定与我们同样倍感幸福！……"泽玛特夫人回答道。

泽玛特先生把自己的方案告诉大家，得到一致赞同，就连欧内斯特和安娜也觉得这个方案合情合理。欧内斯特承认，女士们确实不宜冒险参加这趟旅行，她们的加入可能迟缓勘测进度，甚至，导致旅行无功而返。安娜心里明白，这趟旅行若要成功，没有欧内斯特的参与根本不行。

出发的日子定在九月二十五日。

随即，众人着手准备，并且很快安排妥当。事实上，沃斯顿先生和两位小伙子心意已决，他们打算徒步旅行。因为，毗邻那座山脉脚下的地区，很可能与蒙特罗斯河上游地区一样贫瘠，不易穿越。

因此，他们将背上猎枪，挂着手杖，身后跟着那两条猎狗，一路走过去。毋庸置疑，杰克是一位出色的猎手；不过对于狩猎，沃斯顿先生和欧内斯特也不是外行。因此，一路上，三位猎手可以确保获得丰富的食物。

此外，他们还准备了水牛拖拽的小车，以便把两家人运送到埃伯福特乡间小屋。别忘了，泽玛特先生早就盘算，利用这个时机，顺路拜访这座位于希望之乡边缘的农场。这样一来，大家都很高兴，能够陪伴沃斯顿先生、杰克和欧内斯特一直走到横谷隘路。之后，如果有必要，大家准备在那儿停留一天，甚至两天，共同忙完那里的活计。

二十五日一大早,牛车离开了山洞之家,所有人坐在车上,两条猎狗布朗和法尔布紧随其后。这段路程足有三里之遥。正午之前,两条水牛能够走完这段路程。

天气好极了,蓝天布满小朵云块,几片絮状云彩让阳光变得柔和,炽热的气温变得凉爽。

将近十一点钟,牛车斜插穿过一片肥沃葱绿的田野,抵达埃伯福特乡间小屋。

经过目的地之前的一片小树林时,一行人遇到十多只猴子,立即开枪驱赶。听到第一声枪响,猴子们一哄而散。

车子终于停在埃伯福特乡间小屋前,众人住了进去。这座小屋被树木环绕,舒适惬意,恶劣天气并未给它造成太大损害。泽玛特夫人、沃斯顿夫人和安娜着手准备午餐,男人们往远处走去,准备看一看横谷隘路,那里是通往岛屿内陆的必经之路。

在隘路口,有许多繁重的活计需要完成,迹象表明,这里出现过个头很大的动物试图越过栅栏,因此,必须予以加固。有理由认为,有一群大象曾经试图翻越隘路,如果它们成功侵入希望之乡,不仅埃伯福特乡间小屋的农田将要遭殃,而且还可能殃及扎克托普和瓦尔德格两座农场!甚至,谁知道这群厚皮类动物[①]会不会对山洞之家发动攻击?

当天下午,甚至第二天,他们一直忙于加固横谷隘路,大家齐心协力,搬来新的沉重木桩和石块,等到忙完了,泽玛特先生终于确信,这条通道坚不可摧。

[①] 厚皮类动物泛指热带非洲生活在河里或河水附近的大而重的厚皮食草性动物,包括大象、河马、犀牛、野牛,甚至是生活在海里的鲸鱼,都算厚皮动物。

埃伯福特乡间小屋曾经是一座利用四棵树木做支柱,悬在距离地面二十尺[1]的堪察加半岛[2]式窝棚。不用说,这间窝棚早已不存在,取而代之的是一座栅栏包围的住宅,里面有好几个房间,足够两家人居住。住宅两侧,各有一座宽敞的牲畜棚,遮蔽在红树与橡树苍翠低垂的树枝下。拖拽车子的两条水牛身强力壮,极为驯服,舒适地待在棚子里,守着一大堆饲料,一刻不停地反刍咀嚼。

另外,必须强调,附近有许多猎物,包括野兔、鹧鸪、水豚、刺鼠、大鸨、松鸡,以及羚羊。杰克的狩猎爱好得到满足,众人的餐桌增添美味佳肴。另一方面,在火苗噼啪作响的火炉前,一部分猎物被烤熟,让三位探险家带着路上享用。他们挎着皮包,扛着背囊,带着点火用的火绒,一路上以烤肉和木薯饼充饥。他们还携带了充足的火药和铅弹,水壶里装满了烧酒,足以保证每天饮食无忧。从格林塔尔山谷望过去,位于珍珠湾以南的方向,有一片肥沃丰腴的平原,穿过这片平原,他们还能找到可供果腹的植物根茎,或者野果吗?……

九月二十七日,天蒙蒙亮,全体动身前往横谷隘路,在那里做最后的话别。此后的十多天里,远行者们将音信全无!……这段时间可真够难熬的!

"音信全无?……"欧内斯特不禁说道,"不,妈妈,不,我亲爱的安娜,你们会收到音信……"

"写信吗?……"杰克问道。

"是的……通过航空邮件,"欧内斯特回答道,"你们看到我带的

---

[1] 约等于6.5米。
[2] 堪察加半岛位于亚洲东北部,原住民是科里亚克人和楚科奇人,靠皮毛和鱼类为生,其住所为悬空式窝棚,类似傣族的"吊脚楼"。

这只小笼子，以及里面的鸽子吗？……你们以为我要把它留在埃伯福特？……不，我要在那座山脉的山巅放飞这只鸽子，它将给你们送来探险队的消息。"

这个好主意得到所有人的鼓掌欢迎，安娜答应，每天都会关注欧内斯特派来的这位信使。

沃斯顿先生和弟兄俩钻过横谷隘路木桩之间狭窄的缝隙，仔细把身后的缝隙封死，很快，三人消失在岩石崖壁的拐角处。

第十三章

在格林塔尔山谷出口 —— 平原地区 —— 森林地区 —— 又遇猴子 —— 山脚下 —— 在山洞里过夜 —— 山区的两个植被地域 —— 在圆锥体脚下

对游客来说，步行是最理想的旅行方式。它能让游客饱览景色，任意选择路线，随时止步歇脚，就算走慢一点儿也没关系。在没有大路可走的时候，步行者喜欢抄小路，随心所欲地行走，攀爬任何陡峭的山坡，直达群山之巅。他走过的地方，训练有素的坐骑难以逾越，轻便车辆也无法到达。

因此，沃斯顿先生与两个小伙子毫不犹豫，不顾步行可能带来的极度疲劳，徒步走向岛屿内陆那片陌生的土地，并且打算一直攀爬到那座山脉的山巅。

大家知道，这趟旅行的路程为七至八里[①]，而且，此行一路不绕弯，直达山脉脚下。由此算来，这趟路程不算太遥远，不过，它将穿越一片陌生地域，因此，三位探险家可能遇到有意义的重大发现。

---

① 约为30至36千米。

不用说，对这趟旅行最感兴奋的人，应该是杰克。他天生就是个探险家，如果不是因为乘坐地主号，早在孩童年代离开欧洲，杰克一定会遍历欧洲各国。他心里早就盘算，有朝一日，当全家人生活终于安定下来，一定要实现自己的探险梦。在此之前，杰克终于有机会走出希望之乡，走出横谷隘路，奔向格林塔尔山谷的另一侧，前往那片完全陌生的广阔平原，他的心里别提多高兴了！这一次，杰克的胯下既没有野驴莱希特福斯，也没有公牛布鲁默，更没有鸵鸟布劳斯温德，仅仅带上了猎狗法尔布，幸亏如此，沃斯顿先生不必为了抑制杰克惯有的亢奋情绪而费心。

走出横谷隘路后，三个人首先登上一座名为"阿拉伯塔"的小山岗，这个名字的来由缘于一群鸵鸟，当初，泽玛特先生和儿子们第一次拜访格林塔尔山谷时，曾经把这里出现的一群鸵鸟误判为一帮骑着马的贝都因人[①]。从这座小山岗出发，三个人转向直奔狗熊山洞，几年以前，欧内斯特在那儿曾经遭到一只这种跖行动物[②]的拥抱，只是拥抱得过于亲密，差点儿把他憋死！

不过，这一次，他们不必沿着东江溯流而上。考虑到这条河是从南向西奔流而去。如果顺着这个方向行走，势必延长旅行路线，因为，那条山脉的斜坡位于正南方。

谈到行进路线，欧内斯特说道：

"我们曾经沿着蒙特罗斯河溯流而上，但是，现在不能顺着东江

[①] 贝都因人是在沙漠旷野过游牧生活的阿拉伯人。主要分布在西亚和北非广阔的沙漠和荒原地带。

[②] 哺乳动物中，凡用前肢的腕、掌、指或后肢的跗、跖、趾全部着地行走的动物，均被称为跖行动物，包括猴子和熊。

往上走……毫无疑问，我们一定还能找到另外一条河流，可以沿着它溯流而上……"

"我在寻思，"杰克补充道，"为什么我们不能乘坐平底渔船抵达蒙特罗斯河的入海口？……如果从那里划小船，溯流而上直达那座水坝，距离山脉最多不过五至六里远。"

"那条路线确实十分便利，我亲爱的杰克，"沃斯顿先生回答道，"但是，蒙特罗斯河流经一片贫瘠的区域，很不适宜穿越。因此，最好还是从救命湾与山脉之间的这片地区插过去。"

三人顺着格林塔尔山谷的山坡向下走，这段路程大约有二里之遥，与希望之乡的外围屏障平行。这座山谷的宽度大约有上千托阿斯[①]，顺着山坡的高度，依次覆盖着草地、一簇簇孤立的树丛，以及茂密的森林。一条溪水在芦苇的遮蔽下，悄悄地流淌着，它最终将汇入东江，或者直接注入鹦鹉螺湾。

走了很长时间，沃斯顿先生和兄弟俩终于抵达山谷尽头。站在那里，他们第一次眺望伸向南方的那片土地。利用随身携带的袖珍罗盘，欧内斯特尽可能地辨认方向，做好记录，准确计算已经走过的路程。

将近正午，在一片番石榴树的阴影下，他们停住脚步，不远处，生长着大片茂密的大戟属植物。一路上，杰克狩猎了好几对鹧鸪，他们把这些猎获物褪毛、洗净，在篝火上烤熟，就着木薯饼吃了午餐。溪水清澈见底，三人用溪水和水壶里的烧酒勾兑了几杯饮料，加上熟透的番石榴果，享用了丰盛的餐后甜点。

吃饱喝足，休息够了，三位探险家重新上路。山谷的尽头两侧岩

---

① 约合2千米。

219

石壁立,通过这道狭窄的山涧,溪流变成了一道瀑布,那里,就是山谷的谷口。

前面几乎是一马平川,覆盖着热带地区的茂密植被一直延伸到那座山脉脚下的山坡,景色与蒙特罗斯河上游地区截然不同!在东南方一里远的地方,有一条蜿蜒的绸带,在阳光下闪烁发亮,看起来,那是一条河流的河床。在南方,六至七里的宽阔地界上,平原与森林鳞次栉比,一直铺展到山脉脚下。在这儿行走困难重重,茂盛的野草往往高达五六尺,高大的芦苇挺着尖锐的叶片,还有成片的甘蔗,在阵风的吹拂下,一望无际。毫无疑问,这些大自然赐予的资源有待开发,因为,那个时候,海外殖民地的主要财富,就是甘蔗。

沃斯顿先生和两个小伙子连续跋涉了四个小时,欧内斯特说道:

"我提议宿营。"

"这么早?……"杰克叫道,无论他本人,还是那条猎狗法尔布,全都毫无倦意。

"我赞成欧内斯特的提议,"沃斯顿先生断然回答道,"我觉得,这个地方挺合适,可以在那小片朴树林的边缘过夜。"

"那就去宿营吧,"杰克回答道,"顺便把晚饭吃了,我早已饥肠辘辘……"

"是不是应该点起一堆篝火,并且让它烧到明早?……"欧内斯特接着说道。

"小心没大错,"杰克赞成道,"这的确是驱离猛兽的最佳手段。"

"毫无疑问,"沃斯顿先生回答道,"不过,仍然有必要轮流放哨,我认为,我们可以好好睡一觉……似乎,没有什么值得害怕……"

"没有,"欧内斯特说道,"我尚未发现任何可疑的脚印,自从走出格林塔尔山谷以来,也没有听见动物的嚎叫,因此,我们可以轮流睡觉,解除疲劳……"

杰克服从安排,几位探险家随即饱餐一顿。

这一晚平安无事——在这样的夜晚,四周悄然无声,大自然深沉入睡,就连树上的树叶也纹丝不动,整个大平原死一般寂静。尽管这座岛屿上生活着众多豺狗,但是,远方并未传来它们嘶哑的嚎叫声,猎狗也没有发出不安的狂吠。总之,在繁星满天的夜空下露宿,大可不必担惊受怕。沃斯顿先生和兄弟俩把中午剩下的食物全部充作晚餐,欧内斯特发现的几枚小乌龟蛋也被放进炭灰里烤熟吃掉。附近有很多鲜嫩的松子,果仁的味道很像榛子,三人吃得津津有味。

第一位合眼入睡的人是杰克。他是三人里最疲惫的一个,因为,一路上,他不停砍伐荆棘和灌木丛,甚至冲出去老远,沃斯顿先生不得不一再招呼,命令他回来。不过,杰克虽然是第一个睡着,第二天一早,却是第一个睡醒。

于是,沃斯顿先生和兄弟俩再次上路。一个小时以后,三人蹚水渡过了一条小河,根据它直奔东南方的流向,欧内斯特猜想,也许,继续流淌两三里之后,这条小河将汇入蒙特罗斯河。

前方始终是宽阔的草原,一望无际的甘蔗地,在潮湿的地方,生长着一簇簇富含植物蜡的树丛,一些树枝绽开着花朵,另一些树枝挂满果实。终于,茂密的苍老树林取代了一簇簇树丛,它们的身影参差不齐地留在了格林塔尔山谷的斜坡上。这些苍老树木大多是樟属植物、品种不一的棕榈树、榕属植物,以及芒果树。另外,还有数量众多、结不出可食用水果的树木,诸如松树、栎树、橡树,它们个个树干挺拔,蔚为壮观。除了那几处生长着富含植物蜡树丛的地方,这儿几乎看不到沼泽。此外，这里的地势逐渐抬升——杰克几乎不可能在这儿遇见大群水鸟，他的猎物都是活跃于平原和森林里的禽兽。

此时，面对眼前景象，沃斯顿先生认为有必要提醒年轻的旅伴：

"显然，我亲爱的杰克，现在，我们的猎物相当丰富，不仅有紫水鸡、鹧鸪、鹌鹑、大鸨，以及松鸡，还有羚羊、水豚，以及刺鼠。不过，我觉得，在我们宿营之前，你最好不要过分狩猎，以免让我们背负的猎袋过于沉重。"

"您说得对，沃斯顿先生，"那位狂热的猎人回答道，"不过，要想抗拒诱惑，确实有点儿难，一旦猎物出现在射程之内……"

最终，杰克听从了沃斯顿先生的劝告。一直等到十一点钟，猎枪才接连响起，那是为了确保午饭的菜肴足够丰盛。在此之前，猎狗法尔布曾经从荆棘丛中叼回来两只松鸡和三只山鹬。如果有人喜欢吃不那么新鲜的肉，可以勉强用这几只飞禽充饥。但是，在新瑞士，人们不喜欢吃变质的食物，所以，没必要把这几只飞禽送到篝火上烧烤。至于那条猎狗，它更喜欢啃主人抛给它的骨头架子。

下午，三人遇见了一群野猫。当初，泽玛特先生和儿子们初次到格林塔尔山谷探险，曾经在希望之乡的边缘发现过这种动物。不过，这次遇见的野猫数量众多，难免让人心生惧怕，甭管怎样，三支猎枪同时开火，赶跑了这群野猫，这帮家伙逃之夭夭，其中好几只被打伤，嗷嗷乱叫，那声音有几分像猫叫，又有几分像狼嚎。也许，下次宿营的时候，必须提高警惕，防范它们的攻击。

另外，除了那些可以作为猎物的飞禽，这个地方还生活着很多鸟儿，包括鹦鹉、长尾小鹦鹉、火红颜色的大鹦鹉、绿色翅膀衬金色斑点的小巨嘴鸟、蓝色的弗吉尼亚大松鸦，以及个头很高的火烈鸟，此外，不时还能看到羚羊、驼鹿、美洲狮、野驴，以及水牛出没。这些动物老远觉察到人类的出现，立即转身溜走，速度快得令人难以置信，三人根本无法接近。

迄今为止，尽管地势逐渐朝着山脉方向抬升，但是土地仍然肥沃，完全可与岛屿北部的土地相媲美。很快，沃斯顿先生、欧内斯特和杰克来到一片茂密的树林。靠近山脉脚下，他们发现一棵又一棵高大苍老的树木，枝繁叶茂。据此判断，第二天，路途将更为艰辛，令人疲惫不堪。

这天，猎狗法尔布在乱草丛中哄起了一群松鸡，三人开枪各取所需，当天晚上，三条饿汉饱餐了一顿松鸡肉。宿营地安排在一片茂密的西谷椰子树林边缘，一条小溪滋润着这片树林，倾斜的地势形成湍急的水流，向西南方奔泻而去。

这一次，沃斯顿先生极力主张在宿营地周围采取警戒措施，为了营地的安全，应该燃起篝火，并且让它燃烧到第二天早晨。夜间，必须有人在篝火旁轮流值班，因为，夜色中，不远处传来阵阵嚎叫。

第二天，天刚放亮，他们出发了。此地距离山脚不过三里——如果路上没有耽搁，也许，今日下午就能抵达那里。假设，这条山脉的北坡容易攀爬，那么，明天一大早，他们就开始爬山。

现在，这里的地貌与格林塔尔山谷出口处的地貌已经截然不同！左右两侧都是茂密的树林，这些树木富含树脂，喜欢生长在高海拔地区。一条条山溪滋润着树林，山溪向东流去，汇集成蒙特罗斯河，或者成为这条河的支流。酷暑时节，溪水几近干涸，蹚过溪流，水面仅能没及小腿。

上午，沃斯顿先生认为，最好绕过几片树林，那些树林当中分布着一小片又一小片平原。尽管这样走稍微绕了点儿弯,但是时间上并无损失,因为,这些树林里密布荆棘和蔓生植物,穿行不易。

这段路程相当累人,他们一直走到十一点钟,终于停下休息,顺便填饱肚子。

从早晨出发开始,一路上猎物不断出现,杰克甚至刚刚打到一只年轻的羚羊,最新嫩的肉被当做午餐,至于剩下的肉,三位猎手随身携带,留着晚餐享用。

此后,整个下午,他们再也没有发现任何飞禽或走兽,不由得庆幸自己未雨绸缪。看来,即使再高明的猎手,如果碰不上合适的机会,照样无可奈何。

正午时分,他们在一棵高大的松树下休息,欧内斯特用枯枝点燃一堆篝火。杰克小心地把部分羚羊肉放到篝火上炙烤,他兄弟和沃斯顿先生站在距离篝火百步远的地方,仔细审视这片地区。

"如果这片森林一直延伸到那座山脉,"欧内斯特说道,"那么,它很可能覆盖了整座山脚下的斜坡。今天早晨离开宿营地时,我估计到了这个情况,看来估计对了。"

"如果是这样,"沃斯顿先生回答道,"我们只好穿越这片老树林……如果想要绕过去,就得兜个大圈子,甚至可能一直绕到东海岸……"

"说到海岸,沃斯顿先生,倘若我的估计正确,"欧内斯特说道,"那里距离此地足有十里之遥……我指的是我们曾经乘坐平底渔船,一直航行到蒙特罗斯河入海口的那段海岸……是的!从这儿到那儿,足有十里之遥……"

"如果是这样,我亲爱的欧内斯特,我们无需考虑从东面抵近山

杰克小心地把部分羚羊肉放到篝火上炙烤……

脉。至于从西面……"

"西面的情况，我们一无所知，沃斯顿先生，而且，从格林塔尔山谷的高处望过来，似乎这条山脉一直向西延伸，望不到尽头……"

"看来，既然我们没有别的选择，"沃斯顿先生断然说道，"那就冒险穿越这片树林，在树林里开辟一条路，一直通往它的最边缘。如果用一天时间走不出去，我们就花上两天时间……甚至花上三天……直到抵达目的地。"

对于沃斯顿先生的看法，兄弟俩一致同意，下定决心，冒险前行，毫不犹豫，一直走到山脉脚下。

火炭上的羚羊肉烤熟了，加上几块木薯饼，从附近树上摘的野果，包括香蕉、番石榴，以及肉桂果，这些就是午餐的全部内容。午休总共花了一个小时，随后，沃斯顿先生、欧内斯特和杰克一起，挎上猎袋，扛着猎枪，按照指南针的方向，走进密林深处。

这里的松树树干挺拔，彼此间隔较远，林间地面相对平坦，长着野草，或者，不如说遍布某种罕见的苔藓、荆棘或者稀疏的树丛，行走并不困难。然而，在另外几片树林里，情况不同了，那里的树木伴生茂密的寄生植物，藤蔓缠绕，相互交织。经过一片广阔的冷杉林，与其他树林的情况相仿，行走也不太困难。毫无疑问，这里没有现成的小路可供行走，甚至，就连动物行走过的小径也找不到；不过，只要撩起勾人的藤蔓，树木之间依旧可以通行。

总体来看，这里没有无法穿越的河流——比如，湍急的激流——可以阻止前进的步伐，所以，三人感到庆幸。虽然有树木繁茂的绿色枝叶遮挡，太阳光依然透过枝叶直射地面，沃斯顿先生、欧内斯特和杰克继续跋涉。不过，他们得承认，对于步行者来说，在树林里有一个极大好处，那就是，森林的芬芳沁人肺腑，醒脑提神。

虽然很少看到猎物，然而，在这段路途中，无论杰克，还是沃斯顿先生和欧内斯特，每人都被迫多次开枪。迫使他们开枪的不是那些曾经在希望之乡附近，或者靠近珍珠湾的地方出没的食肉类猛兽，比如狮子、老虎、豹子，或者美洲狮，而是另一种东西，它们不仅数量众多，而且极其可恶！

"噢！这帮无赖！……"杰克叫道，"看起来，自从它们被从瓦尔德格和扎克托普的树林里赶走之后，全都逃亡到这片树林了！……"

它们挥舞有力的臂膀，把无数松果扔过来，砸到三人胸前，迫使他们赶紧连开两枪。在一个小时的时间里，他们不得不连续开枪，几乎耗尽了为这趟旅行准备的弹药。这种四条腿的动物足有二十多只被打死，或者被打伤，濒于死亡，纷纷坠落，看到它们从树枝上跌落，法尔布立刻冲上去，把这些再没力气逃跑的家伙挨个咬死。

"下一次，"杰克说道，"如果这些家伙把椰果当武器扔过来，对我们的伤害会小一点儿……"

"真见鬼！"沃斯顿先生回答道，"我宁愿要松果，而不是椰果……毕竟松果不太坚硬……"

"是的……但松果不能吃，"杰克反诘道，"如果是椰果，不仅能吃，还能喝！"

"甭管怎么说，"欧内斯特总结道，"这些猴子生活在岛屿内陆，总比生活在我们的农场附近要好……当初，为了阻止它们蹂躏农场，我们花了多少精力，又是下圈套，又是设粘胶！……就让它们继续生活在冷杉林里，永远不要返回希望之乡，对于它们，我们只有这点儿小小的愿望……"

"你可真够客气！"杰克补充道，一边说着，一边客气地打响最后一枪。

总之，这场骚乱终于停止，三人继续上路，现在最大的困难，就是保证旅途方向正确无误，直指那座山脉。

实际上，这片冷杉林的树冠绵延不绝，枝繁叶茂，甚至雨水都无法穿透。由于树冠遮天蔽日，没有丝毫缝隙，看不到太阳运行到了哪个方位，没有一棵树倾倒，阳光无法洒落林间。这片树林的松树密密麻麻，相互交错纠缠，无论是水牛拖拽的小车，还是杰克的野驴，在这儿都无法通行，沃斯顿先生十分庆幸此行既没有小车，也没有坐骑，否则，他们只好打道回府。

将近傍晚七点钟，沃斯顿先生、欧内斯特和杰克终于抵达这片冷杉树林的南部边缘，这里是群山脚下的支脉，随着地势抬升，冷杉林沿着山坡层峦叠嶂，一道山梁横亘在西方地平线上，太阳逐渐隐入山梁背后，就在此时，高耸的山巅映入眼帘。

山巅之上，岩石堆积耸立，碎石从山顶滚落下来，多条山溪奔流直下，顺着倾斜的地势流向东方，也许，它们就是蒙特罗斯河的源头。

如果今天就爬山，也许需要连夜攀爬，这样太危险。因此，尽管他们很想抵达目的地，但是，无论沃斯顿先生，还是俩兄弟，谁也没打算这么干。他们寻找，并且找到了一座山洞，准备在里面歇息到第二天早晨。随即，欧内斯特开始准备晚餐，沃斯顿先生和杰克返回树林边缘，搂抱来大捆干草，铺在洞内地上。他们饱餐了两只刚刚打到的松鸡，然后，疲惫不堪的三人一心想着早点儿休息。

不过，仍然需要小心谨慎，采取必要的防范措施。随着夜幕降临，嚎叫声从不远处传来，听上去，其中夹杂着狮子的吼声，对此，谁也不敢掉以轻心。

他们在山洞口燃起一堆篝火，沃斯顿先生和杰克抱来大堆木柴，足以维持篝火通宵不熄。

随后，三人轮流值守，每人三小时，直到第二天日出，欧内斯特值第一班，接着是杰克，最后是沃斯顿先生。

第二天，天刚放亮，三人起身，杰克用洪亮的嗓音叫道：

"好呀，沃斯顿先生，伟大的日子来临了！……几个小时之后，您的心愿将要实现！……您终于将要把我们的旗帜插上新瑞士岛的最高峰……"

"几个小时之后……是的……如果攀爬不十分困难的话……"欧内斯特提醒道。

"无论如何，"沃斯顿先生回答道，"不管是今天，还是明天，也许，我们总算可以弄清楚，这座岛屿究竟有多大……"

"至少，"杰克说道，"无论向南，还是向西眺望，不至于一眼望不到边！……"

"这并非绝对不可能……"欧内斯特补充道。

"我不这么认为，"沃斯顿先生回答道，"否则，它不可能一直未被往来于印度洋这片海域的航海家们发现……"

"我们走着瞧，"杰克反诘道，"走着瞧吧！"

早餐的野味是凉的，属于随身携带的贮备。因为，这儿的山坡干燥陡峭，猎物肯定不多，而且，猎狗法尔布也未必愿意攀爬。山洞外面，猛兽早已不见踪影，用不着担心，于是，他们把猎枪斜挎在背上。随后，杰克打头，欧内斯特紧随其后，沃斯顿先生在队尾压阵，三个人顺着群山余脉的山坡，开始攀爬。

三个人顺着群山余脉的山坡，开始攀爬。

欧内斯特估计，这条山脉的高度大约为一千一百至一千二百尺[①]，几乎正对着冷杉林，矗立着一座圆锥体山峰，位于山脊之上，足有上百托阿斯[②]之遥。沃斯顿先生想把旗帜插上这座圆锥体的顶端。

　　在距离山洞百步远的地方，这片地区的森林分布戛然而止。若干片绿色的植被出现在六七百尺高的山坡上，草地上生长着一簇簇灌木丛，包括芦荟、黄连木、香桃木，以及欧石楠——它们构成了山区植被的第二个区域。不过，这个区域地形陡峭，有些地方的坡度甚至超过50度。遇到这些地方，必须向左侧，或者右侧绕道攀爬。

　　幸亏，由于侧面岩石的支撑点坚硬牢固，攀爬的难度不算太大。迄今为止，他们还不至于四肢着地，攀爬而行。脚下的绿地长满植物根茎，还有凸起的岩石，踩在上面，步履稳健，即使摔倒了，也不用担心，最多不过在厚实的苔藓上磕绊几步。

　　就这样，他们不停攀登，踉跄而行。为了爬上陡坡，费尽周折，曲折蹒跚而上。三位登山家气喘吁吁，在到达顶峰之前，不得不停下来休息一两次。如果说，欧内斯特和杰克年轻力壮，而且每天劳作，对体力活习以为常，这段儿山路并未使他俩狼狈不堪，那么，沃斯顿先生毕竟上了一把年纪，身体缺乏柔韧性，颇有点儿力不从心。不过，他仍然坚持声称，如果能在午饭前一个小时，和两位同伴一起爬到圆锥体的脚下，他将心满意足，因为，从那里继续攀爬到圆锥体的顶尖，只需一两个小时。

　　沃斯顿先生无数次提醒杰克，请他不要像羚羊那般冒险蹦跳，毕竟，老天并未赋予他攀援动物特有的本事。三人继续攀升，至于沃斯

[①] 约合350至390米。

[②] 约合200米。

顿先生,他已经下定决心,在抵达圆锥体脚下之前,绝不再恳求休息。只要到了那里,这条山脉的第二个植被区域就算走到头儿了。然而,显而易见,最艰巨的路程就在前面。处于目前的位置,放眼望去,北方、西方和东方的景色尽收眼底,但是,南方的景色却一点儿也看不到。因此,必须爬上圆锥体的顶端。如果朝格林塔尔山谷方向眺望,在蒙特罗斯河入海口与珍珠湾的海岬之间,正是他们熟悉的那片原野。然而,三位登山家最希望看到的地方,却只能爬上山顶才能看到,或者,倘若他们没有办法爬上山顶,那就只能绕到圆锥体的另一侧,去满足自己的好奇心。

好不容易,他们攀爬到第二个植被区域的尽头,站在了边缘地带。历尽千辛万苦,终于可以休息片刻。此时,天已正午。三人准备吃过午饭,再继续沿着圆锥体的漫长斜坡攀爬。此刻,他们饥肠辘辘,迫切需要填饱肚子。但是,由于三人筋疲力尽,从某种程度上说,此刻进食不利于消化,而且,能用来充饥的,只有剩下的最后几块羚羊肉。然而,他们不管不顾,狼吞虎咽,吃得一干二净。

一个小时之后,杰克重新站起身,不顾沃斯顿先生的劝阻,纵身跳上斜坡岩石,大声叫道:

"谁喜欢我,就跟我走!"

"那就让我们尽力证明对他的好感吧,我亲爱的欧内斯特,"沃斯顿先生回答道,"不过,还得尽力阻止他的鲁莽冲动!"

第十四章

爬上圆锥顶 —— 向四周眺望 —— 在北方、东方和西方看到了什么 —— 南方地区 —— 海平线上有条船 —— 英国旗

  三人现在所处的高度为六百尺,大约比埃及大金字塔还要高三分之一[①]。在埃及那座金字塔的侧面,有巨大的台阶,攀登起来比较容易。如果没有这些台阶,要想爬上位于吉萨[②]的那座法老建筑物,简直不可能。然而,这座圆锥山的斜面,与垂直形成的夹角,甚至比那座大金字塔还要陡峭。

  事实上,这里巨石林立,危若累卵,或者说,它不过是山岩错综堆积起来的一座石头山。不过,这座石山也有边缘、棱角、断层,以及凸边,总算还能找到落脚的地方。杰克一如既往地捷足先登,一边确认落脚点是否坚固,一边忽左忽右,摸索攀爬。沃斯顿先生和欧内斯特保持一定距离,跟在杰克身后,踏着石块,一步步攀援而上。

---

① 埃及的胡夫金字塔是世界上最高的金字塔,建于公元前2690年左右。原高140余米,因年久风化,现高136.5米。
② 吉萨位于埃及首都开罗西南80千米,是古埃及10座金字塔,包括胡夫金字塔的所在地。

这儿属于山脉的第三个植被区域，极为干旱荒凉，令人触目惊心！在这儿，几乎看不到任何绿色植物的身影，只在零星分布的小撮腐殖土里，冒出来几根瘦弱的墙草①。还有成片的干枯苔藓，给岩石抹上一层灰绿色。

最要紧的，就是千万别在斜坡上滑倒，因为有时候，倾斜的坡面犹如一面镜子，如果滑倒，可能一直滚落到圆锥山的下面，必死无疑。与此同时，还得小心别碰随处堆积的乱石，它们如果滚动起来，犹如雪崩，将一直跌落到山脚下。

另一方面，这座高大的山峰全部由花岗岩和石灰岩构成，看不到火山喷发过的痕迹。看来，无论火山喷发，还是地震，都不会威胁到新瑞士岛的生存。

沃斯顿先生、杰克和欧内斯特平安地爬到了圆锥山的半腰，他们尽量选择可供攀爬的地形，尽管如此，仍难免引起滚石跌落。

三四块大石头疯狂地在斜坡上蹦跳滚落，径直消失在山脚密林深处，一路发出雷鸣般的轰响，回声在山谷间经久不息。

尽管在高山之巅，仍然可见几只鸟儿翱翔，成为这条山脉第三植被区域仅有的动物代表。那些小鸟儿都离不开冷杉树林，而这些鸟儿的个头却很大，它们翼展宽阔，极善飞翔，根本不需要在这儿降落休憩。这种俗称"乌姆布"的秃鹫，看到人类出现在如此凄凉清冷的地方，不禁感到十分好奇。只见它们缓慢扇动双翼，不时从圆锥山的顶峰掠过。杰克按捺不住，真想开枪，倘若能打下来一只硕大的"神鹰"，一定大喜过望。

于是，年轻的猎手不止一次举枪抵住肩膀。

---

① 墙草为荨麻科植物，草本、亚灌木或灌木。

三四块大石头疯狂地在斜坡上蹦跳滚落……

"何必呢？……"沃斯顿先生对杰克叫道。

"怎么……何必？……"杰克回答道，"可是……"

杰克把枪重新挎上肩膀，一边说着，一边纵身一跃，蹿上山岩。

于是，这只硕大的马拉巴尔老鹰①捡回来一条命。说实话，与其开枪打死它，不如想办法捉住它，也许，可以用它取代弗里茨的那位忠实伙伴。弗里茨曾经豢养过一只老鹰，可惜在发现烟石岛的路上，在与老虎搏斗时，不幸阵亡。

圆锥山的尖顶越来越近，斜坡也变得更为陡峭，——甚至变成一个名副其实的花岗岩圆锥体。沃斯顿先生甚至担心，尖顶之上是否有足够的位置容纳三个人。现在，他们不得不相互援助，或者不如说，一个拽着一个。杰克在前头，身后拽着欧内斯特，他后面则拉拽着沃斯顿先生。他们本想绕到圆锥体的另一侧，但是没有成功。看起来，只有从北面爬上去相对容易一些。

最终，将近两点半钟，传来一声欢呼——这是杰克的喊声——毫无疑问，他第一个登顶，并且喊叫道：

"是岛屿……它确实是一座岛屿！"

圆锥尖顶是个很小的平台，方圆不过两个托阿斯，沃斯顿先生和欧内斯特精疲力竭，口干舌燥，几乎一句话都说不出来。他俩使出最后一点儿力气，终于爬到杰克身边，随即躺倒在地，大口喘气。

新瑞士确实是一座岛屿，其实，这个问题早在独角兽号抵达的时候，就已经弄明白了。不过，如果说，这座岛屿四周被大海包围，但是，各处海岸与这座山峰的距离却不尽相同。在南方，海岸延伸得更

---

① 马拉巴尔位于印度次大陆的西南部，是一条长而狭窄的海岸线。"马拉巴尔"一词也用于表示印度西南地区的热带雨林。

远，东方和西方的海岸相对较近，至于北方一带蓝色的海岸，在阳光的照射下闪闪发亮，由近及远，参差不齐。

首先，欧内斯特发现，这条山脉并非位于岛屿中心，相反，它位于岛屿的南部，而且从东向西延伸，形成一条相对整齐的弧线。

这座山峰的海拔高度为一千五百尺，从这个高度眺望四周，视线可达距离海平线十七至十八里远近，当然，新瑞士岛的面积在这个范围之内。

于是，当沃斯顿先生提出这个问题时，欧内斯特回答道：

"据我估算，我们这座岛屿的方圆大约为六十至七十里……这个面积相当可观，比琉森州[①]的面积还要大。"

"那么，它的面积究竟是多少呢？……"沃斯顿先生问道。

"大致估算，考虑到它的东侧和西侧近似椭圆的轮廓，"欧内斯特回答道，"这座岛屿的面积应该为四百平方里，也就是说，相当于半个西西里岛……"

"噢！……"杰克惊叹道，"有很多岛屿闻名遐迩，面积还没有这么大……"

"说得对，"欧内斯特接着说道，"在这些岛屿中，如果我记得不错，有一座地中海最主要的岛屿之一……也是英国最重要的一座岛屿，其面积不过九里长、四里宽。"

"那座岛叫什么名字？……"

"马耳他[②]。"

"马耳他！……"沃斯顿先生惊叫道，任何一位"大不列颠主义

---

① 琉森州是位于瑞士中部高原上的一个州，该州的琉森湖区是瑞士联邦的发源地。
② 马耳他岛位于地中海中央，面积246平方千米。

237

者①"听到这个名字，都会兴奋莫名。他不禁继续说道："既然如此，为什么新瑞士岛不能成为印度洋上的马耳他？……"

与此同时，杰克理所当然地思忖，为什么古老的瑞士不能保留这座岛屿，让它成为一块美丽的赫尔维蒂亚殖民地。

天气非常晴朗，空气清新，眺望远方，看不到一丁点儿雾霾，四周的空气中嗅不到一丝水汽，整座岛屿起伏的地形清晰可辨。

由于下山只需上山时间的三分之一，因此，沃斯顿先生和两兄弟在返回冷杉树林之前，可以在山顶逗留几个小时。因此，他们轮流使用望远镜眺望远方，仔细观察伸展在脚下的广袤原野。

欧内斯特手里拿着小本子和铅笔，描绘这座位于南纬19度的椭圆形岛屿，它的长度大约有二十四里，114度经线纵贯其间，岛屿的宽度约为十九里。

向北方望去，可以清晰地判断出，从山顶至海岸的直线距离大约为十里，或者十一里。

首先，从北方的海岸向外，可以望见，有一片狭窄的海域从失望角延伸到西侧包围着珍珠湾的那座海岬。

"不，我绝对不会弄错，"杰克重复说道，"不用望远镜，我都能认出希望之乡，以及延伸到救命湾的那条海岸线！……"

"实际上，"沃斯顿先生补充道，"与这座海湾外侧相对而立的，就是东边海岬，它一直延伸到独角兽湾。"

"很不幸，即使用欧内斯特的那架高倍望远镜，依然无法看清豺狼溪附近的那块地方……"

"当然看不清，"欧内斯特回答道，"因为那里位于岩石屏障的南侧

---

① 此处特指19世纪前后，热衷扩张殖民势力的英国殖民主义者。

边缘，被遮挡住了。既然站在山洞之家和鹰巢看不见这条山脉的顶峰，那么，站在这里，自然看不到山洞之家，也看不到鹰巢……我觉得，这符合逻辑……"

"当然了，因为您是位高明的逻辑学家！……"杰克回答道，"既然这样，这个逻辑也应当适用于失望角，不是吗，我们现在就能望见那座伸向北方的海岬……"

"尽管确实如此，"欧内斯特回答道，"但是，无论从失望角，还是展望山，要想看见这座圆锥山，首先需要认真观察。然而，很可能，我们过去从未认真观察过……"

"甭管怎么说，"沃斯顿先生补充道，"可以得出如下结论，即：只有站在格林塔尔山谷的高处，才能看清楚这条山脉的真容……"

"就是这个意思，沃斯顿先生，"欧内斯特赞同道，"因为，从我们这个角度望过去，那座山谷恰好遮挡住了山洞之家。"

"我很遗憾，"杰克补充道，"因为，如果这个时候，爸爸、妈妈，还有沃斯顿夫人和安娜，她们赶到展望山，我敢肯定，一定能看见他们，我打赌，还能够认出他们……借助望远镜，相互沟通……因为，无论如何，他们就在那儿，正在谈论我们，数着日子，惦念着：远行亲人昨天应当抵达山脚下，而且，今天，我们应该攀上山顶……他们也在盘算，这座新瑞士岛究竟有多大……它在印度洋中的位置是不是很重要……"

"说得太好了，我亲爱的孩子，简直就像他们亲口所说……"沃斯顿先生说道。

"他们好像就在我面前……"杰克断言道，"说真的！我仍然感到十分遗憾，因为岩石遮挡了豺狼溪，以及我们的山洞之家……"

239

"你的遗憾真是多余,"欧内斯特说道,"凡事儿总要顺其自然!"

"如此说来,要怪,只能怪这座圆锥山!"杰克说道,"它为什么不能再高一点儿?……假如它比现在高上数百尺,家里人就能从那边望见我们……与我们打招呼……在山洞之家的鸽子窝上面升起一面旗帜!……我们也能升起旗帜,问候他们……"

"杰克有点儿浮想联翩!……"沃斯顿先生不禁说道。

"而且,我能肯定,欧内斯特将能看得见安娜……"

"不过,她始终在我眼前……"

"那当然……不用借助望远镜,"杰克叫道,"内心的思念,能越过千山万水!"

其实,三人根本无法看清楚希望之乡的任何细节。在目前的条件下,只能对岛屿全貌做一次准确观察,从地质学角度,记录下蜿蜒曲折、起伏不平的地形特征。

岛屿东侧海岸位于独角兽湾的背面,整片海岸遍布岩石,十分荒凉,前不久,他们乘坐平底渔船旅行,曾经到过那个地区。再往前,海岸的悬崖逐步降低,朝着蒙特罗斯河入海口方向延伸,最终形成一座尖锐的海岬。随后,海岸再度呈弧形延伸,在东南方,隆起这条山脉。蒙特罗斯河蜿蜒曲折,隐约可见,犹如一条闪光的丝带。河流的下游滋润着绿色的原野和森林——然而,河流的上游地区,到处裸露着岩石。三人脚下,在层峦叠嶂的冷杉树林里,流淌出很多小溪,汇成一条弯弯曲曲的河流。在枝繁叶茂、苍劲挺拔的老树后面,生长着成片的树林和一簇簇树丛,延伸出大片平原和草场。一直伸展到岛屿的最西边。在那里,距离圆锥山大约五里,或者六里之遥,耸立着一座高大的山头,形成这条山脉的西端。

根据实际观测的平面图,整座岛屿很像一片树叶的形状,但是比树叶的形状要宽,长度则略短。树叶的叶柄本来还可以向南延伸多一点。裸露的岩石犹如木质叶脉,纵横交错,绿色的原野犹如蜂窝状的叶肉,占据了这片树叶表面的绝大部分。

岛屿西侧,在阳光的照射下,可以看到其他河流闪烁流淌,形成一片很大的水文区域,无论与北部,还是东部相比,其流域面积要大许多,毕竟,岛屿东部只有蒙特罗斯河,而北部只有东江。

总体来看,新瑞士岛山脉以北,肥沃丰饶的土地至少占了整座岛屿面积的六分之五,足以养活数千居民。

至于这座岛屿在印度洋这片海域占据的位置,显然,它不属于任何一个岛群,也不属于任何一座群岛[①]。从望远镜里看,一直到大洋最远处的海平线,找不到任何陆地的影子。距离这座岛屿最近的陆地,众所周知,应该就是新荷兰,那儿距离此地足有三百里之遥。

不过,这座岛屿不远处,还有一座小岛,好像它的小伙伴,那是位于珍珠湾西边大约四里远的一小块岩石。杰克把望远镜对准那个方向。

"烟石岛……现在没有冒烟……"他叫道,"我敢断定,不用望远镜,弗里茨都能认出它!……"

如此看来,新瑞士岛足够宽阔,仅仅岛屿的北部、东部和西部,就能形成一处重要的殖民地,更别说加上南部了。

这条山脉的两端分别坐落在东西海岸,在它们之间,山脉形成一条弧线,圆锥山与两端的距离几乎相等,位于这条弧线的中间。在这

---

① 在狭小的地域集中两个以上的岛屿,即可称为"岛群",而"群岛"一般是指集合的岛屿群体,是彼此距离很近的许多岛屿的合称。

条弧线上，矗立着连绵不断的悬崖峭壁，如刀劈斧凿，深不见底。

如果说，占岛屿总面积六分之五的土地受到大自然的眷顾，那么，剩下的六分之一则截然不同！那里一片荒芜，满目凄凉，惨不忍睹。山脉脚下是一片似乎无法逾越的山地，一直延伸到岛屿的最南端。而且，根本没有通向海滨的途径，既没有隘路，也没有沟壑，更没有峡谷，就连那种被暴雨在斜坡上冲刷形成的陡峭褶皱都找不到。至于海岸，仅有几处沙滩或者礁石可供船只停靠——也许，在退潮时，才能露出狭窄的海滩？

看着这片地区的凄凉景象，沃斯顿先生、欧内斯特，以及杰克心情忧郁，惆怅迷惘，默默无语。欧内斯特忍不住流露出这番感想：

"倘若，当初地主号遇难时，我们被抛到新瑞士的这边，那条用空酒桶拼凑的木筏一定会被撞碎，我们都将死于非命……甚至被活活饿死！"

"您说得对，我亲爱的欧内斯特，"沃斯顿先生回答道，"在这片海滨，生存的希望十分渺茫……的确，如果在北边几里远的地方上岸，就能看到肥沃的土地，生机盎然的原野……不过，我担心，这片可怕的地区与岛屿内陆完全隔绝，我也不知道，是否可能顺着这条山脉的背面，从南侧下山……"

"根本不可能，"杰克接着说道，"但是，如果绕过圆锥山，我们肯定能够抵达蒙特罗斯河入海口，进入这座岛屿肥沃富饶的地区……"

"是的……"欧内斯特回答道，"有个先决条件，就是当年那条木筏向东，或者向西漂流，绕到岛屿北侧……因为，南侧海岸并没有类似救命湾那样的海湾，可以让它顺利靠岸！"

毫无疑问，当年能在新瑞士岛的北方海滨上岸，这些海难幸存者实在太走运了。否则，面对悬崖峭壁，身处绝境，他们如何能够死里逃生？……

沃斯顿先生、欧内斯特，以及杰克打算在圆锥山顶逗留到下午四点半钟。他们进行了全方位的测绘，以便日后制作一张新瑞士地图——由于从未见识过南部地区，所以迄今为止，这张图尚不完整。不过，仍然需要等独角兽号回来，这张地图才算大功告成，因为到那时，利特尔斯通海军上尉将要完成对全岛的水文地理勘测。

这时，欧内斯特从小本子上撕下一张纸，在纸上写下几行字：

"今天，一八一七年九月三十日，下午四点钟，位于圆锥山的顶端……"

写到这儿，他停住笔。

"这座圆锥山，我们怎么称呼它！……"欧内斯特问道，"而且，我觉得，把它叫做'峰'比'山'好听……"

"行啊……遗憾峰，"杰克回答道，"因为很遗憾，我们看不见山洞之家……"

"不……应该叫让·泽玛特峰，以此向你们的父亲表达敬意，我的孩子们……"沃斯顿先生建议道。

这个建议被高兴地采纳了。杰克从挎包里掏出杯子，沃斯顿先生和欧内斯特也掏出各自的杯子，从水壶里倒出一点儿烧酒，大家连声欢呼，一饮而尽。

然后，欧内斯特继续写道：

　　……在让·泽玛特峰之巅，我们向你们，亲爱的父母亲、沃斯顿夫人，以及我亲爱的安娜，寄出这封信。希望这位忠实的信

243

欧内斯特从小本子上撕下一张纸,在纸上写下几行字……

使不负重托,很快返回山洞之家。

  我们的新瑞士遗世独立在印度洋的这片海域,方圆为六十至七十里。它的大部分土地肥沃富饶,但是在山脉南边的另一侧,土地贫瘠,似乎不适宜居住。

  返回行程应该很快,很可能,两个昼夜之后,我们即可回到亲人们的身边,而且,上帝保佑,用不了三个星期,我们将有望迎接期盼已久的远行亲人。

  谨代表沃斯顿先生和我的兄弟杰克,向我亲爱的父母,沃斯顿夫人,以及我亲爱的安娜,致以亲切问候。

你们亲爱的儿子欧内斯特。

  从小鸽笼里取出鸽子,把信件绑在它的左爪上,然后,欧内斯特把它放飞。

  这只鸽子飞到三四十尺高的空中,似乎四处张望一番,紧接着,依靠辨别方向的卓越本能——似乎动物都有这种第六感觉①——鸽子快速扇动翅膀,向北方飞去,转瞬即逝。

  现在要做的事情,就是在让·泽玛特峰上竖起旗帜,沃斯顿先生把一根长棍插进山顶石缝,权且充当旗杆。

  这件事儿一旦办妥,三人就能动身下山,返回山脚,重回山洞,享用一顿猎物美味,之后,经过一天的奔波,作为补偿,美美地睡上一觉。然后,第二天一大早,三人出发。沿着已经熟悉的路径,用不了四十八个小时,即可返抵山洞之家。

---

① 第六感觉也称"伏觉",即"潜藏起来的感觉",是视觉、味觉、嗅觉、触觉和听觉以外的第六感觉。

想到这里，沃斯顿先生和杰克着手把木棍结结实实地插进石缝，让它足以抵御高山之巅的狂风。

"最要紧的就是，"杰克提醒道，"让咱们的旗帜坚持飘扬到独角兽号返回的那一天。当那艘巡洋舰望见海岛的时候，要让利特尔斯通海军上尉看得见这面旗帜……我们将听见二十一响礼炮声，向新瑞士的旗帜致敬，那一刻，弗里茨和珍妮的心情该有多么激动，还有弗朗索瓦，以及您的孩子们，沃斯顿先生，包括我们的家人！"

木棍很容易就被插进岩石缝隙，然后，用小石片塞紧固定。

沃斯顿先生正准备把旗帜绑到木棍上，蓦然，转身朝东方看去。看到他固执地盯着那个方向，杰克不禁问道：

"怎么啦，沃斯顿先生？……"

"我觉得，似乎看见……"沃斯顿先生一边说，一边把望远镜举到眼前。

"看见什么……"欧内斯特重复道。

"海岸后面冒出一缕烟，"沃斯顿先生回答道，"也许，它只是一层薄雾，就像上次平底渔船从蒙特罗斯河口驶出来时，我曾经看到过的一样。"

"那么，"欧内斯特说道，"这层薄雾散了吗？……"

"没有……"沃斯顿先生断定道，"这应该和上次是同一个位置……在这条山脉的尽头……难道，这么多天过去了，那些海难幸存者，或者土著野人还在那儿的海岸边宿营？……"

欧内斯特接过望远镜，也朝那个方向看去，但是什么也没看见。

"噢，沃斯顿先生，您应该眺望的不是那个方向……而是这边……往南看……"

说着，杰克把手指向海岸高大悬崖外的海面。

"看呀，那儿有一条帆船……"欧内斯特说道。

"是的……一条帆船！……"杰克重复道。

"一条船从岛屿附近驶过，"欧内斯特接着说道，"而且航向稳定……"

沃斯顿先生接过望远镜，清晰地辨认出，这是一艘三桅帆船，张开全部船帆，在距离岛屿两三里远的海面驶过。

于是，杰克手舞足蹈，高声喊叫道：

"这是独角兽号！……它只能是独角兽号！……它本来应该在十月中旬抵达，但提前了十五天，九月底就到了……"

"这倒并非完全不可能，"沃斯顿先生回答道，"不过，在确定这件事儿之前，先让我们看看，这条船究竟打算往哪儿去……"

"必定驶来新瑞士，"杰克断言道，"明天早晨，它将出现在救命湾的西侧，可惜，我们不能在那儿迎接它！……对不起……沃斯顿先生……今晚我们得赶夜路了……"

杰克说着，已经打算爬下圆锥山坡，然而，欧内斯特最后的观察结果，让他止住了脚步。

"不对，"他说道，"仔细看一下，沃斯顿先生……这条船的船头并没有对着新瑞士岛……"

"确实如此。"沃斯顿先生盯着那条船的航迹看了一会儿，赞同地说道。

"也就是说……它不是独角兽号？……"杰克惊叫道。

"不是。"欧内斯特断言道。

"而且，"沃斯顿先生补充道，"独角兽号应当往西北方行驶，靠近

247

岛屿,可是,这条船却往东南方驶去,距离岛屿越来越远。"

绝对错不了……眼前的这条三桅帆船正在驶向东方,甚至都没打算过来看一眼新瑞士岛。

"那好吧,"杰克回答道,"反正独角兽号很快就要到了,至少,当乔治三世陛下的巡洋舰抵达时,我们还能正儿八经地表达欢迎之意!"

终于,旗帜在让·泽玛特峰的山巅竖起来,随风猎猎作响,与此同时,杰克鸣枪两次,向旗帜致敬。

第十五章

在山洞之家等待 —— 令人担心的迟到 —— 前往埃伯福特小屋 —— 沃斯顿先生与欧内斯特 —— 发生了什么 —— 追踪象群 —— 沃斯顿先生的建议 —— 逆风 —— 杰克!

这天晚上,劳动一天之后,泽玛特夫妇、沃斯顿夫人和安娜在图书室的大厅里聚齐。

四个人靠窗聊天,窗户开着,正对着豺狼溪右岸。至于他们聊天的话题,无非是三天前出发的那几位远行者,否则,还能是什么? 关于此次内陆探险之旅,唯一让他们感到宽慰的是,迄今为止,天气晴好,适宜旅行。毕竟好天气季节刚刚开始,气温不算太高。

"现在,沃斯顿先生和我们的两个儿子应该到哪儿了?……"泽玛特夫人问道。

"我认为,他们应该已经登上那条山脉的顶峰,"泽玛特先生回答道,"如果他们路上没有耽搁,三天时间足够抵达山脚,第四天,应该开始登山……"

"历尽千辛万苦……千难万险……谁知道呢?……"安娜说道。

"要说千难万险,那倒还不至于,我亲爱的孩子,"泽玛特先生反诘道,"至于千辛万苦,您的父亲依旧年富力强,我的孩子们更能吃苦耐劳!"

"欧内斯特的体力不如他的弟弟……"年轻姑娘忍不住说道。

"不一定,"泽玛特夫人反诘道,"他一向注意锻炼身体……"

"我说贝茜,"泽玛特先生说道,"既不要把你的儿子说得弱不禁风,也不能把他说得气壮如牛!……如果说动脑筋的能力,他倒是不比干体力活儿差!……依我看,对他们来说,这趟探险之旅,不啻一次旅游观光……要不是担心沃斯顿夫人、安娜,还有你,不放心把你们留在山洞之家,我亲爱的朋友,我真想快步撵上他们,尽管我已经四十七岁,但是仍希望亲身经历这趟发现之旅。"

"让我们等到明天,"沃斯顿夫人说道,"也许,欧内斯特携带的那只鸽子一大早就能飞回来,给我们捎信……"

"为什么不能是今天晚上呢?……"安娜抢着说道,"即使在夜里,鸽子仍然认得自己的窝……难道不是吗,泽玛特先生?"

"确实如此,安娜,这种鸟儿飞翔的速度十分惊人——据说,时速可达二十里——从那座山脉到我们这儿,鸽子只需飞行四十至五十分钟!"

"要不然,我就等着,直到明天早上?……"年轻姑娘提议道。

"噢!"泽玛特夫人叫道,"我们的孩子盼望父亲的消息,竟然如此望眼欲穿……"

"泽玛特夫人,我同时也盼望得到杰克和欧内斯特的消息。"安娜边说,边抱住贝茜。

"十分遗憾,"沃斯顿夫人提醒道,"即使站在山洞之家的最高处,我们依然看不到那条山脉。否则，借助望远镜，也许我们能够确认，旗帜已经在山巅飘扬……"

"确实遗憾，沃斯顿夫人，"泽玛特先生回答道，"因此，如果明天上午那只鸽子依然没有飞回来，我打算骑上野驴莱希特福斯，赶往埃伯福特乡间小屋，在那儿能眺望山脉。"

"那就说定了，我的朋友，"泽玛特夫人说道，"不过，还是不要操之过急，现在该吃晚饭了，我们去餐桌吧……也许，今天晚上，各位就寝之前，那只鸽子就能捎来欧内斯特的信……是吧？"

"噢！"泽玛特先生回答道，"我们采取这种通信方式，又不是第一次！……还记得吗，贝茜？很久以前，我们的儿子曾经从瓦尔德格农场、展望山，以及扎克托普农场捎信来——都是些坏消息，比方说，可恶的猴子，以及其他野兽跑来袭击、搞破坏——这些消息都是鸽子送来的……我希望，这一次，信使送来的是好消息……"

"它来啦！……"安娜说道，一下子跳起来，跑向窗边……

"你刚刚看见它了？……"她的母亲问道。

"没有……但是我听见它钻进鸽子窝里……"年轻姑娘回答道。

确实，一声清脆的响动引起了她的注意，声音来自图书室屋顶的鸽子窝，是鸽子窝活板小门的掀动声。

很快，紧随安娜，泽玛特先生也走出来，身后跟着泽玛特夫人和沃斯顿夫人。他走到鸽子窝下面，把一架梯子支在岩石旁，快步爬上去，探头看了一眼：

"它回来了……"泽玛特先生说道。

"捉住它……捉住它……泽玛特先生！"安娜焦急地连声说道。

安娜双手捧着鸽子，亲吻了一下它蓝灰色的小脑袋，解开系在脚

安娜双手捧着鸽子……

爪上的信件，再次拥吻鸽子，然后放开，让它飞回自己的小房间，那里，已经为它准备了一捧谷粒。

安娜大声念着欧内斯特寄来的书信，短短几行文字，宣告了此次探险之旅的成功，也让大家惦念远行亲人的心平静下来。每个人都从字里行间找到了令自己欣慰的话语，当然了，谁都知道，安娜收获的知心话最多。

大家感谢上帝，因为收到了来信，送来好消息，四十八小时之后，亲人们就将回来，想到这些，泽玛特夫妇、沃斯顿夫人，以及她的女儿终于放心返回各自房间，安然入眠，一觉睡到大天亮。

这一天，大家忙着整理家务。不用说，既然鸽子飞回来了，泽玛特先生也就取消了赶往横谷隘路的行程，因为，即使借助高倍望远镜，能够望见那边山顶飘扬的旗帜，不过仅此而已，没必要专门跑一趟。毫无疑问，沃斯顿先生、欧内斯特和杰克已经踏上返回山洞之家的路程。

另外，第二天，大家需要操持一件重要的活计，而且不能耽搁，因为，豺狼溪的入海口拥来成群结队的鲑鱼，按照惯例，每年这个时候，这些鱼儿都要沿溪水溯流而上。当然了，很遗憾有几位家人出门远行，在这个时候帮不上忙。结果就是，这次的渔获量明显少于预期。

下午，泽玛特夫妇、沃斯顿夫人和安娜停止捕鱼，他们走过家庭桥，朝埃伯福特乡间小屋方向迎去。沃斯顿先生、欧内斯特和杰克应该已经抵达横谷隘路，最多两个小时之后，他们就将走到山洞之家附近农场。

然而，时间一点一点过去，却没有任何迹象显示他们已经走近，既没有听见狗儿们欢迎主人的狂吠，也没有传来枪声，本来，杰克老远就会开枪报告自己返回。

傍晚六点钟，晚饭准备好了——这是为饥肠辘辘的亲人准备的晚餐，菜肴充足，营养丰富。大家等着几位探险家，既然他们还没有到，谁也没有心思坐到餐桌旁。

最后一次，泽玛特夫妇，以及沃斯顿夫人和安娜沿着通往豺狼溪上游的路，行走了四分之一里。看门狗图尔克和布朗跟在大家身后，安安静静，一声不吭。谁都知道，哪怕欧内斯特和杰克哥儿俩远在几百步之外，这两条狗也会撒欢乱蹦、狂吠大叫！大家只好返回山洞之家，忧心忡忡，心里都在担忧，生怕亲人迟迟不归。几个人坐到餐桌旁，伤心沮丧，耳朵依然倾听外面的动静，谁也没有胃口，只吃了几口，如果那几位回来，这些菜肴肯定早被一扫而光。

"依我看……大家少安勿躁……"泽玛特先生终于说道，"尽量不要多想……既然他们花了三天时间走到山脉脚下，为什么回来不需要同样的时间呢？……"

"您说得对，泽玛特先生，"安娜回答道，"然而，欧内斯特在信中不是明确说过，他们只需要两个昼夜……"

"我明白，亲爱的孩子，"泽玛特夫人补充说道，"不过，那个勇敢的男孩子太想早点儿见到我们，在他承诺的时间里，可能赶不回来……"

总而言之，泽玛特先生说的不无道理，现在尚且不必过分担忧。不过，这一晚，与昨晚大相径庭，山洞之家无人安然入睡。

终于，到了十月三日，日落时分，情况变得不合情理，无论是沃斯顿先生，还是欧内斯特，抑或是杰克，三人谁也没有露面。大家不禁惊慌失措，甚至恐惧万分。这三位旅行家身强力壮，不知疲倦，居然迟到这么久,是否难以解释?……他们会不会遭到意外,这个想法萦绕心头……他们熟悉回程的路径,不可能遇到难以逾越的障碍……那么,有没有可能选择另一条路,更难走……更绕远?……

"不……不会!……"安娜重复说道,"如果他们不得不走另一条路,欧内斯特在信中不会承诺在四十八个小时内返回!"

尽管如此,还能说什么?……贝茜和沃斯顿夫人开始陷入绝望,安娜禁不住热泪盈眶。泽玛特先生应该说什么才能安慰她们?……

于是,他们商定,如果第二天,三位远行者依然没有回来,大家就动身前往埃伯福特乡间小屋,因为,横谷隘路是他们返回的必经之路。如果在那儿迎到他们,可以把相互拥抱的时刻提前两个小时。

夜幕降临,夜色浓重。无论沃斯顿先生,还是欧内斯特和杰克,依然音信全无! 在山洞之家,人人焦急等待,无不悲痛欲绝,恐惧万分,现在,谁还能说自己是杞人忧天?……

上午,大家迅速做好准备,给小车套上水牛,车里装上一些食物,全体上车,车子立即出发,狗儿布朗跑在前面。车子蹚过豺狼溪,沿着通往埃伯福特的路,掠过路边的树林和田野,以最快的速度疾行。

车子驶出一里路,接近通往天鹅湖水渠上的那座小桥,泽玛特先生突然把车停了下来。

布朗发出欢快的叫声,一下蹿了出去。

"那是他们……是他们!"沃斯顿夫人高声叫道。

确实,前面三百步远,一簇树丛的拐弯处,出现了两个男人的身影……

那是沃斯顿先生和欧内斯特。

那么,杰克去了哪里?……他应该就在不远处……毫无疑问,

255

就在后面，在猎枪射程以外的某处……

欢快的喊叫声迎接着沃斯顿先生和欧内斯特，然而，他俩并未加快脚步，于是，所有人跑了过去。

"杰克呢？……"泽玛特夫人问道。

杰克不在，他的猎狗法尔布也不见踪影。

"我们也不知道，这个可怜的杰克去了哪儿。"沃斯顿先生说道。

以下是沃斯顿先生讲述的事情经过——讲述的过程多次被听众的哭泣声打断。

他们花了两个小时，终于从山巅下到山脚……杰克率先抵达山脚，并且在冷杉树林边打到了几只猎物……他们在石洞里吃了晚饭，在洞口点燃了篝火，三人全都缩进山洞里……其中一个人看守洞口。另外两人酣然入睡……

远处传来猛兽的嚎叫，打破深夜的宁静。

第二天一大早，沃斯顿先生和两兄弟动身上路。

昨天在山顶，欧内斯特观察到，东侧的树林比较稀疏，因此，在他的建议下，三人向东走。这样绕行，从山脉到格林塔尔山谷的距离仅仅多出一里，但是行走的速度却快许多。

十一点钟，三人停下休息……吃完午饭，他们继续在挺拔的老树之间穿行，这里树林相对稀疏，行走比较容易。

将近两点钟，传来一阵沉重杂乱的踏步声，与此同时，树林里响起好像吹喇叭似的喘气声……

毋庸置疑，一群大象正在穿越冷杉树林。

是一群吗？……不……只出现了三头这种厚皮动物，其中有两头个头硕大，那是象爸爸和象妈妈，另外一头是小象，跟在父母身后。

不要忘记,一直以来,杰克有一个最大的愿望,就是抓住一头大象,然后把它驯服。于是,勇敢的小伙子打算利用这次难得的机会,也就是这个想法,导致了杰克的失踪。

为了防止大象发起攻击,沃斯顿先生、欧内斯特和杰克做好防御准备,猎枪上膛,与此同时,他们心里直打鼓,对能否抵御这两头巨兽的进攻没有把握。

三头大象走到一片林间空地的边缘,停了下来。它们站在那儿,看见了三个男人,于是,大象朝左转身,动作不紧不慢,消失在密林深处。

这样一来,危险随即解除。然而,杰克无法抗拒自己的欲望,跟着大象跑去,消失得无影无踪,身后跟着那条猎狗法尔布。

"杰克……杰克……"沃斯顿先生高声叫道。

"回来……杰克……快回来!……"欧内斯特喊道。

然而,也许那个冒失鬼没有听见,或者——更可能的是——他根本不愿意听见。

杰克的身影最后一次在灌木丛中一闪而过,随后不见了。

沃斯顿先生和欧内斯特担心极了,紧随杰克追了过去,片刻之后,他们追到了林间空地中……

林间空地里什么也没有……

就在此时,沉重的脚步声从那个方向传来,但是,并未听见枪响……

是因为杰克不想开枪,或者,还是他没办法开枪?

总而言之,他俩很难与杰克会合,而且,由于地上铺满了落叶和枯枝,他俩也无法找到杰克的脚印……

三头大象走到一片林间空地的边缘……

此时，杂乱的踏步声逐渐消失在远方，刚才还在摇曳的树枝不再晃动，寂静重新笼罩了整座树林。

沃斯顿先生和欧内斯特把林间空地的周围搜索遍了，一直到天黑，他们钻遍了最浓密的树丛，用尽全身力气呼唤杰克……这个倒霉蛋会不会因为冒失而遭遇不幸？……他是否避开了大象的攻击？……他会不会躺在黑暗森林的某个地方，一动不动，丢了性命？……

沃斯顿先生和欧内斯特没听见任何呼救声，也没听见呼唤……他俩多次鸣枪，但没有回音……

夜色深了，他俩精疲力竭，由于担心而心神憔悴，跌坐在一棵大树下，努力侧耳倾听，生怕漏掉一丁点儿声响。他俩点燃了一大堆篝火，希望杰克冲着火光摸过来，与他们会合。他俩瞪着眼睛，一夜无眠，直到天亮。

在这段漫长的时间里，不远处传来猛兽的阵阵号叫声，让他们忧心忡忡。他俩不禁想到，即使杰克没有与大象发生冲突，也可能受到更危险的猛兽攻击，譬如老虎、狮子，或者美洲狮，等等，并且遭遇不幸。

然而，他们决不能放弃。接下来的一天里，他俩在冷杉树林里反复寻找杰克的踪迹，但是一无所获。沃斯顿先生和欧内斯特在地上找到了一些沉重的足印，被践踏过的青草，低处被折断的树枝，以及遭到踩踏的矮树丛，那些都是大象经过的痕迹。但就是没有杰克的任何踪迹，也没发现他随身携带的任何物品，包括他的猎枪和猎袋……与此同时，没有任何显示他曾经受过伤的迹象……没有一点儿血迹，也找不到任何可供追寻的足印。

最后，经过毫无收获的搜寻之后，他俩只能面对现实，不得不丢下杰克返回，尽管这个想法令人悲痛欲绝。沃斯顿先生尝试着让欧内斯特明白，即使为了他的兄弟考虑，他俩也必须返回山洞之家，然后，他们还可以再回来，以更有利的方式重新寻找……

欧内斯特无力争辩……他明白，沃斯顿先生的看法是对的，自己无能为力，只好听天由命。

两个人最后一次跑遍了这片冷杉树林，当天晚上，在这里过夜……他们不分昼夜，来回逡巡……直到第二天上午，回到横谷隘路的入口……

"我的儿子……我可怜的儿子！……"泽玛特夫人一遍又一遍地重复说道。

她嘴里念叨着，身子已经跌入跪在她面前的沃斯顿夫人和她女儿的怀抱。

泽玛特先生和欧内斯特悲痛欲绝，一句话也说不出来。

"这就是我们现在需要做的事情，一个小时都不能耽搁。"终于，沃斯顿先生下决心说道。

泽玛特先生朝他走过去，问道：

"做什么？……"

"我们现在返回山洞之家，并且今天再次出发，前去寻找杰克的踪迹……我已经仔细考虑过，亲爱的泽玛特，恳请您同意我的提议……"

是的！这件事儿必须托付给沃斯顿先生。现在，只有他依然保持冷静的头脑，能够提出明智的建议，大家最好无条件地服从他的安排。

"杰克消失的那片树林，距离海岸不远，"沃斯顿先生接着说道，"因此，我们首先要朝那个方向搜寻，而且尽量抄近路……如果返回横谷隘路，重走外面那条道，未免太绕远！……我们换乘平底渔船……乘着顺风绕过东边海岬，然后，海风将推着我们沿海岸行驶……如果我们今晚出发，明早天亮前就能抵达蒙特罗斯河入海口。我们继续驶过入海口，直抵那座山脉的东端，在那儿的海边停泊！……当时，杰克穿越冷杉树林，就是朝着那个方向跑去，然后消失……如果我们走海路直奔那里，应该能够争取两天时间！……"

众人一致赞同这个建议，因为，这个方案最节省时间。不必犹豫，如果利用风势，只需抢风航行①两次，或者三次，伊丽莎白号就能绕过东边海岬。

于是，两家人坐上牛车，一路疾行，仅仅一个半小时后，车子已经停在山洞之家的入口。

首先要做一件事儿，就是尽快让伊丽莎白号做好出海准备，这趟旅行将持续好多天，而且，泽玛特夫人、沃斯顿夫人，以及安娜拒绝留在山洞之家，都要参加这次航行，泽玛特先生也没打算劝她们留下来。

下午，给牲畜们备好了一个星期的饲料，平底渔船即将出发，然而，发生了一件不幸的事故，起航被搁置了。

将近三点钟，微风骤紧，先是转为东风，紧接着狂风大作。然而，尽管海湾外面波涛汹涌，伊丽莎白号依然毫不犹豫，准备冒险出海，绕过东边海岬。不过，外海不断涌来巨浪，平底渔船如何能顶着海浪行驶到东边海岬？甚至，渔船想要驶出锚地都困难重重，更不可能驶过鲨鱼岛。

情况令人绝望无助！……等待，还是等待，然而，略微一点儿延

---

① 抢风航行是指帆船利用风势，调整帆具和航向，曲折航行的一种技术。

迟,都可能导致搜寻行动无功而返!……倘若这场逆风继续吹下去,如果到傍晚,甚至到半夜,天气仍然没有好转,甚至恶化……

"如果那样,"面对大家心中的这些疑问,沃斯顿先生回答道,"既然我们无法走海路,那就只好走陆路……用牛车取代平底渔船!……我们这就准备上路前往埃伯福特。"

大家开始为这趟旅行做准备。如果改乘牛车旅行,他们将朝东南方行进,绕过冷杉树林,因为牛车无法从树林里通过,至少,无法通过沃斯顿和欧内斯特曾经穿越的靠近山脉的那片树林。因此,他们将力求抵达那片老树林的东端,也就是在风向顺畅的情况下,伊丽莎白号原定靠岸停泊的地方。不幸的是,他们将因此至少迟到三十六个小时,然而,如果不这样,难道还有别的办法吗?……

他们期盼天气变好,但是希望渺茫。狂风不断从东北方吹来,风势有增无减。夜幕降临,巨浪依然拍打山洞之家附近的海岸,夜里的天气可能变得更糟。面对此情此景,驾船出海的方案被彻底放弃。

于是,沃斯顿先生让大家把船上的食物卸下来,转而装到牛车上。与此同时,又让两头水牛,还有那匹野驴吃饱喝足,准备等天亮就出发。

泽玛特夫人做着祈祷,她的双唇嚅动,喃喃说道:

"我的儿子……我可怜的儿子!"

将近八点钟,突然,看门狗图尔克和布朗激动起来,沃斯顿先生观察到这个现象,吃惊地看着它俩蹿出走廊,冲过篱笆墙,尤其是布朗,兴奋得简直不能自已。

两分钟后,远处传来清晰的狗吠声。

"这是法尔布!……"欧内斯特喊道。

法尔布……杰克的那条猎狗！……图尔克和布朗已经认出了它，一起放声狂吠，做出回答。

泽玛特夫妇、沃斯顿夫人，以及安娜一齐跑到走廊外面……

几乎转瞬之间，杰克出现在门口，快步投入母亲的怀抱。

"是的……我获救了……"杰克叫道，"但是，我们可能正面临巨大危险！……"

"危险？……什么危险？……"泽玛特先生一边问道，一边拉过儿子，紧紧搂在胸前。

"野人……"杰克回答道，"野人登上了这座岛屿！"

第十六章

杰克的故事 —— 在森林里迷路 —— 岛上的野人 —— 焦虑不安 —— 独角兽号迟到 —— 等了三个星期 —— 山洞之家小礼拜堂

两家人回到餐厅,尽管杰克带回来的消息令人担忧,但是人人喜不自禁!……大家心里只顾想着一件事儿:杰克回来啦!

然而,他们很可能面临险境……野人出现在新瑞士海岸!……上次,平底渔船离开蒙特罗斯河入海口的时候,沃斯顿先生曾经眺望到一缕轻烟,后来,在圆锥山顶,又看到过那缕轻烟,现在看,这缕轻烟就来自那段海岸的某处营地……

杰克饿坏了,坐到餐桌旁,狼吞虎咽恢复气力。大家围坐下来,听他讲述历险经过:

"亲爱的爸爸妈妈,我让你们担心了,实在对不起……当时,我一心只想抓住那头小象……既没听见沃斯顿先生,也没听见欧内斯特的呼唤,现在,我能全须全尾地回来,简直就是奇迹!……不过,我的冒失,至少带来一点好处,能让我们提高警惕,一旦这些野人进犯希望之乡,发现山洞之家,可以组织有效的抵抗……

"当时,我跟着那三头象走进冷杉树林的最深处,我承认,自己也不知道如何才能抓住那头小象。象爸爸和象妈妈平静地走在前面,在树丛中蹚开一条通道,并未发现我尾随在后。当然了,我尽可能躲藏起来,不让它们看见,一心只顾追踪,身后跟着同样兴奋异常的法尔布,根本没想着辨别方向,也不知道它们会把我引到哪里,更不知道如何才能返回!……一股无法抗拒的力量吸引我往前走,越走越远,一直走了两个多小时,始终没办法把小象弄到手。

"实际上,如果我想尝试杀死象爸爸和象妈妈,不知道需要花费多少子弹才能做到,也许,唯一的后果就是激怒两头大象……它俩会不会冲我扑过来?……

"然而,我越来越陷入冷杉树林的深处,不知道过去了多长时间,也不知道跑了多远,更不知道如何才能找到沃斯顿先生和欧内斯特,甚至——但愿他们不要埋怨我——也不知道他们寻找我的时候,该有多么着急。

"我估计,就这样跑了足有两里多地,一直朝东,白费力气……也许,那个时候我的头脑开始清醒了?……虽然,理智恢复得有点儿太迟;由于大象始终没有停步的意思,于是,我思忖,最好还是掉头返回。

"此时,大约是凌晨四点钟。在我周围,树林开始稀疏……树木之间的距离拉大,现出宽阔的林间空地。当时我就想,必须毫不犹豫地朝东南方走,以便顺利抵达让·泽玛特峰脚下……"

"是的……欧内斯特在信里告诉过我们……你们用我的名字给那座山峰命名……"泽玛特先生说道。

"爸爸,"欧内斯特说道,"根据沃斯顿先生的提议,我们这样命名……"

"把这个家庭的家长名字,赋予新瑞士的最高峰……"沃斯顿先生补充道,"这样做,难道不是合情合理吗,我的朋友?"

"好吧,就把它叫做让·泽玛特峰,"泽玛特先生紧紧握住沃斯顿先生的手,回答道,"不过,还是让杰克继续说下去,说一说那些野人……"

"他们离这儿并不远……"杰克断然说道。

"不远?……"泽玛特夫人惊叫道。

"我这是打个比方……不过是个比喻,亲爱的妈妈,实际上,他们距离山洞之家足有十里之遥。"

这个解释多少让人放下一点儿心,杰克接着说道:

"当时,我面对一片相当开阔的冷杉林间空地,下决心不再继续追踪大象,准备休息片刻,恰在此时,大象也停住了脚步。我一把拉住想要扑上去的法尔布。

"这片树林会不会就是大象经常歇脚的地方?因为,正好有一条溪流在茂密的草丛中流淌……我的三头大象——我已经把它们看作属于我的大象——开始用长鼻子吸水,开怀畅饮。

"我看到它们停在那里,毫无戒备,内心再次蠢蠢欲动,简直无法抗拒……这股无法抗拒的欲望推动我去把小象引开,然后开枪打死两头大象,哪怕耗尽我的最后一粒子弹……而且,如果击中要害,也许只需两粒子弹就够了,任何一位猎人都可能碰上好运,不是吗?……至于如何才能制服那头小象,等到那头公象和那头母象死后,如何才能设法把小象弄回山洞之家,这些,我甚至连想都没

266

想……我端起已经上膛的猎枪……两声枪响过后,大象应该被击中了,但看上去,伤势并不严重,因为它们仅仅晃了晃耳朵,然后吞咽下最后一口溪水……

"总之,它俩甚至都没扭头看看枪声来自哪个方向,对法尔布的狂吠也毫不在意……我还没有来得及第二次射击,大象们又开始走动了,而且,这一次,它们加快了步伐,速度赶得上一匹疾驰的骏马,我不得不放弃跟踪……

"转瞬之间,这些大家伙穿过树林,越过树丛,高举的鼻子折断了低矮的树枝,然后,消失得无影无踪。

"现在,我能做的就是掉头返回,首先,需要决定朝哪个方向走。太阳很快就要落山,夜幕即将笼罩冷杉树林。不用说,我应该朝日落的方向走,然而,应该朝左插,还是朝右走,我拿不定主意……我手里既没有欧内斯特的那只指南针,也没有他辨别方向的本事……在这方面,欧内斯特活像一个中国人……因此,我左右为难……

"虽然,我可以设法寻找来时走过的痕迹,或者,不如说是大象走过的痕迹,但是,此时已十分困难,因为,整座森林逐渐被夜幕笼罩。更何况,树林里还有许多其他动物走过的痕迹,纵横交错。另外,我听见远处传来阵阵喇叭似的叫声,毫无疑问,这条溪流两岸是每晚大象们聚集的地方。

"我明白了,在太阳重新升起之前,根本无法找到返回的路途。法尔布虽然有认路的本能,此时也已迷失方向。

"在一个小时的时间里,我就这样漫无目的地乱闯,既不知道自己距离海岸越来越近,也不知道是否越来越远……噢!亲爱的妈妈,请相信,对于自己的鲁莽,我真的后悔极了。更让我感到难过的是，想到沃斯顿先生和欧内斯特，他们不会抛下我，还在徒劳无功地寻找！……由于我的缘故，他们不得不推迟返回山洞之家。欧内斯特在信中已经说过我们的返回时间，在规定期限内，看到我们没有回来，你们会怎样想？……该有多担心？……最后，沃斯顿先生和欧内斯特一定被弄得精疲力尽。所有这一切，都是我的错……"

"是的……你错了，我的孩子，"泽玛特先生说道，"在离开他们的那一刻，如果你没有为自己考虑，至少应该考虑到他们……考虑到我们……"

"确实如此，"泽玛特夫人搂着自己的儿子，接着说道，"他太不谨慎了……这个错误本来可能要了他的命……不过，总算回来了，让我们原谅他吧……"

"现在，我要说到这趟经历的惊险段落，"杰克接着说道，"从这儿开始，局面变得异常严峻。

"毫无疑问，迄今为止，我还没有遇到任何真正的危险……凭借手中的猎枪，即使花上一个星期的时间寻找山洞之家，我也可以确保不会挨饿……只要沿着海岸，早晚能走回去……至于猛兽，在岛屿的这个地区，它们的数量确实挺多，如果遭到攻击，我有把握战而胜之，这种事儿以前没少经历过。

"不！……想到沃斯顿先生和欧内斯特那绝望的样子，想到他俩还在徒劳无功地寻找我的足迹，想到这些，我悔恨万分……我觉得，他们应该穿过这片相对稀疏的森林，朝东边寻找过来……如果是这样，他们应该距离我停止前进的那个地方不远……糟糕的是，天色很快就暗了下来，我想，最好就地宿营，首先点燃一堆篝火，好让沃斯顿先生和欧内斯特看见，除此之外，火光还能驱赶野兽，因为，不远处传来它们的号叫声。

"不过,在此之前,我转着身子,朝不同方向喊叫了好多次……

"没有任何回答。

"接着,我开了几枪,之后,又重复了一次……

"没有任何枪声回应我。

"然而,我似乎听见右侧草丛里传来蠕动的声音……我侧耳听了听,准备冲那个方向喊叫……但是,突然想到,无论是沃斯顿先生,还是欧内斯特,他俩都不可能从那个方向过来……而且,如果是他俩,一定会呼唤我,我们应该已经拥抱到一起。

"所以,那个方向一定有动物,正在靠近我……也许是鳄鱼……或者是蟒蛇……

"我还没来得及自卫……黑暗中闪出四个身影……这是四个人的身影……起初的那一瞬间,我还以为是猴子,但不是……他们扑向我,嘴里叫嚷着我听不懂的语言,我立即明白,自己遇到了野人。

"我们的岛上有野人!……转瞬之间,我已被掀翻在地,两只膝盖顶住我的胸口……随后,我的两只手被捆住。他们把我弄起来,抓紧我的肩膀,推搡着,迫使我快步朝前走。

"其中一个男人夺走我的猎枪,另一个人抢走猎袋……他们似乎并不想要我的命……至少,此刻不想……

"就这样,我们走了整整一个晚上……自始至终,我也没搞清楚前进的方向……我仅仅发现,树林变得越来越稀疏……月光可以直接洒到地面,可以确定,我们应该已经靠近海岸……

"噢! 当时,我并没有顾虑自己的处境,亲爱的爸爸妈妈,我亲爱的朋友们! ……我想到的是你们,我想到,这些野人出现在我们岛上,将会带来多大的危险!……他们只要沿着海岸向北走,就能抵达蒙特罗斯河口,渡过蒙特罗斯河,就能抵达东边海岬,然后顺着海岬南下,就能来到山洞之家!……如果在独角兽号回来之前,这些野人率先来到山洞之家,你们没有能力击退他们!……"

"不过,杰克,你刚刚不是说过,"泽玛特先生问道,"这些野人距离希望之乡还很远吗?……"

"要知道,用不了十五天,甚至都用不了八天,独角兽号就能停泊进救命湾,"泽玛特先生提醒道,"到那时,我们就不用害怕了……不过,你先继续讲完这段经历。"

杰克继续讲道:

"经过长途跋涉,中间一刻不曾停留,直到第二天早上,我们终于抵达了海岸的悬崖边。

"悬崖脚下,有一座营地,营地里的这帮家伙足有上百名,个个皮肤黝黑……全都是些半裸的男人,躲藏在悬崖脚下挖掘出来的岩洞里……这些都是渔民——至少,我是这么猜测——他们应该是被东风吹到我们岛上来的,独木舟都被拖到沙滩上……所有人跑到我面前……好奇地审视我,个个惊诧不已,似乎,他们第一次见到白种人……不过,这倒也并不奇怪,因为,欧洲海船很少光顾印度洋的这片海域。

"仔细审视一番之后,他们对我没了兴趣,似乎他们天性冷漠……我没有遭到虐待……他们给了我几条烤熟的鱼,正好我饿得要死,狼吞虎咽地吃了,然后找到悬崖下的小溪解渴。

"我满意地看到,那些野人不认识猎枪的用途,把它,以及那只完好无损的猎袋扔在岩石脚下……于是我就想,只要时机来临,一

悬崖脚下，有一座营地……

定要让这帮黑家伙挨上几枪……很快,发生了一桩事故,整个儿局面骤然改变。

"将近晚上九点钟,在紧挨着悬崖的森林边儿上,传来一阵巨大的喧嚣,很快,野人们变得惊慌失措……我万分惊讶地发现,导致骚乱的原来是一群大象——至少有三十几头大象——它们顺着溪流镇定自若地直奔海滩而来。

"是呀!那场面的确恐怖!……毫无疑问,这些野人是第一次面对那些庞然大物……这些动物个个拥有一根长鼻子……鼻子顶端灵活得好像一只手……

"看到这些长鼻子举起来,弯下去,甩过来甩过去,发出吹喇叭一般的鸣叫,所有野人一哄而散,狼狈溃逃……一些人攀爬岩石,另一些人想办法把独木舟推进海水,与此同时,那群大象若无其事地继续把局面搅得乱成一团……

"至于我,必须及时抓住这个难得的机会,我顾不上看一看这群大象与野人相遇的结果究竟如何,不顾一切地快步跑向悬崖,顺着沟壑攀爬上去,一头钻进树林,在那儿,遇到了始终徘徊等待我的忠实的法尔布……当然,我抓回了那把猎枪,还有那只猎袋,因为它们对我至关重要。

"我走了整整一晚,第二天,又走了整整一天,靠狩猎维持生计,只有在烧烤吞吃猎物的时候,才停歇片刻。我走了二十四个小时,终于到达蒙特罗斯河的右岸,那里距离上游水坝不太远……

"到了那儿,我终于弄清楚自己所处的位置,我向南走,一直走到那条小溪,当初我和父亲曾经沿着它溯流而上……那里有大片平原和森林,穿过它们,就能直奔格林塔尔山谷。我在今天下午到达格林塔尔山谷……钻过横谷隘路。亲爱的爸爸妈妈,亲爱的朋友们,那个时候,我非常担心,生怕你们已经出发,沿着海岸去找我……真担心在山洞之家见不到你们!"

以上就是杰克的经历,描述得相当详细。——这段叙述有两处,或者三处地方被听众打断,而且,值得引起重视。

首先,这些土著是些什么人?……他们从哪里来?……显然,他们来自澳大利亚的西海岸——在这片海域内,只有那儿的海岸距离新瑞士岛最近——除非,在印度洋的这片海域里,还存在其他尚无人知的岛群,就如同新瑞士岛,在英国巡洋舰到访之前,同样不为世人所知……如果这些野人来自澳大利亚,如果他们属于那些人类文明程度最低的种族,那么,很难解释,他们如何驾驶独木舟,跨越三百里的海上距离……不过,也许是恶劣天气导致他们越海而来……

现在,他们遇见了杰克,并因此知道,这个岛上居住着另外一些人,与他们不属同一种族……他们打算怎么办?……会不会重新下海,乘坐独木舟沿海岸划行,并最终发现救命湾,甚至山洞之家的居住地?……

确实,独角兽号很快就将返回……最多一两个星期之后,就能听见它的炮声……只要它停泊在距离海滨几链远的地方,两家人的恐惧就能消除……

实际上,今天是十月五日,自从那艘巡洋舰开走之后,已经过去将近一年时间。然而当初,大家已经说好,不超过一年,这艘军舰定将返回。为此,每天,大家都盼望它出现在海面上,利特尔斯通海军上尉将向插在让·泽玛特峰上的旗帜发礼炮致敬,鲨鱼岛炮台随时准

273

备发炮回敬。

看起来，对于野人的进攻，现在不必着急布置防御。另一方面，那群大象令野人魂飞魄散，很可能跳上独木舟，跑回澳大利亚海岸，或者，跑回位于这片海域的某座岛屿。倘若如此，两家人无须改变习惯了的生活节奏，只需对山洞之家的海面加强监视即可。

因此，从第二天起，他们一边提高警惕，一边恢复了往日的辛勤劳作，特别是即将竣工的小礼拜堂工程。

所有人全力以赴，争取在独角兽号抵达之前完工，这一点十分重要。四面墙壁已经矗立起来，达到房顶的高度，礼拜堂内，一道弧形墙壁让司祭席的后部光线充足。沃斯顿先生忙着安装屋架，屋顶覆盖竹子，能够抵御最强烈的飓风侵袭。至于礼拜堂内部，泽玛特夫人、沃斯顿夫人，以及安娜负责装饰，尽量做到美轮美奂。对于她们的鉴赏力，所有人心悦诚服。

这些工作一直持续到十月十五日，这一天是原定独角兽号返回的日子。由于路途遥远，因此，如果距离这个日子误差八天，或者十五天，不会让人感到意外。大家颇感焦虑，是的！但也仅仅是焦虑而已！不过，必须承认，焦虑气氛正在山洞之家日益弥漫。

到了十月十九日，依然没有听见巡洋舰发出的炮声。于是，杰克骑上野驴，直奔展望山，随后，又从那儿直奔失望角。

尽管杰克往返奔波，海面上依旧空空荡荡，眺望海平线尽头，一无所有。

十月二十七日，杰克又做了一次巡视，依旧无功而返。

于是——理所当然地——大家焦虑的心情变成了忧虑不安。

"好啦……好啦……"泽玛特先生喋喋不休地安慰周围人，"迟

杰克骑上野驴,直奔展望山……

到十五天，甚至三个星期，这都不算啥……"

"另外，"沃斯顿先生补充道，"我们如何知道，独角兽号是否按照约定的日期离开英国？"

"然而，"泽玛特夫人直言不讳地说道，"英国海军部应该急于占领这块新殖民地……"

对于这个说法，沃斯顿先生只能报以苦笑，他知道，海军部办事儿从来只会按部就班！

不过，大家在仔细观察失望角那一侧海面的同时，并未忽略观察东边海岬那一侧。每天，他们借助望远镜无数次地眺望大象湾方向——大家用这个名字命名野人扎营的那片海岸。

然而，迄今为止，那个方向还没有出现过独木舟。如果说，那帮土著始终未曾下海，那么至少，他们似乎还没打算离开那片营地。另一方面，如果万一不幸，他们北上进入东边海岬，并且向希望之乡进军，两家人有没有能力利用鲨鱼岛炮台，以及安置在山洞之家坡顶上的火炮，阻止他们前进？……无论如何，抵御野人从海上发起的进攻，要比抵御陆地进攻容易许多。如果野人攻破横谷隘路，从内陆攻过来，那就危在旦夕了。

实际上，很可能，用不了多久，上百名黑人就将入侵，对山洞之家发起攻击。也许，大家有必要逃避到鲨鱼岛，在那里组织抵抗，坚守到英国巡洋舰的到来。

独角兽号始终没有出现，时光已经接近十月底。每天早晨，泽玛特先生、欧内斯特和杰克都盼望被一阵火炮齐射声惊醒。这些天，天气好极了，海平线上的透明薄雾，随着太阳的升起很快消散。海面上能见度极好，大家极目远眺，寻找独角兽号……

十一月七日，所有人动身前往展望山别墅，然而，不得不承认，在宽阔的海湾里，一片船帆的影子也没有……大家望向东方、西方和北方的海平线，什么也看不见！……所有人都把希望寄托在失望角这一侧的海面上，至于东边海岬，灾难会不会从那一侧降临？……

想到这些，所有人沉默不语，静静伫立在山岗上，恐惧与希望同时笼罩在每个人的心头。

第十七章

没有风，小船静止不动 —— 孤独的八天 —— 哈利·古尔德船长与水手长约翰·布洛克交谈 —— 南方迷雾露出缝隙 —— 喊声："陆地……陆地！"

天黑了 —— 伸手不见五指，水天一色，难以分辨。天空中，浓重、压抑的云层低垂，彼此撕扯，偶尔划过一道闪电，伴随着沉闷的雷声，但半空中并未泛起回响。借助转瞬即逝的亮光，海平线偶尔露出真容，始终荒芜空旷，凄惨悲凉。海面平静，一点儿浪花都没有。只有涌浪[①]单调而有节奏地起伏着，在海面荡起涟漪，汩汩做声。宽阔平坦的海上，没有一丝风，就连雷雨前的那点儿热风都毫无踪影。然而，天空中已经储存了大量电流，不时如磷光般闪烁，犹如圣艾尔摩之火[②]的火舌舔着小艇的帆缆索具。虽然太阳已经落下去四五个小时，白天积攒的热气依旧滚烫灼热。

① 涌浪是远处的风，或已经过去的风所引起的波浪。
② 圣艾尔摩之火是古代海员观察到的一种自然现象，经常发生于雷雨中，在船只桅杆顶端之类的尖状物上，产生如火焰般的蓝白色闪光。其成因是强大的电场造成场内空气离子化所致。

这是一条大型救生艇,铺着甲板,甲板一直铺到桅杆脚下。艇身单调地横摇着,前桅帆和三角帆随着船身来回晃动。在小艇尾部,两个男人正在低声交谈。

其中一个男人的胳膊压在舵把上,尽量避免让小艇向左舷,或者右舷突然转向。此人是个水手,年龄四十来岁,个头矮壮,身体如钢铁般强健,不知疲倦,不畏艰难,特别是,从来不会绝望颓丧。他是个英国人,水手长,名叫布洛克——约翰·布洛克。

另一个男人比较年轻——刚满十八岁——看上去不大像职业水手。在艇仓里,有几个人蜷缩在甲板,或者坐凳下面,他们已经没有力气继续划动船桨。在这几个人当中,还有一个五岁的孩子——可怜的小家伙不时发出呻吟,孩子的母亲不断亲吻孩子,喃喃自语地安抚他。

在桅杆的前边,有两个人站在甲板上,靠着三角帆支柱,手拉着手,一动不动,沉默不语。他俩陷入无限悲哀的沉思中。夜色浓重,即使借助闪电的亮光,两人也无法看清彼此。

在艇仓的最深处,不时有个人抬起头,但很快又垂了下去。

此时,水手长对躺在身边的小伙子说道:

"不……不……太阳落下去之前,我观察过海平线……在目力范围内,根本看不到陆地,也看不到一片船帆……不过,我在今晚没有看到的东西,也许,天亮之后就能出现……"

"不过,水手长,"那位同伴回答道,"必须在四十八个小时之内抵达某处地点,否则,我们当中的最后一个人也将支撑不住……"

"好的……好的……必须看到一片陆地……"约翰·布洛克断然说道,"必须找到一片陆地,或者岛屿,并且靠岸,让这几位好人

279

他们已经没有力气继续划动船桨。

能够容身避难。"

"前提条件则是，水手长，我们有海风的帮助。"

"海风就是用来干这个的，"约翰·布洛克反诘道，"不幸的是，今天，海风去别的地方帮忙了，去了大西洋，或者太平洋，所以，我们的船帆一动也不动！……真是的！还不如来一场暴风雨，让海风把我们吹向远方……"

"或者，把我们掀翻吞没，布洛克。"

"不行……不是这个意思！……作为这件事情的结局，这种方式最糟糕……"

"谁能说得准呢，水手长？"

两个男人不再说话，静默了几分钟。周围只听得到海水轻轻拍打小艇的汩汩水声。

"我们的船长怎么样了？……"年轻人接着说道。

"哈利·古尔德，真正的男子汉，他的情况不太好……"约翰·布洛克回答道，"那帮坏蛋把他揍得不轻！……尤其是脑袋上的伤口，让他疼得直叫唤！……那个人可是高级船员，船长曾经那么信任他，却不得好报，简直令人难以置信！……不！在那个美丽的早晨，或者下午，又或者日落时分，如果那个无赖博鲁普没有暴露丑恶面目，用一根桁木……"

"无耻之徒……这个混蛋！……"小伙子愤怒地紧握双拳，连连说道，"可是，不知哈利·古尔德怎么样了……布洛克，今天晚上，可是您给他包扎的伤口……"

"的确，我给他的头上敷了冷水纱布，然后把他塞到甲板下面，他还对我说话了……噢！他的声音那么微弱……'谢谢，布洛克，

281

谢谢'，他对我说，其实，我哪里需要他的感谢！……紧接着，他问道：'陆地……陆地？……'——'请放心，我的船长，'我肯定地告诉他，'陆地就在前面，也许，已经不远了！……'他看我一眼，然后闭上了双目。"

说到这里，水手长扭过头去，喃喃说道：

"陆地……陆地！……啊！……博鲁普和同伙当然知道自己干了什么！……在我们被关进底舱的那段时间里，他们改变了航线……在离开原定航线数百里之后，才把我们抛弃到这条小艇里……毫无疑问，我们所在的这片海域，很少有海船经过……"

年轻人站起身，弯着腰，认真倾听左舷的声音。

"您什么都没有听见吗，布洛克？……"他问道。

"没有……什么也没有……"水手长回答道，"涌浪的声音很小，小艇好像在油上滑行。"

年轻人没有再说什么，重新坐下，把双臂抱在胸前。

恰在此时，一位乘客重新坐到船凳上，做了一个绝望的手势，高声叫道：

"是的，我希望这条小艇被海浪一下子掀翻……让它和我们一起沉入海底，那也比在恐惧中饿死要强！……明天，我们储存的最后一点儿食物就要吃光！……什么都没有了……"

"明天……要等到明天，沃斯顿先生……"水手长反驳道，"如果小艇倾覆了，我们就不会有明天……然而，只要有明天……"

"约翰·布洛克说得太好了，"那位年轻的伙伴回答道，"我们不能放弃希望，詹姆斯！……甭管面临多少危险，我们的生命属于上帝，只有他才能决定……上帝之手无处不在，我们不能觉得，上帝已经抛弃了我们……"

"是的……"詹姆斯低下头，喃喃说道，"但是，我们只能听天由命……"

这时，另一位三十来岁的乘客——就是那位站在小艇前部的旅客——走到约翰·布洛克身边，说道：

"水手长，自从不幸的船长与我们一起登上这条小艇……已经过去了八天……现在，由您代替他……我们的命运都掌握在您的手中……您觉得还有希望吗？……"

"我当然觉得有希望！"约翰·布洛克回答道，"是的……我向您保证！……我希望这该死的无风天气很快结束，希望一帆风顺，平安抵达港口……"

"平安抵达港口？……"乘客重复说道，目光扫向深沉的夜色。

"哎！真是活见鬼！"约翰·布洛克肯定地说道，"一定有那么一座港口！……我们只要对准航向，借助风力！……万能的上帝！如果我是造物主，一定会在周围摆上几座岛屿，满足我们的愿望！"

"我们不需要上帝赐予那么多岛屿，水手长……"乘客说道，听见水手长的奇思妙想，不禁笑了起来。

"确实，"约翰·布洛克反诘道，"我们不需要造物主匆匆忙忙制造新的岛屿，只求它把我们的小艇推向一座现存岛屿，这就足够了。不过，说实话，在这片海域，现存岛屿的数量少得可怜！……"

"然而，我们究竟在哪儿？……"

"我也不知道，估计的误差可能多达几百里，"约翰·布洛克反诘道，"八天了……漫长的八天，我们被关在船舱里，对商船航行的路线一无所知，不知道它究竟是朝北方，还是南方行驶……无论如何，

283

那几天风势很大,海水让商船横摇不止,前后颠簸!"

"我有同感,约翰·布洛克,的确如此,我们恐怕航行了很长一段路程……是朝哪个方向呢?……"

"关于这一点,我一无所知,"水手长断然说道,"这条三桅帆船会不会没有北上印度洋,而是被挟持驶往太平洋地区?……叛乱发生那天,我们的船刚好从马达加斯加旁边驶过……然而,从那天之后,海上一直刮着西风,也许,这股西风把我们吹了数百里,靠近圣保罗岛[①]和阿姆斯特丹岛[②]。"

"在那种地方,我们只会遇见最低劣的野蛮人……"詹姆斯·沃斯顿接着说道,"无论如何,抛弃我们的那帮人简直坏透了……"

"有一点十分明确,"约翰·布洛克断言道,"那就是,博鲁普那个坏蛋一定会改变旗帜号的航线,驶往更容易逃脱惩罚的海域,然后与他的同伙一起,在那儿从事海盗勾当!……因此,我猜想,当我们这条小艇被放逐,开始漂流的时候,旗帜号已经远离既定航线……不过,在这片海域,我们希望能够遇到一座岛屿……一座荒岛……就算是荒岛也没关系!……我们可以狩猎、捕鱼,填饱肚子……我们可以在山洞里藏身……我们可以像地主号的幸存者那样,把这座荒岛也变成一座新瑞士,难道不行吗?……用我们的双手……用我们的智慧……以及勇气……"

"完全可以,"詹姆斯·沃斯顿回答道,"但是,地主号的幸存者什么都有……他们抢救出了那条船的货物……然而,我们却永远无法

---

① 圣保罗岛位于印度洋西部,为法属南部领地的一个岛屿,行政上归留尼旺管辖。
② 阿姆斯特丹岛为法国亚南极带岛屿,位于印度洋中,距离圣保罗岛85千米。

获得旗帜号上的物资！"

谈话中断了。一个痛苦的声音响起，勉强挤出一句话：

"喝水……我想喝水！"

"这是哈利·古尔德！"一位乘客惊叫道，"高烧正在折磨他……幸运的是，我们还有水……而且……"

"让我来吧，"水手长说道，"你们谁来把住船舵……我知道水壶在哪里，让船长喝上几口，他就不那么痛苦了。"

很快，约翰·布洛克离开船舵，走到小艇的前部。

另外三位乘客一声不吭，等着水手长返身回来。

两三分钟之后，约翰·布洛克回来，坐到原先的位置。

"怎么样？……"几个人向他问道。

"我迟到了一步，"约翰·布洛克回答道，"我们的一位好心天使已经来到病人身边……她往船长的嘴里倒了一点儿清水……给他擦拭了满头的汗水……我不知道古尔德先生是否清醒……也许是，也许不是……他的样子有点儿像谵妄①……他说到陆地：'陆地，应该就在那边！'他不停地反复说，边说边挥手，就像桅杆顶上随风飘荡的船旗②。我回答他道：'是，我的船长，是的！……陆地就在那儿！……我们很快就要靠岸！……我预感到了……就在北边儿！'我说这话是当真的……我们这些老海员，能预感到这些事情……我还对他说：'别担心，我的船长，一切顺利！……我们的小艇很结实，我把握着正确航向！……我们能找到好多岛屿，不知道挑选哪个才合适！……

---

① 谵妄在医学上指出现错觉、幻觉，以及语无伦次的精神障碍，常发生于发热、疾病、外伤或精神病患。
② 船旗是指商船在航行中只为标明国籍，悬挂其所属国的国旗，悬挂在船中。

挑花眼啦！……我们要从中挑选一个最合适的，——那座岛屿有人居住，而且欢迎我们，然后，我们就从那儿动身返回祖国！……'他听见了我的话，这个可怜的人，我确定他听见了。当我贴近他的脸庞时，他冲我微笑……是那种悲伤的微笑！……同时，也是充满喜悦的微笑！……然后，他重新闭上双眼，很快就昏睡过去！……至于我，告诉他有一片陆地，距离我们只有几海里，也许，这是弥天大谎！……然而，我这么说难道不对吗？……"

"说得对，约翰·布洛克，"最年轻的那位乘客说道，"上帝允许说这样的谎言……"

交谈到此为止。小艇左右摇摆，一片寂静中，只听见船帆拍打桅杆的声音。小艇里的大多数乘客早已精疲力竭，被饥饿折磨得浑身无力，在沉睡中忘掉自己身处险境，前途未卜。

然而，对于也许仅剩的最后几天，难道也称得上是前途吗？如果说，这些不幸的人现在还有水可供解渴，那么，今后几天里，他们已经没有东西可供充饥……小艇与商船分开的时候，有人给小艇扔过来几磅腌肉，如今已经被吃得精光……现在统共只剩一包压缩饼干，却要分给十一个人吃……倘若海面一直平静无风，该怎么办！……然而，已经过去四十八个小时了，沉闷的空气中，没有掠过一丝海风，就连犹如逝者临终前最后一口气的间歇性轻飚都没有！……眼下的情形意味着，很快，大家都将被饿死。

那个时代，蒸汽轮船还没有问世。因此，如果没有风，没有任何一条船可能出现在这片海域，如果没有风，这条小艇也无法抵达任何一片陆地，无论是岛屿还是大陆。

事实上，若想摒弃绝望的念头，只能依靠对上帝的绝对信任，或者，就像水手长一样，信念坚定，始终不渝，永远乐观地看待一切事物。大家都听见，他不停地反复念叨：

"我就知道……最后一块饼干早晚会被吃光……但是，只要留住自己的肚子，那就不必抱怨没有东西填饱肚子，更无需怨天尤人！……噢！如果我们有了东西填饱肚子，但是却先把肚子弄没了，那才是最糟糕的！"

就在约翰·布洛克掌舵的时候，乘客们纷纷起身坐回到船凳上。大家一句话也不说，孩子仍在哭诉，古尔德船长下意识的呻吟声，打破了笼罩在夜色中的宁静。

两个小时过去了。小艇漂流的距离尚未超过一链远，除了涌浪的冲击，海面上没有任何动静。然而，涌浪并不能推动船行，最多也就是让海面起伏不定。从昨天开始，海面上出现了许多零碎枯树枝，漂浮在小艇附近，船帆一次也不曾鼓起，枯树枝始终围绕在小艇周围。

在这样的天气里航行，其实掌舵没有多大意义，因为它起不了任何作用。然而，水手长一直不愿意离开自己的岗位，他用胳膊压着舵柄，至少可以让小船保持平衡，避免向左舷，或者右舷偏转，尽量让同伴们免受颠簸之苦。

将近凌晨三点钟，约翰·布洛克感觉脸颊上掠过一丝轻风，风势硬朗，似乎海风将起。

"难道要起风了？……"

他抬起身，嘴里喃喃自语道。

转瞬之间，潮湿的风向旗朝南方飘起，毫无疑问，水汽化作轻风拂面，与此同时，远方传来汩汩的海浪声。

水手长冲着坐在小艇中央，紧挨着一位女士的男乘客说道：

"弗里茨先生！……"

男士抬起头，探过身子问道：

"水手长，您想让我做什么？……"

"请看一眼那边……往东看……"

"您究竟想说什么？……"

"如果我没弄错，在海平线上，露出一线青天……"

确实，在那个方向，海平线上方有一线天空，不那么阴暗。水天之间的界线略显分明。可以感觉到，那个地方笼罩的水汽正在消散，也许，流动的空气正在从那道缝隙涌入，而那道缝隙正在逐渐扩大。

"那是风！……"水手长断定道。

确实，难道天放亮的时候，海面雾气能在片刻间消散？……

"那儿会不会只是晨曦而已？……"男乘客观察道。

"很可能只是晨光，毕竟天该亮了，"约翰·布洛克回答道，"不过，也可能是海风！……我从自己的胡须上已经有所感觉，您瞧，它们已经开始抖动！……毫无疑问，我很清楚，这股海风的风势不小，在过去的四十八小时里，它们杳无踪迹……弗里茨先生，请侧耳仔细倾听……我已经听见，您也能听得见……"

"您说得对，"男乘客弯腰探身到船舷边缘，回答道，"这是海风……"

"需要准备迎接海风，"水手长接着说道，"前桅帆已经完全张开……我们只需仔细倾听，一旦风起，立即抓住它……"

"可是，这阵风将把我们吹向哪儿？……"

"随便往哪儿吹，"水手长说道，"我只求它让我们离开这片倒霉的海域！"

二十分钟过去了，几乎觉察不到的海风开始逐渐强劲，小艇后方传来的汩汩声越来越大，小艇的颠簸渐趋强烈，海浪已不再是缓慢柔软的涌浪。船帆的几处褶皱开始放松、合拢，然后张开鼓起，下后角索开始敲打系缆双角钩。确实，海风的力量还不够大，无法吹起前桅帆和三角帆的厚帆布，水手长还需耐心等待，利用船舵尽量把握好小艇的前进方向。

一刻钟之后，小艇开始轻轻移动，向前驶去。

恰在此时，躺在小艇前部的一位乘客站起身来，眺望东方云层之间的缝隙，然后，跨过一个又一个船凳，来到水手长身边。

"海风？……"他说道。

"是的，"约翰·布洛克回答道，"我感觉已经抓住它，就好像把一只飞鸟抓在了手心……这一次，不会再让它跑掉！"

海风开始穿透云层，一阵阵地蔓延开来。云缝中，钻出第一缕晨光。然而，在阴暗的天顶深处，从东南方到西南方，在大约四分之三的天际线上，雾气正在积攒，越积越厚。从小艇望过去，视线只能看到几链远的地方，超过这段距离，即使海上出现商船，也不可能被发现。

海风的风势更强了，必须绷紧下后角索，扯足前桅帆，放松升降索，把它放松到一定程度，以便让船首三角帆吃上风。

"我们抓住它了……抓住它啦！"水手长反复念叨着，与此同时，小艇稍微向右舷倾斜，船首轻轻插进涌来的第一波海浪中。

逐渐地，雾气的缝隙被撕扯开来，一直被撕扯到天顶，天空深处映出淡红色。这种现象表明，海风将冲着前方吹拂相当长时间。与此同时，它还表明，在这片海域中，平静的海况终告结束。

希望被重新唤起，小艇有可能靠向一块陆地，甭管那块陆地的距

云缝中，钻出第一缕晨光。

离是远还是近，或者，小艇可能遇到一条海船，那条船在无风停驶数天之后，正准备重新上路。

五点钟，云层缝隙门户洞开，中间弥漫着雾气，五彩缤纷。天空迅速放亮，这是热带低纬度海域特有的一种气候现象。很快，海平线上浮现出鲜红的朝霞，犹如一层薄纱。在光线折射的作用下，一轮红日的边缘冲破海平线，冉冉升起，在天空与海水之间，勾勒出清晰的轮廓。转瞬之间，阳光射向悬在天顶的朵朵云彩，现出色阶深浅不一的各种红色。北方天际依然堆积着厚重的雾气，顽固地阻挡着阳光，不让光线射入其中。此时，视线投向小艇后方，可以极目远眺，但是在小艇前方，依然云遮雾罩。小艇行驶在暗绿色的海面上，身后的航迹翻卷着白色的浪花。

此时，一轮红日跃出海平线，它的水平直径被拉得很宽，刺目的阳光没有一丝雾气的遮挡，令人眼花缭乱。各位乘客的目光不再盯着太阳，大家望向北方，海风正把小艇吹向那里。那儿依旧云雾缭绕，然而，众人最想看清的，恰恰就是那个方向。太阳的威力能否驱散云雾？……

终于，将近六点半钟，东方天空洒满初升的阳光，恰在此时，一位乘客一把抓住船帆的升降索，动作灵活地攀上前桅横桁，紧接着，一个洪亮的声音响起：

"陆地……"他高声叫道。

第十八章

独角兽号起航 —— 好望角 —— 詹姆斯·沃斯顿一家 —— 朵尔说再见 —— 朴次茅斯和伦敦 —— 在英国逗留 —— 弗里茨·泽玛特与珍妮·蒙特罗斯结婚 —— 返回开普敦

独角兽号于十月二十日离开新瑞士启程返回英国。由于沃斯顿全家留在了新瑞士,他们在独角兽号的舱间留给了弗里茨和弗朗索瓦哥儿俩。另外,还有一个舒适的舱间留给珍妮和朵尔,这个小姑娘与珍妮做伴,准备在开普敦与詹姆斯·沃斯顿夫妇,以及他俩的孩子会合。之后,当英国海军部接收那个位于印度洋的新殖民地时,它将派遣独角兽号从英国返回新瑞士,同船前往的不仅有弗里茨和弗朗索瓦,还有珍妮·蒙特罗斯和朵尔·沃斯顿。

启程那天,独角兽号绕过失望角,向西航行,然后向南,右舷掠过烟石岛,当新瑞士岛尚未在视线中消失的时候,利特尔斯通海军上尉突然想起来,应该查勘一下新瑞士岛的西岸,以便确认它是这片海域的一座孤立岛屿。既然新瑞士即将成为大不列颠所属的一座岛屿,那就需要对它的重要性做出大致评估。于是，借助顺风，巡洋舰对新瑞士岛做了一番查勘，然后，把它甩在身后西北方，透过雾霾，新瑞士岛南部的身影依稀可辨。

航程的最初几个星期，一帆风顺。天气这么好，独角兽号的男女乘客不禁暗自庆幸，当然，舰长和军官们的热情好客，同样令他们倍感欣慰。每当大家在军官休息室兼餐厅，或者舰艉楼的帐篷下聚会时，总会反复谈论这座奇妙的新瑞士岛。如果英国政府办事儿爽快，如果这趟旅行的往返行程不出意外，那么，不出一年，他们就可以重返新瑞士。

弗里茨和珍妮每日闲聊，经常谈到蒙特罗斯上校，三年了，多克斯号杳无音信，几位被送往悉尼的幸存者已经确认，多克斯号确实沉没，人货俱亡。上校原本以为女儿没有了，见到她一定大喜过望。珍妮向父亲介绍自己的救命恩人，不仅心怀感恩，更期盼幸福。珍妮将恳请父亲同意自己与弗里茨结合。

至于弗朗索瓦与十四岁的小姑娘朵尔·沃斯顿，由于后者将被留在开普敦，前者为此烦恼不已，真想早日重逢！

独角兽号原定将于十二月十七日，也就是从新瑞士启程两个月后，抵达中途港口停歇。但是，它在跨过回归线，来到与法兰西岛[①]纬度相同的海域后，遇到了不利于航行的海风。

于是，巡洋舰不得不锚泊在开普敦港，并在这里逗留八天。

第一个登上独角兽号的人是詹姆斯·沃斯顿。他早已获悉，自己的父母亲，以及两个妹妹乘坐独角兽号离开了澳大利亚。然而，当他

---

① 法兰西岛是毛里求斯的旧称。1715年，法国人占领了毛里求斯岛，改称它为"法兰西岛"。100年后，英国打败法国，并于1814年正式将岛划归为英国殖民地，将岛的名字又改回"毛里求斯"。

293

第一个登上独角兽号的人是詹姆斯·沃斯顿。

看到妹妹独自一人时,不禁大失所望! 朵尔向他介绍了泽玛特家的两兄弟:弗里茨和弗朗索瓦,紧接着,又介绍了珍妮·蒙特罗斯。于是,弗里茨对詹姆斯·沃斯顿说道:

"詹姆斯先生,您的父亲和母亲,以及您的妹妹安娜,他们目前都住在新瑞士 —— 那是一座世人不知的岛屿,十二年前,经历过地主号的海难事故后,我们一家人流落到那里。您的家人决定留在那座岛上,并且在那儿等着您。如果您愿意与我们同往,独角兽号从欧洲返回时,将把您,以及您的妻子和孩子送到我们的岛上。"

"那么,这艘巡洋舰啥时才能回到开普敦呢?……"詹姆斯·沃斯顿问道。

"八个月,或者九个月之后,"弗里茨回答道,"它将从开普敦出发,继续驶往新瑞士,并在那里升起英国旗帜。利用这个机会,我和弟弟弗朗索瓦陪同蒙特罗斯上校的女儿前往伦敦,而且,我们希望,他不会拒绝与自己的女儿一起,回到我们的第二祖国定居。"

"也包括您,我亲爱的弗里茨,因为您将成为他的女婿……"珍妮补充道,边说边挽住小伙子的胳膊。

"亲爱的珍妮,我由衷地希望这一愿望能够实现……"弗里茨说道。

"詹姆斯,我们,包括我们的父母亲,"朵尔·沃斯顿补充说道,"我们都希望你能与你的家人一起来新瑞士定居。"

"必须强调一点,朵尔,"弗朗索瓦说道,"我们的这座岛屿,是全世界所有海上岛屿中最棒的一个……"

"詹姆斯只要看到它,一定会毫不犹豫地承认这一点,"朵尔回答道,"任何人只要踏上新瑞士……只要住进山洞之家,都会这么认为……"

295

"尤其是栖息在鹰巢，对不对，朵尔？……"珍妮笑着说道。

"是的……栖息，"小姑娘接着说道，"哎呀，真不想离开这座新瑞士岛，即使离开那里，也一定恋恋不舍，还想回去……"

"您听见了吗，詹姆斯先生？……"弗里茨说道。

"我听明白了，泽玛特先生，"詹姆斯·沃斯顿回答道，"到你们的这座岛屿定居，在那里创建与大不列颠的贸易，这个建议对我颇有诱惑力。我和我的夫人将会商量这件事儿，如果主意定了，等这边的业务结束，然后，独角兽号返回开普敦时，我们就准备上船同往。我相信，苏珊一定会同意……"

"只要我丈夫同意的事情，我都愿意随他，"沃斯顿夫人回答道，"他的设想，我从未反对过。无论他准备去哪里，我都坚定不移，夫唱妇随。"

弗里茨和弗朗索瓦热情地握住詹姆斯·沃斯顿的手，与此同时，朵尔也热情地亲吻自己的嫂子，至于珍妮·蒙特罗斯，她对沃斯顿伉俪称赞不已，热情欢迎。

"巡洋舰在此地逗留期间，"詹姆斯·沃斯顿接着说道，"我们非常希望蒙特罗斯上校的女儿，弗里茨和弗朗索瓦赏光去我家下榻。这是我们相互熟悉的好机会，利用这段时间，让我们好好聊一聊新瑞士。"

毋庸置疑，对于这番热情邀请，独角兽号的几位乘客求之不得，欣然接受。

一个小时之后，詹姆斯·沃斯顿伉俪在家中招待贵客。弗里茨和弗朗索瓦同住一个房间，朵尔搬进早已为她准备好的房间，并且邀请珍妮同住，就像在巡洋舰上两人同住一个舱间。

詹姆斯·沃斯顿今年二十七岁，勤劳、严肃，充满活力，无论相貌还是神态，酷肖自己的父亲。他的夫人很年轻，年方二十四岁，性情温柔，和善聪明，无限深情地钟爱自己的丈夫。夫妻俩有一个五岁的孩子，名叫鲍勃，极受爹妈宠爱。沃斯顿夫人是地道的英国人，出身于一个在这块殖民地经营多年的商人家庭，不过双亲早亡，与詹姆斯·沃斯顿结婚时，家里连一位亲戚都没有。

荷兰人发现开普敦之后一百六十四年——一八〇五年，开普敦沦为英国殖民地，至一八一五年，这里最终确定成为大不列颠的领地。五年前，沃斯顿商行成立于开普敦，目前生意兴隆。作为一位精明能干的英国人，在这个英国殖民地的首府，詹姆斯干得风生水起。

从十二月十七日至二十七日，独角兽号在这里锚泊了整整十天。新瑞士始终是大家谈论的中心话题，包括那里发生过的各种事情，以及在十一年的时间里，泽玛特一家从事的各种劳作，完成的各项工程，包括后来沃斯顿一家的参与。这是一个永不枯竭的话题，大家倾听朵尔讲述所有这些美好的往事，弗朗索瓦不断鼓励朵尔讲下去，甚至总觉得她把这座岛屿描述得还不够美轮美奂。与此同时，珍妮·蒙特罗斯与弗里茨情投意合，珍妮盼望早日见到父亲，如果能够说服他——对此，珍妮毫不怀疑——请他居住到希望之乡的一座农场，珍妮心里该有多高兴！这座殖民地的前途一片光明，能够与它的奠基者相聚一堂，蒙特罗斯上校一定异常欢喜！

总之，时间过得飞快，无须赘述，詹姆斯·沃斯顿与妻子商量后，一致同意，下决心放弃开普敦，前往新瑞士。利用独角兽号从开普敦到英国往返的这段时间，詹姆斯将清理自己的业务，变卖家产；只待独角兽号返回，随时准备出发；他将跻身第一批追随泽玛特和沃斯顿的移民行列。詹姆斯的决定让两家人高兴极了。

独角兽号出发的日子定在二十七日。对于詹姆斯·沃斯顿家的宾客来说，巡洋舰锚泊的时间过于短促，到出发那一天，所有人都觉得时光飞逝，利特尔斯通海军上尉已经准备起锚。

然而，毕竟到了彼此说再见的时刻，与此同时，大家心里想着，八九个月之后，将在开普敦重聚，然后一起出海，直奔目的地新瑞士。无论如何，这次分手不算太痛苦。珍妮·蒙特罗斯与苏珊·沃斯顿吻别，相互洒下惜别的泪水，当然，朵尔同样泪眼婆娑。与弗朗索瓦的分别，让小姑娘十分痛苦，弗朗索瓦同样心情沉重，因为，他已经深深眷恋着朵尔。弗里茨和弗朗索瓦哥儿俩紧紧握住詹姆斯·沃斯顿的手，心里清楚，正在与自己话别的人，已经是一位挚友。

二十七日清早，天气阴沉，独角兽号启程出海。这趟航程不算长，也不算太短。连续多个星期，风力中等，风向多变，不断在西北风与西南风之间来回转换。巡洋舰先后经过圣赫勒拿岛[1]、阿森松岛[2]，以及与法属西非洲纬度相同的佛得角群岛[3]。此后，在远远经过加那利群岛[4]，以及亚速尔群岛[5]后，从葡萄牙和法国海岸旁驶过，进入英吉利海峡，绕过怀特岛[6]，终于在一八一七年二月十四日抵达停泊于朴次茅斯港[7]。

珍妮·蒙特罗斯很想立即动身赶往伦敦，她有一位婶子住在那里，

---

[1] 圣赫勒拿岛是南大西洋中的一个火山岛，孤悬海中，隶属于英国，拿破仑在这里流放直到去世。
[2] 阿森松岛是位于南大西洋的英国海外领地，行政上隶属于圣赫勒拿殖民地。
[3] 佛得角群岛位于北大西洋，东距非洲大陆500多千米，包括15个大小岛屿。
[4] 加那利群岛位于大西洋，是非洲西北海域的重要岛屿群。
[5] 亚速尔群岛是位于北大西洋中东部的火山群岛，属于葡萄牙的海外领地。
[6] 怀特岛位于大不列颠岛的南边，是英国南部的一个小郡，也是著名的度假胜地。
[7] 朴次茅斯港南临索伦特海峡，对岸是怀特岛，距离英国首都伦敦103千米，是英国皇家海军的重要港口。

这位婶子也是珍妮父亲的嫂子。如果上校还在军队服役，珍妮将无法与他见面，因为，蒙特罗斯上校被从英属印度征召，前去参加的这场战争旷日持久，将会持续很多年。不过，如果他已经退役，那就应当隐居在嫂子家不远的地方，在那儿，他将终于见到传闻已在多克斯号海难中丧生的女儿。

弗里茨和弗朗索瓦欣然愿意陪同珍妮前往伦敦，而且，他们在伦敦也有业务需要处理。谁都知道，弗里茨急于见到蒙特罗斯上校，珍妮更希望他们早日见面。于是，当天晚上，泽玛特兄弟与珍妮动身，并于二十三日清晨抵达伦敦。

迎接珍妮·蒙特罗斯的，是令人难以承受的痛苦。从婶子口中，珍妮获悉，蒙特罗斯上校已经在他经历的最后一场战争中阵亡，他曾经为自己女儿的不幸遇难而痛惜，临终也不知道女儿仍然活着！珍妮从遥远的印度洋赶回来拥抱父亲，希望彼此不再分离，希望把自己的救命恩人介绍给父亲，希望父亲允许自己与弗里茨结合，并且得到父亲的祝福，然而，珍妮与父亲已经阴阳两隔。

面对意外降临的噩耗，珍妮的痛苦可想而知！……婶子不停地抚慰珍妮，好言相劝，但是枉费口舌；弗里茨陪着珍妮流泪，同样难抚她心中的哀痛！……这个打击太沉重了，珍妮从来不曾想到，自己赶回英国，然而父亲却已溘然长逝！……

弗里茨同样悲痛哀伤，难以自持！他满心期待蒙特罗斯上校同意自己迎娶珍妮，然而，上校却已与世长辞……

几天以后，在一次热泪盈眶、痛彻心扉的交谈中，珍妮对弗里茨说道：

"弗里茨，我亲爱的弗里茨，我们两个人刚刚经历了巨大的痛苦

迎接珍妮·蒙特罗斯的，是令人难以承受的痛苦。

时刻，如果，您还没有改变初衷……"

"噢！我亲爱的珍妮！……"弗里茨高声叫道。

"是的，我知道，"珍妮接着说道，"我的父亲本来也会高兴地把您视为自己的儿子……因为，我知道他钟爱我，我毫不怀疑，他一定愿意随同我们一起前往那块英国的新殖民地，与我们共同生活……然而，我的幸福期望落空了！……现在，我在这个世界上孑然一身，孤苦伶仃！……孤独……不！……我还有您，弗里茨……"

"珍妮，"小伙子满怀柔情地说道，"我将用自己的一生让您幸福。"

"我也一样，亲爱的弗里茨。不过，既然我的父亲已经不在了，不能对我们的婚姻给予祝福，而且，我也没有其他直系亲属。我现在已经没有家了，只有您的家庭……"

"我的家庭……三年来，您已经是这个家庭的成员，我亲爱的珍妮，从我在烟石岛第一次见到您……"

"这个家庭钟爱我，我也热爱这个家庭，弗里茨！……是呀，几个月之后，我们就能回去，与这个家庭团聚……"

"我们结婚吧……珍妮？……"

"好的……弗里茨……既然您希望，因为，您已经得到您父亲的赞同，与此同时，我的婶子也不会拒绝我的请求……"

"珍妮，我亲爱的珍妮，"弗里茨不禁双膝跪地，叫道，"我们的计划绝不会改变，我将要带给父亲和母亲的人，就是我的妻子。"

珍妮·蒙特罗斯留在婶子家中，不再出门，弗里茨和弗朗索瓦每天前来探望。与此同时，婚礼所需的一切都在按部就班地准备当中。

另一方面，还要处理一些重要的事务，为此，兄弟俩去欧洲转了一圈。

首先，在新瑞士岛上收集的一些值钱物品需要出售，包括从鲸鱼岛上采集的珊瑚，在珍珠湾采集的珍珠，以及肉豆蔻，还有数量可观的香子兰果实。对于这些东西的市场价格，泽玛特先生估计得一点儿不错，出售所得相当可观，总计八千英镑[①]。

如果说，珍珠湾的沙滩面积不大，但是，在新瑞士岛的海岸附近，可供采集珊瑚的地点却很多，此外，新瑞士岛还盛产肉豆蔻和香子兰，以及其他宝贵资源，可以说，未来，这块殖民地定将繁荣昌盛，在大不列颠的诸多海外领地中，其重要性必将位列前茅。

按照泽玛特先生的要求，出售所得的一部分将用于采购物资，以完善山洞之家，以及希望之乡其他几座农场的设施。出售所得的剩余部分——大约占总额的四分之三——加上蒙特罗斯上校留下来的遗产约一万英镑，这些钱全部存入英国银行。将来，根据需要，泽玛特先生将会通过新瑞士岛与英国本土即将建立的通信渠道，随时使用这笔资金。

另外，别忘了，还有那些各式各样的首饰和数量可观的金钱，它们都属于地主号遇难者家庭，必须通过查询，找到这些家庭，并把上述物品交给他们。

终于，在抵达英国一个月后，在独角兽号的神甫的主持下，弗里茨·泽玛特与珍妮·蒙特罗斯在伦敦举行了婚礼。他俩以未婚夫妻的身份，乘坐这艘巡洋舰来到英国，并将以夫妻身份，乘坐这艘军舰返回新瑞士。

这一系列事件在大不列颠引起轰动。一个流落于印度洋一座无名岛屿，在那儿生活了十二年之久的家庭，以及珍妮的奇遇，她在烟石

[①] 折合20万法郎。——原注

岛的经历，这些都引起公众的关注。让·泽玛特记录的种种经历被刊登在英国，甚至外国的报纸上。这些经历被命名为《瑞士鲁滨孙漂流记》，广受追捧，知名度直追丹尼尔·笛福创作的那本享誉世界的名著①。

一时间，英国形成一股公众舆论，其影响力之大，迫使英国海军部做出决定：接纳新瑞士为英国领地。更何况，这座岛屿一旦归属英国，其带来的好处显而易见。这座岛屿位于印度洋东部，几乎处于巽他海峡的入口处，毗邻通往远东的航路，距离澳大利亚西海岸三百里，地理位置极其重要。澳大利亚位于印度洋与太平洋之间，号称"世界第六部分②"，它于一六〇五年被荷兰人发现，一六四四年，阿贝尔·塔斯曼③到访过这儿，一七七四年，库克船长④也来过这里，后来，这块大陆成为英国在南半球最重要的领地之一。能够得到毗邻澳大利亚大陆的这座岛屿，英国海军部高兴还来不及呢。

于是，独角兽号被派遣前往这片海域，利特尔斯通海军上尉仍旧担任舰长，在他的指挥下，巡洋舰将在几个月后再次出发。弗里茨和珍妮夫妇，以及弗朗索瓦将搭乘独角兽号，当然了，还有几位移殖民同船前往。至于其他数量更多的移民，他们将随后搭乘其他商船前去新瑞士。

----

① 丹尼尔·笛福创作的小说《鲁滨孙漂流记》为世界名著。而《瑞士鲁滨孙漂流记》的真实作者为瑞士作家道夫·维斯（1781—1850）。凡尔纳在这里暗喻本书为其续集。
② 澳大利亚大陆位于南半球大洋洲，面积769万平方千米，是世界的6个大陆中面积最小的一个。
③ 阿贝尔·塔斯曼（1603—1659），荷兰探险家、商人。1642年，他受命去寻找"失落的南方大陆"，先后发现汤加和斐济。
④ 詹姆斯·库克(1728—1779)，人称库克船长，是英国皇家海军军官、著名的航海家、探险家和制图师。

大家商定，独角兽号将在开普敦停泊，以便接纳詹姆斯、苏珊和朵尔等人上船。

不过，由于独角兽号经历过从悉尼到欧洲的长途航行，必须进行大规模的维修保养，因此，它将在朴次茅斯港逗留相当长时间。

在这段时间里，弗里茨和弗朗索瓦并未待在伦敦，也没待在英国。因为，弗里茨和珍妮夫妇，以及弗朗索瓦都认为，他们有义务去一趟瑞士，了解那边的情况，以便把家乡的消息捎给泽玛特夫妇。

于是，他们动身去了法国，到了巴黎，在这座都城逗留参观了八天。此时，这个帝国与大不列颠之间的长期战争已经结束[①]。

接下来，弗里茨和弗朗索瓦去了瑞士，对于这个国家，他们多少还有点儿印象，毕竟，离开祖国的时候，他们还太年轻。他们先到达日内瓦，又从那儿去了伯尔尼。

在泽玛特家族中，只有几位远亲还健在，无论泽玛特先生，还是泽玛特夫人，与这几位远亲从未有过交集。不过，两位年轻人的到来，在瑞士全国引起轰动。现在，地主号海难幸存者的故事已经家喻户晓，那座收留了他们的岛屿也已尽人皆知。因此，尽管他们的同胞一向不喜欢颠沛流离，对移民海外碰运气不感兴趣，但是，仍有不少人表示，既然新瑞士欢迎移民，他们有心加入移殖民行列。

弗里茨和弗朗索瓦离开故国的时候，心情难免有些惆怅。也许，他们将来还有希望再回来，不过，对于泽玛特夫妇来说，由于上了岁数，很可能这辈子也不会回来了。

[①] 从1792年到1815年，英国与欧洲其他国家先后组成七次武装干涉法国的军事同盟，参与了法国大革命战争，以及拿破仑战争，并于1815年的滑铁卢战役中，最终打败拿破仑，结束反法同盟战争。

弗里茨、珍妮和弗朗索瓦再次穿越法国，回到了英国。

独角兽号出发前的准备工作基本就绪，巡洋舰准备在六月下旬升帆起航。

不用说，弗里茨和弗朗索瓦受到英国海军部长官们的热情接待，让·泽玛特心甘情愿地把这座岛屿的实际控制权移交给利特尔斯通海军上尉，英国对此表示感谢。

众所周知，当独角兽号离开新瑞士的时候，除了希望之乡，以及这座岛屿的北部海岸，包括独角兽湾的部分东部海岸，这座岛屿的大部分地区尚未被踏勘。因此，利特尔斯通海军上尉将补充查勘这座岛屿，包括它的西海岸、南海岸，以及内陆地区。此外，几个月之后，还将会有多条海船抵达新瑞士岛，除了运送移民，还将送去殖民地所需的各种物资，以及保卫这座岛屿所需的器械。从那个时候起，在大不列颠与印度洋的这片海域之间，将建立定期沟通渠道。

六月二十七日，独角兽号等待弗里茨、珍妮和弗朗索瓦上船，随时准备起锚。二十八日，他们三人抵达朴次茅斯港，在此之前，为泽玛特一家准备的物资早已装上巡洋舰。

三人登上巡洋舰，受到利特尔斯通舰长的热情欢迎，此前，他们在伦敦已经相聚过两三次。这段时间，不断传来朵尔的消息，詹姆斯和苏珊，还有可爱的朵尔，他们在开普敦一切顺利！巡洋舰抵达开普敦后，大家就能相见，想到这些，人人满心欢喜。

六月二十九日清晨，独角兽号乘风驶出朴次茅斯港，斜桁上飘扬着英国旗帜，这面旗帜即将被插上新瑞士岛。

305

第十九章

独角兽号的第二次航行 —— 新旅客与军官们 —— 在开普敦停泊 —— 大副博鲁普 —— 航行不顺利 —— 船上发生叛乱 —— 舱底八天 —— 被抛弃在海上

如果独角兽号不是一艘战舰，而是一条驶往新瑞士的商船，它一定会装载数量众多的移民。这座岛屿刚刚受到公众的热情关注，移殖民去那里大有可为。很可能，被这座岛屿吸引的移殖民大多来自爱尔兰，因为，爱尔兰人天生喜欢冒险，在生活的压力下，更愿意奔赴海外寻找生机。在新瑞士岛，凡是身体健壮、意志坚定的男人，都不会无所事事。

在独角兽号上，专门为弗里茨和夫人保留了一个舱间，另外，隔壁舱间留给了弗朗索瓦，而且，他们每天与利特尔斯通舰长共用一张餐桌。

航行很顺利，虽然难免遇上一些航海途中常见的事情，诸如，海况变幻无常；风向不定导致航行不稳；碰到无风天气，这种情况在热带地区屡见不鲜；偶尔暴风骤雨袭来，巡洋舰从容应对，平安无事。

在大西洋南部，独角兽号与多条商船交错而过，它们不断把巡洋舰的消息带回欧洲。此时，经过长期痛苦的战争，局势稳定，海船得以免受战争威胁，航行十分安全。

独角兽号上的神甫在印度时认识蒙特罗斯上校，现在，他与弗里茨和弗朗索瓦已经很熟。珍妮把神甫当做朋友，与他谈起父亲的往事，猜想他可能曾是上校的莫逆之交？神甫为人友善，从他口中，珍妮知道了，自己启程去英国后，父亲曾经十分担心。一开始，在多克斯号启程后抵达欧洲之前的那些日子里，他期盼这条船平安抵达英国。随后，当他获悉多克斯号不幸沉没，人货俱亡，不禁悲痛欲绝，心灰意冷！此后，上校万念俱灰，出发投身那场战争，并且一去不复返⋯⋯

虽然独角兽号在穿越大西洋时一帆风顺，但是，在非洲南部海域，却碰上恶劣天气。八月十九日夜里，独角兽号遭遇狂风暴雨，飓风掀起狂涛巨浪，风势越来越猛，巡洋舰根本无法把握航向，只能随波逐流。在手下军官和水兵们的协助下，利特尔斯通舰长竭尽所能抵御这场风暴，但是，军舰设施遭到严重损害，他们被迫砍倒船尾桅杆，而且，船后部出现漏洞，费尽周折才堵住。终于，风暴平息了，利特尔斯通舰长指挥巡洋舰重新上路，急急忙忙赶往开普敦，准备在那儿进行维修。

八月十九日清晨，桌山的高大身影已经遥遥在望。这座山峰坐落在同名海湾[①]的尽头。

独角兽号刚刚在锚泊地停稳，詹姆斯·沃斯顿、苏珊，以及朵尔就乘坐小艇赶来，登上巡洋舰甲板。

---

① 桌山位于南非开普半岛的北端，形似巨大长方形条桌而得名，海拔高度1087米，其对面的海湾为天然良港，并因桌山而得名"桌湾"。

飓风掀起狂涛巨浪,风势越来越猛……

弗里茨、珍妮和弗朗索瓦受到热情欢迎！见面的那一刻，众人兴高采烈！两位女士再次相逢，喜不自禁！……可爱的朵尔给弗里茨一个热情的吻，后者也亲吻了小姑娘鲜嫩的脸庞！……别以为弗朗索瓦得不到与哥哥相同的礼遇，不！怎么可能呢！……总而言之，所有人都急着赶往第二祖国，去那里安居乐业，泽玛特和沃斯顿两家人在那儿盼望他们，早已急不可耐！

事实上，将近十个月以来，没有任何关于新瑞士岛的消息。尽管对于山洞之家居民的安危，用不着过于担心，毕竟离开那里的时间说不上漫长，甚至可以说不算太久。利特尔斯通舰长知道新瑞士岛的位置，掌握那里经度和纬度交会点的精确数据，因此，很快就能重新见到新瑞士，为此，人人倍感欣慰！大家经常谈论泽玛特夫妇、欧内斯特、杰克，以及沃斯顿夫妇和安娜，日思夜想，盼望早返回希望之乡，享受天伦之乐！

至于詹姆斯·沃斯顿经营的业务，它们早以优惠的价格销售结清。

然而，众人不得不面对一个事实：他们无法立即启程。因为，独角兽号受损严重，不得不在开普敦港逗留相当长时间。巡洋舰卸下全部载荷，开始维修，至少需要两个月，或者三个月的时间。在十月底之前，它无法升帆前往新瑞士。

这个意外事故令人颇感遗憾。不过，有一个机会，能够让独角兽号的乘客们缩短在开普敦停留的时间。

在开普敦港内有一条船，预计将在十五天后起航。这船名叫"旗帜号"，是一条五百吨的英国三桅帆船，船长名叫哈利·古尔德。旗帜号即将出发前往巴达维亚，以及位于巽他海峡的诸岛屿，它不用多走很多路程，就能绕道经过新瑞士。弗里茨夫妇、詹姆斯和苏珊夫妇，以及他俩的孩子，包括弗朗索瓦和朵尔愿意出高价搭乘这条船。

他们向古尔德船长提出建议，提议被接受了。旗帜号向各位提供了舱间，于是，独角兽号的乘客们把行李转移到旗帜号上。

九月一日下午，三桅帆船做好了起航准备。当天晚上，詹姆斯·沃斯顿携夫人，妹妹，以及小鲍勃登船，住进自己的舱间。随后，大家心情激动地告别利特尔斯通海军上尉，与他约好，十一月底，在救命湾的入口，等候独角兽号莅临。

第二天，乘着顺畅的西南风，旗帜号出海了。航行第一天日落之前，开普敦已经被甩在船后十五里远，那儿的山峰身影消失在海平线。

哈利·古尔德是一位优秀的水手，沉着冷静、坚毅果敢，未满四十二岁，年富力强。他当过船上的高级船员，表现优异，后来晋升船长。船东老板对他极为信任。

这条船的大副名叫罗伯特·博鲁普，此人与哈利·古尔德同龄，但心机叵测、嫉妒成性、特爱记仇，素有暴力倾向，总觉得自己没有得到应得的报酬。他没能当上旗帜号的船长，失望之余，打心眼里仇视船长，但总把恨意掩藏在心底。不过，他的心思未能逃过水手长约翰·布洛克的眼睛，此人勇敢无畏、为人忠厚，对船长心悦诚服，忠贞不贰。旗帜号上共有二十来名船员，人品参差不齐，对此，哈利·古尔德船长心知肚明。其中有几个船员对职务不满意，心生怨恨，罗伯特·博鲁普却一向隐忍宽容。对此，水手长看在眼里，无可奈何。所有这一切，都让水手长心生疑虑，时刻提防大副，并且提醒哈利·古尔德。船长十分信任这位勇敢正直的船员，认真听取了他的告诫。

从九月一日至十九日，航行顺利，没有任何异常。尽管海风不够强劲，但风向顺畅，海况理想。三桅帆船只需维持现有中等航速，就能在预定期限内,也就是十月中旬,抵达新瑞士岛所在海域。

必须看到,由于大副和二副玩忽职守、纵容包庇,船员们纪律松弛,不服从命令的现象普遍存在。在嫉妒心与邪念的作用下,面对船上的杂乱无章,罗伯特·博鲁普没有采取任何整顿措施。恰恰相反,他恣意妄为,容忍无序行为,利用人们的弱点,鼓励船员逃避惩罚,对错误行为视若无睹。总之,渐渐地,一场叛乱正在酝酿。

与此同时,旗帜号继续向东北方航行。九月十九日,商船抵达纬度20度17分与经度80度45分的交会点,靠近并即将跨过南回归线,这里几乎位于印度洋的中心。

前一天夜里,天气骤变,气压下降,阴云集聚,各种迹象表明,这片海域司空见惯的暴风雨即将到来。

下午,将近三点钟,一场暴风雨骤然降临,商船在风雨中航行。一条海船遇到的最大危险,就是当它侧面横对浪涛时,失去船舵的掌控,此时,要想挽救商船,只能割断全部帆缆索具。这样一来,这条海船身不由己,无法调整船头抵御海浪的冲击,只能任由狂怒的大海随意摆布。

不用说,暴风雨来临时,海浪横扫甲板,所有乘客纷纷回到各自的舱间,只有弗里茨和弗朗索瓦还留在甲板上,准备给船员们提供帮助。

从一开始,哈利·古尔德就站在值班岗位上,水手长掌舵,大副和二副守在船艏楼。全体船员随时准备执行船长的命令,因为,现在处于生死关头,只要操作略有失误,扑来的浪涛斜扑到旗帜号的左舷,就可能导致商船倾覆。必须竭尽全力让船身挺起来,同时转动船帆,确保商船面对狂风屹立不倒。

然而,失误发生了,商船险些倾覆。尽管事出意外,但船长的命令没有得到正确执行，对于一位高级船员来说，不应犯下这样的错误，因为，这是一个海员必须具备的本能。

应该承担责任的，不是别人，正是大副罗伯特·博鲁普。由于错误操作小桅杆，导致船身过度倾斜，一股巨浪扑向商船，从艉楼上席卷而过。

"这个可恶的博鲁普，他想让我们葬身海底！……"哈利·古尔德高声叫道。

"他成事不足，败事有余！"水手长回答道，一边说，一边努力向右舷转舵。

船长跳到甲板上，冒着被海浪卷走的危险，跑向船身前部，费尽全力，终于走到船艏楼。

"回您的舱间去，"船长怒气冲冲地对大副吼道，"回您的舱间去，别再出来！"

罗伯特·博鲁普的错误太明显了，即使他发出号召，即使船员中有人愿意跟他站在一起，也没有一个船员胆敢抗辩。大副没有反驳，服从命令，转身走回船艉楼。

所有可能尝试的方法，哈利·古尔德全都试遍了。旗帜号的船帆终于被调整到正确方向，船长把船身扶正，船舷不再遭受海浪的冲击，避免了把帆缆索具全部砍断的厄运。

此后三天，在狂风暴雨中，旗帜号只能不断奔逃，在船长和水手长的指挥下，终于幸运地脱离险境。这段时间，苏珊、珍妮和朵尔只能躲在舱间里，与此同时，弗里茨、弗朗索瓦，还有詹姆斯帮忙干各种活计。

九月二十二日，恶劣的天气终于露出改善的迹象，风势减弱，虽然海面依然波涛汹涌，但至少，海浪已不再横扫旗帜号的甲板。

于是，诸位女乘客急忙钻出各自舱间，她们已经知道船长与大副之间发生的事情，以及为什么大副被褫夺了所有职权。至于罗伯特·博鲁普的命运，只能等返航之后，由海事委员会做出裁决。

帆缆索具破损了很多处，需要维修。约翰·布洛克负责指挥这项工作，但是他发现，显然，船员们想发动叛乱。

这些事情都被弗里茨、弗朗索瓦，以及詹姆斯·沃斯顿看在眼里，与狂风暴雨比起来，这件事儿更令他们忧心忡忡。毫无疑问，对于叛乱者，甭管他们是谁，古尔德船长一律严惩不贷，绝不手软。然而，会不会太迟了？

在随后的八天里，没有发生任何违反纪律的事情。由于旗帜号被狂风向东吹送了好几百海里，它必须掉头向西，以便回到与新瑞士岛相同的经度。

九月三十日，将近十点钟，让所有人感到吃惊的是，尽管不许罗伯特·博鲁普走出舱间的禁令尚未取消，他却重新出现在甲板上。

乘客们聚集在船艉楼甲板，预感到局势严峻，后果将很严重。

古尔德船长看见大副走向前甲板，于是走到他身旁。

"博鲁普大副，"船长说道，"您已被禁止外出……您到这儿来干什么？……回答我……"

"是的……"博鲁普高叫道，"这就是我的回答！……"

说着，他转身面向船员们：

"听我的，伙计们！……"他命令道。

"拥护罗伯特·博鲁普！"整条船，从前甲板，直到后甲板，船员们齐声高呼。

哈利·古尔德钻进自己的舱间，转身出来，手里握着一只手枪。但是，他没来得及开枪。围在罗伯特·博鲁普身边的一群人里，有一名水手率先开枪，击中船长头部，他受伤跌倒在水手长的怀里。

这场叛乱由大副和二副发动，全体船员参与。面对这样的叛乱，根本无法抵抗。尽管约翰·布洛克、弗里茨、弗朗索瓦、詹姆斯·沃斯顿站在哈利·古尔德一边，愿意支持他制止叛乱，但白费力气。转眼之间，他们就被众人制服了，根本没办法自卫。十名水手把他们推到最下层甲板，一同被推下来的还有船长。

至于珍妮、朵尔、苏珊，还有孩子，她们都被关在舱间内。罗伯特·博鲁普亲自下令严加看守，如今，他已成为这条船的唯一主人。

可以设想一下被关在最下层甲板的囚犯处境，那里光线阴暗，不幸的船长头部负伤，疼痛难耐，只能用水浸纱布包裹伤口。确实，水手长竭尽全力照顾船长，然而，同样身陷囹圄的弗里茨、弗朗索瓦，以及詹姆斯·沃斯顿对他的伤势担心不已！……三位乘客，只能任由旗帜号的叛乱分子摆布！……想到自己无能为力，他们内心焦虑万分！……

一连过去了好几天。每天早晨和晚上，底层甲板上面的盖板被掀开两次，囚徒们收到一点儿食物。每次，约翰·布洛克提出询问，作为回答，几名水手除了训斥就是威胁。弗里茨、弗朗索瓦和詹姆斯询问几位女乘客的情况，得到的同样是恶语相加。

水手长和几位同伴尝试了很多次，试图打开盖板逃出去。然而，这块盖板日夜有人轮流看守，而且，即使他们能够打开盖板，控制住看守，逃到甲板上面，面对整整一船水手，罗伯特·博鲁普能善待他们吗？……

"坏蛋！……坏蛋！……"弗里茨思念自己的夫人，想到苏珊和朵尔，不禁连声诅咒。

"是的……真是一帮十恶不赦的混蛋！"约翰·布洛克接着说道，"他早晚得被吊死，否则，这个世界没有公道可言！"

不过，要想惩罚叛乱分子，特别是要让他们的头领得到应有的惩罚，那得需要一艘战舰才能擒获旗帜号。然而，罗伯特·博鲁普还没有愚蠢到把旗帜号驶往海船频繁往来的海域，因为，在那儿，他和同伙儿有可能遭到追踪。为此，他驾驶旗帜号离开既定航线，一股劲地往东走，既要远离非洲海岸，也要远离澳大利亚海岸。旗帜号每天都以五十里，或者六十里的速度，逐渐远离新瑞士岛所在的子午线！哈利·古尔德和水手长能够觉察出商船倾斜的幅度，发现它一直向左舷倾斜，而且船速相当可观。桅杆底座不时传来的声响表明，大副正在驾船全速疾驰。一旦旗帜号进入太平洋的遥远海域，那里可是海盗们的乐园，到那时，他们将如何处置这几位男女囚徒？……他们不可能总留着这几位俘虏……会不会把他们扔到某座荒岛上？……噢！无论怎样，总比留在这条船上，任由罗伯特·博鲁普和他的同伙摆布要好！

这样一来，按照约定的日期，独角兽号不可能抵达新瑞士，因为它滞留在开普敦；旗帜号更不会出现在那儿！……那里的人们期盼了好几个星期，甚至好几个月，但是，音信全无……泽玛特和沃斯顿两家人该多么担心！……而且，一旦独角兽号终于抵达救命湾，当他们获悉旗帜号早已驶来殖民地，他们会怎么想，会不会认为那条船已经沉没，人货俱亡？……

已经过去一个星期了，哈利·古尔德和同伴们一直被关在底层甲

315

板，对几位女乘客的情况一无所知。然而，就在那一天，十月八日，三桅帆船的船速似乎减慢了，也许是因为船出了故障，或者是风停了，商船停驶。

将近晚上八点钟，一群水手来到几位囚徒身边。

下命令的是那位二副，几位囚徒只能服从。

甲板上面发生了什么事情？……难道他们重获自由？……难道一部分船员反水，抵制罗伯特·博鲁普，希望哈利·古尔德重新领导旗帜号！……

他们登上甲板，面对全体船员，看见罗伯特·博鲁普站在大桅杆下面等着他们。弗里茨和弗朗索瓦望向船艉楼，那儿中间的门敞开着，但什么也看不见，里面没有亮灯，也没有信号灯光，一丝光亮都没有。

然而，当他们靠近右舷船栏时，水手长看见一根吊杆的顶端，探出船的侧面。

显然，大救生艇已经被放到海面上。

看来，罗伯特·博鲁普打算把船长和他的同伴放进救生艇，然后把他们遗弃在这片海域，让他们去大海上碰运气，甚至，他们都不知道附近有没有岛屿，或者陆地，是这样吗？……

如果这样，那几位不幸的女士，她们是否会留在船上，面对重重危险？

想到可能再也见不到几位女士了，弗里茨、弗朗索瓦和詹姆斯拼尽最后一点力气，打算解救她们，哪怕丢了性命也在所不惜。

弗里茨朝着船艉楼跑过去，嘴里呼唤着珍妮。但是，他被拦住了，与此同时，弗朗索瓦和詹姆斯也被拦住，甚至都没有听见女士们的回答。他们很快就被制服，尽管奋力反抗，仍然被吊杆吊出船栏，放进救生艇。救生艇被掣索牵引，与商船并排，一同被放进来的还有哈利·古尔德，以及约翰·布洛克。

然而，让他们大为吃惊，但又异常惊喜的是……是的！异常惊喜……刚才，他们徒劳呼唤的亲人，原来已经在救生艇里！……就在他们被带出底层甲板的前一刻，几位女乘客刚刚被吊进救生艇。当时，她们极度害怕，恐惧不安地等待，不知道几位男同伴是否会被带来，与她们一起被遗弃在太平洋，无疑，罗伯特·博鲁普一定是把旗帜号行驶到了这片海域！……

于是，感人的场面出现了，众人泪如雨下！……他们终于重新团聚，这是上帝给予他们的最佳恩赐！……

然而，在这条救生艇上，他们将要面对多么可怕的风险！救生艇里只有四口袋饼干和肉罐头、三桶淡水、各种餐具、一捆衣服，以及从舱间里随便抓来的几件卧具——这些东西勉强可供抵御暴风雨的侵袭，以及饥饿和干渴的折磨！……

不过，他们毕竟团聚了……从今往后，只有死亡才能把他们分开……

再说了，他们根本没有时间多想，片刻之后，在海风的吹送下，旗帜号很快就将远去……

水手长坐到了舵手的位置上，弗里茨和弗朗索瓦坐到桅杆下面，一旦救生艇离开旗帜号，他俩随时准备升起船帆。

至于古尔德船长，他被安置在前甲板的下面。船长依然行动不便，躺在那堆卧具上面，珍妮负责照顾他。

在旗帜号上面，水手们趴在船栏上，俯身静静地看着，面对遭到罗伯特·博鲁普遗弃的受难者，没有一个人露出怜悯之情，夜色中，他们的眼里闪着幽暗的光。

就在此刻,一个声音响起——那是哈利·古尔德的声音,愤怒让他鼓起全身力气,从甲板下挣扎出来,从一个船凳爬过另一个船凳,支起身体:

"无耻之徒,"他叫道,"你们难逃正义的审判!……"

"也难逃上帝的惩罚!"弗朗索瓦说道。

"解开掣索!……"罗伯特·博鲁普高声叫道。

掣索被扔出来,救生艇漂浮在海面,旗帜号很快消失在夜色中。

救生艇漂浮在海面,旗帜号很快消失在夜色中。

第二十章

弗朗索瓦的喊声 —— 这是哪里？ —— 救生艇的乘客 —— 陆地消失在雾气中 —— 即将变天 —— 陆地重新出现 —— 南风阵阵 —— 登陆

刚刚喊叫"陆地……陆地……"的人是弗朗索瓦，这声音犹如救赎的呼唤[①]。他站在甲板上，似乎从雾霾缝隙中，隐约望见陆地的身影。片刻间，弗朗索瓦抓住吊索，爬到桅杆顶，倚在横桁上，从那儿，他把目光紧紧盯向前方。

大约过去了十分钟，他在北方再次望见了那片貌似陆地的东西，立刻松手滑下桅杆。

"你看见海岸了吗？……"弗里茨问道。

"是的！……在那儿……就在那片厚云的下面，现在，它隐藏在海平线后边……"

"您没有看错吧，弗朗索瓦先生？……"约翰·布洛克说道。

[①] 救赎为基督教的基本教义之一，原指基督为人类受难，以平息上帝之怒。此处转义为脱离苦难。

"不，水手长，没错！……那片乌云低垂到海平线，陆地就在云朵后面……我看得一清二楚……我确信……"

珍妮随即站起身，紧紧抓住丈夫的胳膊：

"应该相信弗朗索瓦的话，"她断言道，"他的眼力很准……不会看错……"

"我没看错，"弗朗索瓦再次确认道，"请相信我，就像珍妮一样相信我……我清清楚楚看到一个凸起物……在云雾的缝隙中间，露出来将近一分钟。这个凸起物的东西两侧延伸开来，但是无法看清楚……不过，无论它是一座岛屿，还是一片陆地，它确实就在那儿！"

听到弗朗索瓦如此言之凿凿，谁还能怀疑？大家都希望，而且也需要这件事能够实现，难道不应该对弗朗索瓦给予信任吗？……这些不幸的人把希望寄托在弗朗索瓦身上，而弗朗索瓦则祈祷万能的上帝。

现在，只要救生艇抵达陆地，也许就能弄清楚，那儿究竟属于哪里。无论如何，救生艇上的乘客，包括五个男人：弗里茨、弗朗索瓦、詹姆斯、哈利·古尔德船长，以及水手长约翰·布洛克；还有三个女人，包括珍妮、朵尔和苏珊，以及她的孩子，这些人一定要在那儿登陆，甭管那片海岸属于什么地方。

如果那片陆地没有任何资源，根本不适宜居住，或者，那儿有土著，十分危险，救生艇还可以重新出海，前提则是尽可能地补充给养。

哈利·古尔德很快被告知了这个消息，尽管身体虚弱，伤痛难耐，他依然坚持让人把自己挪到救生艇的后部。

弗里茨审视了这片土地，觉得应该把观察结果告诉大家：

"现在，我们最关心的是距离那片土地还有多远。然而，根据我们观察到的陆地高度，特别是由于雾霾，陆地的身影模糊不清，估计这段距离不会少于五至六里[①]……"

对于这个判断，古尔德船长做了个手势，表示赞同。与此同时，水手长也点头表示认可。

"因此，"弗里茨接着说道，"如果风向顺畅，把我们吹向北方，只需两个小时，我们就能靠岸……"

"很不幸，"弗朗索瓦说道，"眼下海风并不稳定，而且风势逐渐加强。虽然大风不会即刻来临，但是，很可能转为逆风，有点儿令人担忧……"

"那么，如果划桨呢？……"弗里茨回答道，"我们不是可以划桨吗？我弟弟、詹姆斯，还有我，与此同时，水手长，请您掌舵，可以吗？……划上几个小时，还不至于让我们精疲力竭……"

"划桨！……"哈利·古尔德命令道，他的声音勉强能让人听清。

有个问题比较麻烦，那就是，由于身体虚弱，船长无法驾驭小船，而如果四个乘客同时划船，效果会更理想。

的确，弗里茨、弗朗索瓦和詹姆斯还年轻，精力旺盛，水手长也年富力强，干点儿体力活儿不算什么。但是，自从遭到旗帜号的遗弃，已经过去八天了，由于饥饿和疲劳，他们的身体都很虚弱。救生艇上食物有限，他们不得不厉行节俭，精打细算，剩下的食物仅够应付二十四个小时。他们把长绳子拖在船后面，成功钓上来三四条小鱼。救生艇上有一个小炉子，一只小锅，以及一只水壶，这是他们拥有的全部炊具，还有就是随身携带的小刀。如果这片陆地仅仅是一座布满岩石的小岛，他们就不得不驾驶救生艇重新出海，经过漫长艰苦的航行，寻找适宜生存的陆地，或者岛屿。

[①] 约为27至33千米。

无论如何，自从听见弗朗索瓦发出的那声呐喊，所有人都看到了希望。只有经过生死考验，才能体会到，人类求生的欲望有多么强烈！……犹如一个海难幸存者，一把抓住身边漂浮的木板！……这条救生艇经历过飓风的威胁，遭受过海浪的冲击，几乎被海水淹没，现在，他们终于可望踏上坚实的陆地！……也许，他们能栖身于某座山洞，那里能够遮风挡雨……也许，他们能发现一片富饶的土地，植物茂盛，生长着可供食用的根茎，挂满热带地区特有的水果……在那儿，大家有吃，有喝，耐心等待路过的船只！……一条路过的海船发现了他们的信号……驶过来营救被遗弃的幸存者！……是的！所有这一切都出现在他们充满希望的幻想当中！……

至于那片隐约可见的陆地，它是否属于南回归线附近的某座群岛？……关于这个问题，水手长和弗里茨低声议论着，珍妮和朵尔重新坐回自己的位置，小男孩则趴在沃斯顿夫人的怀里熟睡。古尔德船长被高烧折磨着，必须把他重新安置到甲板下面，珍妮继续用清水浸润他头上的敷料纱布。

与此同时，弗里茨心里明白，这些想法未必靠谱。他毫不怀疑，自从叛乱发生后，在八天时间里，旗帜号一定向东航行了很长路程。因此，救生艇应该是被遗弃在太平洋的某处海域，根据海图显示，这片海域只有很少的几座岛屿，包括阿姆斯特丹岛，以及圣保罗岛，或者，再往南边一点儿的凯尔盖朗群岛①。不过，总体来看，这些岛屿中，有一些十分荒凉，也有一些住着人，可供幸存者生存，甚至获救，谁能说得准？……不过，要想从那儿返回祖国，恐怕时间很难确定。

---

① 凯尔盖朗群岛位于南印度洋，是一座较大的火山岛，面积6675平方千米，周边毗邻阿姆斯特丹岛、圣保罗岛和克罗泽群岛。

另一方面，如果说，自十月八日以来，在南风的吹动下，救生艇一直向北行驶，那么，很可能这片陆地属于澳大利亚大陆，如果运气好，它可能属于塔斯马尼亚岛①，也可能属于维多利亚州②，或者南澳大利亚州③。如果能够抵达霍巴特④、墨尔本，或者阿德莱德⑤，他们就能获救……不过，如果救生艇在澳大利亚大陆的西南部靠岸，在乔治国王湾⑥，或者卢因角⑦附近，那里有凶残的土著，生存环境可能更糟？……此外，在这片海面上，是否可能遇上一条驶往澳大利亚，或者太平洋诸岛屿的商船？……

"无论如何，我的珍妮，"弗里茨对重新坐到自己身边的夫人说道，"我们很可能已经远离新瑞士……甚至远在数百里之外……"

"很可能，"珍妮回答道，"不过，总算找到一块陆地，已经很不错了！……你们全家在新瑞士岛上经历过的一切，以及我在烟石岛上的经历，为什么我们不可以再重复一次？……有了过去的经历，我的朋友，我们完全可以自力更生……让·泽玛特的两个儿子绝不可以丧失斗志……"

~~~~~~~~~~

① 塔斯马尼亚岛位于墨尔本以南240千米，巴斯海峡把它和澳大利亚大陆分隔开，是澳大利亚最小的州。
② 维多利亚州位于澳大利亚大陆的东南沿海，西北部分别与南澳大利亚州和新南威尔士州相邻，是澳大利亚最小的大陆州。
③ 南澳大利亚州位于澳洲大陆南部海岸线的中心位置，海岸线长达3700千米，是世界上最干旱的地区之一。
④ 霍巴特是澳大利亚塔斯马尼亚州的首府和港口，位于塔斯马尼亚岛东南部德温特河河口。
⑤ 阿德莱德是南澳大利亚州首府，位于州东南部洛夫蒂山地与圣文森特湾间的滨海平原上，濒临托伦河。
⑥ 乔治国王湾位于西澳大利亚州的南岸，该州位于澳洲大陆西部，濒临印度洋，是澳大利亚最大一个州。
⑦ 卢因角，也称露纹角，位于澳大利亚大陆的西南端，为世界五大海角之一。

"亲爱的夫人，"弗里茨回答道，"如果说，我曾经有点儿心灰意冷，听了你的话，终于放心了！……不……我们不会走投无路，再说了，还有大家的相互提携！……水手长是条靠得住的汉子！……至于我们那位可怜的船长……"

"船长会好起来的，一定能痊愈，我亲爱的弗里茨，"珍妮断然说道，"他的高烧一定能退去……到了那边，上了岸，他能得到更好的照顾，一定能恢复体力，重新成为我们的头儿……"

"噢！我的珍妮，"弗里茨把她搂在胸前，叫道，"祈求上帝，让这片陆地给我们提供亟须的资源！……我并不奢求这里像新瑞士一样，给我们那么多东西……毕竟它所处的海域自然条件不同，不可能轻易满足我们的所有需求！……最糟糕的情况，就是在那里碰上野人，面对他们，我们无能为力，那样，我们只好重新出海，来不及补充物资！……最好在一片荒凉的海岸登陆，哪怕是一座小岛……只要它的水里有鱼，海滩上有贝壳类动物，甚至，也许还有成群的鸟儿，就像我们在山洞之家海岸看到的那样！……我们可以储存物资，一两个星期之后，就能恢复体力，船长也能康复，我们升起船帆，出发寻找更适宜居住的海岸！……这条救生艇十分坚固，还有一位最棒的水手给它掌舵……现在距离恶劣天气的季节还很远……我们经历过狂风的冲击，再遇到狂风也无所畏惧……至于食物，甭管这块陆地是个什么样子，总能找到吃的，而且，上帝也会眷顾我们……"

"亲爱的弗里茨，"珍妮两手紧紧握住丈夫的双手，回答道，"应该把这些话说给我们所有的同伴们！……听了你的话，他们定能恢复信心！……"

"他们从来没有丧失过信心，一刻也没有，我亲爱的夫人，"弗里茨说道，"如果说他们曾经软弱一时，但是，作为烟石岛走出来的年轻英国女士，你充满活力，信心十足，是你给了大家信心和希望！"

弗里茨所言不虚，对于坚强的珍妮，众人都很信服。当几位女士被关押在舱间里，不就是她好言劝慰，鼓励朵尔和苏珊，让她俩重新振作起来的吗？……

与新瑞士岛相比，这块陆地还有一个前者不具备的优点，因为，新瑞士岛所处的海域，从未有商船经过。这里却恰恰相反，由于地处澳大利亚大陆的南部海岸，或者塔斯马尼亚岛的南岸，甚至，它可能属于太平洋某群岛的一座岛屿，在航海图上面，一定会标出它的位置。

不过，即使古尔德船长和同伴们满怀希望，知道总有一天能够获救，但是，想到距离遥远的新瑞士岛，他们仍然深感悲哀……无疑，这段距离足有数百里之遥，因为旗帜号曾经向东行驶了八天，不是吗？如果他们很不走运，因为这条救生艇无法进行远距离航行，不得不在即将抵达的那块陆地上滞留，被迫在一座孤岛上生活很多年，就像泽玛特一家那样；如果，尽管历尽千难万险，他们最终仍然陷入绝境，在新瑞士岛期盼他们的亲人们将会多么痛苦！……

这些想法在他们心中挥之不去，弗里茨、珍妮、弗朗索瓦、詹姆斯和夫人，还有他的妹妹，他们一心思念亲人和朋友，甚至忘了眼前面临的危险。

事实上，这天已经是十月十三日，距离独角兽号离开新瑞士岛，已经过去了差不多一年之久，此时，正是巡洋舰应该返回的时候。在山洞之家，泽玛特先生和夫人、欧内斯特和杰克、沃斯顿先生和夫人，以及他们的女儿安娜，他们无时无刻不在期盼着……

是的……大家都盼着巡洋舰从失望角的转弯处现身，期待它鸣响一串炮声,鲨鱼岛炮台也将鸣炮作答……如果一个月,甚至两个月之后,依然杳无音信,他们会怎么想?……一开始,他们会想,一定是风向不顺,延误了独角兽号的行程,也许,它没有按照约定的日期从英国启程,也许,发生了某场海战,干扰了航线,妨碍了航行……他们永远也不会想到,这条船可能沉没了,人货俱亡!……

然而,几个星期之后,独角兽号即将从开普敦启程,然后出现在新瑞士岛的海域……泽玛特和沃斯顿两家人将获悉,几位亲人已经换乘旗帜号,但是这条船失踪了……很可能,这条船在印度洋沉没了,毕竟那里经常有狂风暴雨,今后,他们还有可能重逢吗?……

总而言之,这些都是以后的事情,眼下,救生艇前途未卜,吉凶难料。

自从弗朗索瓦发现陆地的那一刻起,水手长立即掌舵,驾驶救生艇向北方航行,即使没有罗盘,做到这一点也并不难。弗朗索瓦指出的只是一个大致的方向。倘若雾霾消散,如果海平线更清晰一些,哪怕仅仅是北方的海平线更明亮一点儿,驶往那片陆地也许更容易一些。不幸的是,雾霾依然浓厚,海平线被遮掩得严严实实,通过对海面的观察,这段距离为四至五里。

甭管怎样,他们把船桨安装好,弗里茨、弗朗索瓦、詹姆斯竭尽全力,一起使劲儿划行。然而,他们使出浑身力气,却难让这条负荷沉重的救生艇快速前进,要想驶过这段距离,抵达海岸,恐怕得花上一整天时间。

但愿老天别吹来逆风,让他们白费力气!总之,最好在傍晚之前,海面一直风平浪静。倘若刮起北风,救生艇将被远远吹离这片海域……

327

时近正午,用了一个上午,救生艇仅仅前进了一里。另一方面,水手长察觉到,一阵风正在吹来。也许,这不过是海潮涌动产生的效应。如果遇到了一股不断涌动的海流,那就休想逆流而上。

将近下午两点钟,约翰·布洛克猛地站起身,大声叫道:

"海风即将来临,我能感觉出来……只要升起三角帆,就能比我们划桨的速度快!"

水手长没有说错。片刻之后,一阵轻风从东南方吹来,掠过绿色的海面。白色的浪花席卷而来,拍击着救生艇的船帮,汩汩作响。

"看来,您说准了,布洛克,"弗里茨说道,"不过,这阵海风未免太弱,我们还得继续划桨……"

"别停手,弗里茨先生,"水手长回答道,"我们还得坚持划桨,一直到船帆推动救生艇奔向海岸。"

"海岸在哪里?……"弗里茨问道,一边说,一边徒劳无功地试图看穿迷茫的雾霾。

"就在前方……实话实说!"

"您确定吗,布洛克?……"弗朗索瓦紧接着问道。

"您希望它在哪里?"水手长回答道,"它如果不在北方那片可恶的雾霾后面,还能在哪里?……"

"但愿如此,"詹姆斯·沃斯顿说道,"不过,光有愿望恐怕还不够!"

总而言之,要想确定这一点,只能等海风的风势起来。

风势起来得很慢。直到下午三点多钟,船帆终于鼓起来一些,可以发挥作用了。

船桨被收起,弗里茨和弗朗索瓦一起,把前桅帆升到桅杆顶,用

一阵轻风从东南方吹来……

尽全力把船帆绷紧,与此同时,水手长侧耳倾听海浪拍击船舷的声音。

这阵海风会不会不够强势?阵阵吹来,甚至连雾霾都无法驱散?……

海风迟疑不定地又吹了二十分钟,涌浪越来越大,救生艇晃动颠簸,水手长把紧船橹,稳住船身。紧接着,前桅帆和三角帆都被吹鼓,下后角索也被绷紧。

至于救生艇前进的方向,应该是直奔北方,希望风势足够强劲,让海平线露出真容。

只要海风吹起,海平线就能显出身影,因此,所有人都盯着那个方向。约翰·布洛克的要求并不高,只需陆地现身片刻,他就能驾船直奔那里。

然而,随着太阳西斜,风势逐渐加强,但是,雾霾形成的帷幕始终不曾拉开。可以肯定,救生艇正在加速航行,弗里茨和水手长甚至担心救生艇已经驶过了那座岛屿——如果它是一座岛屿——或者,已经从这片陆地的西侧,或者东侧绕了过去——如果它是一片陆地。

另一方面,众人心中难免起疑……弗朗索瓦会不会看错了?……他真的在北方看见了一片陆地?……

确实,弗朗索瓦再一次肯定,语气不容置疑。尽管只有他一个人看见了这片陆地,但是,他的确看见了……亲眼所见……

"那是一片凸起的海岸,"弗朗索瓦再次声称道,"有点儿像悬崖,崖顶几乎是水平的,根本不可能被看成是一团云彩……"

"然而,自从我们朝这片陆地行驶以来,"弗里茨说道,"应该已经可以靠岸了,因为,这段距离不可能超过五里,或者六里……"

"您是否可以确定,约翰·布洛克,"弗朗索瓦接着说道,"救生艇的船头始终对准了那个方向？因为，那片陆地确实位于正北方……"

"很有可能，我们走错了路，"水手长承认道，"为此，我觉得，最好还是等海平线露出来，否则，我们不如原地不动，在这里停留一个晚上……"

也许，这是最好的选择。要知道，救生艇可能已经位于那片海岸附近，不应该在暗礁堆里冒险航行，因为，陆地附近往往暗礁密布……

于是，所有人竖起耳朵，仔细倾听，期望能够捕捉到浪花拍击海岸的声音，因为，如果救生艇撞到海岸上，那就遇上大麻烦了。

如果海浪扑打裸露在海面的礁石，或者涌上一片海滩，应该传来阵阵悠长沉闷的涌动声，然而，没有……什么声音也没有。

必须十分谨慎小心。为此，将近五点半钟，水手长发出指示，降下前桅帆，只让三角帆保持张开状态，并且与舵柄协调操作。

事实上，最聪明的做法，就是在周围情况不明的时候，降低救生艇的航行速度，只有看到陆地以后，才能重新启动救生艇。

此时，夜幕降临，四周阴暗，海岸就在附近，各种危险是否可能出现？即使没有海风，逆向海流也会导致小艇偏航。在这样的情况下，如果是一条海船，为了确保安全，早在天黑之前，它就会驶回大海。但是，海船的操作比较方便，对于一条普通的救生艇来说，这么做并不容易。它需要在南方吹来的逆风中曲折航行，操作起来费劲累人，还可能离开原地太远。

于是，救生艇仅仅保留三角帆，让船头指向北方，尽量保持稳定。

总之，他们避免任何失误，毫不犹豫地滞留在原地，直到晚上六点钟，夕阳在隐没于万顷波涛之前，射出了一缕光芒。

事实上，如果这一天是九月二十一日，这轮夕阳应该是在正西的方向隐入海水，而今天是十月十三日，距离二分点[①]已经过去二十三天，在南半球的这个位置，太阳落下去的地方稍微靠北一点儿。然而，恰在此时，这一侧海平线的雾霾消散了，弗里茨眼看着一轮夕阳渐渐接近海平线。十分钟之后，这轮燃烧的火球漂浮在天际与海水之间。

"那边，就是北方！"弗里茨一边叫道，一边用手指着救生艇船头前方稍微偏左的地方。

几乎与此同时，回答的声音响起——所有人不约而同齐声喊道："陆地！……陆地！"

雾霾刚刚消散，在半里开外的地方，一条海岸线展开，岸上悬崖高耸，看不清悬崖是向东，还是向西延伸。

水手长把船头对准那儿，前桅帆被重新升起，并且被最后一阵海风鼓动着。

半个小时之后，救生艇停靠在一片沙滩上，然后，被系泊在一块狭长的岩石后面，刚好躲过拍岸浪花的冲击。

[①] 二分点指天球赤道和黄道的两个交点，或两个交点之一。在三月二十一日左右为春分，在九月二十三日左右为秋分。

第二十一章

上岸后 —— 弗里茨与水手长的对话 —— 平静的夜晚 —— 海岸概貌 —— 大失所望 —— 远足 —— 洞穴 —— 溪流 —— 海角 —— 扎营

终于,历尽千辛万苦,重重危险,经过两个星期的航行,这些被遗弃的人踏上了陆地。尽管个个精疲力竭,饥肠辘辘,但是,仍然要感谢上苍。只有古尔德船长,遭受高烧的折磨,依然痛苦万分。不过,尽管他极度疲惫,但看上去,尚无性命之忧,也许,只需休养数日,即可康复痊愈。

现在,弗里茨和同伴们脚踏实地,脱离了险境,再也不惧狂风暴雨,深感幸运之余,他们很想知道:脚下的这片土地,究竟是哪儿?……

哎呀!甭管它是哪儿,反正这里不是新瑞士。如果不是因为罗伯特·博鲁普和一帮水手造反,旗帜号早就按照预定日期抵达新瑞士!与富饶的山洞之家相比,这片陌生的海岸能给他们什么呢?

夜色笼罩,昏暗无光,周围几乎什么也看不清,说实话,现在这个时候,根本顾不上缜密思考和假设联想,眼前只有一片海滩,坐落在高大悬崖的脚下,从侧面望去,山岩竦峙,陡峭壁立。看来此时,最好守在救生艇里,等待东方日出。弗里茨和水手长轮流值班,一直守卫到清晨。很可能,这片海岸常有土著出没,必须提高警惕。无论这儿是澳大利亚大陆,或是太平洋上的岛屿,他们都必须小心谨慎,时刻提防,一旦遭遇袭击,立即驾船逃往大海。

于是,珍妮、朵尔和苏珊重新坐回小艇里原来的位置,守在古尔德船长身边,船长已经知道小船终于靠岸。弗朗索瓦和詹姆斯躺在船凳之间,一旦听到水手长的呼唤,随时准备一跃而起。不过,由于极度疲劳,他俩很快就沉入梦乡。

弗里茨与约翰·布洛克坐在救生艇的尾部,低声交谈着。

"我们总算抵达港口了,弗里茨先生,"水手长说道,"我早就知道,我们一定能抵达这里……说实话,尽管我们抵达的根本不是一座港口,这一点您很清楚,但总比在暗礁乱石当中沉没要好得多……今天夜里,我们的救生艇安然无恙……明天,我们准备……"

"您如此镇定,真让我钦佩,勇敢的布洛克,"弗里茨回答道,"这片海域令我不安,我们甚至都不知道脚下这块陆地的方位,眼前的处境,实在让我担心害怕……"

"这块陆地,它不过就是一片海岸,弗里茨先生……它拥有一个小港湾,有沙滩,还有岩石,跟别处的海岸没有什么两样,而且,我觉得,它就在咱们的脚下,不会消失!……至于是否要离开这里,或者在这里安家定居,这个问题我们晚一点儿再考虑。"

"无论如何,布洛克,我们的船长需要一点儿时间休养,在他的伤情缓解之前,我希望不要被迫再次出海。如果这个地方荒无人烟,如果它能给我们提供所需的物资,如果没有面临土著的威胁,那么,我们可以在这儿逗留一段时间……"

"荒无人烟,迄今为止的确如此,"水手长回答道,"而且,我觉得,如果荒无人烟,那是最好……"

"我也这么想,布洛克,而且,我还想到,既然无法狩猎,我们可以捕鱼,补充储存给养……"

"您说得对,弗里茨先生,另外,如果这里没有别的猎物,只有海鸟,没办法捉来吃,那就去内陆,去森林和草原上狩猎,弥补渔获的不足……不过可惜,我们没有猎枪……"

"那些坏蛋,布洛克,他们甚至不给我们留一只火枪!"

"他们这样干自有他们的道理……为达目的,他们早就谋划好了!……"水手长反诘道,"在离开旗帜号的时候,我忍着没有反抗,当时,真想打碎那个混蛋博鲁普的脑袋……这个阴险的家伙……"

"他们都很阴险,"弗里茨补充道,"包括他的那些同谋!……"

"总有一天,他们要为自己的叛乱行为付出代价,"约翰·布洛克断然说道。

"水手长,您有没有听见什么?……"弗里茨侧耳倾听,问道。

"没有……那是远处海滩上传来的汩汩浪声……迄今为止,我没有发现任何可疑之处,尽管这儿好像船底舱一样,四周一团漆黑,但是我的视力一向不错……"

"睁大您的眼睛,一刻也别松懈,布洛克,我们需要时刻保持警惕……"

"我们的缆绳随时可以松开,"水手长回答道,"一旦需要,立刻划桨离岸,只需用挠钩撑一下,我保证让小艇瞬间离开岩石二十尺。"

然而,有好几次,似乎有什么东西在沙滩上爬行,弗里茨和水手长不得不极度警觉；不过，始终也没发现真正的威胁，无须发出警报。

海风已经停歇，海面风平浪静，周围一片寂静，唯有岩石脚下传来轻微的浪花拍击声。偶尔，有几只鸟儿从海面飞来，那是海鸥，或是其他鸥鸟，降落在悬崖顶端的凹陷处。他们在这片海岸度过的第一个夜晚，安详宁静。

第二天，天蒙蒙亮，所有人站起身，当他们看清眼前这片落脚的海岸时，不禁悲从心来！

昨天，距离海岸还有半里之遥时，弗里茨已经大致看清了这里的情况。从那个距离望过来，这片海岸从东向西延伸五至六里远。救生艇停泊在一座海岬的脚下，从这里望去，最多只能看到五分之一里的范围，包括两处海角，海角之外是茫茫大海，右手的海面已经清晰明亮，左手的海面依旧阴暗混沌。海滩长度大约为八百至九百托阿斯，一侧耸立着悬崖峭壁，黑魆魆的岩壁一眼望不到尽头，把海滩封闭得严严实实。

海滩呈斜坡状，从海面逐渐升高延伸到悬崖脚下，从悬崖根到崖顶的高度足有八百至九百尺高①。悬崖顶后面还有更高的悬崖吗？……要想知道这个问题的答案，只能顺着岩壁爬到崖顶一探究竟。向东望去，有一处悬崖的斜面比较宽，岩壁不那么陡峭。然而无疑，在那儿，即使可以攀爬，要想登顶也不容易。

面对眼前这片荒蛮凄凉的沙滩，古尔德船长和同伴们的第一感觉只有沮丧。沙地上，露出一簇又一簇岩石，没有树木，也没有灌木丛，甚至看不到任何植物的踪迹——荒凉的不毛之地，笼罩着悲怆和恐怖的气氛。地面上唯一露出的一抹绿色，不过是稀疏的苔藓，就算是

---

① 约合260米至290余米。

这片海岸从东向西延伸五至六里远。

大自然菲薄的赐予，它们没有根茎，没有茎梗，没有枝叶，更没有花朵，它们粘贴在岩石表面，好似片片疱疹，颜色从枯黄到鲜红，参差不齐。除此之外，还有一堆又一堆黏糊糊发霉的东西，它们都被这个地区长年不断潮湿的南风吹送到海滩上。在悬崖的边缘，看不到青草嫩叶的踪迹，即使在花岗岩的岩壁上，也看不到一点儿植物的身影，要知道，那些植物仅需一丁点儿腐殖土就能生长！据此，是否可以认为，即使在悬崖顶端，也找不到一丁点儿腐殖土？……救生艇是否停靠在了一座荒凉的无名小岛？……

"这地方确实不太招人喜爱……"水手长悄悄对弗里茨低语道，"倘若我们从岛屿的东边，或者西边登陆，境况是否比较有利一些？……"

"不过，"约翰·布洛克接着说道，"在这儿，至少我们不会遇见野蛮人。"

确实，即使文明程度最低的人类族群，也无法在这片荒凉的海岸生存。

珍妮、弗朗索瓦、朵尔，以及詹姆斯伉俪，大家呆坐在船凳上，用目光扫视这片海岸，这里与生机勃勃的希望之乡简直有天壤之别，那儿有豺狼溪的入海口，有救命湾，还有鹰巢的海滨！……即使那座名叫烟石岛的小岛，虽然看上去荒芜凄凉，不是也给珍妮·蒙特罗斯提供了各种物产、奔流的溪水，还有树林和原野里的各种猎物吗？……然而，这儿只有岩石和砂砾，左侧，延伸出一片散布贝壳类动物的海滩，沙洲的水边拖拽着一条条海带，总而言之，这儿是一片没有希望的土地！

至于动物，只能看见若干种海鸟，包括海鸥、海番鸭[①]、其他鸥鸟，

[①] 海番鸭属于鸭科海番鸭属，是潜水鸭类，极善游泳和潜水。除繁殖期外多见于海洋中。

以及海燕。人类的出现打搅了它们的生活，纷纷发出震耳欲聋的叫声。军舰鸟、翠鸟，以及信天翁扇动巨大的翅膀，翱翔在更高的天空中。

"看看吧，"水手长说道，"虽然这片海岸比不上新瑞士岛，但是我们只能在这儿登陆，没得选……"

"上岸吧！"弗里茨回答道，"但愿我们能在悬崖脚下找到栖身之所。"

"上岸……"珍妮说道。

"亲爱的夫人，"弗里茨说道，"我建议，你还是和沃斯顿夫人，以及她妹妹一起留在小艇上，等待我们巡视一番。看上去这里没有什么危险，你们不用担心……"

"另外，"水手长接着说道，"我们最好不要走出去很远。"

弗里茨纵身跳到沙滩上，身后紧跟着几位同伴，这时听见朵尔快乐地说道：

"弗朗索瓦，努把力，争取给我们弄回点儿东西回来做午餐……我们可就指望你们啦……"

"不如说，朵尔，我们更期待你们有所收获，"弗朗索瓦回答道，"请把渔线抛到岩石下面，你们个个心灵手巧，耐心十足……"

"是的……我们最好不要上岸，"沃斯顿夫人赞成道，"你们不在这里的时候，珍妮、朵尔和我会尽力照顾好我们自己。"

"最要紧的是，"弗里茨提醒道，"把剩下的那点儿压缩饼干看好，一旦情况紧急，我们不得不再次出海……"

"好啦，弗里茨夫人，"约翰·布洛克叫道，"请准备好火炉吧，我们不会让你们用苔藓和鹅卵石煮汤，我保证，一定要让你们饱饱地美餐一顿。"

天气挺不错。几缕阳光从东方天际的云缝里射出来。

弗里茨、弗朗索瓦、詹姆斯和水手长一起,沿着刚刚退潮的海岸,踏着湿漉漉的沙滩向前走去。

不远处,大约十尺远的地方,沿着倾斜的海滩,杂乱地堆着一簇簇藻类植物,这些藻类大多属于海带类,或者褐藻类植物,海带的前端镶嵌着淡红色的边缘,还有狭长的丝带状墨角藻①,上面挂着葡萄状的果实,脚踩在饱满的颗粒上,果实随即爆裂开来。

这是一种含有营养成分的墨角藻,看到它们,约翰·布洛克不禁叫起来:

"哎呀,如果没有其他食物,这东西可供食用……在我老家,在爱尔兰的海港地区,人们用它酿制酱菜。"

沿着这个方向,他们继续向前走了三四百步,弗里茨和同伴们来到了最西端的悬崖峭壁脚下。岩壁从上到下,全部由巨石构成,表面光滑。悬崖笔直地插入海水里,拍岸的海浪把清澈的海水略微搅浑,但仍然可以看清,岩壁脚下的海水深度足有七,或者八个托阿斯②。

岩壁直上直下,根本不可能攀爬上去——简直太令人遗憾了,因为,他们十分需要爬上悬崖顶,看一看上面的平原是否同样荒凉贫瘠。此外,既然确认无法攀爬岩壁,同时也得确认,是否必须乘坐救生艇,才能绕过这座岩壁。最后,现在还必须做一件事儿,就是寻找一处山坳,作为在海岸逗留期间的居所。

于是,他们转身,顺着悬崖峭壁,朝海岸远处走去。

恰在此时,只见大群鸟儿飞向大海,它们要到黄昏时分才会返回。

---

① 墨角藻是一种贴附在岸边岩石上生长的褐藻,藻体多年生,扁平或圆柱形。
② 约合13.5米至15.5米。

四人来到悬崖的一处拐角，弗里茨、弗朗索瓦、詹姆斯和水手长遇见了一堆厚实，并且彻底干燥的海藻。由于最后一次涨潮的海水位于斜坡下面足有上百托阿斯远，因此，这堆植物不可能是被海浪冲到这里，尽管海滩是一座斜坡，但是，由于这片海域的南风势头很猛，因此，它们只能是被海风吹上来。

"我们缺乏木材，"弗里茨提醒道，"倘若被迫在这儿过冬，这些海藻可以作为燃料，够我们用很长时间……"

"这种东西作为燃料，烧起来太快！"水手长接着说道，"当然了，在我们把这类东西烧光之前……无论如何，今天总能找到点儿东西，能把我们锅里的水烧开……剩下的问题就是，我们打算往锅里放点儿什么！"

"我们去找。"弗朗索瓦回答道。

悬崖怪石嶙峋，蜿蜒曲折斜着插向东方。这些略显透明的岩石很容易辨认，它们大多为长石①，以及片麻岩② 堆积而成，还有体形硕大的花岗岩，它们属于火成岩③，因此极为坚硬。

看见这里的岩石结构，弗里茨和弗朗索瓦感觉它们与新瑞士海岸的岩石毫无相似之处，因为，从救命湾到失望角，那儿的海岸只有石灰岩，无论用铁锤，还是鹤嘴镐，都很容易雕凿。山洞之家的岩洞就是这样被发现的。如果是花岗岩，根本不可能雕凿山洞。

幸运的是，他们不需要雕凿山洞。

实际上，在悬崖脚下，距离岩壁百步远的地方，在一堆海藻的后

---

① 长石是地表岩石最重要的造岩矿物，也是长石族矿物的总称。
② 片麻岩是一种变质程度较深的变质岩，具有片麻状构造或条带状构造，主要由长石、石英、云母等组成。
③ 火成岩或称岩浆岩，是三大岩类的一种，指岩浆冷却后成形的一种岩石。

面，分布着好多个孔洞，好似一个巨大的蜂巢，散布着一个个单人房间，也许，这些孔洞是通往岩石内部的入口。

如果说，有一些孔洞内部空间狭小，另一些孔洞却很深，里面漆黑一团，而且入口处塞满成堆的海藻。不过，也许，在背风的地方，能找到几处洞穴，可以安置救生艇上的物资。

他们尽量在救生艇停泊位置附近寻找，弗里茨和同伴们朝东边的岩壁走去。那一侧的岩壁可能比较容易攀爬，因为，它的下部有一处斜坡，也许可以绕过去。如果那儿岩壁的上部十分陡峭，也可以沿着斜坡绕过去，斜坡那面可能对着大海，形成一处海岬。

他们的期待没有落空。恰巧，就在这处岩壁的拐角，出现了一座山洞，而且入口宽敞，很容易进出。这座洞口背向东边、北边和南边吹来的海风，只有西风可以袭扰它，不过，在这片海域，刮西风的时候并不多。

弗里茨、弗朗索瓦、詹姆斯，以及约翰·布洛克一起钻进山洞，里面光线足够亮，可以看清洞内全貌。山洞高度大约十一至十二尺，宽度约有二十尺，深度足有五十至六十尺，洞内形成参差不齐的空间，围绕中央大厅，好似分布着一个又一个房间。洞内细沙铺地，犹如一层地毯，没有潮湿的痕迹。洞穴只有一个出入口，很方便关闭。

"依我看，简直找不到比这儿更好的地方了！……"约翰·布洛克断然说道。

"我赞成这个说法，"弗里茨回答道，"无论如何，最让我焦虑不安的，还是这片海岸的异常荒凉，我真担心，悬崖上面的平原同样荒凉贫瘠……我们先在这座山洞里安顿下来，然后，走着瞧吧……"

"唉！"弗朗索瓦说道，"比我们在山洞之家的家差远了，我们那儿有豺狼溪，可是在这儿，甚至没发现一条淡水溪流！……"

"别急……别着急！……"水手长反诘道，"我们最终定能找到泉水，也许是在岩缝里，或者，是从崖顶淌下来的溪流……"

"无论如何，"弗里茨肯定道，"我们根本不打算在这片海岸定居……如果实在无法翻越这道悬崖，那么，我们就乘坐救生艇绕到另一侧去看看……如果我们抵达的是一座小岛，那么，在这儿逗留的时间就不会太久，只需等待古尔德船长康复……我认为，只需十来天就够了……"

"甭管怎么说，我们总算有了一栋房子……"约翰·布洛克接着说道，"至于这房子的花园，谁敢保证它没有坐落在附近？……也许就在海岬的另一侧？……"

大家走出洞穴，下坡穿过海滩，准备设法绕过悬崖峭壁。

这座洞穴坐落在一个海岬上，从这里到海边，距离百十来个托阿斯，海水拍打着岸边的礁石。海岬的这一侧，随处可见成堆海藻，但是，在另一侧，一点儿海藻也没有，只见巨石耸立，似乎是从悬崖顶坠落下来，正是这些巨石构成了悬崖峭壁。在洞穴附近，根本没办法翻越悬崖，然而，在救生艇停泊的地点附近，悬崖的高度降低许多，给攀爬者提供了一条通道。

他们还没有走到悬崖峭壁的尽头，水手长很快就听见了流水的声音。

实际上，就在距离山洞百十来步的地方，一条溪流正在岩石缝隙中流淌，形成一条狭长的瀑布。

他们钻过岩石间的缝隙，一直走到小溪畔，它的上游就是那条瀑布，溪水奔腾而下，注入大海。

"看呀……看呀……甘甜的淡水！……"约翰·布洛克高声叫道，边叫边用双手捧起溪水。

"清澈，甘甜……"弗朗索瓦确信无疑地说道，他刚刚喝下一大口溪水。

"既然如此，为什么在悬崖顶上面不会有植物呢？"约翰·布洛克提醒道，"虽然它仅仅是一条小溪……"

"在这个季节，"弗里茨说道，"由于天气炎热，溪流本应干涸，这说明，毫无疑问，到雨季时，这条小溪可望成为激流……"

"只要它还能继续流淌数日即可，"水手长语气温柔地说道，"我们对它的要求不算苛刻。"

现在，弗里茨和同伴们已经拥有了一座山洞，可以轻松安居，又拥有了一条溪流，可以把救生艇的水桶灌满淡水。至于如何利用本地物产，保证每天吃饱肚子，恐怕只能爬到悬崖顶上，或者绕到悬崖峭壁的另一侧才能解决，无论如何，这个问题性命攸关。

对于几位探险家来说，这个问题的解决前景很不乐观。蹚过溪流后，他们更加失望和沮丧。

在悬崖峭壁的另一侧，形成了一座小海湾，宽度大约四分之三里，周围是沙滩，沙滩后面是悬崖。在海湾的尽头，耸立着一座小山，山势陡峻，山脚径直插入海水。

看上去，这片海滩与海岬另一侧的海滩同样荒凉。作为植被，仅有地衣苔藓，还有被海浪冲上岸的海藻。难道救生艇停靠的是一座位于太平洋海域，遗世独立，荒无人烟的岩石小岛？……这个现实令人不寒而栗，却不得不面对。

看起来，没有必要继续走到位于海湾尽头的小山，于是，众人掉

在海湾的尽头，耸立着一座小山……

头下坡，准备返回救生艇的停泊地。恰在此时，詹姆斯伸手指向海滩，开口叫道：

"那里，我看见的是什么？……就在沙滩上……瞧呀……那些正在活动的小黑点儿……好像是老鼠……"

确实，从这么远的距离望过去，它们很像一群啮齿动物，正在向海水走去。

"老鼠？……"弗朗索瓦疑问道，"不过，即使是老鼠，如果属于麝香鼠一类，倒也算得上是一种猎物……你还记得吗，弗里茨？我们在搜寻蟒蛇的时候，曾经打死过上百只麝香鼠……"

"记得清清楚楚，弗朗索瓦，"弗里茨回答道，"而且，我还记得，由于这种肉有一股土腥味，大家都不太喜欢吃。"

"那好吧！"水手长宣布道，"只要烹饪得法，这些东西可以填饱肚子……不仅如此，毫无疑问……那些小黑点儿并非老鼠。"

"是吗，您觉得那是什么，布洛克？……"弗里茨问道。

"是一群乌龟……"

"您会不会弄错呀！"

水手长绝对不会看错，大家一向佩服他的眼力，那确实是一群乌龟，正在海滩沙地上爬行。

于是，除了弗里茨和詹姆斯仍在继续观察海岬，约翰·布洛克和弗朗索瓦溜到岩石的另一侧，准备截住那群乌龟的去路。

这种乌龟的个头并不大，身长也就十二至十五寸[①]大小，拖着长尾巴。这种乌龟主要以昆虫为食。正在爬行的乌龟大约有五十只，它

[①] 此处为法国古长度单位：法寸。1法寸约合27.07毫米。因此，这些乌龟身长约32至40厘米。

们并非爬向海边,而是爬向小溪的入海口,那里有许多滑溜溜的海带,都是退潮的海水留下的。

这儿的地面凹凸不平,略有起伏,很像一片沙丘,弗朗索瓦很快发现了这些乌龟的目的地。

"沙丘下面,有许多乌龟蛋……"他惊叫道。

"好呀,请把那些蛋挖出来,弗朗索瓦先生,"约翰·布洛克接着说道,"……至于我嘛,我负责捉住这些下蛋的老母鸡!……不用说,这可比拿鹅卵石煮汤强多了,不过,年轻的朵尔姑娘可能会不高兴……"

"乌龟蛋肯定受欢迎,您不用担心,布洛克。"弗朗索瓦确信道。

"而且,乌龟也是漂亮的猎物——做汤的味道一定鲜美,我保证!"

不一会儿,水手长和弗朗索瓦已经把二十来只乌龟翻成四脚朝天,它们被迫保持这种难受的姿势,等待束手就擒。然后,他俩捉了六只乌龟,还有十来个乌龟蛋,朝救生艇走去。

约翰·布洛克向古尔德船长讲述了这番经历,后者听得全神贯注。自从摆脱了海浪的颠簸,船长的伤口已经不那么疼了,高烧也开始减退,可以确信,休养一个星期后,他就能痊愈康复。大家都清楚,船长伤在脑袋上,如果伤口不是特别严重,应该不难痊愈,并且很快康复。那粒枪弹擦过脑壳侧面,撕裂了面部皮肤;不过,幸好没有伤及太阳穴,就差那么一点点儿。只要安心休养,加上细心照料,船长的伤势可望很快好转。

哈利·古尔德十分高兴地获悉,有一个小海湾,那里有很多乌龟,于是,大家把那里命名为"乌龟湾"。这东西可是健康食品,而且,据说数量可观,可供大家食用很长时间。甚至,还可以用盐腌制一些,储存在救生艇里,一旦需要重新出海,它们可备不时之需。

347

事实上，如果悬崖顶上像乌龟湾一样，既没有树林，也没有沃野，十分荒凉；如果，旗帜号的落难乘客歇脚的这块地方，的确只是遍地岩石的不毛之地，那么，他们就需要向北方航行，寻找更适宜居住的落脚点。

"哎，朵尔，还有您，珍妮，"弗朗索瓦回到救生艇上，立即问道，"我们不在的这段时间，你们垂钓有收获吗？……"

"有一点儿……"珍妮回答道，边说边用手指了指躺在甲板上的好几条鱼。

"而且……"紧接着，朵尔高兴地说道，"我们还有更好的东西请你们观赏……"

"什么东西呀？……"弗里茨问道。

"是淡菜①，海岬脚下有好多呢，"小姑娘回答道，"您看看锅里，已经煮了不少……"

"恭喜……你们的收获当真不错，珍妮……"弗朗索瓦说道，"不过，我们也没有空手而返，请看，这儿有一些蛋……"

"是鸡蛋？……"鲍勃惊叫道。

"是乌龟蛋。"弗朗索瓦回答道。

"乌龟蛋？……"朵尔反问道，"你们遇见乌龟了？……"

"整整一大群，"水手长接着说道，"而且，那儿还有很多……足够我们在这座海湾停泊期间享用……"

"我觉得，"古尔德船长不禁说道，"在放弃这块地方之前，我们应当更好地了解这片海岸，或者，应该爬到悬崖顶上……"

---

① 淡菜是贻贝科动物的贝肉，贻贝是双壳类软体动物，外壳呈青黑褐色，生活在海滨岩石上。

"我们要去试一试,船长,"约翰·布洛克回答道,"不过,不必操之过急,因为,我们已经可以在这儿生存,而且不用消耗仅存的压缩饼干……"

"我能理解,布洛克。"

"我们现在最希望的,船长,"弗里茨接着说道,"就是您安心休养,早日康复。希望您的伤口早日痊愈,希望您的体力早日复原……一个星期,或者两个星期,我们就在此地逗留,不用担心……等到您能重新站起来,可以亲眼看一看周围这一切,然后,由您来决定下一步怎么办。"

整整一上午,大家忙着把救生艇里的东西搬上岸,包括那袋压缩饼干、水桶、固体燃料、各种器皿,以及衣物,所有这些都被送进山洞。那只火炉被安置在岩壁拐角,准备用来烹制乌龟肉汤。

至于古尔德船长,他被弗里茨和水手长搀扶着送进山洞,那里,珍妮和朵尔用干燥的海藻铺了一张床,很舒适。躺在这张床上,船长终于安睡了几个小时。

第二十二章

安营扎寨 —— 海岸上的第一个夜晚 —— 弗里茨与珍妮 —— 古尔德船长的身体好些了 —— 争论 —— 难以攀登的悬崖 —— 十月二十六日至二十七日夜间

很难找到比这座山洞更理想的安居之所。山洞里参差不齐的壁凹，让每位居民都能根据个人爱好，独处一隅，互不打扰。

这些壁凹深浅不一，即使在大白天，壁凹里依然光线不足，因为整座山洞都处于半幽暗状态。不过，这一点无关紧要，因为，除非赶上恶劣天气，否则，大家只在夜间才会钻进山洞。天刚亮，哈利·古尔德就请人把他弄出山洞，沐浴在清晨的阳光下，呼吸有益健康的新鲜空气。

在山洞里，珍妮与自己的丈夫共同占据了侧面的一处壁凹。詹姆斯·沃斯顿伉俪，以及小鲍勃占据了另一处壁凹，当然，那处壁凹比较宽大，足够容纳三个人。弗朗索瓦在大厅的一个角落里安身，与哈利·古尔德，以及水手长做伴。这座天然洞穴相当宽敞，它究竟有多深，迄今为止，还没有人尝试弄清楚。

这一天的剩下时间，大家都用来休养生息，刚刚过去的一个星期里，救生艇的各位乘客历经各种考验，经历千辛万苦，勇敢地渡过了难关。现在，他们需要适应新的生活环境。大体上，他们决定在这座海湾内逗留十五天左右，这儿的物质条件似乎足以保证他们生活一段时间，因此，这个决定十分明智。无论如何，船长的身体依然虚弱，因此，约翰·布洛克并不希望很快动身。先解决当务之急，至于将来如何，只能走着瞧。

然而，如果这里只是位于太平洋的一座偏僻小岛，下一步该怎么办？他们是否需要离开这里，乘坐这条弱不禁风的救生艇，去面对这片海域随时可能出现的狂风暴雨？……如果做这样的尝试，可能遭遇怎样的结局？……

晚上，他们吃了第二顿饭，那是一锅用乌龟肉和乌龟蛋烹制的浓汤，弗朗索瓦领着大伙儿向上帝做了祈祷，随后，众人陆续钻进山洞。在珍妮和朵尔的照顾下，哈利·古尔德已经不再因为高烧而颤栗，伤口开始愈合，痛感大为减轻。看起来，船长可望很快痊愈康复。

夜间，没有必要站岗放哨，大家尽管放心，在这片荒凉的海滩上，既没有野蛮人，也没有猛兽。毋庸置疑，迄今为止，还没有人类造访过这片荒凉偏僻的海滩。悬崖顶上，传来成群海鸟尖锐凄厉的叫声，打破了海滩的沉寂。随后，海上风势逐渐减弱，终于风平浪静，直至太阳重新升起。

天刚亮，男人们钻出山洞。首先现身的是约翰·布洛克，只见他顺着海岬走下海滩，一直向救生艇走去。现在，小艇还漂浮在水面，但是很快，退潮的海水就会把它搁浅在沙滩上。小艇两侧船舷都拴着缆绳，以免艇身触碰到礁石，即使在潮水涨到最高位，即便东风劲吹时,救生艇也安然无恙。但是,如果海风从南边吹来,而且风势渐起,那就必须考虑换一处停泊地。不过,这个季节气候良好,应该不会骤然变天。

从海边回来,水手长找到弗里茨,与他谈起了这个问题。

"确实需要考虑这件事儿,"布洛克说道,"救生艇至关重要……我们住进了一座安全的山洞,这事儿办得漂亮……但是,我们不能住在山洞里漂洋过海,一旦到了亟需动身的时候……如果发生意外……千万别弄得我们措手不及。"

"这是当然,布洛克,"弗里茨回答道,"我们必须采取措施,不能让救生艇受到丝毫损坏……也许,在海岬的另一侧,能找到更稳妥的停泊地?"

"我们过去看一看,弗里茨先生,既然现在这边一切安好,我打算去那边捉几只乌龟……您愿意陪我一起去吗?……"

"不了,布洛克,您自己去吧……我过去看一看船长……安睡一晚之后,他应该退烧了……睡醒之后,船长一定很想商谈当前处境……我想守着他,顺便介绍情况……"

"您说得对,弗里茨先生,请您告诉他,眼下,一切安然无恙,不用担心。"

水手长走向海岬尽头,沿着小海湾,从一块岩石跳向另一块岩石,一直走向昨天他与弗朗索瓦捉到乌龟的地方。

弗里茨转身走回山洞,洞口旁,弗朗索瓦和詹姆斯正忙着抱回大捆海藻。沃斯顿夫人在照顾小鲍勃洗漱。珍妮和朵尔仍然守在船长身边。在悬崖拐角的炉子下,篝火噼啪作响,锅里的水快烧开了,冒出白色的热气。

弗里茨与哈利·古尔德交谈了一会儿，然后，与珍妮一起走下海滩。两人走出五十来步远，转身面向高高耸立、犹如监狱高大围墙的悬崖峭壁。

于是，弗里茨感慨万千，不禁说道：

"亲爱的夫人，我必须说出心里话，因为，自从幸运地在烟石岛遇见你，我们经历了许多事情！……我俩划着平底小艇，一起游历珍珠湾，那情景历历在目……然后，我们遇见了平底渔船，全家人一起返回山洞之家！……我与你一起度过了幸福的两年，享受快乐时光，岁月静好，生活安逸！……我们完全融入所处的生活环境，新瑞士岛以外的世界，似乎根本就不存在……如果不是因为想念你的父亲，我亲爱的珍妮，也许我们根本不会登上独角兽号……永远不会离开新瑞士……"

"你到底想要说什么呀，我亲爱的弗里茨？……"珍妮极力想要安慰弗里茨，不禁问道。

"我就是想告诉你，自从我们厄运缠身之后，我的心情有多么压抑！……是的，我深感内疚与悔恨，并且希望你能理解我的心情！……"

"面对厄运，"珍妮回答道，"不应当畏惧！……你是个勇敢的男人，弗里茨，精力充沛，怎么可能沮丧绝望？……"

"请让我把想要对你说的话都说出来，珍妮……那一天，独角兽号出现在新瑞士，在那儿……然后，独角兽号再次起航，载着我们驶往欧洲……从那一刻起，厄运不断降临到你身上……蒙特罗斯上校去世了，没能重新见到自己的女儿……"

"我可怜的父亲！……"珍妮说道，脸上露出悲戚的神情，"是的！

他没能把我搂在怀中,享受天伦之乐;也没能对我的救命恩人表达谢意,把女儿许配给他……这是上帝的意志,弗里茨,我们必须遵从……"

"是的,亲爱的珍妮,"弗里茨接着说道,"无论如何,你总算回到了英国……再次见到了祖国……你本来可以留在亲戚身边……过上宁静的生活……享受幸福时光……"

"幸福时光……没有你的时光,弗里茨?……"

"是呀,我的珍妮,因为,你经历过险境,并且奇迹般地生还,你本来用不着再次以身犯险……然而,你却同意随我返回我们的岛屿……"

"但是,弗里茨,你忘了我是你的妻子吗?……我怎么可能犹豫,舍不得离开欧洲,不愿意去那边,重新见到我热爱的人,你的家人?我的弗里茨,要知道,他们已经是我的家人了……"

"珍妮……珍妮……然而的确,是我让你再次陷入险境,而且,这次的险境让我不寒而栗……是的……我们现在的处境令人不寒而栗!……而你,你已经饱尝过这个世界的艰辛!……噢!这些叛乱的家伙,太可恶了……他们把我们遗弃在海上……而你,在多克斯号的海难事故中,你经历过死里逃生,却再次被抛到一座陌生的荒岛上,这里,甚至比你的烟石岛小岛还要荒凉贫瘠……"

"但是,我在这儿并不孤独,有你陪伴,还有你弟弟,以及我们的朋友们。这几位男士都很坚强。无论眼前的险境,还是今后可能遇到的危险,都不会让我畏缩害怕!……我还知道,你也将竭尽全力,帮助大家脱困……"

"我一定尽力而为,亲爱的,"弗里茨高声说道,"想到你在身边,我顿时勇气倍增。之前，想到你在身边，我曾经悔恨万分，真想跪在你面前……祈求你的原谅……都是因为我的缘故，倘若……"

"弗里茨，"少妇紧靠丈夫的胸口，回答道，"没有人能未卜先知……谁能料到船上会发生叛乱……更没人料到，这场叛乱居然导致我们被遗弃在海上……最好把那些倒霉事儿抛到脑后，多想一想幸运的事情！……在旗帜号上，我们本来可能被屠杀，但是，却被遗弃到这条救生艇里，准备忍受饥饿和干渴，经受暴风雨的侵袭……然而，这些并没有发生……我们来到了一处陆地，这里有吃有喝，还给我们提供了宽敞的居所！……虽然我们不知道这儿究竟是哪里，但是可以逐步了解它，必要时，我们还可以离开此地……"

"离开这儿又能去哪儿呢，我可怜的珍妮？……"

"去别的地方，正如水手长所说，去上帝指引我们去的地方！……我很信任水手长，我亲爱的弗里茨，我也很信任全体同伴……"

"噢！亲爱的夫人！"弗里茨叫道，"你的一番话让我恢复了勇气……幸亏我向你倾诉衷肠！……是的！……我们必须坚持，决不沮丧绝望……必须珍惜与我们在一起的同伴……我们要拯救大家……拯救所有人……愿上帝保佑……"

"祈求上帝，必得庇佑！……"弗朗索瓦说道，他刚刚听见哥哥说的最后一句话，"相信上帝，主不会抛弃我们！……"

珍妮充满信心地告诉弗朗索瓦，弗里茨已经重新振作起来，同伴们也将励精图治，努力改善当前处境。

将近上午十点钟，天气格外晴朗，古尔德船长躺在海岬尽头，享受日光浴。水手长绕着小海湾转了一圈，一直走到东边的小山脚下，不过，他无法走得更远，即使在退潮时，海浪依然汹涌地拍打着巨大的岩石，要想绕过小山，肯定白费力气。于是，水手长转身返回。

约翰·布洛克在小海湾遇见了詹姆斯，两人一起捉了几只乌龟，带回来一些乌龟蛋。出没在这片海滩上的乌龟，总共有百十来只。为了准备下次出航，有必要大量储备乌龟肉，以确保乘客们不饿肚子。

午饭过后，大家闲聊交谈，与此同时，珍妮、朵尔和苏珊蹲在小溪旁，忙着清洗换下来的衣物，由于气温升高，在阳光的直晒下，衣物很快就晾干了。紧接着，她们着手缝补衣服。一旦确定出发日期，她们要让每个人有备无患，随时登船。

至于这块土地究竟位于何方？……在没有测量工具的情况下，有办法估算定位吗？例如，根据太阳的子午高度，大致估计所处纬度？……这种观察的方法很不精确，然而，今天的观察结果却验证了古尔德船长此前的一个看法，即：这块土地位于南纬40度线与30度线之间。不过，对于南北走向的那根经线，却没有任何办法估算出来，尽管谁都知道，旗帜号当时位于太平洋的西部海域。

于是，众人再次商量如何爬上悬崖顶。在等待船长康复的这段时间里，能否搞清楚，救生艇到底停靠在了哪里，是大陆，岛屿，还是小岛？……面前的悬崖高达七百至八百尺，也许，距离此地不远的海上，还能找到另一片陆地？……为此，弗里茨、弗朗索瓦，还有水手长商量，一定要爬上悬崖顶。

好几天过去了，他们的境况没有任何变化。所有人都明白，必须设法摆脱眼下的困境。因为，大家担心，虽然天气一直不错，气温比较炎热，而且风平浪静，但是，这种处境迟早会恶化。

约翰·布洛克、弗里茨和弗朗索瓦跑遍了小海湾，无数次地在悬崖峭壁和小山之间往返，试图找到一条峡谷、一处凹槽，甚至一片不

她们要让每个人有备无患，随时登船。

太陡峭的斜坡，以便能够爬上悬崖，但是，始终徒劳无功。悬崖峭壁犹如堡垒高墙，难以逾越。

然而，船长的伤势很快就会痊愈了，现在，他的伤口已经结痂，只需缠绕一层薄薄的纱布，高烧逐渐消退，体温恢复正常。至于船长的体力，恐怕还需一些时日才能恢复。不过现在，哈利·古尔德已经不需要旁人搀扶，能独立在沙滩上行走。另一方面，他不停地与弗里茨，以及水手长商量，看看是否可能再次出海，向北方航行。在二十五日这一天，船长甚至一直走到小山脚下，并且亲自确认，根本无法从山脚绕到另一侧。

弗里茨陪着船长走了一趟，同行的还有弗朗索瓦，以及约翰·布洛克。弗里茨建议，让他跳进海水里，设法游到另一侧的海岸。不过，尽管他的水性很好，然而，山脚下浪高水深，因此，船长制止了这位勇敢年轻人的危险计划。一旦弗里茨被海浪卷走，谁知道他还能不能回到海边？……

"不，"哈利·古尔德说道，"这么干太冒险了，完全没必要……要想了解那一侧海岸的情况，我们可以驾驶救生艇过去，只要我们与海岸保持数链远的距离，视角还能更开阔……我担心，那边的海岸同样到处耸立陡峭悬崖，那我们就太不走运了……"

"如此说来，"弗朗索瓦总结道，"我们应该是在一座小岛上？……"

"有这种可能。"哈利·古尔德回答道。

"就算这样，"弗里茨接着说道，"然而，也许这座小岛并不孤立？……很可能，它隶属于某一座群岛，其他岛屿分布在北边、东边，或者西边？……"

"属于哪一座群岛呢，我亲爱的弗里茨？……"船长反诘道，"种种迹象显示，这片海域靠近澳大利亚，或者新西兰，倘若如此，在太平洋的这个区域，并不存在任何群岛……"

"属于某个海图上还没有标出来的群岛，"弗里茨说道，"谁敢说根本不存在这样一座群岛？……世人不是对新瑞士岛也一无所知吗？然而……"

"这有可能，"哈利·古尔德回答道，"但是，这样的群岛必然远离航海路线……否则，这种情况太少见，甚至根本不存在。新瑞士岛所在的印度洋海域，恰恰是海船从不经过的海域。但是，澳大利亚南边的海域，经常有航船往来，如果存在一座岛屿，或者一座稍微大一点儿的群岛，它们不可能不被航海家们发现。"

"我们一直假设，"弗朗索瓦接着说道，"我们现在位于新荷兰附近……"

"这很可能，"船长回答道，"而且，我理所当然地觉得，我们位于这块大陆的西南端，就在卢因角附近。如果是这样，就需要特别当心那里出没的澳大利亚土著，他们生性凶残。"

"因此，"水手长回答道，"我们宁愿守在这座小岛上，至少，在这儿见不到食人生番……"

"如果我们爬上悬崖顶，一切就能真相大白……"

"是的，"弗里茨回答道，"可是，没有任何地方可以爬上去。"

"甚至，就连攀爬峭壁也不行？……"古尔德船长问道。

"若想爬到一半的高度，难度不算太大，可以做得到，"弗里茨回答道，"但是，再往高处，峭壁直上直下，必须借助梯子，即便如此，也未必能够成功……倘若利用绳索，设法沿着悬崖缝隙，也许可以爬到顶，但是，根本找不到这样一道沟槽……"

"这样的话，我们只好利用救生艇，设法认识这片海岸……"哈利·古尔德说道。

"不过，船长，那得等您的身体彻底康复，在此之前，"弗里茨断然说道，"我们还需再等几天……"

"我已经好多了，弗里茨，"哈利·古尔德肯定道，"多亏了大家无微不至的照顾！……沃斯顿夫人、您的夫人，以及朵尔，只要看到她们，我感觉自己已经痊愈……因此，最多再等四十八个小时，我们就驾船出海……"

"往东航行，还是往西航行？……"弗里茨问道。

"根据风向吧……"船长回答道。

"我感到，"水手长接着说道，"这趟航行必将收获颇丰。"

考虑到这趟航行可能有去不回——必须强调这一点——弗里茨、弗朗索瓦，以及约翰·布洛克仍旧希望爬上悬崖。尽管岩壁极为陡峭，岩石崩塌滚落，他们还是爬到两百尺的高度，从一块岩石攀往另一块岩石，宛如羚羊，或者岩羊一般矫健灵巧。尽管如此，他们不得不止步于悬崖半腰。总之，这次尝试惊险万分，途中，水手长差点摔成骨折。可惜，只到半山腰，攀爬受阻，所有努力全都白费。悬崖上部如墙壁一般，表面平滑，根本找不到立足之处。他们从救生艇上取来缆绳，然而，岩壁却没有任何凸起可供悬挂，距离悬崖顶始终有六百尺，甚至七百尺的距离。

回到山洞，古尔德船长宣布了刚才的决定：两天之后，也就是十月二十七日，救生艇将要离开停泊地，沿海岸行驶。如果这是一次远行，可能持续数日，所有人应该上船同往。不过，本次航行的目的，仅是了解情况，因此，不如只安排船长、弗里茨，以及水手长同往。

这次尝试惊险万分……

他们三人驾驶救生艇,向北航行,不会离开太远。如果这片海岸显示,这儿确实是一座小岛,方圆不过两三里,他们随即返回,预计全部行程不超过二十四小时。

毫无疑问,这次分手的时间十分短暂,不用太担心。尽管如此,看着几位同伴离开,詹姆斯·沃斯顿伉俪、弗朗索瓦、珍妮,以及朵尔仍旧有些提心吊胆。谁知道他们会不会发生意外?……会不会遭遇土著的攻击?……会不会按时回来?……会不会一去不复返?……

对于这些顾虑,珍妮感同身受,她不仅心里这么想,而且坦率直言。她提出,由于这次分离的时间可能延长,会让大家本来就恐惧的心情,更加焦虑万分。弗里茨认为珍妮的看法不无道理,哈利·古尔德采纳了珍妮的意见,于是最终,双方一致同意,全体人员一同参与这次行动。

这个决定让大伙儿都很高兴。约翰·布洛克随即着手让救生艇做好出航准备,倒不是因为这条小船需要修理,自从被遗弃到海上以来,救生艇并未受到明显损坏,然而,必须做好远航准备,因为,他们可能会继续航行,一直驶往临近的另一块陆地。为此,水手长想方设法改善救生艇的条件,把上甲板封闭起来,至少,在遭遇狂风和巨浪袭击的时候,可以让乘客们感觉舒服一点儿。

大家耐心等待,储存物资,准备应对可能延长的航程。另一方面,既然可能永远离开乌龟湾,那就必须立即动手储备物资。此时,位于南半球的这个地区,天气良好的季节刚刚开始,必须很好地利用这个时机。想到在这个地方过冬天,怎能不让人感到恐惧?……在太平洋的这个地区,冬天的暴风雨十分猛烈,毫无疑问,山洞提供了可靠的藏身之所,足以抵御南方吹来的狂风暴雨。无疑,寒冷也不可怕,因为悬崖脚下堆积着大量海藻，提供了足够的燃料……然而，那些乌龟会不会被吃光？……到时候，他们是不是只能吃海水里捞上来的食物？……眼下，救生艇被停放在安全的地方，海浪冲击不到。然而，冬天的滔天巨浪会不会席卷整个海滨？……尤其在涨大潮的时候，他们还能拖拽得住小船吗？……哈利·古尔德、弗里茨，以及其他同伴，他们的臂力有限，缺乏必要的工具，既没有撬棍，也没有千斤顶，这条救生艇的分量沉重，他们用尽力气也搬不动！……

幸运的是，在一年当中的这个时候，他们只需提防偶尔出现的暴风雨。另一方面，在陆地上生活了半个月，无论体力，还是精神，所有人都已恢复元气，重拾信心。

二十六日上午，一切准备就绪。将近正午时分，弗里茨看见一些云彩聚集在南方天际，不禁有些担心。这些云彩还很遥远，但是颜色略显灰白。随后，海风渐起，紧接着海浪汹涌奔腾。即将来临的是一场暴风雨，而且将直接冲击乌龟湾。

迄今为止，海岬前端的岩石庇护着救生艇，使它免受东风的冲击，即使其他方向吹来的风，包括西风，也无法对它造成伤害，何况救生艇的船缆系得十分牢固，足以让它免遭巨浪撞击。然而，如果狂风巨浪从对面大洋上奔腾而来，救生艇就得不到庇护，它会不会粉身碎骨？……能否在小山附近，或者悬崖峭壁另一侧找到新的停泊地？根本不可能，即使在海面风平浪静的时候，那儿的海浪也汹涌澎湃……

"怎么办？……"弗里茨向水手长问道，后者默然无语。

唯一的希望，就是这场暴风雨在侵袭海岸之前就已结束，云消雾散。但是，侧耳倾听，虽然此时风势还不大，但远方的喧嚣声已经依稀传来。毫无疑问,远方的海面已经巨浪滔天,几缕疾风时断时续吹来,一层青灰色逐渐笼罩海面。

哈利·古尔德注视着海平线。

"我们即将面对恶劣天气威胁……"弗里茨对船长说道。

"我很担心,"哈利·古尔德承认道,"而且,这个威胁比我们想象的更可怕!……"

"我的船长,"水手长不禁说道,"这个时候,我们不能无所作为……就像海员们常说的那样,我们必须摩拳擦掌……"

"我们试一试,把救生艇拖拽到海湾深处,"弗里茨接着说道,他边说边招呼詹姆斯和自己的弟弟。

"试一试吧,"哈利·古尔德回答道,"现在涨潮,正好助我们一臂之力……与此同时,立即设法尽量减轻小船的分量。"

没有其他更有效的办法。全体齐心,尽力而为。船帆被卸了下来,运送到沙滩上,桅杆也被放倒,船舵被拆卸掉,船凳、桁木也都被拆下来,这些东西都被送上岸,运到山洞里面。

就在海水上涨到平潮的时候,救生艇被推送上岸,距离水边足有十来个托阿斯。然而,这点儿距离还不够,必须再向上拖拽这么远,才能完全避开海浪的冲击。

由于缺乏工具,水手长只好把木板塞到船壳龙骨下面,让拖拽变得容易一点儿,大家一起奋力从前边拽,在后面推。然而,白费力气,沉重的救生艇陷入沙滩,仅仅从潮水送上来的地方往前挪动了一尺。

夜幕降临,风势渐强,变成了一股飓风。厚重的乌云聚集在天穹,不时发出闪电的光亮,转瞬即逝,随即惊雷炸响,雷声在悬崖峭壁之间回荡,震耳欲聋。

退潮了,救生艇被搁浅在沙滩上,尽管如此,势头越来越高的海浪,依然能够拍打,并抬起小船的尾部。

恰在此刻,下雨了。大颗雨滴饱含着大气中的电能,击打在海滩的沙地上,犹如子弹般爆裂开来。

"亲爱的珍妮,"弗里茨说道,"你不能长时间站在外面……我求你了,回到山洞里去……还有您,朵尔……您也一样,沃斯顿夫人。"

珍妮不愿意离开自己的丈夫,不过此时,哈利·古尔德劝道:

"请进去,弗里茨夫人。"

"那么,您呢,船长,"年轻女士提醒道,"您现在不宜再去冒险……"

"您不用担心我,没事儿。"哈利·古尔德回答道。

"珍妮……我再说一遍,快进去……赶紧!"弗里茨说道。

直到雨点夹杂着冰雹,如霰弹般落下时,珍妮、朵尔和苏珊才匆匆钻进山洞。

哈利·古尔德与水手长、弗里茨、弗朗索瓦,以及詹姆斯一起守在救生艇旁边,拼尽全力与拍打海滩的巨浪抗争。此时,海浪滚滚,已经席卷了整座海滩。

十分危险。海浪不断从船舷两侧猛烈冲击小船,他们能否稳住小船免遭不测?……然而,如果救生艇被海浪冲毁,哈利·古尔德和同伴们如何在冬天来临之前,顺利离开这片海岸?……

他们一共有五个人,海水步步紧逼,浪花不时抬起救生艇,五个人紧贴船舷,扶住小船,把它稳住。

很快,暴风雨疯狂肆虐,耀眼的闪电一个接着一个,炸雷声冲击着悬崖峭壁,他们听见碎石滚落到岩壁下的海藻堆里。噢!但愿惊雷

海水步步紧逼，浪花不时抬起救生艇……

把悬崖撕开一道裂口，就好像炮弹炸开城堡的壁垒——这道裂口一定要从下直达悬崖顶！……

恰在此时，一股可怕的巨浪，足有二十五至三十尺高的大浪，借着狂风的势头，如旋风般席卷而来，冲上海滩。

在这股涌潮的冲击下，哈利·古尔德和同伴们一起被掀翻到海藻堆里，巨浪随后退回海里，不过，奇迹般地，他们谁也没有被巨浪卷走！

但是，最令他们担心的不幸事情发生了，救生艇被巨浪从沙坑中拔起，先是被推拽到海滩深处，接着又被卷回来，抛向海岬顶端的岩石，被撞得粉碎，救生艇的碎片在漩涡的泡沫里漂浮了一会儿，旋即消失在小山的拐角。

第二十三章

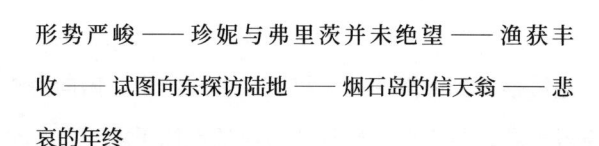

形势严峻 —— 珍妮与弗里茨并未绝望 —— 渔获丰收 —— 试图向东探访陆地 —— 烟石岛的信天翁 —— 悲哀的年终

古尔德船长和乘客们从未陷入如此糟糕的境地,而且,这处境还会恶化。虽然他们曾经乘坐救生艇在海上历险,但至少曾经有望得到过路海船的救助,或者抵达一块陆地。虽然他们并没有遇见海船,但毕竟登上了一块荒无人烟的陆地。而如今,他们却连离开这儿的希望都没有了。

"其实,"约翰·布洛克对弗里茨说道,"如果我们在海上遭遇这样一场暴风雨,小船必定倾覆沉没,我们也会沉入海底!"

弗里茨默然无语,冒着大雨和冰雹,一头钻进山洞,回到珍妮身边。朵尔和苏珊不禁同样心急如焚。幸亏这座山洞位于悬崖拐角,洞内尚未遭受海水浸泡。

午夜时分,暴雨停歇。水手长从悬崖下的一个洞穴里,抱来干燥的海藻,堆放在山洞入口,燃起篝火很快烤干了被暴雨和海浪浸湿的衣服。

肆虐的暴风终于减弱，此时，天空中闪电仍在继续，很快，乌云被风吹向北方，雷声逐渐远去。不过，远方的闪电仍不时地照亮海湾，风势依然强劲，喧嚣的海浪拍打着海滩。

天刚亮，男人们钻出山洞。凌乱的云团在悬崖上空飘荡，几朵低低的云团掠过崖顶。夜里，暴雷曾经击打悬崖好几次，巨大的岩石跌落到崖脚。然而，悬崖上并未出现任何缝隙，也没有出现裂纹，他们仍然没办法爬上崖顶。

哈利·古尔德、弗里茨，以及约翰·布洛克一起清点了救生艇剩下的物品，包括桅杆、前桅帆、三角帆、帆缆索具、船舵、船桨、抓钩、抓钩链、船凳木板，以及盛淡水的水桶。另外，还有大部分船骸碎片，这些东西应该没啥用了。

"不幸降临到我们头上，十分残酷！……"弗里茨说道，"更何况，还有三位可怜的女士……还有一个孩子！……我们已经无法离开这片海滩，等待大家的，将是未卜的命运！"

虽然弗朗索瓦笃信上帝，但是这一次，他保持了沉默，还能说什么呢？……

此时，约翰·布洛克自忖，这场暴风雨让大家变成名副其实的幸存者——这群幸存者还会受到其他伤害吗？……令人担心的是，那些乌龟是否也被巨浪卷走？沙堆下的乌龟蛋，是否已被冲刷打碎？……如果没了这些食物来源，损失简直难以估量！

水手长做了个手势，请弗朗索瓦过来，对他低声说了几句话。然后，两人一起翻过海岬，走下海湾，一直走向小山，沿途巡视一圈。

与此同时，古尔德船长、弗里茨，以及詹姆斯沿着海滩，朝西侧的悬崖峭壁走去。珍妮、朵尔和苏珊继续她们惯常的劳作——姑且将这类劳作称为家务活儿吧，虽然在如此恶劣的处境中，"家务活儿"这个词并不准确。小鲍勃天真无邪，独自在沙堆上玩耍，等着母亲煮开水，为他烹制一点儿软饼干。苏珊想到身处险境，自己的孩子难免受罪，心中焦虑不安！

珍妮和朵尔把山洞里的物品收拾妥当，走过来与沃斯顿夫人会合，三人交谈着，满腹忧愁……

她们的谈话内容，无非是眼下面临的严峻局面，还能有其他话题吗？与珍妮相比，朵尔和苏珊遭受的心理冲击更沉重，她俩眼泪汪汪，对未来简直丧失了信心。

"我们将来可怎么办？……"苏珊说道。

"不要丧失信心，"珍妮回答道，"别让我们的同伴陷入沮丧……"

"然而，"朵尔接着说道，"我们再也无法重新出发……等到天气恶劣的季节来临……"

"我对你，亲爱的朵尔，包括苏珊，"珍妮接着说道，"我再重复一遍，沮丧懊恼毫无意义！"

"可我还能心存任何希望吗？……"沃斯顿夫人高声叫道，她的精神已经濒临崩溃。

"您必须心存希望……是的！这是您的责任！"珍妮说道，"请想一想您的丈夫……想一想詹姆斯……如果他看到您哭天抹泪，内心只会加倍痛苦……"

"你很坚强，珍妮，"朵尔接着说道，"你经历过不幸，并且抗争过！……但是，我们……"

"你们？……"珍妮回答道，"别忘了，古尔德船长、弗里茨、弗朗索瓦、詹姆斯，以及约翰·布洛克，他们正在竭尽全力拯救我们大家……"

"他们能有什么办法？……"苏珊问道。

"我不知道，苏珊，但是，他们一定能够成功，我们能做的，就是不要放弃希望，不要让他们因为我们的绝望而灰心丧气！"

"我的孩子……我的孩子……"可怜的女士喃喃自语，不禁掩面痛哭……

此时，看到自己的母亲哭泣，鲍勃愣住了，瞪大双眼。

于是，珍妮把孩子揽过来，放到自己的双膝上，说道：

"宝贝，你妈妈有些担心！……她刚才喊你，你没有回答，于是，……你刚才正在玩沙子，是不是？……"

"是的……"鲍勃回答道，"我的朋友布洛克给我做了一条小船，我正在玩儿……不过，我想给这条小船装上一小片白帆，让它能够航行……沙坑里有好多积水，我想把小船放到水里……朵尔姑姑已经答应帮我做一片船帆……"

"是的，我的鲍勃……你今天就能得到那片船帆。"朵尔说道。

"那么，我想要两片船帆……"孩子接着说道，"就像我们来这儿时乘坐的那条救生艇，有两片船帆……"

"没问题，"珍妮回答道，"朵尔姑姑会给你做一片漂亮的船帆……而我呢，也给你做一片。"

"谢谢，谢谢，珍妮太太，"鲍勃回答道，边说边拍手，"可是，我们的那条大船去哪儿了？……怎么看不见它了呀！……"

"它开走了……去钓鱼了，"珍妮回答道，"很快就能回来……带回来很多鱼！……不过，你已经有了自己的船……你朋友布洛克送你的船……"

"是的……不过，我要让他帮我再造一条船，一条我能坐上去的

371

珍妮把孩子揽过来,放到自己的双膝上……

船……包括爸爸和妈妈……还有朵尔姑姑……珍妮太太……包括所有人！……"

可怜的小家伙！他可真是一语中的……取代那条救生艇……如何才能做到？……

"回去玩儿吧，亲爱的，"珍妮对他说道，"别离开我们太远……"

"不会的……就在那儿，不远，珍妮太太。"

随后，孩子拥抱了自己的母亲，蹦蹦跳跳跑走了，这个年龄的孩子全都是这样。

"亲爱的苏珊，亲爱的朵尔，"于是，珍妮说道，"就连上帝也不会忍心看着这个孩子而不予拯救！……不，上帝不会拒绝的……上帝对他的拯救，就是拯救我们！……求求你们了，别泄气，别哭泣……像我一样，充满信心，面对上帝，我始终坚信不渝！"

珍妮的这番表白，发自坚强的内心。她生性勇敢、不屈不挠，这种天性激励着她，甭管身临何种境地，从不绝望、轻言放弃。如果天气恶劣的季节来临前，这群幸存者还不能离开这片海岸——在此之前，为什么就不能有一条船前来接走他们？——大家就需要做好在这儿越冬的准备。这座山洞完全可以抵御恶劣天气……成堆的海藻提供了抵御寒冷的燃料……捕鱼，甚至狩猎可以提供足够的食物……依靠这些，就能保留一线希望……

首先，需要弄清楚，约翰·布洛克关于乌龟的担忧是否成真。还好……十分幸运，出去转了一个小时之后，水手长和弗朗索瓦回来了，按照惯例，手中照旧提着乌龟，它们都躲在褐藻堆下面。可惜，没有找到一枚乌龟蛋。

"不过，它们还会继续生蛋，这些温顺的畜生。"约翰·布洛克自

373

信地说道,"它们绝不会辜负我们给予的信任!"

听到水手长的这句玩笑,众人忍俊不禁。

古尔德船长、弗里茨,以及詹姆斯漫步走到悬崖峭壁跟前,汹涌澎湃的海浪从各个方向拍打峭壁的根部,他们再次确认,除非从海上,否则,根本无法绕过这堵墙。即使海面风平浪静的时候,拍岸的激浪也不允许任何小船靠近峭壁,即使最优秀的水手,也会被涌浪冲向大海,或者,被卷到岩石上摔得粉身碎骨。

他们只能想别的办法爬上悬崖,如今,这件事愈发显得无比重要。

"怎么办?……"这一天,弗里茨把目光盯向可望而不可即的悬崖顶,焦虑地说道。

"如果一座监狱的围墙高达千尺,那就休想成功越狱。"詹姆斯回答道。

"除非把墙壁凿穿……"弗里茨接着说道。

"凿穿这堆花岗岩……也许,它的厚度比高度还要大?……"詹姆斯说道。

"但是,我们总不能永远困在这座监狱里!……"弗里茨愤怒地做了一个无可奈何的手势,情不自禁地说道。

"耐心一点儿,要有信心。"弗朗索瓦接着说道,竭力想要安慰哥哥。

"耐心嘛,我倒不缺,"弗里茨反诘道,"但是,说到信心……"

是呀,信心究竟从何而来呢?……除非有一条船驶入这座海湾,他们才可能获救!……如果海面上出现一条船,水手长必须在海滩上,或者海岬尽头燃起熊熊篝火,然而,谁知道对方能否发现这个信号?……

自从救生艇停靠这片海岸以来,已经过去了十五天,如果眼下的处境得不到改变，他们还将在这里度过若干个星期。说到食物，古尔德船长和同伴们不得不依赖乌龟和乌龟蛋，以及约翰·布洛克弄来的一些甲壳类动物，诸如螃蟹和螯虾。平日里，水手长掌管捕鱼业务，弗朗索瓦担任助手，他们收获颇丰。他们利用救生艇木板上的铁钉，弄弯了做成鱼钩，拴在鱼线上，能钓来各种各样的海鱼，包括体长十二至十五英寸的鲷鱼，这种淡红色的鱼很漂亮，肉味鲜美，此外还有狼鲈鱼，或者海鲈鱼，甚至还有一种体形硕大的鲟鱼，捕捉这种鱼，必须使用活结绳索，才能把它拖到沙滩上。

另外，在这片海域里，生活着许多海狗①，可以算作不错的食物，从它们身上，还能提取脂肪，配上干燥的海带做灯芯，制成粗蜡烛。考虑到可能在此地越冬，必须未雨绸缪，在恶劣季节来临时，想办法度过那些漫长而阴暗的日子，不是吗？

在新瑞士岛的豺狼溪，每年的特定季节里，总会有无数鲑鱼涌来，沿溪溯流而上，不过，在这儿可找不到鲑鱼。然而，有一天，一群鲱鱼涌向那条小溪的入海口，并且搁浅在海滩上。他们捡了足有好几百条，利用干海藻燃起的篝火，把这些鱼儿熏成鱼干，大量贮藏。

"听人说，鲱鱼身上富含油脂？……"约翰·布洛克提醒道，"如果是这样，那可太好了……没想到，我们的运气真不错！……"

在过去的这六个星期里，他们尝试了很多次，企图爬上悬崖顶。然而，所有的努力都是白费力气。因此，弗里茨决定绕过东边的那座小山。不过，除了约翰·布洛克，他没有把这个想法告诉任何人。于是，十二月七日的那天早晨，他俩借口捡拾乌龟，并肩朝东边的海岬尽头走去。

---

① 海狗是生活在海洋里的哺乳动物，因其体型像狗，因此得名，又称"皮毛海狮"。

375

到了那儿，在一块巨石脚下，海浪汹涌，拍打着岩石，弗里茨若想绕过这块岩石，无疑需要冒生命危险。

水手长竭力劝阻，但是白费口舌……实在无可奈何，他只好答应帮助弗里茨。

弗里茨脱光衣服，在腰上系了一根长绳——那是救生艇船帆的升降索——约翰·布洛克紧紧攥住长绳的另一头，随后，弗里茨跳进海水中。

弗里茨面临双重风险——一方面，他可能被海浪掀起，抛到山脚的岩石上；另一方面，如果绳子断了，他可能被海浪卷走。

弗里茨尝试了两次，企图摆脱海浪的冲击，但是徒劳无功。第三次，他终于成功稳住身体，设法看见了小山的另一侧。随后，约翰·布洛克竭尽全力，把他拽回海岬岸边！

"怎么样……"水手长问道，"另一侧有什么东西？"

"除了岩石，就是峭壁！……"弗里茨喘息了一阵儿，回答道，"我只望见一座又一座海角和岬头……悬崖一直伸展向北方……"

"对此，我倒并不觉得特别意外……"约翰·布洛克无可奈何地说道。

当这次尝试，以及尝试的结果被公之于众——珍妮知道后惊诧骇然！——所有人都觉得希望彻底破灭了。

可以确定，这里不是一块可供居住，而且荒无人烟的土地，这儿就是一座小岛，古尔德船长和同伴们再也无法离开的小岛！……

遗憾之情令人伤心欲绝，面临的处境更显严峻！倘若没有那次叛乱，早在两个月前，旗帜号上的乘客就已回到丰饶富庶的希望之乡！……如今，前途未卜、吉凶难料，人人难免恐惧不安！……他

弗里茨尝试了两次,企图摆脱海浪的冲击……

们迟迟未到，新瑞士岛上的两家人会怎么想？……会不会认为那艘轻巡洋舰已经沉入海底？……从此，他们再也见不到弗里茨、珍妮、弗朗索瓦、詹姆斯、苏珊，还有朵尔……如果这艘巡洋舰真的沉没了，海难事故会不会发生在从新瑞士驶往欧洲的途中？发生在停泊于开普敦之前，还是之后？……

事实上，留在新瑞士的亲戚朋友们应该比古尔德船长及其同伴们更为焦虑！……因为至少，后者知道，留在新瑞士岛的亲戚朋友们安然无恙！

想到这些，幸存者们的恐惧不安，转变为对前途的忧虑，因为毕竟，不知何时才能摆脱眼下的困境。

除此之外，还有一件事儿，如果让幸存者们知道，他们的恐惧将有增无减。迄今为止，仅有哈利·古尔德与水手长两个人知道此事，那就是：乌龟的数量正在明显减少，毕竟，他们每天都要吃掉一定数量的乌龟！……

"也许，"约翰·布洛克说道，"这种情况表明，这些畜生知道一条地下通道，可以在海岬东西两侧穿行，很不幸，我们没办法跟着它们进入这条通道……"

"无论如何，布洛克，"哈利·古尔德提醒道，"不要把这件事儿告诉任何人……"

"放心吧，船长，我之所以把这件事告诉您，是因为我对您无话不谈……"

"这样很好，布洛克。"

从此，水手长更加卖力地投入捕鱼业务，因为，虽然陆地上的食物即将匮乏，但海洋依然慷慨大度，充分供给。确实，如果只吃海产品,包括海鱼、海产软体动物,以及甲壳类动物,早晚会让人吃腻,身体不适……如果因此导致疾病,岂不是让悲惨处境雪上加霜?……

时间来到了十二月份的最后一个星期。天气始终良好,偶尔也会降临一阵风雨,但是肆虐程度远不及第一次。天气很热,有时异常炎热,让人难以忍受,幸亏悬崖遮挡住阳光,把阴影投射到海滩上,这道弧形阴影一直延伸向北方的地平线。

在这个季节,这片海域飞翔着无数海鸟,不仅有各种鸥鸟,还有海番鸭、海鸥、军舰鸟,它们都是海滩上的常客。不时地,天空中掠过成群的鹤,以及苍鹭。这些都让弗里茨回想起在天鹅湖,以及希望之乡的农场附近狩猎的幸福时光。在东边的小山顶,还出现过鸬鹚,那模样很像珍妮的那只宠物,这家伙如今居住在山洞之家的饲养场里。天上翱翔着信天翁,与当年帮助珍妮从烟石岛捎信的那只一模一样!

不过,这些海鸟全都可望而不可及,有时候它们落在海岬歇息,如果要想接近它们,根本就是白费力气,只见这些海鸟振翅飞起,很快掠过那道难以逾越的小山顶。

这一天,古尔德船长、弗里茨和弗朗索瓦听见水手长呼唤,一齐来到海滩上。

"看呀……快看呀……"约翰·布洛克不停地叫道,边喊边用手指着悬崖顶。

"看见什么了?……"弗里茨问道。

"怎么,"约翰·布洛克接着说道,"您没有看见那一排小黑点儿吗?……"

"那些都是企鹅。"弗朗索瓦回答道。

"确实,都是企鹅,"哈利·古尔德确认道,"尽管看上去它们的个头像小嘴乌鸦，那是因为它们待的地方太高了……"

"如此说来，"弗里茨观察道，"既然这些鸟儿能够爬到悬崖顶，那就说明，悬崖的另一侧有可供攀登的斜坡！……"

这一点不言而喻，因为企鹅身躯沉重、动作笨拙、翅膀退化，根本不可能飞上悬崖。如果悬崖的南侧没有可供攀爬的斜坡，那就很可能是从北侧爬上去的。然而，由于没有了救生艇，他们已经无法从海面绕到海岸另一侧，因此，只好放弃爬上崖顶的幻想。

这一年，真是倒霉透顶的一年，圣诞节充满悲怆凄凉的气氛！……如果在山洞之家大厅，两家人与古尔德船长，以及约翰·布洛克在一起欢度圣诞之夜……想到这儿，众人的悲痛之情难以言表！一种被抛弃的感觉油然而生，众人在绝望的祈祷中度过这个节日。

不过，必须指出，尽管历经磨难，这小群人的身体状况尚无大碍。至于水手长，既没有灰心气馁，也没有陷入绝望。

"我发胖了，"他不停地说道，"是的……我发福了！……因为终日无所事事，难免发胖！"

无所事事，哎呀！可惜，很不幸，在这样的困境中，确实无能为力！

二十九日下午，发生了一次意外，这次意外虽然不足以改变现状，但却让人回忆起幸福的时光。

一只海鸟落在了海岬上，那个地方恰好可以让人接近。

这是一只信天翁，无疑，它从远方飞来，疲惫不堪，趴在一块岩石上，脚掌伸直，翅膀耷拉着。

弗里茨尝试着，想要逮住这只海鸟。谁都知道，他最擅长使用套索，如果利用救生艇升降索，打上活结，也许，他能成功？

水手长准备好长绳，弗里茨小心翼翼，开始往海岬上攀爬。

所有人把目光盯向弗里茨。

海鸟一动不动，弗里茨接近到只有几个托阿斯远的地方，甩出套索，恰好套住了那只信天翁。

信天翁刚想挣脱，弗里茨一个箭步冲上去，双手抱住，然后把它带回沙滩。

恰在此时，珍妮情不自禁地叫道：

"是它，"珍妮不停地叫道，用手抚摸着鸟儿的羽毛，"……就是它……我认识它……"

"怎么……"弗里茨惊问道，"难道是那只……"

"是的……弗里茨……就是我的那只信天翁……我在烟石岛的伙伴……我曾经在它的脚上绑过一封信，那封信落到了你的手上……"

怎么可能？……珍妮会不会弄错了？……时间已经过去三年，这只信天翁再也没有返回那座小岛，又怎会飞到这片海岸来？……

珍妮没有弄错，这点可以确定，因为，珍妮从这只海鸟的一只脚上找到了绑着的细绳。至于当初弗里茨绑上去的那块布条，上面还写了几行字的回信，如今已经无影无踪。

如果这只信天翁是从那么遥远的地方飞来，那是因为，这种鸟儿是飞行健将，善于长途飞翔。毋庸置疑，这只信天翁从印度洋的东部，一直飞到太平洋的这片海域，也许，跨越的距离足有上千里！……

不用说，作为来自烟石岛的信使，这只信天翁受到精心照顾，备受爱抚。它简直就是几位幸存者与远在新瑞士的家人与朋友之间唯一联系，难道不是吗？……

两天之后，一八一七年结束了。这一年的最后几个月充满了不幸，在新的一年里，等待他们的将是什么？……

381

第二十四章

关于信天翁的谈话 —— 小鲍勃与鸟儿的友情 —— 制造蜡烛 —— 又一件伤心事 —— 徒劳绝望的寻找 —— 信天翁的叫声

根据这座小岛所处的位置,如果古尔德船长估算得不错,这个地方的夏季应该不超过三个月。夏季的三个月过后,天气恶劣的冬季即将来临,到那时,寒风凛冽,暴雨倾盆。海面上出现过往船只,并且发出信号召唤它的希望变得极为渺茫,乃至完全消失。因为,在每年的这个季节里,水手们都会尽力避开这片海域。不过,在冬季来临之前,也许会发生某些意外事件,彻底改变局面,虽然这种可能性微乎其微。

十月二十六日是一个阴暗的日子,那一天,他们的救生艇被彻底摧毁,自那天以来,他们的处境始终如一,没有变化。生活千篇一律,这几位生龙活虎的男人,如今游手好闲,却又无可奈何,度日如年!面对监狱围墙般的悬崖峭壁,他们游荡徘徊,目光不断扫视着荒凉的海面,他们费尽心机,竭尽全力,勉强防止自己堕入绝望。

白天的时间漫长,每次,总是由珍妮挑头,发动大家交谈磋商。

这位勇敢的年轻女士喜欢活跃周围的气氛，想方设法为大家排解忧愁，发动讨论各种方案，言辞犀利、眼光精准。弗里茨与珍妮经常交流，甚至不用说话，都能理解对方的想法。古尔德船长与约翰·布洛克时常谈论前途的路在何方。有时候，他们也会考虑，这座小岛的位置究竟是否如同自己的估算，位于太平洋的西部。对此，水手长始终有些疑惑不解。

"是不是因为那只飞来的信天翁，让你若有所思？……"这一天，船长向水手长问道。

"我承认，"约翰·布洛克回答道，"我觉得，这件事绝非毫无来由。"

"于是，布洛克，你由此得出结论，这座小岛的位置，比我们估算的更靠北方？……"

"是的，我的船长……而且，谁知道呢？……距离印度洋不远……与其他众多鸟类相比，一只信天翁可以轻松飞越数百里，中途无需休息……"

"我知道……"哈利·古尔德回答道，"但是，我也知道，博鲁普一心想要驾驶旗帜号直奔太平洋海域！在我们遭受非法监禁、被关在底舱的八天里，海面上刮的是什么风？我觉得，而且你也同样觉得，当时刮的是西风……"

"对此，我并无异议，"水手长回答道，"然而，这只信天翁……它是从近处飞来的？……还是来自远方？……"

"即便可能如此，布洛克，即便我们估算错了这座小岛的位置，即使这座小岛距离新瑞士只有数里之远，或者数百里之遥，这有什么区别，反正我们不可能离开这座小岛！"

是呀！古尔德船长的结论完全正确。此外，各种迹象显示，旗帜

383

号当初的确是驶往太平洋,距离新瑞士岛所处海域很远,甚至相当遥远。然而,约翰·布洛克的想法,别人也同样想到过。甭管怎么说,烟石岛的这只海鸟,似乎给大家带来了某种希望。

不用说,这只海鸟很快就恢复了体力,而且,它既没有感到害怕,也没表现出愤怒,轻而易举地就被驯服了。很快,这只信天翁在海滩上溜达起来,寻觅海藻的浆果,或者灵巧地捕食海鱼。看起来,它根本就没打算飞走。

比方说,有时候,它会飞起来,沿着海岬翱翔,然后栖息在悬崖顶,低声尖叫。

"哎!"这时候,水手长就会说道,"它在邀请我们上去呢!……不过,倘若它能把那双翅膀借给我,我保证也能一鼓作气飞上去……站在那儿看一看悬崖另一侧……确实,也许另一侧未必比这边更好,不过,至少能弄明白!……"

弄明白!……自从弗里茨看到了小山的另一侧,发现那边遍布悬崖峭壁,同样高不可攀之后,难道不是已经弄明白了吗?

信天翁的最好朋友之一,就是小鲍勃。小家伙与海鸟之间,迅速地结下了深厚的友情。他俩一起在沙滩上嬉戏。鲍勃时常挑逗信天翁,后者毫不畏惧;信天翁用喙啄鲍勃,小家伙同样满不在乎。每当天气发生变化,两个伙伴一起躲进山洞,信天翁在洞里找了个地方,每天夜里睡在那儿。

总之,除了这件看上去毫不起眼的事情,眼下单调乏味的生活中,再也没有发生任何足以引起古尔德船长和同伴们关注的意外事件。

尽管如此,谨慎起见,众人开始认真考虑在此地越冬的可能性。除非天降福音——对此,几位幸存者已经不抱希望——他们很可能需要在这里度过长达四至五个月的天气恶劣季节。在这个纬度地区，在太平洋海域，飓风肆虐无度，狂暴骇人，往往导致大幅度降温。

古尔德船长、弗里茨，以及约翰·布洛克经常谈论这个话题。既然无法回避未来可能出现的威胁，那就不如直面相迎。救生艇被摧毁之初，他们曾经灰心气馁，但是，如今已重新振作，准备迎接挑战。

"哎！我们有三位女士，还有一个孩子，处境变得尤为困难。"哈利·古尔德不断说道，"如果在这儿，只有男人就好了……"

"说那个没用的，还不如干点儿正经事。"弗里茨回答道。

冬季即将来临，一个严重的问题摆在面前：如果气温急剧下降，如果需要一个取暖火炉，而且昼夜不熄，会不会导致燃料供应不足？……

对此不必担忧。每天涨潮时，海水把许多海藻冲上海滩，并且很快就被阳光晒干，只需贮藏即可。不过，这种海藻在燃烧时，往往产生呛人的浓烟，如果在山洞里燃烧干海藻取暖，洞里的空气会变得令人无法忍受。因此，最好是用救生艇的船帆，把山洞口遮挡起来，而且要足够结实，以便抵挡冬季横扫悬崖脚的飓风。

还有一个必须解决的问题，就是山洞里的照明。因为，恶劣的天气可能阻止大家外出劳作。

在珍妮和朵尔的帮助下，水手长和弗朗索瓦负责利用海狗的脂肪，大量制作粗蜡烛，这些海狗经常出没于海岬附近，捕捉起来毫不费力。

约翰·布洛克制作蜡烛的方法，与山洞之家的制作工艺如出一辙：首先融化脂肪，得到一种油脂，冷却后凝固。由于缺乏泽玛特先生利用收获棉花制作的棉绳，水手长只好把干海藻搓成细绳，刚好可以充当灯芯。

接下来的问题就是衣服,现在每个人衣衫单薄,如果他们被迫在这片海岸上长期生活,到哪里寻找替换衣服?……

"显然,"这一天,水手长说道,"一旦遭遇海难事故,被抛弃到了荒岛上,最谨慎的做法,就是设法弄到一条船,船上装满您所需要的任何物资……否则,您的日子会很难熬!"

是的,新瑞士岛上的居民就是如此,他们恰好拥有了地主号的残骸。

十七日那天下午,发生了一个意外,谁也无法预料这件事情的后果,大家为此忧心忡忡。

大家都知道,鲍勃特别喜欢和那只信天翁一起玩儿,每当他在海滩上嬉戏时,他的母亲总会不错眼珠地盯着,生怕孩子跑远了,因为这孩子总喜欢攀爬海岬脚下的岩石,喜欢追逐海浪奔跑。不过,如果他和信天翁一起待在山洞里,他的母亲就会放心,让两个小家伙独自相处。

将近下午三点钟的时候,詹姆斯·沃斯顿正在帮助水手长整理桁木,准备用来制作一个门,给它蒙上厚实的帆布,然后支在山洞入口。珍妮、苏珊和朵尔坐在角落里缝补衣物,旁边是那只火炉,火上支着小锅,锅里的水已经开了。

时间到了,每天这个时候,鲍勃都会来吃东西。

于是,沃斯顿夫人朝着山洞走了几步,嘴里呼唤着孩子。

鲍勃没有回答。

苏珊转身走下海滩,大声呼叫鲍勃,依然没有回答。

于是,水手长也叫了起来:

"鲍勃……鲍勃!……该吃饭了!"

孩子依然不见踪影。与此同时,谁也没看见他在沙滩上奔跑。

"他刚才还在这儿……就在我们身边……也就是一会儿的工夫……"詹姆斯肯定地说道。

"这个小家伙,跑哪儿去了?……"约翰·布洛克自言自语道,边说边朝海岬上爬去。

此时,古尔德船长、弗里茨,以及弗朗索瓦正在悬崖脚下溜达。

鲍勃没有跟他们在一起。

水手长双手围成喇叭状,放到嘴边,不停地反复叫道:"鲍勃……鲍勃!"

孩子依然毫无踪迹。

詹姆斯跑去找到船长和那两兄弟。

"你们有没有看见鲍勃?……"他焦虑万分地询问道。

"没有。"弗朗索瓦回答道。

"半个小时之前,我曾经看见过他,"弗里茨肯定地说道,"他当时正与信天翁一起玩耍……"

于是,所有人一齐,分头向不同方向呼唤起来。

毫无结果。

弗里茨和詹姆斯立即朝海岬跑去,爬到海岬的岩石上,用目光巡视整座小海湾。

什么也没有,既看不见孩子,也看不见信天翁。

他俩跑回来,找到同伴们,他们都站在珍妮、朵尔,以及沃斯顿夫人身旁,苏珊焦虑万分,脸色刷白。

"可是,你们在山洞里面寻找过吗?……"古尔德船长问道。

确实,鲍勃很可能钻进山洞里面了。可是,刚才大家呼唤了好久,

苏珊焦虑万分,脸色刷白。

他为什么还不出来？……

弗里茨一个箭步跑进山洞，把每个角落搜了一遍，然后，钻出山洞，孩子并未跟出来。

沃斯顿夫人惊慌失措，疯了似的跑来跑去。

很可能，孩子滑落进了岩石缝隙，跌到海水里……总之，一切最可怕的情况都可能发生，因为，鲍勃已经无影无踪。

必须抓紧时间，去海滩，甚至去小海湾寻找。

"弗里茨……詹姆斯……"古尔德船长说道，"你俩随我来，沿着悬崖脚下寻找……也许，鲍勃藏在海藻堆里？……"

"去找吧，"水手长回答道，"与此同时，我跟弗朗索瓦先生一起，我们去小海湾找一找……"

"至于悬崖那边，"弗朗索瓦接着说道，"鲍勃可能会去那儿攀爬，也许跌到哪个石穴里……"

大家分头行动，几个人向右，另外几个人朝左边跑去。珍妮和朵尔守在沃斯顿夫人身边，想方设法安慰，劝她不要着急。

半个小时之后，大家回来了，徒劳无功。海湾周围一个人都没有，谁也没有找到孩子的任何踪迹，四处呼唤也得不到回应。

苏珊绝望了，禁不住放声大哭，浑身颤抖，声嘶力竭。不管她是否愿意，众人把她扶进山洞，苏珊的丈夫陪在身边，默然无语。

山洞外面，弗里茨说道：

"这个孩子绝对不会丢失！……我再说一遍，大约一个小时之前，我曾经在海滩上见过他，活蹦乱跳，而且他并没有靠近海边……当时，他手里攥着一根绳子，绳子一头拴着一块石头……那只信天翁与他一起玩耍……"

"但是，说实话，那只海鸟去了哪里？……"弗朗索瓦问道，边说边转过身去寻找。

"是呀……那只鸟儿去哪儿了？……"约翰·布洛克接着说道。

一开始，谁也没有注意这一点，水手长也刚刚发现，信天翁不见了。

"他们两个会不会一起失踪了？……"古尔德船长提醒道。

"恐怕是这样。"弗里茨回答道。

众人把目光一齐投向周围，特别是各处的岩石，因为，信天翁经常在那些岩石上栖息。

谁也没有看见那只鸟儿，也没有听见它的叫声，在众多海番鸭、海鸥，以及其他鸥鸟的叫声中，这只信天翁的叫声很容易辨认。

它很可能飞上了悬崖顶，或者飞到海岸别处更高的地方去了，因为这只信天翁非常熟悉这片海岸，也熟悉生活在这儿的幸存者，特别是珍妮。不过，无论如何，小男孩并不会飞，他……最多也就是紧追着信天翁，一直跑到海岬上面。再说了，弗朗索瓦和水手长去那里寻找过，这种可能性已被排除。

可是，鲍勃的失踪与信天翁的失踪究竟有没有联系？通常情况下，他俩形影不离，而且现在，他俩又同时不见了踪影！……至少，这事儿太奇怪，十分蹊跷。

天快黑了，面对悲痛欲绝的孩子父母亲，看到苏珊语无伦次，几乎丧失理智的样子，众人忧心忡忡。珍妮、朵尔、古尔德船长，以及他的同伴们都手足无措，不知如何是好。考虑到孩子是否可能掉进某个石窟窿，而且可能在里面待上一整晚，大家抓紧时间继续寻找。考虑到鲍勃可能跑到小海湾的尽头，他们在海岬上用海藻燃起一堆篝火，希望给小家伙指引方向。大家折腾了好半天，找到鲍勃的希望彻底破灭。那么，第二天，他们的运气能比头一天更好吗？……

所有人回到山洞里，不是为了睡觉——怎么可能睡得着？——他们轮流走出山洞，注意观察，侧耳倾听，只能听见拍打海岸的阵阵海浪声，无可奈何，只好返回山洞，坐下来，一言不发。

自从古尔德船长与同伴们来到这座荒凉的海岸，这是他们度过的最痛彻心扉，也是最令人绝望的一晚。

将近凌晨两点钟，原本繁星闪烁的天空开始出现云彩，从北方吹来强劲的海风，云朵从那个方向疾驰而来，堆积在天空的各个角落。如果说，此时的云团还不算太厚，却以极快的速度笼罩了悬崖的东侧和西侧天空。海水已经退潮了。

很快，随着涨潮的海水，海浪又将重新拍打在海滩上。

恰在此时，沃斯顿夫人站了起来，众人没有来得及拉住，她已经快步冲出了山洞，歇斯底里般地放声大叫：

"我的孩子……我的孩子！"

众人费尽力气才把苏珊稳住，詹姆斯走到妻子身边，紧紧搂住，把痴呆麻木的苏珊搀回山洞。

不幸的母亲躺倒在海藻堆上，往常，鲍勃总是在那儿，依偎在她身旁。珍妮和朵尔竭力设法安慰苏珊，但是很难让她恢复平静。

这一晚剩下的时间里，海风不停地吹，在悬崖上空咆哮肆虐。弗里茨、弗朗索瓦、哈利·古尔德，以及水手长多次轮番到海滩上巡视，生怕看见涨潮的海浪把小家伙的遗体推上沙滩……

然而，没有，什么也没有！……难道海浪把小家伙冲走了？……

将近凌晨四点钟，海面处于平潮状态，很快开始退潮，此时，晨曦初现，东方海平线露出鱼肚白。

391

此时，弗里茨倚在洞内的岩壁上，似乎听见岩壁后面传来某种叫声。他侧耳倾听，生怕自己听错了，于是走到船长身旁。

"您跟我来……"他对船长说道。

哈利·古尔德不知道弗里茨想要做什么，也没打算问一问，转身跟了过去。

"您听……"弗里茨说道。

古尔德船长侧耳倾听。

"我听到的是鸟叫……"他说道。

"没错！……是鸟儿的叫声！……"弗里茨确信道。

"也就是说，在岩壁后面，还有一个洞穴……"

"毫无疑问，而且，应该有一条连接外面的通道……否则，怎么解释？……"

"您说得对，弗里茨。"

约翰·布洛克也凑了过来，弄明白发生了什么事儿。他把耳朵紧贴在岩壁上，突然叫道：

"这是信天翁的叫声……我听得出来……"

"如果是那只信天翁……"弗里茨说道，"小鲍勃应该也在那儿……"

"但是，这俩小家伙是从哪儿钻过去的？……"船长问道。

"这个嘛……我们会弄清楚！"约翰·布洛克说道。

弗朗索瓦、珍妮和朵尔很快也知道了这件事儿。詹姆斯和夫人重新看到了一线希望。

"他在那儿……他就在那儿……"苏珊不停地说道。

约翰·布洛克点燃了一根粗蜡烛。毫无疑问，那只信天翁就在这面岩壁的后面，因为，它的叫声没有停止，不断传来。

不过，在去山洞外面寻找隔壁洞穴的入口之前，首先应该检查一下，山洞里面的岩壁上，有没有通往隔壁洞穴的缝隙。

水手长手里举着粗蜡烛，开始审视这面岩壁。

在岩壁的表面，约翰·布洛克只找到了几条很小的缝隙，信天翁根本不可能钻过去，更不用说鲍勃了。确实，在岩壁下部，有一个直径二十至二十五英寸的空洞伸入地下，如果那只海鸟和孩子要想钻过去，这个洞口足够大。

不过，此时，信天翁的叫声停止了。所有人，包括古尔德船长、水手长，以及弗里茨开始担心是不是找错了通道。

于是，珍妮走过来，取代约翰·布洛克，弯下腰靠近那个洞口，连续呼唤信天翁，因为，这只海鸟熟悉她的声音，喜欢她的抚爱。

信天翁叫了一声，作为回答，几乎与此同时，它从小洞里钻了出来。

"鲍勃……鲍勃……"珍妮连续呼唤道。

孩子既没有回答，也没有现身……难道他没有与信天翁一起待在岩壁的后面？……孩子的母亲不禁发出了一声绝望的喊叫……

"等一下……"水手长说道。

他蹲下身子，用手把下面的沙子抛到身后，把洞口扩大。几分钟之后，洞口变得足够让他钻进去……

一分钟过去，水手长把昏迷的鲍勃送了出来，在母亲不停的亲吻下，小家伙很快苏醒了。

393

水手长把昏迷的鲍勃送了出来……

第二十五章

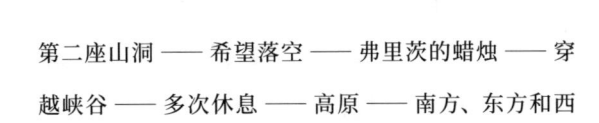

第二座山洞 —— 希望落空 —— 弗里茨的蜡烛 —— 穿越峡谷 —— 多次休息 —— 高原 —— 南方、东方和西方,啥都没有 —— 准备下山的那一刻……

经历过一番可怕的精神打击后,沃斯顿夫人需要一点时间才能康复。甭管怎样,鲍勃总算失而复得,对于一位饱受折磨的母亲来说,孩子给自己带来的慰藉是最有效的镇静剂!

刚才究竟发生了什么,大家猜得出来。鲍勃在与信天翁玩耍的时候,跟着它跑进了山洞的最深处。海鸟钻进了这条狭窄的通道,鲍勃跟着也钻了进去。通道另一头通往另一座黑暗的洞穴,当小家伙想要离开那里时,却找不到出口了。一开始,他大声喊叫……但是谁也没有听见……然后,不知什么缘故,小家伙陷入昏迷,不过幸运的是,弗里茨听见了信天翁的叫声。

"现在好了,"水手长说道,"鲍勃回到了母亲的怀抱,结果总算圆满……也多亏了他,让我们发现了第二座山洞……不过,它对我们没有多大用处……有一座山洞已经够用了,甚至就连这座山洞,我们也还想着如何搬离呢……"

"然而,"哈利·古尔德提醒道,"我倒很想知道,那座山洞是否很深……"

"一直延伸到悬崖峭壁的另一侧,是吗,我的船长?"

"谁能说得准呢,布洛克?……"

"那好吧,"水手长回答道,"但是,倘若那座山洞真的穿过了悬崖,在悬崖另一侧,我们能发现什么?……砂砾、岩石、小海湾、海岬,也许,还能发现巴掌大的一块土地,植物茂盛,郁郁葱葱……"

"这很可能,"弗里茨断言道,"甭管怎么说,必须亲眼看一看……"

"那就等着看,弗里茨先生,我们走着瞧,恰如俗话说的:瞧一眼又不花钱!"

然而,瞧这一眼的后果可能非常重要,因此,有必要抓紧时间。他们立即着手,准备探险。

船长、弗里茨,以及弗朗索瓦来到山洞深处,水手长走在三个人的身后,随身携带了好几支粗蜡烛。为了方便钻过去,走在前头的人扒开了几块坍塌的石块,把通道口扩大。

不到一刻钟,通道口已经变得足够大,更何况,自从登陆来到这座小岛,无论是哈利·古尔德,还是同伴们的身材都很苗条,过去三个月的艰苦生活,不大可能让他们长胖,这里的处境也不允许他们的身材发福。唯独水手长,尽管历尽千辛万苦,但是,自从离开旗帜号后,他的体重足足增加了好几磅……

所有人陆续钻过通道口,借助蜡烛光,仔细审视第二座山洞。

这座山洞比第一座山洞狭窄得多,但却更深邃,其长度足有上百英尺。准确地说，这座山洞更像是一条走廊，其宽度和高度几乎相同，大约十至十二英尺。也许，还有其他类似山洞，与这座洞相通，如同迷宫纵横交错，在山崖内部，如树枝一般，向不同方向延伸。如此一来——正如哈利·古尔德设想的那样——在这些分支洞穴中，为什么不能找到一条通道，即使无法通往悬崖顶，至少可能通往峭壁的另一侧，或者通向小山的另一边。

于是，古尔德船长再次重申了自己的看法。

"看起来，完全可能，"约翰·布洛克回答道，"谁知道呢，也许，我们从外面爬不到悬崖顶，但是却能从内部爬上去？……"

他们沿着这条走廊似的山洞向前走了五十来步，山洞变得越来越窄，随后，他们来到一座岩壁前，古尔德船长、水手长，以及弗里茨不得不停住脚步。

借助蜡烛光，他们从下向上审视这座岩壁，包括山洞的穹顶。约翰·布洛克仅仅找到几条石缝，狭窄得连手都伸不进去。于是，向岩壁更深处前进的希望破灭了。

至于山洞走廊的两侧，没有发现任何新的洞穴。第二座山洞，不过是第一座山洞的延长。这次意外事故导致的新发现，仅此而已。

"走吧，"哈利·古尔德说道，"从这里，我们不可能穿越悬崖……"

"也不可能爬上悬崖顶！"水手长接着说道。

看着眼前这一切，他们只能转身返回。

他们发现了一条悬崖内部的通道，结果却大失所望。其实，他们当中本来就没人真的相信这条道能走通。

然而，当古尔德船长、约翰·布洛克，以及弗里茨返回的时候，他们再次感到自己被幽禁在这片海滩上了,而且,这种感觉比过去更强烈!

在接下来的日子里,天气一直很好,但是,迹象显示,气候正在出现变化。天空中笼罩了一层薄云,很快,云层越积越厚。这一次,从北方吹来的凛冽海风掠过悬崖顶,至一月十九日那一天,风势越发强劲,凛冽刺骨。

与上次摔碎救生艇的可怕暴风雨相比,这个方向吹来的海风,不会对乌龟湾造成伤害,有悬崖的庇护,狂风不至于在海湾掀起惊涛骇浪。海岸附近的水面相当平静,直到半里多远的海面上,风势才发挥出它的威力,不过,即使风势再大,变成飓风,幸存者们也不用担惊受怕。

十九日至二十日的夜间,暴风雨即将来临。将近凌晨一点钟,一声惊雷,犹如在山洞里响起大炮轰鸣,震耳欲聋,把所有人猛然惊醒。

弗里茨、弗朗索瓦,以及水手长从各自的角落里跳起来,急忙跑到山洞口。

"一个炸雷落在附近……"弗朗索瓦说道。

"毫无疑问,落在了悬崖顶。"约翰·布洛克回答道,边说边朝洞外走了几步。

这种狂风大作的天气,最容易使人神经紧张,苏珊和朵尔害怕这种天气,她俩跟着珍妮,也走到洞外。

"怎么样啦?……"朵尔问道。

"没有任何危险,我亲爱的朵尔,"弗朗索瓦回答道,"回到洞里去吧,闭上眼睛,捂住耳朵……"

此时,珍妮走到丈夫身旁,问道:

"好像闻到一股烟味，弗里茨……"

"嗯！这也没啥奇怪……肯定着火了……在那边……"水手长叫道。

"在哪儿？……"古尔德船长问道。

"在悬崖脚下，成堆的海藻那儿。"

确实，雷火点燃了那堆干燥的海藻。一会儿的工夫，火焰蔓延开，悬崖脚下堆积的海藻全都烧起来。它们如同稻草一般燃烧，借着风势，火舌噼啪作响，翻卷腾挪，整片海滩弥漫着呛人的浓烟。

万幸的是，山洞口独处一隅，火舌舔不到这里。

"瞧呀，我们的燃料储备全部付之一炬！……"约翰·布洛克叫道。

"我们无能为力吗？……"弗里茨说道。

"毫无办法。"古尔德船长回答道。

此时，火焰以极快的速度向四面八方蔓延，幸存者们根本不可能控制火势，无法挽救他们仅有的燃料来源。

当然了，海洋拥有取之不竭的资源，海浪还将继续送来海藻和海带，但是，那得需要多少时间才能积累起这么多！每次涨潮，海水总能送来几堆海藻，然而，每天二十四小时，潮水只会涨落两次。目前海滩上积存的海藻，那是多少年的积累。天知道，在恶劣季节来临之前的几个星期里，潮水可能送来足够冬季使用的燃料吗？……

然而，不到一刻钟的时间，燃烧的火线已经包围了整座海滩，除了悬崖脚还剩下几小堆海藻，其他都被烧得精光。

这场厄运带来的打击，让艰难的处境变得更为严酷。

"实话实说……糟糕透了！"

火焰以极快的速度向四面八方蔓延……

这话出自水手长之口,他一向信心十足,能说出这两句话,实在意味深长。

与此同时,这座监狱的围墙依旧岿然耸立,囚犯们一个也别想逃脱!……

第二天,一月二十日,尽管狂风暴雨停歇了,但是并未风平浪静,强劲的北风继续掠过悬崖顶。

幸存者们需要做的第一件事,就是检查悬崖脚下,看看还有多少干海藻在火灾中幸免于难。

还好,幸存下来一部分。于是,约翰·布洛克、弗里茨、弗朗索瓦,以及詹姆斯一起动手,抱回来好几堆,足够燃用一个星期,当然了,潮水每天还会陆续把一些海藻冲上海滩。

不过,只要北风吹个不停,那些漂浮在海面的海藻也会被吹向深海。需要等到海风转向,从南方吹过来,海滩上的海藻才能获得大丰收。

无论如何,古尔德船长提醒大家,必须想办法,另谋出路。

"您说得对,我的船长,"约翰·布洛克回答道,"我们首先需要收集剩下的干海藻,保存起来……为越冬做好准备……"

"哎,"弗里茨接着说道,"为什么不能把它们贮存到刚刚发现的第二座山洞里?……"

这话提醒了大家。于是,这天正午前,弗里茨准备钻进山洞,再次检查里面的环境。他手里拿着一支粗蜡烛,钻进连接两座山洞的通道。他想知道,第二座山洞到底有没有通往悬崖另一侧的出口?……

然而,当弗里茨走到第二座山洞走廊尽头的时候,他感到一阵凉风迎面吹来,与此同时,耳边传来持续不断的阵风呼啸声。

"风……"他喃喃自语道,"这是风在吹!……"

弗里茨把前额贴近岩壁，同时，他的手摸到几条石缝。

"是风……"他再次说道，"确实是风！……是北风，一直能吹到这儿！……看来，有一条通道，或者通向岩壁另一侧，或者直达悬崖顶！……难道说，在这儿，有一条连接悬崖北侧的通道？……"

恰在此时，弗里茨手里举的，正在照亮岩壁的蜡烛突然熄灭了，因为有一阵更猛烈的风从石缝里吹过来。

弗里茨没有多想，他心中已经确信，只要穿过这道岩壁，就能出去，获得自由。

弗里茨摸索着回到第一座山洞，众人都在那儿等他。弗里茨三言两语讲述了自己的发现，描述了细节，向他们保证自己没有弄错。

片刻之后，弗里茨带头，古尔德船长紧随其后，约翰·布洛克、弗朗索瓦，以及詹姆斯鱼贯进入通道，从第一座山洞钻到第二座山洞，他们点燃好几根粗蜡烛，而且小心谨慎，不让蜡烛过分靠近山洞走廊尽头的岩壁。

弗里茨确实没有弄错。一阵清新的凉风正在吹过走廊。

于是，水手长用蜡烛光照亮地面，发现走廊尽头被碎石块堵着，毫无疑问，这些石块是从上面坍塌下来的，而上面的地形，类似一座天然形成的竖井。

"那是一扇门……"他大声叫道，"看呀，一扇门！……一扇不需钥匙就能打开的门！……噢！我的船长，您说得对，我们心悦诚服……"

"动手……干活儿吧！……"作为回答，哈利·古尔德仅仅说了这么一句话。

山洞走廊尽头塞满石块，开辟出一条通道并不难。几个人相互传递,搬运了相当数量的石块,这些石块堆积起来,足有五六英尺高。随着工程的进展,吹过来的阵风越来越强烈。在山崖内部,一定有一处峡谷通道,这一点确切无疑。

只用了一刻钟的工夫,通道被彻底打开了。

弗里茨率先钻了过去,同伴们紧随其后。前面有一个陡峭的斜坡,他向上爬了十至十二步,隐约有一道光照射下来。

原来,那里根本不是一个竖井,而是两道城墙似的岩壁向上延伸,看不到尽头,头上是一片天空。这条狭窄的通道犹如一个峡谷,宽度大约五至六英尺,上方笼罩着一条窄带状的天空。阵风就是顺着这道峡谷,穿过岩壁上的缝隙,吹入山洞内部。

原来,悬崖在这里裂开一道缝,这条石缝穿透了整座山崖……然而,这道石缝可能通向何方?……

要想弄清楚这一点,只能顺着石缝走到它的尽头,只是不知前方是否爬得过去。

顾不上多想这个发现究竟意味着什么,所有人感到,他们犹如一群囚徒,正站在敞开的监狱门口!

现在是早晨八点钟,时间足够。不用说,领头的不是弗里茨,就是水手长,每个人将紧随其后,顺着通道向上攀爬。

"至少,"弗里茨提醒道,"我们应该带一点儿吃的……谁知道跑这一趟需要多长时间?……"

"另外,"弗朗索瓦说道,"谁知道我们究竟要去哪里?……"

"去外面……"水手长说道。

这句话言简意赅、字字千金,说出了所有人的心声。

不过,古尔德船长仍坚持要求,动身之前,首先应该吃罢早饭,而且，考虑到这趟旅途较远，应该携带够吃几天的食物。

这顿早饭吃得很快。大家狼吞虎咽，一言不发，只想快点儿吃饱。在这座海湾里，他们已经逗留了四个月，哈利·古尔德和同伴们当然着急，希望早点儿弄清楚，他们能否改善处境，也许，还能从此脱困！……

另一方面，他们也可以随时返回原地。倘若悬崖顶上与海滨一样荒凉，如果那上面并不适宜逗留居住，如果站在悬崖的最高处眺望，看不见附近有陆地，那就说明，旗帜号的幸存者们确实流落到了一座小岛，或者一座岛屿上，倘若真是这样，他们只好重新返回山洞，做好在此地越冬的准备。

不用说，在开始攀爬这座峡谷之前，谁也不知道它将通向何方，因此，明智的做法就是，派遣哈利·古尔德、弗里茨，以及水手长先行探路，弄清楚这座峡谷究竟能否通往悬崖顶，或者通往悬崖峭壁的另一侧。不用说，没有一个人赞成这个做法。要知道，每个人都有想法，人人跃跃欲试。就连珍妮、朵尔，以及苏珊·沃斯顿都不甘落后；既然一起动身没有什么不妥，于是大家心照不宣。

吃罢早饭，男人们携带备用食物，大家陆续钻进通道口，离开第一座山洞，就连那只信天翁也紧随珍妮，钻了过来。

弗里茨和弗朗索瓦带头，率先抵达峡谷通道口。紧跟他俩身后的是珍妮、朵尔，以及拉着小鲍勃的苏珊。

她们身后跟着古尔德船长和詹姆斯。约翰·布洛克在队尾，负责殿后。

一开始，这条峡谷相当狭窄，大家只能排成单行鱼贯而行，只有爬到高处，走得更远，峡谷才逐渐变宽，容许两人，甚至三人并排行走。

事实上，这里不过就是山岩中的一道裂缝，一直向北方延伸，峡谷两侧岩壁陡立，高达八百，或者九百英尺。

他们走了一百多步，这段峡谷笔直向上延伸，坡度相当陡峭。不过，攀爬起来不算太困难。确实，这条道路应该很漫长，因为，假设它通往悬崖顶，那么，海滩与悬崖顶的落差高达八十托阿斯[①]，意味着这条通道需要克服这段落差。另外，通道很快变得蜿蜒曲折，更延长了攀爬的路程。可以说，这座峡谷犹如迷宫一般变幻莫测，在岩石山体中曲折穿行。无论如何，根据天顶投射下来的光线，哈利·古尔德有理由认为，峡谷大致为南北走向。至于峡谷两侧的岩壁，它们逐渐拉宽距离——攀爬因此变得容易了一些。

将近十点钟，有必要休息一会儿，以便让各位喘口气。他们在一处稍微宽敞的地方停下脚步，这儿的光线半明半暗，头顶上露出一块略显空旷的天空。

哈利·古尔德估计，这个地方的海拔高度最多不过二百来英尺。

"如此算来，"他提醒道，"要想爬到悬崖顶，需要五至六个小时……"

"那好吧，"弗里茨回答道，"等我们爬到顶上，天色还不晚，如果需要，来得及在天黑之前下山返回。"

"您说得对，弗里茨，"哈利·古尔德接着说道，"不过，由于这条峡谷蜿蜒曲折，谁敢说攀爬的距离不会延长？……"

"另外，谁能确保它可以通往悬崖的另一侧？……"弗朗索瓦补充道。

"甭管它是否通往悬崖顶，或者悬崖的另一侧，"水手长接着说道，"我们顺其自然！……峡谷往上延伸，我们就往上爬，它要往低处延

[①] 约合150至160米。

这段峡谷笔直向上延伸，坡度相当陡峭。

伸,我们就往下走,听天由命,没啥了不起!"

毫无疑问,只能如此。不过,倘若这座峡谷真的没有通向外面的出口,大家该多么失望,灰心丧气……

休息了半个小时,继续上路。峡谷变得越来越拐弯抹角,宽度局限在十至十二英尺,地面铺着砂砾,砂砾中掺杂着小石块,没有任何植物生长的痕迹。大家心中不禁想到,悬崖顶一定十分荒凉。因为,只要有几粒种子,冒出嫩芽,加上少许雨水,都能产生植被。然而,这儿什么都没有……甚至,连一缕青苔,或者苔藓都找不到!

将近下午两点钟,众人不得不第二次休息,不仅为了喘口气,也是为了相互安慰和鼓励。这里岩壁之间宽敞一些,每个人找了一块有亮光的地方坐下,头顶阳光闪烁,太阳正在向西偏斜。据估算,他们所在的高度,距离出发地点已经有七百至八百英尺的落差。所有人不禁思忖,看来有希望爬上悬崖顶。

吃过午饭,弗里茨说道:

"我的珍妮,我要求你和沃斯顿夫人,以及朵尔留在此地……弗朗索瓦也愿意陪着你们留下……古尔德船长、约翰·布洛克,还有我,我们三人试着爬上悬崖顶……这次分开,你们不用担心……我们会回来找你们……这样做,是为了让你们不过于劳累,因为这趟努力也许徒劳无功……"

然而,在朵尔和苏珊的支持下,珍妮强烈祈求丈夫,希望他能收回成命,尽管哈利·古尔德赞成弗里茨的提议。

下午三点钟,重新上路。刚一出发,大家都发现,攀爬越来越困难。峡谷的坡度越来越陡峭,地面铺满碎石,向上攀登极为艰难,碎石蹦蹦跳跳向下滚落,哈利·古尔德和弗里茨不得不万分谨慎。现在,峡谷变得十分宽敞，形成一道冲沟，它的斜坡高度大约为二百，或者三百英尺。他们必须相互拉拽胳膊，彼此搀扶。甭管怎么说，种种迹象表明，他们即将抵达悬崖顶。甚至，就连那只信天翁也扇动双翅，一跃而起，似乎在招呼大家跟着它……可惜，谁也无法陪着它一起飞上去！……

最终，经过难以置信的艰苦努力，将近五点钟的时候，所有人站在了悬崖顶端。

大家向南方、东方和西方极目眺望，眼前是一片茫茫大海！……

目光转向北方，广阔的平原展现在眼前，很难估算它的面积，因为一眼望不到边。在这一侧，有没有耸立的悬崖峭壁，挡住伸展的目光？……是否必须走到平原的尽头，才能看见另一侧的海平线？……

总而言之，如果有谁以为从此进入森林茂密、郁郁葱葱的富庶之地，那他肯定十分失望！这儿一派干旱景象，与乌龟湾同样荒芜，同样贫瘠，但是不那么凄凉，因为，到处生长着一片又一片苔藓，在铺着砂砾的悬崖边缘，还能看到海藻。随后，众人把目光分别投向太阳升起，以及落下的方向，希望找到大陆，或者岛屿的轮廓线，可惜白费力气。一切迹象表明，这儿就是一座小岛，孤悬于大海中央。

由于向北方望去，看不见大海，这就说明，眼前这片平原延伸足有数里之遥……有必要朝这个方向走去，穿越这片平原，直到看见那个方向的海平线。

面对眼前景象，最后的希望破灭了，无论古尔德船长，还是他的同伴们，谁也没有说一句话。这儿荒凉得可怕，没有任何资源，他们唯一能做的事情，就是掉头走回峡谷，重返海滩，再次定居山洞，在里面度过漫长的冬季，等待来自外部的救援！……

此时，已经是下午五点钟，在夜色彻底笼罩海岛之前，必须抓紧时间行动。毋庸置疑，下山花费的时间，要比刚才上山的时间少得多，不过，倘若在黑暗中摸索，那么，下山的路程并不轻松。

不过，既然需要了解平原北部的情况，是否应该乘着天色还亮前去探索？……甚至，也许可以在遍布平原的岩石之间宿营，在那儿过夜？……这么做也许不够谨慎……倘若天气发生变化，到哪儿去躲避风雨？……最明智的做法，还是应该立即原路返回。

于是，弗里茨提出如下建议。

"亲爱的珍妮，"他说道，"让弗朗索瓦陪着你、朵尔、沃斯顿夫人，以及小鲍勃返回山洞……你们不能在悬崖顶上过夜……古尔德船长、约翰·布洛克，还有我，我们留下来，等到明天，天亮之后，我们就去了解情况，之后……"

珍妮没有回答，与此同时，朵尔和苏珊用询问的目光看着她。

"弗里茨的建议完全出于谨慎，"弗朗索瓦补充道，"而且，我们在这儿迟滞停留，有什么意义呢？……"

珍妮继续保持沉默，看着面前的茫茫大海，以及占据整个视野四分之三的海平线，也许，她希望看见一条航船，心里想着，或许，海面上能传来一声炮响……

北风吹来片片云朵，很快，西斜的太阳隐藏到了云彩后面，要想抵达乌龟湾，他们至少需要在漆黑的夜色中行走两个小时……

弗里茨再次说道：

"珍妮，求你了……下去吧！……明天一个白天，足够我们利用……明晚，我们就回来了……如果需要，我们还能再爬上来……"

珍妮最后一次用目光环视四周，所有人站起来，准备动身。至于

409

那只忠实的信天翁,正从一块岩石飞到另一块岩石,还有其他海鸟,包括海鸥、海番鸭,以及其他鸥鸟,它们鸣叫着,陆续返回悬崖上各自的巢穴。

少妇心里明白,应该遵从丈夫的提议,于是,不无遗憾地说道:

"动身吧……"

"走吧。"弗朗索瓦说道。

突然,水手长猛地跳起来,把手握成喇叭状,侧耳倾听来自北方的声音。

刚刚传来一声炮响,由于距离遥远,炮声低沉。

"一声炮响!"约翰·布洛克大声喊道。

第二十六章

谁都不愿意挪地方 —— 在悬崖顶过夜 —— 向北方进发 —— 旗杆 —— 英国旗 —— 浓雾笼罩 —— 弗里茨大喊一声

所有人一动不动,心情异常激动,一齐把目光盯向北方地平线,屏住呼吸,侧耳倾听。也许,他们受到了幻觉的蒙骗……不会……这根本不可能……海风的风势不大,再次送来几声炮响,炮声遥远,随风回荡。

"这应该是一艘战舰,正从那个方向的海面驶过!……"终于,哈利·古尔德说道。

"是的……这几声炮响只能来自一艘海船,"约翰·布洛克回答道,"夜幕降临后,不知我们能否看见炮火的闪光……"

"可是,这些炮声……"珍妮提醒道,"它们为什么不能来自陆地?……"

"我亲爱的珍妮,这些炮声来自陆地?……"弗里茨回答道,"难道,在这座小岛附近,有一块陆地吗?……"

"我更相信，这是位于北边海面上的一艘战舰……"古尔德船长坚持说道。

"那么，它为什么要开炮呢？……"詹姆斯问道。

"是呀……为什么？……"珍妮重复说道。

如果古尔德船长的假设成立，那么结论就是，这艘战舰距离海岸并不远。假如这艘船继续开炮，也许，在黑暗的夜色中，可以看得见炮火的闪光？……也许，可以很快判断出炮火的位置？……毫无疑问，既然炮声从北方传来，他们现在根本看不见这艘船，因为，在那一侧，他们连海面都看不见。

于是，现在，他们既不需要重新进入峡谷，更无需返回乌龟湾……甭管天气如何变化，他们只能待在原地，等待第二天天亮……不幸的是，倘若那艘船从东侧，或者西侧经过，由于缺乏木柴，他们无法在悬崖顶燃起篝火，以便与那艘船取得联系……

显然，来自远方的炮声，震撼了每一位听见炮响的幸存者的内心，让他们感到，自己与人类世界息息相关，现在，这座小岛似乎不再是孤悬海外……

于是，他们迫不及待地热烈交谈，满怀希望，似乎看到了获救的曙光……现在，他们一心想着，无需等到明天，应该尽快赶到这片平原的尽头，眺望北方的海面，观察传来炮声的那个方向……然而，夜幕逐渐降临，天色很快要黑下来——天空中云层低垂，云朵被北风吹向南方，这是一个没有月色的黑夜，更看不见星光。在伸手不见五指的黑暗中，如何在岩石间奔走？如何躲避风险？……即使在大白天，这番奔波也会异常艰辛，更何况在夜色笼罩的黑暗中，根本不可能。

看起来，最好大家一起动手，设法安顿下来，就地宿营。水手长寻找了好一会儿，终于在两块岩石之间，发现了一个角落，尽管地上缺少细沙和海藻，无法安卧，但是足以藏身。没关系！如果气温下降，至少在这儿可以避风。如果云层笼罩了悬崖顶，这儿甚至还能避雨。

于是，他们从口袋里拿出食物，各自填饱肚子。这次携带的食物足够吃几天，也许，不需要返回山洞予以补充……另外，原来打算在乌龟湾越冬，如今是否可以放弃这个想法了？……

天色完全黑下来——这是一个漫长的黑夜，除了躺在母亲怀里、早已沉入梦乡的小鲍勃，所有人对这一晚终生难忘。四周漆黑一团，在另一侧距离数里之遥的海面上，应该看得见那艘海船的灯光。

古尔德船长和大部分同伴没有躺下，坚持伫立到天亮。他们的目光不停地扫视着东方、西方和南方，希望看到一艘船驶过这座小岛附近海面，与此同时，又担心这艘船扬帆而去，从此不再复返。如果此刻他们还在乌龟湾，一定会在海岬顶端燃起一堆篝火……然而在这儿，根本办不到。

天亮之前，他们没有看见任何灯光，也没有任何炮声打破黑暗中的寂静，更没有任何船从小岛附近经过。

于是，无论古尔德船长，还是弗里茨、弗朗索瓦，甚至包括水手长，他们心中都在想，自己是不是听错了，那几声炮响，会不会是远方暴风雨传来的雷电声……

"不……不……"弗里茨确信无疑地说道，"我们没有听错！……北方传来的就是炮声，只是距离相当遥远……"

"对此，我也确信无疑。"水手长回答道。

"然而，为什么炮声会响？……"詹姆斯·沃斯顿紧接着问道。

"为了表达敬意，或者为了自卫！……"弗里茨回答道，"我不知道还有其他什么原因，能够让船上的大炮轰鸣……"

"也许，"弗朗索瓦提醒道，"在这座小岛上，有土著野人出没，甚至发起攻击……"

"无论如何，"水手长回答道，"开炮的总不会是土著野人。"

"这么说来，这座小岛上居住着美国人，或者欧洲人？……"詹姆斯说道。

"首先……这里是不是一座小岛？……"古尔德船长回答道，"在这座悬崖的另一侧，到底是个啥情况，我们谁知道？……我们脚下所处的，可能是一座岛屿，而且是大岛屿……"

"在太平洋的这片海域，一座大岛屿？……"弗里茨问道，"是哪座岛屿？……我想不起来……"

"依照我的看法，"约翰·布洛克提醒道，"讨论这个问题没有意义，我这么说绝无恶意……事实就是，我们根本不知道它究竟是一座小岛，还是一座岛屿，既不知道它是否位于太平洋，也不清楚它是否位于印度洋！……大家耐心一点儿，天很快就要大亮了，我们去北边看一看，究竟什么情况……"

"也许一目了然……也许一无所得……"詹姆斯说道。

"没关系，"水手长接着说道，"反正总要弄个水落石出！"

将近早晨五点钟，第一缕晨光开始出现，海平线露出鱼肚白。北风在后半夜就已停息，海上风平浪静。原先被风吹来的云朵消失了，代之而起的是漫天迷雾，终于，一缕阳光穿透雾霾，四周景象逐渐清晰。东方投射来的这缕阳光扩散开来，照亮了水天一线。一轮红日升起，刺眼的阳光投射在整个海面。

所有人迫不及待地把眼光投向海上目力可及的一切地方。

在清晨宁静的海面上，看不见一条船的踪影。

此时，珍妮、朵尔，以及手里拉着孩子的苏珊·沃斯顿一起来到船长身边。

信天翁在岩石间跳来蹦去，时不时振翅飞向北方，似乎在给大家指明前进的方向……

"我觉得，它在给我们指路……"珍妮说道。

"应该跟着它走……"朵尔叫道。

"还是应该先吃点儿东西，"哈利·古尔德回答道，"也许，我们需要走好几个小时，必须保持体力。"

大家各自吃了点儿携带的食物，很快，不到七点钟，所有人动身，迫不及待匆匆上路，朝北方进发。

在岩石间行走，路途十分艰难，不仅需要跨过小块岩石，遇到巨石，还得绕道而行。古尔德船长和水手长走在最前面，给大家选择适宜通行的路径。弗里茨搀着珍妮，紧随其后。与此同时，弗朗索瓦搀扶着朵尔，詹姆斯搀着苏珊，以及小鲍勃。他们的脚下始终没有踩到一根野草，甚至没有踏到沙子，满眼望去，到处遍布石块，或者砂砾，宛如一片巨大的石场。在石场上空，盘旋着成群的海鸟，包括军舰鸟、海鸥、海燕，那只信天翁不时与这些海鸟交错飞过。

他们就这样行进了一个小时，个个精疲力竭，终于抵达了一座漫长的斜坡脚下，周围的景色依然没有变化。

他们不得不暂停片刻，喘口气。

于是，弗里茨建议，让他和古尔德船长，以及约翰·布洛克先行一步，如果前方一无所有，不值得费力走过去，大家可以少耗费一些

415

体力。

　　这个提议遭到全体一致反对……大家都不愿意分开……如果北方有大海，一旦海面呈现在眼前，所有人都希望亲眼目睹此景。

　　将近九点钟，众人再次动身。雾气遮挡了炽烈的阳光。在每年的这个季节，在这样遍布砾石的岩石场上，烈日让人难以忍受，尤其正午时分，阳光几乎垂直照射头顶。

　　眼前这片平原向北方伸展的同时，也在向东方、西方两侧拓宽，与此同时，东西两侧的大海依然目力可及，但很快就将消失在视野外。此外，平原上依然看不到一棵树，也没有任何植被的踪迹，始终贫瘠荒蛮，景色凄凉。平原的前方，四处隆起一座又一座小山丘。

　　十一点钟，一座类似圆锥体的裸露山尖出现在距离大约三百英尺远的平原尽头。

　　"我们必须爬上那座山峰……"珍妮说道。

　　"是的……"弗里茨回答道，"站在那儿，可以环顾四周更广阔的地平线……不过，攀登山峰的路途一定十分艰险！……"

　　确实如此，不过，他们如此渴望弄清楚身处何地，尽管疲惫至极，却没有一个人愿意落在后面。然而，天知道，这些可怜人会不会再次失望，他们最后的期望会不会落空？……

　　此地距离目的地还有四分之三里的路程，他们再次起身，直奔那座山峰而去。一路上，到处遍布石块，有些可以跨越，有些只能绕过去，每前进一步都要付出艰辛，他们只能踯躅前行，与其说是行走，不如说是像羚羊一般跳跃。水手长自告奋勇背着鲍勃，孩子的母亲也信任地把孩子托付给他。弗里茨与珍妮、弗朗索瓦与朵尔，还有詹姆斯与苏珊，他们彼此搀扶，相互帮助，备尝艰辛。

下午两点多钟的时候，他们终于抵达那座山峰脚下。自从上一次歇息以来，他们已经连续行走了三个多小时，前进的距离足有一千五百个托阿斯①，实在需要休息一会儿。

　　当然了，依照古尔德船长的想法，他们应当绕过这座山峰，避免因爬山耗费太多体力。但是，在山脚下，他们发现根本无法绕过去。甭管怎样，反正只需攀登三百英尺。

　　于是，休息不长时间，二十分钟后，他们开始爬山。

　　起初，在山岩之间，他们还能找到下脚站稳的地方，地面上开始出现稀疏的植被，一簇簇墙草②可供双手抓紧，借力向上攀登。

　　半个小时之后，他们已经爬到半山腰。突然，爬在最前头的弗里茨发出一声惊叫。

　　所有人停住脚步，把目光转向他。

　　"那边，那是什么？……"弗里茨说道，边说边用手指向山顶。

　　事实上，在山顶的岩石缝隙中，插着一根杆子，长度五至六英尺。

　　"会不会是一棵掉光了树叶的枯树枝？……"弗朗索瓦说道。

　　"不……这可不是一根枯树枝……"古尔德船长断言道。

　　"这是一根木棍……旅行用的手杖……"弗里茨肯定地说道，"它是被插在这儿……"

　　"在那木棍上，有人系了一面旗帜……"水手长接着说道，"那旗子还挂在上面！"

　　在这座山峰的山巅，悬挂着一面旗帜！……

　　是的……阵风开始吹动这面旗帜，从这个距离望过去，尚无法

━━━━━━━━━━
① 约合将近3千米。
② 墙草属是荨麻科下的一个属，草本植物，稀亚灌木。

417

在山顶的岩石缝隙中，插着一根杆子……

看清旗子的颜色。

"如此看来,有人居住在这座小岛上?……"弗朗索瓦惊问道。

"毫无疑问……这儿有人居住……"弗里茨确认道。

"或者,曾经有人来过这里,"他接着说道,"至少,可以确认,曾经有人占领过这座小岛……"

"然而,这座小岛,它究竟是座什么岛?……"詹姆斯·沃斯顿问道。

"或者,不如说,这面旗帜究竟意味着什么?……"哈利·古尔德接着说道。

"是英国旗!……"水手长高声叫道,"看呀……红色的旗帜,一角画着快艇①!……"

阵风刚刚把旗帜展开,确实是一面大不列颠的旗帜。

于是,所有人攀着岩石,奋力向上爬!此地距离山顶还有一百五十英尺,不过,他们彻底忘却了疲劳,浑身充满异乎寻常的力气,甚至顾不上歇息喘气,不停地攀爬。

终于,将近三点钟,古尔德船长与同伴们一起站到了山顶……

他们把目光投向北方,顿感极度失望,异常沮丧!

眼前一片迷雾,云遮雾罩。既看不清平原的这一侧是否如同乌龟湾耸立着悬崖峭壁,也看不清这片平原是否继续向前延伸。浓雾遮望眼,啥也看不见。在浓雾的上方,日头已经西斜,阳光依旧灿烂。

既然如此,他们打算就待在原地,即使需要等到第二天,就在此地宿营,等着海风把迷雾吹散!……不!没有一个人愿意掉头回去,大家都希望目睹这座小岛的北部到底是个啥样!……

---

① 英国殖民地旗帜以左上角米字旗及右下角带有殖民地文化风格或是其他图案组成。

419

英国旗帜就在这儿，在风中飘扬，难道不是吗？……它足以证明，这是一片属于英国的土地，而且在英国的地图上，应该标明这座岛屿的经纬度，难道不是吗？……

另外，昨天听见的那一连串炮声，它们应该来自过路的海船，目的是向这面旗帜致敬，谁能说不是！在这座岛屿的北部，应该有一个港口，可以让海船停靠，也许那里正停泊着几条船，谁能说得准！……

总而言之，即使这里只是一座小岛，但是，由于它位于太平洋与印度洋之间，因此，大不列颠占有了它，这难道不是顺理成章吗？……甚至，倘若这儿是一片陆地，它就应当位于澳大利亚大陆的偏僻一隅，但仍然属于英国，难道不是吗？

这一系列假设在大家脑海中萦绕，众人议论纷纷，热烈交谈，期待着真相大白的那一刻，人人迫不及待！

恰在此时，传来海鸟的叫声，紧随翅膀快速扇动的声音。

这是珍妮的那只信天翁，它刚刚振翅飞起，在迷雾上空朝北方飞去。

这只海鸟打算飞往哪里？……是否飞向远处的海岸？……

信天翁的离去，让大家心中涌起一阵悲哀，甚至某种恐惧……

似乎，大家感觉遭到抛弃……

然而，时间流逝，海风阵阵吹来，但仍无法驱散眼前的迷雾，一团团浓雾笼罩在山峰下。难道，在夜幕降临前，北方地平线始终无法让人一睹真容？……

不，希望并未彻底消失。由于浓雾逐渐低垂，弗里茨观察到，山峰脚下并不是悬崖峭壁，而是一道漫长的山坡，很可能，它会一直伸展到海滨。

此时，风势渐起，旗帜随风猎猎飘扬。众人看见，浓雾表面露出了一道长达上百英尺的斜坡。这座斜坡并非岩石堆积，而是山脉的背坡，上面覆盖着大家久违了的植被！……众人用贪婪的目光俯视着这道宽阔的植被带，看见了灌木丛、芦荟、黄连木，以及香桃木，一簇簇分布在山坡上！无疑，他们不用等待迷雾彻底散去，应该在夜色完全笼罩山峰之前，下山抵达那里！……

不过，从山顶到下面的高度落差足有八百，或者九百英尺，透过浓雾缝隙，可以望见森林高耸的枝杈，而且那片森林延伸足有数里之遥；此外，在植被茂盛的平原上，生长着灌木和树丛，伸展着开阔的原野，以及广袤的草原；平原上河流纵横交错，一条大河向东流，河水注入一座海湾……

此外，在太阳升起和落下的方向，浩瀚的海水伸展到天际尽头。只有正北方，看不到海水，只有陆地，看来，这儿不是一座小岛，而是一座岛屿……并且是一座大岛屿！……

终于，在更远的地方，显出了一条轮廓线，那是一道岩石构成的屏障，横贯东西。难道那里就是海岸线吗？……

"走吧……准备下山……"弗里茨高声说道。

"是的……动身吧……"弗朗索瓦接着说道，"应该在天黑前赶到山脚……"

"然后，我们躲到树林里过夜……"古尔德船长补充说道。

珍妮走到弗里茨身旁，提醒他，不宜在山顶逗留太久，此时，最后一缕浓雾正在散去。辽阔无垠的大海展现在眼前，视野拓展到足有七至八里之遥。

一座岛屿……这儿确实是一座岛屿！

极目眺望，北方的海岸形成三个大小不等的海湾，位于西北方的海湾最大，正北方的海湾不大不小，最小的海湾位于东北方，但是比另外两个海湾更深地嵌入内陆。这座海湾的出口两侧各有一个海角，相距较远，其中一个隆起成为地势较高的海岬。

遥望远处海面，看不到任何陆地……海平线上也见不到一片船帆。

视线转向南方，大约两里远的地方，视野被高耸的悬崖峭壁阻断，乌龟湾就位于悬崖的下方。

古尔德船长和同伴们刚刚穿越的那个地方荒蛮贫瘠，与北方展现在眼前的这片地方形成鲜明对照！面前是一片富庶丰饶的原野，到处是森林和草原，遍地生长着茂密的热带植被！……而且，既没有村庄，也没有房屋，更不见人烟……

突然，一声惊呼……由于意外的发现而抑制不住的惊呼，这惊呼发自弗里茨的胸膛，与此同时，他高举双臂，伸向北方……

"新瑞士！……"

"是的……新瑞士……"弗朗索瓦也不禁脱口而出。

"新瑞士！"珍妮和朵尔激动不已，嘶哑着嗓音喊道。

确实，在他们面前，在这片森林，以及这片原野的另一侧，遥望可及岩石屏障，屏障有一道开口，那是横谷隘路，与之相连的，就是格林塔尔山谷！……在岩石屏障的另一侧，那是希望之乡，依稀可见那边的树林、农场，以及豺狼溪！……鹰巢坐落在一片红树林中，然后是山洞之家，以及围绕它的成排树木！……在这座海湾的左侧，坐落着珍珠湾，更远处，有一个小黑点儿，那是烟石岛；再望过去，那儿是鹦鹉螺湾，旁边伸出失望角；然后是救命湾，海湾口拱卫着鲨鱼岛！昨天，大家听见的炮声，应该是鲨鱼岛炮台发出的，因为此刻，无论在海面上，还是海湾里，看不到任何海船的身影，难道不是吗？……

于是，所有人情不自禁，欣喜若狂，热泪盈眶，大家怀着感恩的心情，聚集在弗朗索瓦身边，祷告声直冲云霄！

第二十七章

山下有一座山洞 —— 往事回顾 —— 穿越森林 —— 捕获羚羊 —— 蒙特罗斯河 —— 格林塔尔山谷 —— 横谷隘路 —— 在埃伯福特乡间小屋过夜

四个月之前,沃斯顿先生、欧内斯特和杰克到这条山脉探险,曾经在山下的一座山洞里过夜,并且于第二天把英国旗插上了让·泽玛特峰顶。今天晚上,在同一座山洞,所有人极度兴奋,山洞里洋溢着难以抑制的激动情绪。夜幕已经降临,大家却难以安然入睡。他们之所以失眠,不是因为噩梦般的经历难以忘怀,而是对未来满怀憧憬,对刚刚经历的事情感慨万千。

在山顶做过感恩祈祷后,古尔德船长、弗里茨、弗朗索瓦、詹姆斯、水手长、珍妮、朵尔,以及苏珊·沃斯顿连一分钟都没有耽误,立即动身。距离天色彻底黑下来还有两个小时,这段时间足够让一行人赶到山脚。

"真希望找到一座山洞,"弗里茨提醒道,"而且足够大,让我们全体在那儿过夜……"

"不过，"弗朗索瓦反诘道，"我们也可以在树林里安睡……躺在新瑞士的树下……那可是新瑞士的树林！……"

弗朗索瓦情不自禁，嘴里不断重复这个众望所归的名称。

"亲爱的朵尔，请你与我一起，再说一遍这个名字，"他不停地说道，"请再说一遍，让我再听一次……"

"好的……新瑞士！……"小姑娘满眼充盈笑意，高兴地说道。

"新瑞士！"珍妮重复说道，边说边握紧弗里茨的手。

就连鲍勃也要学舌，用小嘴说出这个名称，并且赢得一连串亲吻。

"朋友们，"于是，哈利·古尔德船长说道，"如果我们决定下山，要想抵达山脚，必须抓紧时间……"

"想吃东西吗？……"约翰·布洛克反诘道，"为什么不能边走边填饱肚子呢？……"

"四十八个小时之后，我们将抵达山洞之家。"弗朗索瓦确信道。

"另外，"弗里茨接着说道，"在新瑞士的原野上，有的是猎物，不是吗？……"

"然而，我们没有枪，如何狩猎？……"哈利·古尔德问道，"虽然弗里茨和弗朗索瓦都很机灵，但是赤手空拳，很难想象……"

"嗨！"弗里茨回答道，"我们还有两条腿！……您将会亲眼看到，船长！……明天上午，我们就能搞到新鲜美味，不用再吃这种乌龟肉……"

"弗里茨……即使出于感恩，也不要说乌龟肉的坏话……"珍妮郑重地说道。

"你说得对，亲爱的夫人，实在抱歉！……鲍勃可不想继续在这儿待下去了……是不是，鲍勃？……"

425

"是的……不想待在这儿了……"孩子回答道,"如果爸爸和妈妈愿意和我一起走……"

"会的……他们马上就来,"珍妮安慰道,"他们不会落在最后,很快就跟上来了……"

"出发……动身!……"

所有人异口同声。

"说实话,"水手长开玩笑地说道,"在南边儿……在那儿……我们有一座漂亮的海滩,盛产乌龟和软体动物……还有一座漂亮的山洞,里面贮存了够吃好几个星期的食物……在那座漂亮的山洞里,还有海藻铺就的舒适卧榻……现在,我们要抛弃所有这一切,就为了……"

"以后,我们还会回来,取回我们的宝藏。"弗里茨承诺道。

"然而……"约翰·布洛克顽固地说道。

"你能否闭上嘴,可恶的约翰!……"哈利·古尔德笑着命令道。

"我不说了,古尔德船长,不过,请允许我再说两个字。"

"哪两个字?……"

"上路!……"

按照惯例,依然是弗里茨走在队伍的前头,其他人按照老习惯,走在各自的位置上。没费多大力气,他们沿着山顶斜坡,很快来到山脚下。十分幸运,也许是出于本能,依靠辨别方向的出色本领,他们下山的路途与当初沃斯顿先生、欧内斯特,以及杰克走过的路径完全一致,将近晚上八点钟,众人已经来到冷杉树林的边缘。

最终,同样十分幸运——对此不必感到意外,因为他们时来运转,难道不是吗?——水手长发现了一座山洞,而这座山洞,恰巧就是沃斯顿先生与哥儿俩曾经宿营的地方。虽然山洞不大,但是没关系,只要能安顿下珍妮、朵尔,以及苏珊和鲍勃,就足够了,至于几位男士,他们在美丽的星空下露营。另外,他们在山洞里发现一堆篝火灰烬,证明不久前,有人在此地留宿过,也就是说,泽玛特先生、沃斯顿先生、欧内斯特和杰克,也许还有两家的全体成员,他们曾经穿越这片森林,爬上山顶,并且竖起了英国旗帜!……倘若他们晚来一些时候,同时,弗里茨一行人早点儿过来,也许,大家能在此地团聚。

吃过晚饭,鲍勃在山洞角落里睡着了。尽管经过整日奔波,疲惫不堪,大家仍旧议论纷纷,谈起了旗帜号的经历。

是的!……在古尔德船长、水手长、弗里茨、弗朗索瓦,以及詹姆斯遭到囚禁的八天里,旗帜号一路向北行驶。只有一个原因能够解释,那就是,这八天始终刮着逆风。因为,罗伯特·博鲁普,以及叛乱水手们的目的,就是尽量跑远一点儿,一直跑向太平洋。他们之所以没能如愿,是因为天公不作美。种种迹象表明,旗帜号偏离了航向,被风吹到了印度洋,一直吹到新瑞士岛附近。自从救生艇被旗帜号抛弃后,根据航行的时间,以及航行的方向推算,毋庸置疑,离开旗帜号的那一天,虽然哈利·古尔德和同伴们认为新瑞士岛远在天边,但实际上,救生艇距离新瑞士岛不超过一百里,并且最终在这儿靠了岸。

确实,他们的登陆地点位于岛屿的南海岸,由于南岸位于那座山脉的背后,弗里茨和弗朗索瓦并不认识这个地方,因为,他们仅仅在格林塔尔山谷的出口眺望过这条山脉。这条山脉的南北两侧,无论地形地貌,还是植被物产,竟然如此大相径庭,山脉北侧肥沃富饶,南侧高原从山峰延伸到海滨,却如此贫瘠荒凉,谁能想象得到呢?……

出于同样的原因,那只信天翁才会落到悬崖峭壁的背面。自从珍妮·蒙特罗斯离开烟石岛之后,这只海鸟很可能返回那里栖息,并且

他们在山洞里发现一堆篝火灰烬……

不时飞到新瑞士的海滨，但是从未到访鹰巢和山洞之家。不过，这只忠实的信天翁得到了众口一致的赞许！……由于它跟随鲍勃钻进了那条通道，第二座山洞才最终被发现，大家才有可能沿着那条峡谷爬上悬崖顶，难道不是吗？……

是的！正是缘于这一连串事故导致的后果，依赖天意的眷顾，才有了现在的结局，为此，众人感恩不尽。另一方面，尽管历尽艰辛，经受考验，甚至可能被迫在乌龟湾越冬，但他们始终没有丧失对上帝的虔诚信仰，难道不是吗？……

夜深了，大家仍在热烈交谈。不过，疲劳最终占了上风，后半夜，众人先后进入梦乡。天刚亮，简单吃了点儿东西，大家迫不及待地动身，个个心情愉快。

随后，除了山洞里遗留的灰烬，一行人在森林和原野中，又陆续发现了一些踪迹，包括草地上遗留的足迹，以及折断的树枝。这些可能是动物经过留下的，包括反刍类动物，或者猛兽足迹，不过，他们也发现了宿营地遗迹，绝对不会弄错。

"看起来，"弗里茨提醒道，"除了我父亲、两个弟弟，以及沃斯顿先生，还有谁会把旗帜插上那座山峰？……"

"除非那个人孑然一身，单独跑上去插旗子！……"水手长开玩笑地说道。

"说到英国旗，这也没啥可大惊小怪！……"弗朗索瓦以快乐的口吻反诘道，"因为英国旗的数量太多了，好像长了腿似的，插得到处都是！"

听到这句俏皮话，古尔德船长忍俊不禁。甭管怎么说，大不列颠的旗帜确实遍地都是，不过，那面山顶上的旗子，不可能自己长腿跑上去，只能是人插上去。也就是说，泽玛特先生和同伴曾经来这儿探险，到访过这条山脉。现在，最便捷和简单的行军方式，就是循着他们的足迹走下去。

在弗里茨的带领下，一行人顺着山脚斜坡向下走，那儿覆盖着一片又一片森林。

希望之乡与这条山脉之间的路程，似乎不可能存在多大障碍，也不会有太多风险。

至于这段路程的距离，大致估算为八里左右。如果每天行走四里，包括中午两个小时的休息，以及夜里宿营的时间，他们可望于明晚抵达横谷隘路。

从横谷隘路到山洞之家，或者鹰巢，只需步行几个小时。

"啊！"弗朗索瓦说道，"如果我们身边有那两头忠实的水牛斯特姆与布鲁默，或者弗里茨的那头野驴拉什，甚至有杰克的那只鸵鸟布劳斯温德，我们只需一天时间就能看见山洞之家！"

"我敢肯定，"珍妮开玩笑地回答道，"弗朗索瓦一定是忘记寄信，通知他们送来这几头畜生。"

"是呀，弗朗索瓦，"弗里茨接着说道，"怎么忘了……你可是一贯办事严谨……算无遗策！……"

"不对呀，"弗朗索瓦反驳道，"应该是珍妮，那只信天翁飞走的时候，是她忘记在鸟爪上系字条了……"

"我真是太粗心大意了！……"少妇回答道。

"不过，"朵尔说道，"那位信使未必能把字条送达目的地……"

"谁知道呢？……"弗朗索瓦回答道，"迄今为止，我们经历的一切，简直令人难以置信……"

"看起来，"古尔德船长总结道，"既然我们指望不上水牛斯特姆和布鲁默,更指望不上野驴拉什,以及鸵鸟布劳斯温德,最好还是迈开自己的双腿……"

"而且,把步子迈得更大。"约翰·布洛克最后说道。

众人上路后,准备只在正午时分休息一次。一路上,尽管鲍勃总想下地自己跑路,但詹姆斯、弗朗索瓦,以及水手长始终轮流背着孩子,因此,一行人穿过森林的行进速度并不慢。

詹姆斯和苏珊·沃斯顿夫妇从未见识过美丽的新瑞士,一路上,他俩尽情欣赏茂密的植被,发现它们比开普敦的植被繁盛得多。

然而,眼前的这个地方,仅仅是这座岛屿未经人类开发的原生态地区!一旦他们目睹开垦种植的田野,包括埃伯福特乡间小屋、扎克托普和瓦尔德格农场,以及展望山别墅,见识了富饶的希望之乡,还不知道该有多么惊喜!……

各种猎物令人眼花缭乱,包括刺鼠、野猪、水豚、羚羊、野兔,以及大鸨、鹧鸪、松鸡、花尾榛鸡、珍珠鸡和野鸭。当然,弗里茨和弗朗索瓦颇感遗憾,因为他俩手里没有猎枪……哎!……倘若猎狗布朗、法尔布,甚至老狗图尔克跟在身边,那该多好!……甚至,如果弗里茨的猎鹰活着,还能伴随主人,一定能很快抓来半打肥硕的猎物!……可惜,无论水豚、野猪,还是刺鼠,都无法轻易靠近,弗里茨尝试了一下,根本白费力气。看起来,下一顿饭,他们只能用随身携带的食物充饥。

不过,一次意外事故,幸运地帮助他们解决了吃饭问题。

将近十一点钟,弗里茨走在最前头,在一处林间空地的边缘,他做了一个手势,让队伍停下。只见一条小溪穿过空地,溪水旁,一只个头挺大的动物正在喝水。

这是一只羚羊。如果设法抓住这只反刍动物，就能让大伙儿吃上一顿富有营养的鲜肉！

最简单的方法，就是悄悄地把这片空地围起来，当这只羚羊试图离开时，设法堵住出口——这么做需要冒点儿风险，因为羚羊会用犄角自卫——然后，把它抓住，打倒。

这个方案的难点在于，不能惊动羚羊，要知道，羚羊的眼光锐利，听觉极佳，嗅觉更是异常敏锐。

此时，珍妮、苏珊、朵尔和鲍勃站在队尾，躲在一簇树丛后面。弗里茨、弗朗索瓦、詹姆斯、古尔德船长，以及水手长利用矮树丛作掩护，分散包围林间空地。他们仅有的武器，就是手中的匕首。

溪水旁，羚羊继续喝水，毫无警觉。突然，弗里茨大吼一声。

立刻，羚羊直起身，伸长脖子，一跃而起，冲向矮树丛。

羚羊奔跑的方向，恰恰是弗朗索瓦与约翰·布洛克把守的位置，水手长握着短刀。如果不能阻止羚羊从头顶跃过，转瞬之间，它就将消失得无影无踪。

这头畜生一跃而起，但是冲劲不足，跌倒在地，把水手长撞了一个跟头，随即，羚羊站起身，准备冲出树林逃之夭夭，眼看着，抓住它的希望就要破灭。

恰在此时，弗里茨赶了过来，纵身扑向羚羊，顺手把刀插进它的肋部。不过，这一刀还不够致命，紧接着，哈利·古尔德在羚羊的咽喉补了一刀。

这一下，羚羊躺倒在树丛中，一动不动，与此同时，水手长也一骨碌爬了起来。

"这头该死的畜生！"约翰·布洛克被撞了一下，但并无大碍，不

溪水旁,羚羊继续喝水,毫无警觉。

禁怒叫道,"我这辈子在海上啥都见识过,还从来没挨过这么一下!"

詹姆斯、珍妮、朵尔和苏珊跑了过来。

"希望您没有大碍,布洛克?……"哈利·古尔德问道。

"没事儿……擦破点儿皮,不要紧,我的船长……最让我不爽,甚至颇感羞辱的,是这种挨揍的方式……"

"如果是这样,作为补偿,"珍妮回答道,"我们把最好吃的那块肉留给您。"

"不用,弗里茨夫人,大可不必……只需把撞翻我的那个部位送给我……既然它用脑袋撞了我,那我就要它的头!"

大家动手肢解羚羊,把可供食用的部位切下来。作为食物,这些羚羊肉足够供应到第二天晚餐,因此,在抵达横谷隘路之前,他们不必为填饱肚子而劳心费力。

对于肢解猎物,无论是何种猎物,弗里茨和弗朗索瓦驾轻就熟。他们曾经在希望之乡的原野和森林里狩猎了十二年,无论理论,还是实践经验,都算得上是老手,难道不是吗?另一方面,水手长在这方面也不陌生,而且,给这只羚羊剥皮,让他体验到报仇雪恨的快感。不到一刻钟,羚羊的后臀尖、肋排,以及其他部位的嫩肉都已切好,准备放上炭火烘烤。

此刻,时近正午,大伙儿就在林间空地扎营,正好利用清澈甘甜的溪水。

哈利·古尔德与詹姆斯搜集干树枝,在一棵红树下点燃篝火。随后,弗里茨把最鲜嫩的羚羊肉放到炭火上,苏珊和朵尔负责认真烘烤。

十分幸运,珍妮发现了一大批植物根茎,把它们埋进木炭中烘焙,丰富了午饭的内容,让饥肠辘辘的众人食欲大增。

羚羊肉鲜嫩无比，烤熟之后，香气扑鼻，众人大快朵颐。

"简直太棒了！"约翰·布洛克大声说道，"终于吃到了真正的羚羊肉，而且鲜嫩异常……比在地上笨拙爬行的乌龟肉强多了！……"

"即使您想赞美羚羊肉鲜美可口，"船长反驳道，"也不要说乌龟的坏话。"

"古尔德船长说得对，"珍妮补充说道，"自从我们登上这座岛屿，全赖这些宝贵的动物提供食物，如果没有它们，谁知我们会沦落到何种境地？……"

"那好吧，感谢乌龟们！"水手长大声说道，"不过，请再递给我一块肋排，这是第三块了。"

营养丰富的午餐结束，众人继续上路。必须抓紧时间，要想走完预计四里的路程，下午，他们必须加快脚步。

毫无疑问，如果弗里茨和弗朗索瓦两人独自赶路，他们会不顾疲劳，一直走下去，甚至不惜赶夜路，直奔横谷隘路。

也许，他俩真是这么想的，因为这样，明天下午就能赶到山洞之家。这个想法实在太诱人了。不过，他俩绝对不敢提出这个建议，不会有人赞同这个想法，不可能允许他俩独自前行。

另一方面，即将抵达梦寐以求的目的地，投入期盼已久的亲人，以及朋友们的怀抱，他俩满心欢喜，要知道，亲人们也许早已绝望，以为从此永别了！……

当他们终于可以高呼："我们回来啦……回来啦！"的时候，心情将是何等激动，欣喜若狂！

下午的路途与上午相仿，弗里茨尽量照顾珍妮、朵尔，以及苏珊·沃斯顿，不让她们过度劳累。

一路顺利，将近下午四点钟，他们终于走到了森林边缘。

　　面前是一片富饶的原野，肥沃的土地孕育出茂盛的植被，绿草茵茵，树林葱茏，还有一簇簇树丛，一直分布延伸到格林塔尔山谷。

　　几群野鹿和黄鹿从远处跑过，它们可不是狩猎的目标。还有数量众多的鸵鸟，看见它们，弗里茨和弗朗索瓦不禁回想起在阿拉伯山周围的探险经历。

　　与此同时，不少大象也出现在远处；一行人从容不迫地穿过茂密的丛林。如果杰克在这儿，他一定会紧盯象群，眼里冒出渴望的目光！

　　"我们不在的这段时间，"弗里茨说道，"杰克很可能成功地抓住了一头大象……把它驯服……收到自己麾下！……就像我们收服了水牛斯特姆和布鲁默，以及野驴莱希特福斯，不是吗？……"

　　"这很可能，我的朋友，"珍妮回答道，"我们离开这里足有十四个月，在新瑞士，一定发生了很多新鲜事儿……"

　　"这儿可是我们的第二祖国！"弗朗索瓦说道。

　　"我设想过，"朵尔大声说道，"希望之乡已经盖起新住宅……有了新农场……也许，甚至有了一座村庄……"

　　"噢！"水手长说道，"我对眼前的一切十分满意……很难想象，在你们的这座岛屿上，还有比这儿更好的地方……"

　　"与希望之乡相比，这儿算不了什么，布洛克先生……"朵尔断然说道。

　　"确实比不上，"珍妮接着说道，"而且，泽玛特先生借助《圣经》典故，给它如此命名，就因为它名副其实。我们比希伯来人[①]还要幸

[①] 希伯来人，属于古代北闪米特分支，是现代犹太人的祖先，曾于公元前14世纪末期征服迦南。

运,即将踏入迦南之地。①"

约翰·布洛克终于相信,这些溢美之词绝非夸大虚构。

下午六点钟,弗里茨着手安排夜间宿营地。虽然他并不情愿,因为,弗里茨与弟弟都想继续赶路,直奔格林塔尔山谷。

在每年的这个季节,天气不会突然变坏,因此,不用担心气温骤降。实际上,在白天,让古尔德船长和同伴们烦恼的,倒是天气过于炎热,虽然正午前后,在高大的树荫下尚能躲避阳光直晒。一旦走出树荫,只有小片树林能够提供荫凉,大家在树林间七拐八弯,行进速度并未减慢。

在干树枝噼啪作响的篝火前,晚餐准备好了,内容与午餐大同小异。当然了,今夜无法在山洞中度过;不过,人人疲惫不堪,睡得十分沉稳。

出于谨慎,弗里茨与弗朗索瓦,以及水手长商定,三人轮流值班。黑暗的夜色中,远处传来的阵阵号叫提醒他们,岛屿的这片地方经常有猛兽出没。

第二天,晨曦初现,一行人出发了。如果一路顺利,今天下午可望穿越横谷隘路,一路上,随处可见新鲜的野兽足迹。

这一天,路上遭遇的困难并不比头一天多,他们穿过一片又一片丛林,尽量躲避直晒的阳光。

正午时分,在一条湍急的河边,他们吃了午餐。这条河流的宽度足有九至十托阿斯②,水流向北方奔涌,众人沿着河流的左岸前行。

---

① 迦南是一个古代地区,由以色列或其位于约旦河和地中海之间的部分组成,按照《圣经·旧约全书》,这里被认为属于"应许之地",是一块"流着奶和蜜"的"希望之乡"。

② 约合18至20米宽。

无论弗里茨，还是弗朗索瓦，他俩谁都不认识这条河，因为，他俩从未探访过这座岛屿的中心腹地。事实上，他俩谁也没有想到，这条河已经拥有了一个名字，它就是蒙特罗斯河。同样，他俩也不知道，那座山顶飘扬英国旗的山峰也有一个新名称，即让·泽玛特峰。如果珍妮知道，新瑞士岛最重要的河流之一，竟然被赋予她的家族名称，心中一定倍感欣慰！

继续行进一个小时后，他们离开蒙特罗斯河，因为这条河突然掉头向东流去。两个小时后，走在最前头的弗里茨和弗朗索瓦来到一个地方，而这个地方他们曾经来过。

"格林塔尔山谷！"他俩不约而同地叫道，欢呼声不绝于耳。

这儿确实是格林塔尔山谷，只需沿着这条山谷向上，就能走到那条围绕希望之乡的岩石屏障，抵达横谷隘路。

现在，他们已经忘记了饥饿和疲劳，什么也阻挡不住前进的步伐！尽管山势陡峻，大家紧随弗里茨和弗朗索瓦，迈步疾行。他们身不由己，似乎被推着往前走，目的地越来越近，那是他们曾经不抱希望，以为永别了的目的地！

啊！按照惯例，每年天气好的季节，泽玛特和沃斯顿先生就住在埃伯福特乡间小屋，而且全体家庭成员陪伴着他俩。如果此刻他们在那儿，该多么幸运！

然而，正如俗话所说，"好运不能一蹴而就"，即使胆大妄为的约翰·布洛克，也不敢生此妄想。

终于，格林塔尔山谷西北角的尽头出现了，它就坐落在岩石屏障的脚下，弗里茨向横谷隘路走去。

隘路口的横梁依旧在那儿，结结实实地插在岩石缝隙中，足以抵御任何身强力壮的四足动物。

"看吧，这就是我们的大门……"

"是的，"珍妮说道，"这是希望之乡的大门，大门里面，生活着我们挚爱的亲人！"

他们用了几分钟时间，打开了一扇厚木板。

于是，一行人穿过隘路，每个人都觉得，终于回到自己家，——仅仅在三天前，他们还曾以为，距离这个家足有上千里之遥！……

弗里茨、弗朗索瓦，以及约翰·布洛克一起，把横梁在石缝中插好，确保不让猛兽，或者其他厚皮动物钻进来。

将近七点半钟，夜色降临，热带地区的天色一向黑得很快。很快，弗里茨与同伴们抵达了埃伯福特乡间小屋。

农场里一个人也没有，这并不奇怪，尽管大家感到非常遗憾。

小屋完好如初，大家敞开房门和窗户，准备安顿下来。他们打算在这里逗留十来个小时。

按照泽玛特先生的习惯，这栋小屋随时可以接纳两家人，因为，他们每年总要来这里下榻若干次。床铺都让给了珍妮、朵尔、苏珊、小鲍勃，以及古尔德船长。棚屋的地上铺了干草，足够容纳其余几位，他们在这里度过了回家之前的最后一个夜晚。

不仅如此，埃伯福特小屋还贮存着一些食物，足够吃一个星期。

珍妮只需打开那只硕大的柳条筐，里面装满各式各样的食品，包括西米、木薯粉，或者木薯面，以及腌制的肉类和鱼干。至于水果，这儿有无花果、红树果、香蕉、梨、苹果，随便走几步，就能到树下伸手采摘，此外，菜园里还有各种蔬菜。

不用说，厨房和餐厅里，各种炊具和餐具十分齐全。炉灶里的木柴燃起火焰，三足铁锅支起来。水渠里的清水引自东江，滋润了农场的蓄水池。另外，酒窖里藏着酒桶，众人畅饮几杯棕榈酒，兴奋之情溢于言表。

"喔！哦！"水手长叫道，"我们已经多长时间滴酒未沾了……"

"为此，需要好好补偿您一次。我勇敢的布洛克。"弗里茨高声说道。

"只要您愿意，"水手长回答道，"让我们品尝本地佳酿，相互举杯，开怀畅饮！……"

"让我们举杯，"弗朗索瓦回答道，"为即将在山洞之家，或者在鹰巢，与亲人好友团聚，共同祝愿！"

觥筹交错，大家三呼万岁，向泽玛特和沃斯顿两家人致敬。

"事实上，"约翰·布洛克提醒道，"无论在英国，还是在其他地方，很多乡间客栈还不如埃伯福特乡间小屋舒适……"

"更何况，布洛克，"弗里茨回答道，"住在这儿不用花一分钱！"

酒足饭饱，珍妮、朵尔、苏珊和孩子睡在一个房间，古尔德船长睡到另一个房间，弗里茨、弗朗索瓦、詹姆斯和水手长睡在棚屋里。经过如此漫长的旅途，大家亟需好好休息一晚。

这一晚，周围宁静安稳，所有人一觉睡到东方日出。

第二十八章

> 出发前往鹰巢 —— 运河 —— 让人担心 —— 庭院满目疮痍 —— 在空中楼阁 —— 在树梢上 —— 绝望 —— 山洞之家冒烟了 —— 警报！

第二天，早晨七点钟，众人吃了点儿昨晚剩下的食物，饮了上路酒 —— 一杯棕榈酒 —— 弗里茨与同伴们离开了埃伯福特乡间小屋。

这儿距离鹰巢农场大约三里，大家迫不及待，希望用三个小时走完这段路。

事实上，弗里茨决定直奔鹰巢是有道理的。

虽然还有另一条路直通位于天鹅湖畔的瓦尔德格农场，不过，那条路稍微有点儿远。最近的路程，就是这条直通鹰巢的大路，从那儿继续向前，沿着美丽的海滨林荫道，向南直奔山洞之家，就能抵达豺狼溪的入海口。

"很可能，"弗里茨提醒道，"眼下，我们的家人正住在那座空中楼阁里……"

"如果这样，我的朋友，"珍妮接着说道，"我们就能提前一个多小时拥抱他们，真让人高兴……"

"也许还会更提前，"朵尔回答道，"可能在半路，我们就会迎头碰上他们！"

"但愿他们别去了展望山别墅！"弗朗索瓦提醒道，"如果那样，我们就不得不一直追到失望角……"

"那个海角，"古尔德船长问道，"就是泽玛特先生等待独角兽号出现的地方，对吧！……"

"就是那儿，船长，"弗里茨回答道，"毫无疑问，那艘巡洋舰已经维修好了，应该很快出现在新瑞士岛附近。"

"无论如何，"水手长说道，"我认为，最好的选择就是立即动身……如果在鹰巢见不到他们，我们就去山洞之家，如果在那儿也找不到人，我们就去展望山，或者别的地方……出发吧！"

在埃伯福特乡间小屋，虽然能找到全套的炊具和餐具，但是，弗里茨想要找到猎枪和弹药，却是白费力气。每次，他父亲和兄弟们来这座小屋，都会随身携带猎枪，不过，出于谨慎，从来不把枪和弹药留在这儿。另一方面，无论老虎、狮子，还是豹子，它们都无法穿越横谷隘路，可以肯定，从让·泽玛特峰到格林塔尔山谷的那段路程，才是最危险的，至于希望之乡，这里没有危险，大家尽可放心。

面前的小路可以通车——水牛和野驴拖拽车子已经来过这儿很多次，道路早被压平！——路两侧都是农田，碧绿繁茂，生机盎然，欣欣向荣，赏心悦目。古尔德船长、水手长、詹姆斯，以及苏珊·沃斯顿都是第一次眺望这个地方，情不自禁赞叹不已。是的！移殖民们大可放心过来，这里足够养活数百人，至于整座岛屿，养活数千人都不成问题！

一行人走了一个半小时，从埃伯福特小屋到鹰巢的路程已经过半，弗里茨停下，歇息片刻，面前出现一条不曾见过的河流。

"咦，这可是新鲜事儿……"弗里茨说道。

"确实，"珍妮回答道，"我从来不记得这儿有一条河……"

"这条河更像是一道水渠！"古尔德船长提醒道。

确实，这是一条人工开凿的运河。

"您说得对，船长，"弗里茨赞同地说道，"应该是沃斯顿先生的主意，从豺狼溪引水，注入天鹅湖，让它在干热季节保持水位，以便浇灌瓦尔德格农场周围的土地……"

我们都知道，弗里茨说得完全正确。

"是的，"弗朗索瓦接着说道，"这应该是您的父亲……我亲爱的朵尔，就是您父亲想出来的主意，并且付诸实践……"

弗朗索瓦说得也全对。

"噢！"朵尔惊叹道，"我觉得，您的兄弟欧内斯特应该也贡献了一份力量！"

"毫无疑问……我们的欧内斯特可是位才子……"弗里茨接着说道。

"为什么没有勇敢的杰克……而且，还有泽玛特先生？"古尔德船长问道。

"还有全体家庭成员！……"珍妮微笑着说道。

"是的……两家人，如今变成了一家！"弗里茨回答道。

水手长按照老习惯，精确无误地分析说：

"如果说，有一个人，或者说一些人修建了这条水渠，"他继续说道，"那么，这个人，或者说这些人还有本事架起桥梁，确实令人刮

443

目相看……我们过桥继续赶路吧。"

跨过这座单孔桥,众人进入茂密的树林,这条小河穿林而过,在鹰巢周边,鲸鱼小岛南边的土地上蜿蜒迂回。

弗里茨和弗朗索瓦似乎察觉了什么,不时侧耳倾听,远方传来喧嚣声,甚至,还有好几声枪响。在如此阳光明媚的清晨,作为狂热的猎手,如果杰克不在狩猎,还能干什么呢?恰在此时,四面八方出现许多猎物,穿过矮树丛,钻进树林,四散逃窜。如果兄弟俩手中有枪,一定会连续射击。不过他俩觉得,在这个地区,无论飞禽,还是走兽,从来没有如此频繁现身,其数量之多,让同伴们惊诧不已。

而且,除了小鸟儿们的叽喳声,还传来鹧鸪和大鸨的鸣叫,小鹦鹉们的喧嚣,其间夹杂着豺狼的呼号,所有这些声音此起彼伏,然而,并未传来任何枪声,也听不见猎狗寻觅猎物的叫声。

确实,此地距离鹰巢足有一里多地,也许,那两家人仍旧住在山洞之家。

总之,沿着鹰巢水渠右岸前行,再走半个小时就能穿过树林,抵达林子的边缘,在那儿,在树林边缘的尽头,矗立着那棵高大的红树,红树下层枝杈支撑着空中楼阁。

很可能,无论泽玛特夫妇,还是欧内斯特和杰克,包括沃斯顿先生和夫人,以及他们的女儿,他们都不在鹰巢,因为,如果他们在那儿,不可能一点儿动静都没有。看门狗图尔克,以及猎狗法尔布和布朗,它们怎么可能认不出自己的年轻主人?它们不是应该早就发出欢快的叫声,宣布主人的回归吗?……

几棵大树下,笼罩着死一般的沉寂——这种寂静让人隐约感到有些不安。弗里茨看了一眼珍妮,发现她的眼神中流露出一丝焦虑,然而，这丝焦虑似乎毫无来由。弗朗索瓦也有些烦躁不安，往前冲了几步，又反身走回来。每个人感到一阵心悸，再走十分钟，他们就将抵达鹰巢……十分钟？……空中楼阁好像近在咫尺？……

"当然啦，"水手长有意缓和一下紧张气氛，不禁说道，"当然，我们可能不得不继续沿着你们那条美丽的林荫道，直奔山洞之家！……不过就是再走一个小时，也没啥了不起……毕竟你们离开此地很久了，不差这一个小时，不是吗？"

一行人加快脚步。

片刻之后，树林边缘出现在眼前，然后，就是那棵矗立在庭院当中的大红树，庭院围着篱笆，篱笆上爬满绿色植物。

弗里茨和弗朗索瓦朝庭院大门跑去……

大门敞开着，甚至，看得出来，大门铰链被拔出了一半。

兄弟俩走进院子，站在中央小水池旁……

整个儿住宅荒凉冷清。

无论紧挨篱笆墙的家禽圈，还是牲畜棚，全都悄无声息，若在往常，每年夏季，那里总会圈养许多奶牛、绵羊和家禽。在棚子里，各种物品，包括箱子、篮子，以及农具胡乱堆放。这不合常理，因为，泽玛特夫人、沃斯顿夫人和女儿，习惯于把东西收拾得整整齐齐。

弗朗索瓦跑进牲畜棚……

那儿只有几捆干草散落在饲料槽里……

那些牲畜会不会破门而出，四散而去？……是不是跑到田野去了？……不会……因为，在鹰巢附近，一匹牲畜也不见……看起来，很可能，由于某种原因，这些牲畜已被圈进其他农场，然而，这事儿显得十分蹊跷……

445

我们知道，鹰巢农场有两所住宅，一所建在红树枝杈上，另一所建在树下，紧靠着树根。树下住宅用竹子建造，支撑着一个铺着沥青的房顶，房顶四周有围栏，形成一个平台。房顶平台覆盖着下面的几个房间，房间彼此隔开，隔板固定在树根上。树下住宅足够大，可以安顿两家人。

现在，树下的这栋住宅与庭院周围一样寂静无声。

"我们进去。"弗里茨嘶哑着嗓音说道。

众人跟着他。一声惊呼——所有人目瞪口呆……

整栋住宅被翻得乱七八糟，桌子和椅子被掀翻在地，箱子敞开着，床铺也被掀倒在地板上，器皿被扔到墙角。看起来，这栋住宅似乎遭到过肆意抢劫。鹰巢原本储存了许多生活物资，如今却被劫掠一空，就连干草房里的干草也不见了踪影；在食物贮藏室里，无论葡萄酒桶、啤酒桶，还是烧酒桶，全被倒空；他们没有找到武器，不过，水手长捡到一把上了膛的手枪，把它别在了腰间。然而，按照惯例，在鹰巢的狩猎季节，这里总会放几支猎枪和火铳。

面对一片狼藉，弗里茨、弗朗索瓦和珍妮惊诧不已，骇然莫名。如此看来，在山洞之家、瓦尔德格、扎克托普，甚至展望山，是否会目睹同样的情形？……在几座农场中，是否只有埃伯福特乡间小屋幸免于难，没有遭到打劫？……至于劫匪，他们是些什么人？……

"朋友们，"古尔德船长说道，"不幸降临了……不过，事情可能没有你们想象得那么可怕……"

没有人答话。无论弗里茨、弗朗索瓦，还是珍妮，他们个个心如刀绞，能说什么呢？自从踏上希望之乡的土地，他们满心喜悦，然而，在鹰巢，他们看见了什么？……一座废墟，满目疮痍！

整栋住宅被翻得乱七八糟……

到底发生了什么事情？……新瑞士是否遭到一帮海盗的入侵？在那个时代，印度洋上游弋着许多海盗，安达曼群岛①和尼科巴群岛都是他们的藏身之地。两家人是否及时撤离山洞之家？是否躲藏在希望之乡的某个角落？或者，他们甚至已经逃离了这座岛屿？……他们是否落入了这帮海盗的魔掌？……或者，他们曾经自卫抵抗，宁死不屈？……

最后，还有一个问题，这次入侵究竟发生在几个月之前，还是几个星期，甚至几天之前？如果独角兽号如期驶临这片海域，有没有办法向它发出预警？……

珍妮拼命忍住眼泪，与此同时，苏珊和朵尔却在啜泣抽噎。弗朗索瓦迫不及待，想要冲出去寻找父亲、母亲，以及两个兄弟，弗里茨一把拉住了他。哈利·古尔德与水手长进进出出，反复审视篱笆墙附近，但是并未发现疑点，也未听见异常声音，无法做出任何判断。

然而，必须采取措施。他们是否应该留在鹰巢，静观其变，还是不管不顾，向南直奔山洞之家？……他们是否应该把珍妮、朵尔，以及苏珊·沃斯顿留在此地，由詹姆斯负责照顾，与此同时，派遣弗里茨、弗朗索瓦、哈利·古尔德，以及约翰·布洛克出去了解情况，沿着海滨林荫道查看，或者穿过田野？……

无论如何，既然事情已经到了无法挽回的地步，那就必须先把情况弄清楚！

毫无疑问，弗里茨最能理解众人的感情，为此，他说道：

"我们试着前往山洞之家……"

---

① 安达曼群岛位于孟加拉湾与缅甸海之间，曾经归英属印度统治，现属于印度联邦的海湾联合属地。

"那就出发吧。"弗朗索瓦叫道。

"我陪你们一起去。"古尔德船长断然说道。

"我也去……"约翰·布洛克接着说道。

"好吧,"弗里茨回答道,"不过,詹姆斯应该留下来,与珍妮、朵尔和苏珊一起,你们到空中楼阁上面去,那儿比较安全……"

"让我们大家一起,先爬上去,"约翰·布洛克提议道,"从那上面,也许能眺望远方……"

在动身去外面探险之前,先爬上去看一下,这个主意不错。站在空中楼阁,甚至,爬到红树的树梢上,可以眺望希望之乡的部分地域,以及东方的部分海域,甚至还能看清从救命湾到失望角长达三里的海滨一线。

"上去……爬上去!……"听到水手长的提议,弗里茨立刻回答道。

多亏红树浓密枝叶的遮掩,坐落在树杈上的空中楼阁并未遭受蹂躏,为此,众人心中稍感宽慰。通往上面的楼梯藏在树干里,树干的门位于树下最里面房间的一角,不易被发现,完好无损。

楼梯门紧闭,门上有锁。弗朗索瓦试着打开门锁,锁舌弹起,门开了。

一会儿的工夫,大家陆续爬上楼梯,站到环形阳台上,浓密的枝叶犹如一张巨大的帷幕,阳光透过枝叶的缝隙。

弗里茨和弗朗索瓦率先走进空中楼阁,迫不及待地打开第一个房间。

无论这个房间,还是与之相连的其他房间,床铺整齐,桌椅安稳,一切井井有条,毫无紊乱迹象。看得出来,这座昔日的"鹰巢"尚未受到骚扰。实际上可以确定,强盗们并未发现树下的那道门。至于这座空中楼阁,必须承认,它坐落在红树枝杈上,迄今已有十二年,浓密的枝叶把它遮蔽得严严实实，无论是在树下庭院里，还是从附近树林望过来，很难发现它的身影。

珍妮与家人在"鹰巢"居住过多次，对这儿再熟悉不过，她领着朵尔和苏珊，快速审视了所有房间。

看起来，不久前，泽玛特和沃斯顿两位夫人整理过这些房间。三人找到了肉干、面粉、大米、食品罐头、饮用水，按照鹰巢的惯例，这些东西足够使用一个星期。这个习惯在其他农场，包括瓦尔德格、扎克托普、埃伯福特乡间小屋，以及展望山别墅，无不如此。

当然，面对此情此景，大家首先想到的不是生存。让众人忧心忡忡、伤心欲绝的是鹰巢被遗弃的景象。在这个盛夏时节，在树下庭院里，显然，这栋住宅经历过一次劫难！

众人回到环形阳台，弗里茨和水手长爬上红树梢，以便尽可能地登高望远。

向北望去，海岸线从失望角一直延伸到隆起的山岗，展望山别墅就坐落在那儿。不过，从这个角度望去，浓密的树丛遮住了视线，最远只能看到瓦尔德格农场。乍一看，那个地方并未出现异样。

向西望去，视线越过那条连接豺狼溪与天鹅湖的人工运河，弗里茨和同伴们刚才跨过河上的单孔桥，穿过田野走到这里。河水浸润的鹰巢田野一望无际，安静如常，向西一直延展到横谷隘路。

东边是一片汪洋大海，从失望角一直到东边海岬，独角兽湾就坐落在那座海岬后面。海面上，看不到一片船帆，海滨一带也没有任何小船的身影。眼前只有一片大海，在海面的东北方，坐落着当初撞碎地主号的那块礁石。

视线转向南方，能够看见相距大约一里开外的救命湾入口，那儿靠近山洞之家住所附近的岩石屏障。

不过，他们看不见那边的住所，以及住所周围的设施，最多只能看见菜园的绿色树梢，如果把视线继续转向西南方，可以看到一条细线在阳光下闪烁，那是豺狼溪的潺潺溪水。

弗里茨和约翰·布洛克观察了十来分钟，然后返回阳台。泽玛特先生在鹰巢留了一架望远镜，利用这架望远镜，大家朝着山洞之家方向，以及那一带海滨，反复仔细观察。

看不到一个人影……似乎，两家人已经撤离了这座岛屿。

然而，还有一种可能，那就是，泽玛特先生与同伴们被海盗驱赶到了希望之乡的某一座农场，甚至，可能逃到新瑞士岛的其他地方。不过，针对这个假设，哈利·古尔德提出了一个反对意见，令众人很难反驳。

"这些海盗，甭管他们是谁，"船长说道，"肯定来自海上，甚至可能就在救命湾登陆……然而，我们并未发现任何一条小艇……由此，可以得出结论：他们已经走了……也许，还掳走了……"

对于古尔德船长的看法，谁也不敢予以回答。而且，一个十分重要的迹象显示，山洞之家可能已经无人居住。因为，从树梢上望过去，菜园附近并无一缕炊烟。

于是，哈利·古尔德继续阐述自己的设想，他认为，两家人已经主动撤离新瑞士岛，因为，独角兽号并未按照约定日期返回……

"可是，他们如何撤离？……"弗里茨问道，心中依然保留一丝希望。

"搭乘一条抵达这片海域的航船……"哈利·古尔德回答道，"也许是一条来自英国的海船，或者是任何一条海船，偶然途经此处，发现了这座岛屿……"

从某种角度说,这个解释可以让人接受。但是,要想让他们放弃新瑞士,尤其在这种局面下,那得下多大决心呀!

于是,弗里茨说道:

"不能再犹豫了……我们去弄明白……"

"走!"弗朗索瓦回答道。

就在弗里茨动身准备走下阳台时,珍妮拦住了他,嘴里叫道:

"一缕烟……我似乎看到,在山洞之家上空,升起一缕轻烟……"

弗里茨抓起望远镜,把镜头对准南方,足有一分钟时间,他的眼睛紧贴着望远镜的目镜……

珍妮说得对。一缕轻烟,清晰可见,因为,这缕烟正在变浓,在绿色帷幕的衬托下,冉冉升起,已经高过了山洞之家背后的岩石屏障。

"他们在那儿……他们在那儿……"弗朗索瓦高声喊道,"我们与他们近在咫尺!"

没有人对他的断言表示怀疑,大家需要重新燃起希望。眼前这一切,包括清冷凄凉的鹰巢,遭受劫掠的树下庭院,以及消失不见踪影的牲畜、空无一物的贮藏室,还有遭受踩躏的住宅,全被抛到脑后……

然而,他们的头脑重新冷静下来,至少,古尔德船长和约翰·布洛克恢复了理智。显然——这缕烟尘证明——此刻,山洞之家有人居住……可是,居住的人会不会就是海盗?为此,必须极其谨慎地靠近那里。也许,根本不能沿着海滨林荫道向南直奔豺狼溪,应该穿过田野,尽可能地借助树丛掩护,力争悄悄地靠近目的地。

最终,所有人准备离开空中楼阁,恰在此时,珍妮借助望远镜俯

我似乎看到，在山洞之家上空，升起一缕轻烟……

视海滨一线，嘴里说道：

"有一点能够证明两家人仍旧坚守……根本没有离开他们的岛屿……这个证据就是，鲨鱼岛上的旗帜仍在飘扬！"

刚才，大家都没有看见那面红白相间的新瑞士旗，然而确实，它就飘扬在小岛炮台之上。不过，尽管如此，它能够确切证明泽玛特先生、沃斯顿先生，以及他们的夫人和孩子们并未离开新瑞士岛吗？……难道，按照惯例，这面旗帜不是一向悬挂在那儿吗？……

对这个问题，谁也不愿发表看法……只要去了山洞之家，一切都会弄清楚……这段路程用不了一个小时……

"走吧……动身……"弗朗索瓦反复催促着，边说边朝楼梯走去。

"停下……站住……"突然，水手长压低嗓音说道。

众人看到，水手长朝着救命湾的方向，趴在了阳台上。然后，他轻轻拨开树叶，探出头去，很快又把头缩了回来。

"什么情况？……"弗里茨问道。

"野人……"约翰·布洛克说道。

第二十九章

各种假设 —— 当机立断 —— 一声炮响 —— 鲨鱼岛 —— 沙滩探险 —— 被遗弃的小艇 —— 上船 —— "别开炮！……"

此刻，已经是下午两点半钟，尽管阳光几乎直射下来，但是红树枝叶极为浓密，光线很难透过。在新瑞士岛登陆的野人尚未发现鹰巢的空中楼阁，弗里茨和同伴们躲在上面，暂时没有危险。

出现了五个半裸的男人，皮肤黝黑，与澳大利亚西部土著的肤色如出一辙。他们手中拿着弓箭，沿着小路走过来。除了眼前这几个人，在希望之乡，是否还有其他人？不用说，那些人都不是山洞之家原来的居民。但是，泽玛特先生，以及他的同伴们去哪儿了？……他们是否成功逃脱？……是否在实力悬殊的战斗中一败涂地？……

事实上，正如约翰·布洛克所说，登上这座岛屿的土著人数众多，绝不止眼前这几个，这一点毋庸置疑。如果仅仅这几个人，根本不可能打败泽玛特先生和他的两个儿子，还有沃斯顿先生，即使偷袭也做不到……这些土著应该是成群结伙，乘坐独木舟组成的船队，侵占了新瑞士……无疑，眼下，这支独木舟船队就在平底渔船和小艇停泊的那个小港湾……由于救命湾凸出的海角遮挡了视线，所以，即使站在鹰巢的树梢上，依然看不到这些独木舟……

既然在鹰巢，以及附近地方没有遇见泽玛特和沃斯顿两家人，那么，他们究竟去了哪儿？……是否可以由此推定，他们成为俘虏，被关在山洞之家？……他们没有来得及，或者说没有办法逃往其他农场……或者，他们已经不幸遇难？……

弗里茨一行人目睹了惨遭蹂躏的鹰巢，看到希望之乡的部分地方被遗弃，包括通往天鹅湖的运河一带，以及海滨一线！……看来，情况已经十分清楚。弗里茨、弗朗索瓦和珍妮遭受了不幸的打击，这打击异常沉重，让他们难以承受！……对于詹姆斯，以及他的妻子和妹妹来说，这打击同样沉重！……虽然希望极为渺茫，但是，他们如何才能不绝望？……想到这些，他们泪如雨下，悲痛欲绝。与此同时，哈利·古尔德和水手长始终严密窥视着那几个土著。

不过，还有最后一种可能：两家人是否会向西逃跑，跑到珍珠湾的另一侧，躲在这座岛屿的某个地方？……当独木舟船队穿越救命湾的时候，两家人可能老远发现了这些土著，他们也许来得及逃上平底渔船，并且携带了食物和武器？……然而，对于这种可能，无论谁也不敢贸然确信！……

哈利·古尔德与约翰·布洛克仍在严密监视逐渐走近的几个野人。

他们是否打算走进庭院？是否打算再次光顾已经抢劫蹂躏过的住宅？……他们会不会发现那道通往楼梯间的小门？对此，众人都有些担心。确实，目前来看，这儿仅有五六个野人，打败他们的难度并

哈利·古尔德和水手长始终严密窥视着那几个土著。

不大。一旦野人登上空中楼阁的平台，可以发起突袭，一个对一个，把他们从栏杆上扔下去，这个高度足有四十至五十英尺，摔下去……

"这样，"水手长断言道，"如果摔了这一跤，几个畜生还能活蹦乱跳走回山洞之家，只能说明他们比猫，甚至比猴子还灵活！"

不过，五个野人走到林荫道尽头，竟然站住了。现在，他们的一举一动，都被弗里茨、哈利·古尔德，以及约翰·布洛克看得一清二楚。这几个野人来鹰巢想干什么？……虽然迄今为止，空中楼阁尚未被他们发现，但是，他们迟早总会发现，包括藏在里面的人，对吗？……然后，他们会引来大帮野人，弗里茨一伙儿可没法抵御上百土著的攻击……

几个野人穿过林间空地，直奔篱笆墙而来，绕了一圈，其中三人走进庭院，钻进左侧的一个棚子，很快又钻了出来，手里拿着几件捕鱼工具。

"他们倒真不客气，这些混蛋！……"水手长喃喃自语道，"甚至都不用征求主人的允许。"

"难道，他们打算在海边捕鱼？……海滩一定有小船……"哈利·古尔德说道。

"我们很快就能知道，我的船长。"约翰·布洛克回答道。

事实上，这三个男人刚刚与同伴会合，随后，他们沿着一条长满荆棘的小路，顺着鹰巢河的右岸，朝海滨方向走去。

几个野人一直走到小河的拐弯处，小河从那儿流向入海口，在红鹳湾注入大海。

就是在那儿，几个野人向左转，身影随即消失，追踪的视线无法看清他们是否走到海边。很可能，海边停着一条小船——而且，很可能这几个野人经常利用这条小船，在鹰巢附近捕鱼。

当哈利·古尔德和约翰·布洛克严密窥视野人时，朵尔和苏珊还在抽噎流泪，珍妮已经控制住悲伤情绪，对弗里茨说道：

"我的朋友……现在需要做什么？"

弗里茨看着自己的妻子，不知该如何回答。

"现在需要做的，"古尔德船长坚定地说道，"就是我们共同商量做出决定……不过，首先，我们不能停留在这座阳台上，这样做不仅毫无益处，而且有被发现的危险。"

经过长时间折腾，鲍勃累了，被安置到一个小房间里，睡着了。与此同时，所有人聚集到大房间。对于妻子刚才的问话，弗里茨回答道：

"我亲爱的珍妮，不……为了找到家人，我们还有一线希望……可能……很可能，他们并未遭遇突袭……我父亲，还有沃斯顿先生，他们应当很早就发现了那些独木舟……也许，他们有时间躲避到某一座农场，甚至躲到珍珠湾的密林深处，这些野人不可能找到那里……离开埃伯福特乡间小屋以后，我们跨过运河，一路上没有发现任何野人的踪迹……我感觉，这些野人根本没打算远离海滨……"

"我也有同感，"哈利·古尔德接着说道，"我认为，泽玛特和沃斯顿两位先生，已经与家人一起远走高飞……"

"是的……我敢肯定这一点！……"珍妮断然说道，"我亲爱的朵尔，还有您，苏珊，千万不要绝望……别再哭泣……你们将会与父母团聚，同样，我们也将与父母团聚。弗里茨，还有詹姆斯，你们都将与父母团聚！……"

这位少妇语气坚定，信心十足，听到她的表白，人们心中重新燃起希望，弗朗索瓦握住她的手，说道：

"我亲爱的珍妮，这些话，一定是上帝让您说出来的！"

随后，经过深思熟虑，众人接受了古尔德船长的说法：山洞之家并未遭到土著们的突然袭击，因为，土著并不熟悉这一带海滨，不可能在夜间登陆。他们一定是白天过来，从东边，或者从西边进入救命湾。然而，由于海湾的入口位于东边海岬和失望角之间，泽玛特先生、沃斯顿先生，还有欧内斯特和杰克，他们应该老远就看见土著的独木舟，并且抓紧时间，躲避到了岛屿的其他地方，难道不是吗？……

"甚至，"弗里茨接着说道，"如果土著登陆是最近发生的事情，既然我们的家人不在山洞之家……也许，他们转移去了其他农场？……如果说昨天晚上，我们没有在埃伯福特乡间小屋相遇，那么也许，他们去了瓦尔德格，或者扎克托普农场，甚至去了展望山，躲在那儿浓密的树林里……"

"我们先去扎克托普农场……"弗朗索瓦提议道。

"我们可以去，"约翰·布洛克回答道，"但要等天黑之后……"

"如果……现在就去……现在！……"弗朗索瓦不停地说道，根本听不进别人的意见，"我可以独自前往……这段路程不过两里半的距离，返程也不远。三个小时之后，我就能回来，然后，我们就知道该怎么办了……"

"不行，弗朗索瓦，不行！……"弗里茨说道，"我要求你，不要与大家分开……这么做很不谨慎……我是你的大哥，如果需要，可以给你下命令！……"

"弗里茨……你想阻止我吗？……"

"我在阻止你，不要铤而走险……"

"弗朗索瓦……弗朗索瓦……"朵尔恳求地说道,"听你大哥的话……弗朗索瓦……求你了!……"

弗朗索瓦顽固地坚持己见,一定要去,并且准备下楼。

"那好吧!"水手长不得不表态,说道,"既然非要去寻找,那就不必等到天黑……只不过,为什么不能大家一起去扎克托普呢?……"

"走吧……"弗朗索瓦说道。

"不过,"水手长面对弗里茨,接着说道,"我们应该直奔扎克托普吗?……"

"如果不去那儿……还能去哪儿?……"弗里茨回答道。

"去山洞之家!"约翰·布洛克说道。

刚才的一番争论,竟然忽略了这个地方,听到这个名字,大家话锋随即一转。

去山洞之家?……应该说,倘若泽玛特和沃斯顿两位先生,以及他们的夫人和孩子都已落入土著手中,如果他们还活着,一定是被关押在山洞之家。因为,那缕炊烟已经表明,山洞之家有人居住。应该去那里告诉他们:弗里茨、弗朗索瓦、珍妮、朵尔,以及詹姆斯和苏珊·沃斯顿已经回来了。

"去山洞之家……很好……"古尔德船长回答道,"不过,大家一起去吗?……"

"大家一起?……不行……"弗里茨断然说道,"只能去两三个人,而且,要等天黑以后……"

"等天黑?……"弗朗索瓦固执得异乎寻常,说道,"我现在就去山洞之家……"

"然而,大白天,你觉得自己不会被附近徘徊的野人发现

461

吗？……"弗里茨问道，"即使没被发现，眼下，山洞之家已被野人占领。你如何潜入？……"

"我不知道，弗里茨……不过，我能弄清楚，咱们的家人是否还在那儿……然后，我就回来！……"

"我亲爱的弗朗索瓦，"哈利·古尔德回答道，"您的焦虑心情，我很理解，而且感同身受！……不过，您应该听从我们的劝告，这完全是出于谨慎……如果那帮野人把您抓住，难免引起警觉……他们就会搜寻我们……无论躲到瓦尔德格，还是其他地方，大家都将身处险境……"

确实，如果这样，局面将急转直下，野人们一定能发现弗里茨和同伴们的藏身之处。

弗里茨终于让弟弟听进劝告，恢复理智。面对家族未来一家之长的权威，弗朗索瓦表示服从……

大家耐心等待，一旦夜幕降临，弗朗索瓦和水手长打算离开鹰巢。这趟侦察充满危险，最好只派遣两个人，沿着林荫道边的树丛，设法摸到豺狼溪。如果那座吊桥悬挂在溪流对岸，就准备泅水渡河，然后穿过果园，潜入山洞之家。通过窗户窥视，应该不难看清两家人是否囚禁在里面。如果他们不在里面，弗朗索瓦与约翰·布洛克立即返回鹰巢，大家随即动身前往扎克托普农场，争取天亮前到达那里。

为此，最好耐心等待，然而，时间过得真慢！无论古尔德船长，还是他的同伴们，从未感到心情如此沉重——即使当初被遗弃在救生艇内，漂泊在陌生海域；即使那一天，救生艇在乌龟湾被岩石撞得粉碎；即使幸存者们，包括三位女士和一个孩子，面对悬崖峭壁，身处就地越冬的窘境；即使他们身陷囹圄、无法脱身的时候，大家的心情也未曾如此压抑!

因为,那个时候,尽管历尽艰难,但至少他们知道,不用担心住在新瑞士岛亲人的安危,并为此深感宽慰!……然而,现在,他们发现这座岛屿落入一帮土著手中……亲人和朋友们下落不明……他们担心,面对杀戮,亲朋好友可能惨遭不幸……

甭管怎样,时间仍在缓慢流逝。弗里茨和水手长,特别是弗里茨,两人不时轮流爬上红树梢,观察田野与海上的状况。他们最担心的,就是发现野人们已将鹰巢周围全部占领,或者,野人们再次动身前往山洞之家。

他俩什么也没发现,不过,在南边,大约在豺狼溪的入海口附近,那一缕轻烟始终冉冉升起在岩石上空。

直到下午四点钟,情况没有发生任何变化。大家利用空中楼阁里储存的物资,吃了一顿午饭。

如果弗朗索瓦和约翰·布洛克侦察回来,大家是否应该向扎克托普农场转移?等待的时间实在漫长!……

恰在此时,传来一声轰鸣。

"这是什么声音?……"珍妮问道,一跃而起,准备跑向一扇窗户。弗里茨看在眼里,一把抓住她。

"这是不是一声炮响?……"弗朗索瓦回答道。

"就是炮响!……"水手长叫道。

"可是,放炮的是谁?……"弗里茨说道。

"岛屿附近来了一艘船?……"詹姆斯问道。

"也许是独角兽号!……"珍妮叫道。

"如果是它,这艘船一定距离很近,"约翰·布洛克提醒道,"因为,炮响的位置并不远……"

"到阳台上去……去阳台那儿看看！……"弗朗索瓦不停地叫道，转身跑向阳台……

"当心，不要被人发现，那帮野人警觉得很……"古尔德船长急忙叮嘱道。

所有人把目光投向海面。

根据炮声的远近判断，炮响的位置应该在鲸鱼岛那边，然而，那儿根本看不到海船的踪影。不过，远处海面上，水手长发现了一条小船，船上有两个人，正朝鹰巢的海滩驶来。

"他俩会不会是欧内斯特和杰克？……"珍妮喃喃自语道。

"不会……"弗里茨回答道，"这两个人是土著，那条小船是独木舟……"

"可是……那两个人为什么要逃跑？……"弗朗索瓦问道，"他们身后有人在追赶吗？……"

弗里茨大叫一声——惊喜交加！

他看见一股白烟喷起，白烟中火光一闪，紧接着，传来第二声炮响，炮声在海滨一带回荡。

与此同时，一发炮弹掠过海面，在小船附近掀起两寻[①]高的水柱，那条小船加速朝鹰巢方向逃过来。

"那儿……那儿……"弗里茨高声叫道，"我父亲……沃斯顿先生……我们的人都在那儿呀……"

"在鲨鱼岛上？……"珍妮说道。

[①] 寻是航海术语，表示水深的计量单位，有英制与法制之分。1英寻约合1.83米，1法寻约合1.624米。

一发炮弹掠过海面，在小船附近掀起两寻高的水柱。

"就在鲨鱼岛！"

事实上，刚才的第一声炮响，就是来自这座小岛。紧接着是第二炮，冲那条独木舟打出了一发炮弹……毋庸置疑，泽玛特先生和沃斯顿先生一起，与他们的家人逃到了这座小岛上，依靠那座炮台自卫，迫使野人不敢靠近。在这座小岛上空，飘着红白相间的新瑞士旗，而那面英国旗则飘扬在这座岛屿最高峰的山顶！

众人的喜悦心情简直难以言表——不仅仅是喜悦——还有兴奋，无论弗里茨、弗朗索瓦、珍妮、朵尔，还是詹姆斯和苏珊，他们个个欣喜若狂……既然亲人们都登上了鲨鱼岛，他们也就不需要再去扎克托普农场，或者希望之乡的其他农场苦苦寻找！……不难想象，他们的情绪感染了哈利·古尔德船长和水手长，旗帜号的全体幸存者众口一词，衷心庆贺！

不需要再去山洞之家侦察了，他们打算离开鹰巢前往鲨鱼岛——不过，究竟如何才能过去？——谁也不知道。噢！这棵红树如此高大，如果从这儿发出信号，例如升起一面旗帜，与那边炮台的旗帜遥相呼应，这事儿完全可能！……确实，这么做有点儿不够谨慎。如果打响几声手枪，不仅泽玛特先生听得见枪声，野人也能听见，因为，他们可能就在鹰巢附近游荡。

不过，最关键的问题是，泽玛特先生并不知道古尔德船长率领这伙人来到这儿。如果占领山洞之家的那些野人向鲨鱼岛发起攻击，这伙人无法参加抗击野人的战斗。

"我们现在的处境不错，"弗里茨提醒道，"不能错过有利时机……"

"毫无疑问，"哈利·古尔德回答道，"因为，野人还没有发现我们，而且，现在暴露的风险也不大！……可以等到天黑后再行动……"

"怎样才能登上鲨鱼岛呢？……"珍妮问道。

"游过去……"弗里茨说道，"是的……我完全有能力游到那座小岛……我父亲一定是驾驶平底渔船逃上鲨鱼岛，既然如此，我就可以驾驶那条船回来接你们大家……"

"弗里茨……我的朋友，"珍妮忍不住说道，"要想穿越这座海湾……"

"对我来说，轻而易举，亲爱的夫人，举手之劳！……"这位勇敢的年轻人回答道。

"不过……谁知道呢？……"约翰·布洛克接着说道，"也许，这帮黑家伙的小船就停放在海滩？……"

天色暗下来了，七点钟过后，夜幕已经笼罩四周，在这个纬度地区，夜晚与白昼之间，几乎没有过度，瞬间天就黑了。

将近八点钟，行动的时间到了，弗里茨、弗朗索瓦和水手长决定下楼去庭院，在确认附近没有土著游荡后，准备冒险前往海滨。古尔德船长、詹姆斯·沃斯顿、珍妮、朵尔，以及苏珊等候在红树下，一旦那三人发出信号，立即前去会合。

于是，三个人摸索着走下楼梯，他们不敢燃火照明，生怕暴露行踪。

树下的住宅和棚子里悄无一人。白天曾经出现的那几个野人已经上路返回山洞之家，或者，他们还待在沙滩，白天那条独木舟就逃向那儿，现在，必须弄清楚沙滩的状况。

不过，更重要的是，迄今为止，他们小心谨慎，千万不能放松警惕。为此，弗里茨和约翰·布洛克决定两人一起去沙滩，让弗朗索瓦留下来，负责监视庭院入口，倘若鹰巢发生任何险情，他必须立即爬回空中楼阁。

弗里茨与水手长越过篱笆墙，穿过林间空地，那儿连接着通往山

467

洞之家的林荫道。然后，他俩利用一棵又一棵树丛做掩护，潜行了两百步，一路上侧耳倾听、四处张望、密切观察，终于来到海浪拍打的礁石最狭窄的前端。

海滩寂静无人，海面空空荡荡，依稀可见海岸向东，一直伸向东边海岬。四周漆黑一团，无论朝山洞之家方向望过去，还是朝救命湾海上望去，没有一丝光亮。不过，看得见四分之三里远的海面上，耸立着一团黑影。

那就是鲨鱼小岛。

"走……"弗里茨说道。

"走……"约翰·布洛克回答道。

此时，潮水几乎降到最低处，露出沙滩的尽头，他俩一起朝前走去。

突然，他俩差点儿发出喜悦的惊呼，幸亏及时忍住！那儿有一条小船，斜躺在水边。

这是那条曾经吸引炮台发出两声炮响的独木舟。

"简直万幸，好在炮弹没有击中它！……"约翰·布洛克惊叹道，"否则，此刻它应该躺在海底了……无论这名笨拙的炮手是杰克，或者欧内斯特，我们都得感谢他俩！"

这条小船看上去属于澳大利亚制造的样式，依靠短桨划行，只能乘坐五六个人。然而，古尔德船长和同伴共有八个，另外还有一个孩子，他们都要前往鲨鱼岛。虽然，这段距离只有四分之三里。

"好吧，让我们挤一挤，"约翰·布洛克说道，"最好不要分两次渡过去……"

"不仅如此，"弗里茨接着说道，"再过一个小时，海潮就会上涨，由于潮水涌向救命湾，距离鲨鱼岛不远，我们不用费太大力气，就能抵达那座小岛……"

"万事俱备，"水手长回答道，"这个问题可望迎刃而解。"

不用费力把小船推进水里，只需等待涨潮，它自会漂浮起来。约翰·布洛克检查了一遍，确认它用缆绳牢固地拴着，不会被潮水冲走。

两人回身走上海滩，沿着林荫道返回鹰巢，与一直等在庭院里的弗朗索瓦会合。

弗朗索瓦知道了这件事儿，禁不住满心欢喜。不过，还需要等待潮水上涨，弗里茨叮嘱弟弟和水手长继续监视庭院周围的动静。

不难想象，当弗里茨把这个消息带到楼上，所有人该多高兴！

将近九点半钟，所有人下楼，来到红树脚下。

弗朗索瓦和约翰·布洛克守候在那儿，没有发现任何可疑之处。鹰巢周围死一般沉寂，一丝风都没有，一点儿声响也听不见。

他们走出庭院，穿过林间空地，弗里茨、弗朗索瓦，以及约翰·布洛克走在前面，众人跟在后面，利用林荫道旁树丛做掩护，鱼贯而行，来到海滩。

海滩与两个小时之前一样，空旷寂静。

涨潮的海水已经把小船漂浮起来，小船在缆绳的尽头晃悠。他们要做的，就是赶紧上船，解开缆绳，然后，把小船推进海流。

很快，珍妮、朵尔，以及苏珊和孩子坐到了小船后部的位子上。其他同伴也蜷缩挤进座位，弗里茨和弗朗索瓦开始划动短桨。

此时，已将近晚上十点钟，这一晚没有月色，他们放心渡海，不用担心被发现。

不用说，虽然夜色笼罩，漆黑一团，但朝着小岛划行并不很难。

独木舟一旦进入海流，立即被海水裹挟涌向鲨鱼岛。

469

每个人默默无语，相互不说一句话，就连小声的悄悄话都没有。大家揪着心，心情异常激动。毫无疑问，泽玛特与沃斯顿两家人一定都在这座小岛上⋯⋯然而，倘若他们当中，哪怕只有一个人被野人俘虏⋯⋯或者，在自卫的时候不幸遇难⋯⋯

不能完全指望海流，小船不可能被海水直接送上鲨鱼岛。在距离小岛岸边还有半里时，海流开始调转方向，冲着豺狼溪的入海口涌去，一直涌向救命湾的最里边。

于是，弗里茨和弗朗索瓦开始拼命划动短桨，把小船朝那座黑黝黝的小岛划去，那儿既没有亮光，也没有任何声息。

不过，泽玛特先生，或者沃斯顿先生，以及欧内斯特，或者杰克应该在炮台上监视着海面。那样，独木舟会不会被发现，并且遭到射击？因为，鲨鱼岛上的人可能把他们看作趁夜色偷袭、企图攻占小岛的野人，会这样吗？

恰在此时，当小船距离岸边只有五六链远的时候，炮台棚子那儿出现亮光⋯⋯

这是不是正在点燃的导火索？震耳欲聋的炮声是不是即将响起？⋯⋯

此刻，他们已经不怕被人听见，水手长站起身来，用洪亮的声音喊道：

"别开炮⋯⋯别开炮！⋯⋯"

"自己人⋯⋯我们是自己人！⋯⋯"哈利·古尔德接着喊道。

"是我们⋯⋯是我们⋯⋯是我们！⋯⋯"弗里茨和弗朗索瓦接连喊道。

独木舟靠上岸边岩石，泽玛特先生、沃斯顿先生、欧内斯特，以及杰克张开双臂，热情迎接众人。

"自己人……我们是自己人!……"

第三十章

终于团聚！——独角兽号起航后的简要回顾——两家人痛心疾首——看不到希望——出现一群独木舟

片刻之后,两家人,——现在一个都不少,——包括哈利·古尔德船长,以及水手长,大家在小岛中央的仓库里欢聚一堂。这个地方距离炮台所在的小山岗只有五百步远,山岗上飘扬着新瑞士旗。

团聚的场面洋溢着激动和感恩的热烈气氛,弗里茨、弗朗索瓦和珍妮与泽玛特夫妇、欧内斯特和杰克紧紧拥抱,热情亲吻;与此同时,沃斯顿夫妇与詹姆斯、朵尔、苏珊和鲍勃相拥而泣;他们与古尔德船长和水手长握手言欢。大家欢呼雀跃,热泪盈眶,热情拥抱,这个场面难以描绘,简直就是无以言表。

最初见面的热烈情绪冷静下来后,他们相互讲述了过去十五个月的经历,谈话从独角兽号载着珍妮·蒙特罗斯、弗里茨、弗朗索瓦和朵尔启程离开,消失在失望角凸起的海岬后面的那一天说起。

不过,在回顾往昔的经历之前——最重要的是了解眼下的情况。

总而言之,现在,虽然两家人团聚一堂,但是,他们的处境依然十分严酷,极为凶险……这座小岛,最终很可能被野人占领,因为,无论弹药,还是食物,都有耗光的那一天……而且说实话,泽玛特先生等人如何才能得救?……

首先,弗里茨简要介绍了独角兽号的情况,这艘巡洋舰仍停泊在开普敦;他还介绍了旗帜号上发生的叛乱,救生艇如何被遗弃在海上,他们如何抵达一座陌生岛屿的荒凉一隅,以及后来,古尔德船长和同伴们是如何发现这里原来就是新瑞士岛,还有,他们是如何一路跋涉,终于抵达希望之乡,如何在鹰巢歇脚,以及如何发现土著……

"那么眼下,野人都在哪儿?……"弗里茨说完之后,问道。

"在山洞之家。"泽玛特先生回答道。

"他们人多吗?……"

"至少有百十来个,他们乘坐十五条独木舟蜂拥而来……很可能来自澳大利亚海岸……"

"感谢上帝,你们逃脱了他们的魔爪!……"珍妮惊叹道。

"是的,我亲爱的女儿,"泽玛特先生回答道,"当时,那些独木舟绕过东边海岬,直奔救命湾扑过来,我们老远看见了,赶紧逃上鲨鱼岛,我们想,在这儿可以抵抗他们的攻击……"

"爸爸,"弗朗索瓦提醒道,"现在,野人已经知道你们躲在这座小岛上……"

"野人早就知道,"泽玛特先生回答道,"不过,感谢上帝,迄今为止,他们还没能登上小岛,我们的旗帜始终在这儿飘扬!"

以下是这段经历前半段的简要叙述。

自从好季节重新开始后,泽玛特一行做了一次探险,发现了蒙特罗斯河,并且跋涉到那条山脉。在那儿,沃斯顿先生、欧内斯特和杰克把英国旗帜插上了让·泽玛特峰的山顶。这些事情发生在救生艇靠上新瑞士岛南岸之前大约若干天。当时，如果沃斯顿先生和两兄弟继续探险，翻过山脉，他们有可能在乌龟湾遇见古尔德船长。倘若他们真的相遇，彼此将避免多少折磨痛苦，减轻多少恐惧和担忧！……我们已经知道，很可惜，那一天，沃斯顿先生和两兄弟没有继续往前，越过那片向南延伸的荒凉高原，而是掉头返回了格林塔尔山谷。

我们还知道，那一天，杰克在疯狂念头的驱使下，一心想要抓住那头小象，结果自己却被野人俘获，押往他们的营地，后来，杰克侥幸逃脱，并且带回一个坏消息：一群土著已经在岛屿东部海岸登陆。

这个消息让两家人惶恐不安，决定采取措施，预防山洞之家遭受攻击，为此，他们日夜警戒。

然而，在此后的三个月，警报始终没有发出。野人既没有出现在东边海岬，也没有进入希望之乡。两家人甚至以为，这些野人已经离开这座岛屿，一去不复返。

另外，还有一件事让人比较担心，那就是，独角兽号原定将于九月，或者十月返回，然而，它并未如期出现在新瑞士岛海域。杰克曾经无数次爬上展望山，希望看见那艘巡洋舰的身影，但始终白费力气……每次返回山洞之家，杰克总是垂头丧气。

不过，还有一件事需要特别指出，以免大家忽略：当日，沃斯顿先生、欧内斯特和杰克站在让·泽玛特峰的山巅时，曾经眺望到一条船，那条船就是旗帜号，因为它出现的日期与上述经过吻合。是的！就是那条落入罗伯特·博鲁普之手的三桅帆船，在他的驱使下，这条船途经新瑞士岛，取道巽他海峡附近海域，驶往太平洋。从此销声匿迹。

最终，这一年的最后几个星期在悲伤的气氛中流逝，大家陷入了绝望。经过十五个月的等待，对于重新见到独角兽号，泽玛特和沃斯顿两位先生，以及欧内斯特和杰克已不抱任何希望。泽玛特与沃斯顿两位夫人，以及安娜时常为远去的亲人伤心流泪……每个人都对未来丧失了勇气……大家不约而同地想到：

"我们努力让这座岛屿欣欣向荣，但是，这么做有什么意义？……为什么还要兴建新的农场？开垦新的农田？还要让这里日益完善？对于我们来说，这儿已经足够大，早已能够满足我们的需求，不是吗？……我们的孩子，我们的兄弟，我们的姊妹，还有我们的朋友，再也不会回到他们的第二祖国，尽管这里等待他们的是幸福，尽管我们在这儿很幸福，而且这幸福还将长久持续！……"

那个时候，由于长时间杳无音信，他们都相信，独角兽号一定是遭遇海难，不幸沉没，从此，无论在英国，还是在新瑞士，再也得不到它的任何音信！……

实际上，如果独角兽号平安无事，顺利完成航程，在好望角停歇数日后，用三个月的时间抵达目的港朴次茅斯，数月之后，它应该再次起航返回新瑞士，而且，很快，还将有更多的移民船只驶向这座英国殖民地。然而，迄今为止，尚未见任何船只驶入印度洋的这片海域，这只能说明，由于从澳大利亚到非洲的这段航程极为凶险，独角兽号在中途沉没了，甚至，在抵达第一个停泊地开普敦之前，它就沉没了，因此，新瑞士岛始终不为世人所知。只有等到下一次，某一条海船偶然经过这片遥远偏僻的海域，新瑞士才会被世人重新认识。要知道，在那个时代，还没有任何航线穿越这片遥远的海域。

是的！这一连串事情相继发生，充满巧合，但又符合逻辑，至于

475

它们导致的后果，尤其最终结果却是：迄今为止，新瑞士岛尚未成为英国诸多殖民地岛屿中的一员！

　　在这个好季节的前半段，泽玛特与沃斯顿两位先生并没有打算离开山洞之家。按照惯例，他们要在鹰巢度过一年当中的黄金季节，与此同时，还要陆续在瓦尔德格农场、扎克托普农场、展望山别墅，以及埃伯福特乡间小屋各居住一个星期。不过今年，他们只打算在这几处地方短暂停留，仅仅是为了照料一下牲畜。他们也没打算去希望之乡以外的地方勘察。无论是驾驶小艇，还是平底渔船，他们既没有越过东边海岬，也没有绕过失望角，寻求发现新的疆域。他们既没有再度拜访鹦鹉螺湾，也没有前往珍珠湾，更别提去那里深入勘察。仅有几次，杰克曾经划着平底小艇穿越救命湾。即使外出狩猎，也局限于在山洞之家周围，而且把鸵鸟布劳斯温德、水牛斯特姆和布鲁默都关在圈里。沃斯顿先生曾经规划了一系列工程，其中不乏工程师的奇思妙想，但是，这些工程都被搁置。还有什么意义？……是呀！……两家人遭受了沉重打击，心灰意懒，一蹶不振。

　　就这样，到了十二月二十五日这一天，当他们聚集在一起，准备庆祝圣诞节时——多年来，他们始终在欢快的气氛中度过这个节日——所有人泪流满面，共同为远行的亲人祈祷！……

　　一八一七年开始了。在阳光灿烂的夏季，大自然慷慨大度，农作物丰收在望。然而现在，两个家庭只有七名成员，大自然的慷慨赐予，远远超过了他们的需要，曾经热闹非凡的宽敞住宅显得空空落落，曾经生机盎然的气氛变得死一般沉寂！……

　　无论泽玛特夫妇，还是沃斯顿夫妇，他们现在都很后悔，悔不该放走自己的孩子，更后悔，当初不应该鼓励他们出门！……两家人曾经十分幸福,为什么不能安于现状,让岁月静好?……他们一心想要过得更好,这样会不会辜负了上帝的恩宠,这么多年了,上帝曾经那么仁慈地眷顾地主号的幸存者!……

然而,泽玛特夫妇为两个孩子所做的一切,都是顺理成章。珍妮有义务去与父亲团聚;弗里茨有义务陪珍妮同往,因为他们将结为夫妇,更何况,弗里茨还需要得到蒙特罗斯上校对女儿婚约的允准……弗朗索瓦有义务陪同朵尔前往开普敦,把她交到詹姆斯·沃斯顿的手中,并且在独角兽号返回时,把她接回来,交还给她的家人……最后,泽玛特先生有义务招揽大量移殖民,让他们在新瑞士丰衣足食!……

是的,所有这一切全都合情合理……可是,谁能想到,这艘巡洋舰居然有去无回,而且,他们已经绝望,不再期盼它能重新出现!……

然而,事情是否真的无可挽回,彻底没有了希望?……也许,独角兽号迟迟不归,并非遭遇海难沉没,而是另有原因?……也许,它不过是延长了在欧洲的逗留期限?……也许,它需要勘察失望角周围海域,或者东边海岬……也许,过不了多久,这艘巡洋舰的高大船帆就将出现在眼前,还有飘扬在大桅杆顶端那面长长的燕尾旗[①]?……

新的一年很不太平。一月份的第二个星期,杰克看见一支由独木舟组成的船队,正在绕过东边海岬,朝救命湾驶来。对于这支船队的出现,他们并不感到意外,因为,自从杰克被俘虏过一次之后,野人们应该已经知道,这是一座有人居住的岛屿……

甭管怎么说,用不了两个小时,随着海浪的涌动,这些独木舟即将抵达豺狼溪的入海口。这支船队可能载有上百名野人,因为,在这

[①] 燕尾旗是西方国家普遍使用的旗帜,末端分叉形如燕尾,用作航船的号旗,插在主要桅杆顶端。

杰克看见一支由独木舟组成的船队,……朝救命湾驶来。

座岛屿登陆的野人,很可能全体参与这次出击。面对这帮野人,如何组织有效抵抗?……是否应该撤退,逃往鹰巢,或者瓦尔德格、展望山、扎克托普,甚至埃伯福特乡间小屋?……躲在这几个地方,两家人能否安然无恙?……一旦进入富饶的希望之乡,这些入侵者一定会把这儿翻个底儿朝天!……最终,是否需要在这座岛屿的其他地方寻找一处更隐蔽的藏身之地,而且,谁能保证那里不会被野人发现?……

面对这个局面,沃斯顿先生提议,放弃山洞之家,转移到鲨鱼岛。如果两家人乘坐藏在救命湾海角后面的平底渔船,沿着鹰巢海滨行驶,也许能赶在独木舟船队抵达之前,率先登上鲨鱼岛?……只要登上鲨鱼岛,如果野人企图追上来,至少可以依托炮台上的两门火炮进行自卫。

另一方面,即使时间紧迫,来不及搬运足够的物资和食物,以便长期坚持,小岛上有一座仓库,里面有床铺,可以安顿下两家人。另外,泽玛特先生可以让平底渔船装满生活必需品,而且,我们都知道,鲨鱼岛上种植了许多红树、椰子树,以及其他树木,有一座羚羊饲养场,还有一眼泉水,丰富的淡水清澈纯净,即使在炎热的夏季也不会干涸。

因此,即使固守鲨鱼岛几个月,也不用担心食物匮乏。如果独木舟船队向鲨鱼岛发起进攻,那两门火炮足以击退它们,绝对没有问题!……确实,那些土著完全不了解这些火器的威力,轰鸣的炮声就能让他们惊慌失措,更不用说两门炮轰出的炮弹,以及卡宾枪射出的子弹让他们在劫难逃。不过,如果有数十名土著蜂拥而至,登上小岛……

沃斯顿先生的提议被采纳了,必须抓紧时间。杰克和欧内斯特一起把平底渔船划到豺狼溪的入海口,大家把成箱的罐头食品、木薯粉、大米、白面,以及枪支和弹药搬运上船。泽玛特夫妇、沃斯顿夫妇、

479

安娜，以及欧内斯特陆续上船。与此同时，杰克坐进他的平底小艇。在必要的情况下，这条小艇可用于鲨鱼岛与海滨之间的往返联络。至于那些牲畜，只能留在山洞之家，不过，两条猎犬依旧紧随主人。另外，豺狗、鸵鸟，以及老鹰都被放开，让它们自由活动，自己找食物喂饱自己。

终于，平底渔船驶出豺狼溪的入海口，此时，独木舟船队已经出现在鲸鱼岛附近，不过，平底渔船位于山洞之家至鲨鱼岛之间的海域，并未被土著发现。

沃斯顿先生和欧内斯特开始划桨，泽玛特先生负责掌舵，借助上涨的潮水，没费多大力气就进入了逆向海流，顺流行驶。尽管如此，在一海里的范围内，他们必须竭力防止渔船被冲进救命湾。航行了三刻钟后，平底渔船终于停靠在鲨鱼岛的岩石边，停泊在坐落着炮台的山岗脚下。

大家立刻开始卸船，从山洞之家运来的箱子、武器，以及各种物资都被安置到仓库里。与此同时，沃斯顿先生和杰克钻进炮台棚子，占好炮位，严密监视小岛四周。

不用说，他们随即把飘扬的旗帜降了下来，不过，那些野人似乎并未看见这面旗，尽管那些独木舟距离鲨鱼岛只有一海里。

大家立刻布置防御，准备迎接野人即将发起的攻击。

攻击并未发生。那群独木舟没有停顿，而是经过鲨鱼岛，一直朝南驶去，顺着海潮直奔豺狼溪的入海口。在那儿登陆后，土著把独木舟停泊在平底渔船原来停泊的小港湾内。

以上就是事情的来龙去脉。野人占据山洞之家已经十五天了，他们似乎并未毁坏这栋住宅，鹰巢也未遭到破坏。站在炮台山岗上，泽玛特先生看见他们洗劫了住宅房间，以及庭院里的仓库，然后屠杀牲畜。

不过，毋庸置疑，用不了多久，土著就能发现，鲨鱼岛是这座岛屿原住民的藏身之地。曾经有几条独木舟多次穿越救命湾，并且朝鲨鱼岛驶来。欧内斯特和杰克数次开炮，发射炮弹，击沉过一条，或者两条独木舟，其余几条慌忙逃跑。然而，从此以后，他们就不得不日夜监视海面，最让人担心，而且也是最难对付的，就是土著的夜间攻击。

另外，自从他们的藏身地被土著发现后，泽玛特先生重新把那面旗帜升起在山岗上，因为——这是很可能的——如果有船经过新瑞士，可以看见这面旗帜。

第三十一章

天亮了 —— 在仓库落脚 —— 四天过去 —— 独木舟出现 —— 希望落空 —— 夜晚进攻 —— 最后几发子弹 —— 海上传来炮声

一月二十四日至二十五日的这个夜晚，天亮前的最后几个小时，大家在交谈中度过。两家人有那么多话需要相互倾诉，经历过那么多事情需要回顾，对于未来，还有那么多愁思和忧虑！没有人想去睡觉，而且，除了小鲍勃，也没有一个人睡得着。不用说，直至晨曦微露，泽玛特先生和同伴们丝毫没有放松对海面的监视，他们轮流守着两门火炮，一门装填了炮弹，另一门装填了霰弹。

事实上，必须强调，最危险的时刻，就是土著发动夜间袭击，特别是悄悄登陆，却没被及时发现的时候。

鲨鱼岛比鲸鱼岛的面积大一些，位于红鹳湾出口以北一里之遥的海面上，小岛呈椭圆形，长度约两千六百英尺，宽度约七百英尺，周长大约四分之三里。白天，对海面的监视相对容易一些。由于小岛的东西两侧监视效果略差，根据古尔德船长的提议，大家沿着海滨进行巡逻。

天亮了，没有警报声响起。如果说，土著们已经知道鲨鱼岛上有一支小队伍驻守，但是，他们恐怕未必想到，从昨天起，这支队伍得到了加强，有能力对土著的入侵进行更坚决的抵抗。不过，土著很快就会发现丢了一只独木舟——就是那只被古尔德船长和同伴们在鹰巢海滩偷走，并且驶往鲨鱼岛的独木舟。

"也许，土著会误认为，"弗里茨提醒道，"这条独木舟是被落潮的海水冲走了……"

"无论如何，朋友们，"泽玛特先生回答道，"只要这座小岛没有失守，我们就有恃无恐。尽管我们只有十五个人，但是，仓库里的物资储存很丰富，足以保证长时间不断粮，更何况我们还有成群的羚羊。岛上的淡水资源取之不竭，至于弹药，只要野人不经常反复进攻，这些弹药还够应付……"

"真见鬼！"约翰·布洛克叫道，"这些没有尾巴的猴子可能盘踞这座岛屿不走了……"

"谁知道呢？……"泽玛特夫人回答道，"如果他们在山洞之家安营扎寨，可能就没打算离开！……啊！可惜了我们可爱的住宅，为了迎接你们，孩子们，我们准备好了一切，如今却落到他们手里！……"

"妈妈，"珍妮回答道，"我觉得，这些野人不会捣毁山洞之家，因为这么干，对他们没有任何好处！……我们终将返回家园，那里仍将完好如初，然后，我们重新开始共同生活……愿上帝保佑……"

"祈求上帝，"弗朗索瓦接着说道，"既然上帝奇迹般地让我们重聚，他就一定不会抛弃我们……"

"噢！如果我有能力，也创造一个奇迹……"杰克叫道。

"那么，您打算创造什么奇迹呢，杰克先生？……"水手长问道。

483

"首先,"小伙子回答道,"我想要这些无赖在进攻鲨鱼岛之前,赶紧滚蛋,而且一个都不剩……"

"然后呢?……"哈利·古尔德问道。

"然后嘛,船长,如果他们赖着不走,继续在岛上作乱,我就要让独角兽号及时现身,还有其他海船,让它们的信号旗展现在救命湾的出入口……"

"不过,我亲爱的杰克,"珍妮提醒道,"这些不是空想,它们都能顺理成章地实现……总有一天,我们定能听见向英国新殖民地致敬的炮声……"

"至今还没有一条航船出现,这实在让人百思不得其解……"沃斯顿先生说道。

"耐心点儿,"约翰·布洛克回答道,"顺其自然吧!……万事皆有定数……"

"但愿上帝保佑!"泽玛特夫人叹息道,经历过如此多的磨难,她对上帝有点儿信心不足。

就这样,两家人在新瑞士岛安家落户以来,在充分享受了它的自然资源,发挥自己的聪明才智,辛苦努力,让这座岛屿变得更富饶之后,如今,他们却不得不龟缩至新瑞士的附属小岛上,而且,一切需要重新开始!他们被囚禁在这座小岛上,还将滞留多久?如果外援迟迟不到,他们会不会落入敌人的魔掌?……

他们着手建设住宅,准备在这儿住上几个星期,也许几个月。这座仓库足够宽敞,可以容纳十五个人。泽玛特和沃斯顿两位夫人,以及珍妮、苏珊和鲍勃,还有安娜和朵尔住进仓库里面的隔间,那里有床铺;至于男人们,他们只能在外面的隔间安身。

另一方面，现在是气候宜人的好季节，虽然白天炎热，但夜晚气温凉爽。对于古尔德船长、水手长、泽玛特和沃斯顿两位先生、詹姆斯，以及弗里茨和兄弟们来说，抱来几捆阳光下晒干的青草，就能让他们席地而眠，更何况，无论白天还是夜晚，还需轮流值班，监视小岛周围的动静。

说到食物，正如泽玛特先生所说，大可不必担心。仓库里储存着大米、木薯、面粉、肉罐头、鱼干，包括鲑鱼和鲱鱼干，另外，还有在海边岩石附近捕捞的鲜鱼。这些储存的食物足够吃上六个月。小岛布满红树和椰子树，可以提供足够的水果。仓库里还有两桶白兰地酒，在清澈的泉水里滴上少许，就能勾兑出可口的饮料。

唯独有一样东西可能短缺——虽然短缺的状况不会太严重——那就是弹药，虽然平底渔船运来了一定数量的火药，但是如果土著经常发动进攻，火药、炮弹，以及子弹都会耗尽，小岛保卫战也将难以为继。

在泽玛特先生和欧内斯特安排居所的同时，沃斯顿先生、哈利·古尔德、水手长、弗里茨、杰克，以及弗朗索瓦把鲨鱼岛巡视了一遍。这座小岛的四面一圈都是海滨，海岸分布着多处海角。炮台山岗坐落在小岛的西南部，俯瞰救命湾，山岗脚下的防线最为牢固。那里的海岸巨石林立，要想从那儿登陆难度极大。至于其他地方，说实话，无论轻便小船，还是独木舟，都能轻易靠岸登陆。因此，必须严密监视小岛四周。

在巡视途中，弗里茨和弗朗索瓦注意到，这里的植被生长状况良好，无论红树、椰子树，还是松树，一派生机盎然。牧场里，青草茂盛，羚羊们欢蹦乱跳。成群的鸟儿在树枝间飞来飞去，欢快的鸣叫响彻云

485

霄。天空晴朗,阳光明媚,炎热的气温笼罩着四周海面。此刻,想起鹰巢和山洞之家绿树成荫、凉爽宜人的情景,不禁令人心驰神往!

两家人躲上小岛几天以后,一只海鸟莅临,受到热烈欢迎。它就是来自烟石岛、在乌龟湾与珍妮重逢的那只信天翁,后来,它从让·泽玛特峰的山巅飞走,一直飞往希望之乡。信天翁降落在鲨鱼岛时,一只脚爪上还缠着布条,并且引起杰克的注意。杰克毫不费力就捉住了它。然而,这一次,遗憾!信天翁没有捎来任何新消息!

弗里茨、弗朗索瓦、古尔德船长、沃斯顿先生、杰克,以及水手长一起登上炮台,站在山岗高处,四周一览无余——目光投向北方,失望角触目可及;向东望去,东边海岬清晰可辨;视线转向南方,救命湾一直延伸到海滨;他们把目光转向西方,在大约四分之三里远的地方,海滨生长着成排整齐的树木,从豺狼溪的入海口,一直延伸到鹰巢的茂密森林。在那片森林后面,很难看清土著是否已经侵占整个希望之乡的各处农场。

就在此时,在救命湾的入口处,出现了几条独木舟,土著划桨行驶在海面上,并未冒险进入火炮的射程。野人已经知道,一旦接近鲨鱼岛,就将面临炮火的威胁,由此可以确定,如果他们想要登上小岛,势必利用夜幕做掩护。

大家向北方极目远眺,眼前一片茫茫大海,然而,无论独角兽号,或者英国派遣来的其他船只,只能从那个方向现身……

弗里茨、弗朗索瓦、哈利·古尔德,以及约翰·布洛克一起检查火炮,确信炮台上的两门火炮随时可以发射,然后,他们准备动身下山,恰在此时,古尔德船长开口问道:

"难道,在山洞之家,就找不到储存的火药了吗?……"

"事实上，"杰克回答道，"上帝的眷顾无处不在！……独角兽号恰恰给我们留下了三桶火药……"

"它们在哪儿？……"

"在果园尽头，那儿有一处坑穴，被我们用作火药库……"

"然而，也许，"水手长已经猜到船长的想法，不禁说道，"那帮混蛋会不会已经发现了这座火药库？……"

"这个问题确实令人非常担心。"沃斯顿先生说道。

"更令人担心的问题是，"古尔德船长断然说道，"如果他们对火药一无所知，可能粗心大意，点燃火药，把山洞之家掀上天……"

"连同他们自己，一起上天！……"杰克叫道，"这样一来，山洞之家将在爆炸中毁灭，这倒不失为一个办法——至少，那些侵占我们岛屿的混蛋，即使侥幸逃生，也会仓皇逃窜。而且我觉得，他们肯定不敢再回来了！"

杰克的设想有一定道理，但是，即使能把这群野人驱离新瑞士，难道大家希望面对这样的残局吗？

众人返回仓库，只留水手长独自坚守炮台。大家围坐在一起，吃了来小岛后的第一顿饭。此刻，倘若能在山洞之家的大厅里欢聚一堂，那该多么令人欢欣鼓舞！

接下来的几天，从一月二十五日，直到二十八日，鲨鱼岛的日常生活单调无奇，无须赘述。除了警惕监视小岛周围，剩下的漫长时间，他们简直不知该如何打发。噢！倘若当初独角兽号没有遭遇海损，无须被迫滞留在开普敦维修保养——这才导致军舰上的乘客换乘旗帜号……那么，在两个多月前，这小群人，包括亲人和朋友，早就应该在山洞之家欢聚一堂！他们的处境将与现在截然不同，生活一定极

487

为美满！如今，弗里茨与珍妮已经结为伉俪，紧接着，第二对儿新人，欧内斯特和安娜，是否也该举行婚礼，也许，谁知道呢，巡洋舰的神甫早该在山洞之家的小教堂为他们祝福！……而且也有可能举行第三对儿新人的结婚庆典……这个庆典还需等几年……要等朵尔年满十八岁，弗朗索瓦将扮演这个庆典的主角。两家人皆大欢喜，他们终于融为一体。

然而，虽然上述愿景实属众望所归，但是，面对眼前处境，它们是否还能实现？土著登上了新瑞士岛，两家人面对危机，被迫困守小岛，野人随时可能发动进攻，他们如何坦然面对？

尽管如此，大家伙儿依然奋力拼搏，没有灰心气馁，约翰·布洛克的幽默性格依旧如故。日子一天天过去，众人在树木间长久漫步。虽然独木舟船队尚无发动进攻的迹象，但是，对救命湾的监视一刻也未放松。每当夜幕降临，他们总会格外警觉，提防随时可能到来的攻击。

就这样，女士们蜗居在仓库里面的隔间，男人们轮流在海滨巡逻，一旦发现入侵者靠近小岛，随时准备在山岗脚下集合。

一月二十九日早晨，没有发现异常情况。海平线上雾气笼罩，一轮红日喷薄欲出。今天的气温一定很高，幸亏还有清爽的海风，从早到晚刮个不停。

吃过中饭，哈利·古尔德与杰克走出仓库，准备前往炮台，替换在那儿值班的欧内斯特和沃斯顿先生。

被替换的两人正准备下山，古尔德船长叫住了他们，说道：

"在豺狼溪的入海口，有许多独木舟正在集结……"

"也许，与往常一样，他们准备去捕鱼，"欧内斯特回答道，"这些

男人们轮流在海滨巡逻……

独木舟历来小心翼翼,远离火炮射程。"

"哎!"杰克把望远镜举到眼前,观察海湾的这一侧,嘴里叫道,"这一次,独木舟的数量相当多……看呀……五条……六条……九条,又有两条驶出小港湾,十一条……十二条!……喔!看呀,难道所有的独木舟都要去捕鱼吗?……"

"或者,不如说,他们这是打算向我们发起进攻?……"沃斯顿先生说道。

"很可能……"欧内斯特回答道。

"准备战斗,"哈利·古尔德命令道,"去通知我们的伙伴……"

"让我们再看一看,这些独木舟到底要去哪儿。"沃斯顿先生回答道。

"甭管怎样,我们的大炮随时准备开火。"杰克接着说道。

杰克曾经落在野人手里,被拘禁在大象湾,在那儿待了好几个小时。那时他就注意到,野人总共有十五条独木舟,每条独木舟可以乘坐七至八人。此时,已经可以看清楚,大约有十二条独木舟绕过了小港湾的海角。借助望远镜,他们似乎还观察到,几乎所有野人都坐在独木舟里,在山洞之家,很可能连一个野人也没留下。

"他们终于要滚了?……"杰克叫道。

"不大可能。"欧内斯特回答道,"也许,他们这是打算来拜访鲨鱼岛……"

"几点钟开始退潮?……"古尔德船长问道。

"一点半钟。"沃斯顿先生回答道。

"也就是说,退潮即将开始,而且退潮的潮水有利于独木舟航行,我们很快就能明白,他们到底想要干什么。"

利用这段时间，欧内斯特跑去告诉泽玛特先生、两个兄弟，以及水手长上述情况。于是，所有人都来到炮台棚子下，各就各位。

一点钟刚过，退潮开始了，独木舟沿着东海岸缓慢行驶，尽量与鲨鱼岛保持较远距离，以便躲避炮弹。对于大炮的射程和威力，这些野人已经谙熟于心。

"不过……也许他们这是准备撤退，一去不复返！……"弗朗索瓦不断说道。

"那就祝他们旅途平安！……"杰克大声说道。

"但愿与他们从此永别！"约翰·布洛克接着说道。

虽然人人期盼这种幸运可能发生，但是没有人敢轻易相信……这些独木舟是不是正在等候潮水退落最快的时刻，以便冲向小岛？……

弗里茨和珍妮相互依偎，紧盯着眼前情形，一言不发。他俩根本不敢相信形势会急转直下，这么快出现转机。

泽玛特和沃斯顿两位夫人，以及苏珊、安娜和朵尔，她们不约而同喃喃自语，低声祷告。

终于，很快，看上去独木舟已经赶上了快速退落的潮水，它们航行的速度明显加快，不再沿着海岸行驶，似乎，这些土著打算绕过东边海岬。

三点半钟的时候，这支独木舟队伍已经位于从救命湾至海岬的中间位置。六点钟，已经可以确认，这支船队绕过了东边海岬，最后一条独木舟消失在凸出的海角后面。

无论泽玛特先生，还是他的全体伙伴，没有人离开过小山岗一步。

当最后一条独木舟消失在视野中，所有人长舒了一口气！……野人离开这座岛屿……两家人终于可以返回山洞之家居住了……也许，那儿受到的损害微不足道，仅需稍作修整？……大家只需专心等候独角兽号的莅临……所有人把恐惧抛到脑后，无论如何，经历了这么多艰难困苦，所有人安然无恙……一个也不少！

"我们动身返回山洞之家吗？……"杰克叫道，他迫不及待想要离开这座小岛。

"是的……是的……"朵尔回答道，她同样着急动身，随声附和的还有弗朗索瓦。

"最好还是等到明天吧？……"珍妮提醒道，"—— 你是怎么考虑的，亲爱的弗里茨？……"

"我的想法与沃斯顿先生、古尔德船长，以及我父亲的想法一样，"弗里茨回答道，"那就是，我们肯定应该在这座小岛再度过一晚……"

"事实上，"泽玛特先生接着说道，"在动身返回山洞之家之前，必须确信，那帮野人不会重新回来……"

"哎！让那帮野人见鬼去吧，"杰克高声叫道，"只要他们落到魔鬼的手中，那就休想逃脱！……我说得对吗，勇敢的约翰·布洛克？……"

"—— 也对……从某种角度说。"水手长回答道。

最终，尽管杰克极力主张，大家还是决定推迟到明天出发，全体人员共进晚餐，这是在小岛上吃的最后一顿饭。

席间气氛相当愉快，吃过晚饭，每个人都想着早点儿休息。

不仅如此，种种迹象表明，一月二十九日至三十日的这个夜晚，大家将平静度过，就像他们曾经在山洞之家，以及鹰巢度过的每个夜晚一样。

不过，虽然所有独木舟都已离开，危险似乎已经解除，但是，无论泽玛特先生，还是其他同伴，遵照惯例，并未放松警惕。夜间，他们依旧轮流值班站岗，还有人守在炮台上，严密监视四周。

泽玛特和沃斯顿两位夫人，以及珍妮、朵尔、安娜、苏珊，还有鲍勃钻进仓库的隔间，与此同时，杰克、欧内斯特、弗朗索瓦，以及约翰·布洛克扛着火枪，走向小岛的最北端。至于弗里茨，还有古尔德船长，他俩爬上小山岗，钻进炮台棚子，准备整夜值班，直至东方日出。

沃斯顿先生、泽玛特先生，以及詹姆斯留在仓库里，准备在这儿睡到明天凌晨。

没有月光，夜色黑暗。白天的暑气把土地烘热，此时形成一层雾气，笼罩了小岛。随着夜幕的降临，海风也停歇了。四周一片静悄悄。晚上八点钟，开始涨潮了，海浪拍打着岸边，传来阵阵涛声。

哈利·古尔德与弗里茨并肩坐在炮台棚子里，共同回顾往事，从救生艇被旗帜号抛弃以后，他们经历了多少事情，既有沮丧不幸，也有幸运快乐。他俩轮流，不时走出棚子，绕着炮台转一圈，特别注意观察位于两座海岬之间的黑暗海面。

午夜过后，直至凌晨两点钟，一切沉静如常，无声无息。突然，轰然一声，打断了船长与弗里茨的交谈。

"一声枪响！……"哈利·古尔德说道。

"是……枪声从这边传来。"弗里茨回答道，边说边指向小岛的东北角。

"发生了什么事儿？……"古尔德船长叫道。

两个人急忙钻出炮台棚子，在一片黑暗中，试图弄清楚哪里发出的火光。

紧接着，又传来两声枪响，这一次，枪声的距离比上次更近了。

"那些独木舟回来了……"弗里茨说道。

随后,他让哈利·古尔德守住炮台,自己快速跑向仓库。

泽玛特和沃斯顿先生已经听见了枪声,此时,他俩站在仓库门口。

"出了什么事儿?……"泽玛特问道。

"爸爸,我担心,"弗里茨回答道,"恐怕那些土著正在试图登岸……"

"这帮坏蛋!他们终于得逞了……"杰克叫道,与他一起跑过来的还有欧内斯特与水手长。

"他们已经登上了小岛?……"沃斯顿先生再次问道。

"他们的独木舟靠上了小岛的东北角,那个时候,刚好我们赶到,"欧内斯特说道,"我们开枪了,但是无法驱离他们!……没有别的办法……"

"我们只能自卫!"古尔德船长回答道。

珍妮、朵尔、安娜、苏珊,以及泽玛特与沃斯顿两位夫人也走出了仓库的隔间。由于担心土著即将发起攻击,必须立即携带所有武器、弹药,以及食物,尽快转移到炮台上。

看起来,这些独木舟的驶离,其实是一个狡猾的阴谋,那帮土著就是想让小岛上的人相信,他们已经彻底离开这座岛屿。然后,借助涨潮的海水,他们返回鲨鱼岛,企图偷袭攻占小岛。尽管他们的行迹被小岛上的人发现,并且遭到枪击,但是,这个阴谋还是成功了,土著攻占了小岛的东北角,从那里出发,可以轻易占领位于小岛中央的仓库。

如此一来,局势严重恶化,甚至到了绝望的地步。因为,这些独木舟能让全体土著登陆,蜂拥而至。尽管泽玛特先生和同伴们拼死抵抗,却根本无法击退如此众多的来犯之敌。一旦弹药与食物消耗殆尽,他们必将陷入绝境,只有死路一条,休想逃生!……

无论如何,他们现在只能撤上山岗,躲进炮台,那儿是他们进行抵抗的唯一阵地。

泽玛特与沃斯顿两位夫人,以及珍妮、安娜、朵尔、苏珊和孩子,她们一起躲进炮台棚子,那里安置着两门火炮。大家毫无怨言,竭力压抑着内心的恐惧。

突然,泽玛特先生冒出个想法:可以利用平底渔船,把女士们送到鹰巢附近的海岸边。不过,倘若小岛被占领,男士们将无法与她们会合,以后,这些可怜的女士们该怎么办呢?……另一方面,女士们也绝不会同意与大家分开。

凌晨四点多钟,传来一阵杂乱的脚步声,听得出来,这些野人距离炮台只剩百十个托阿斯[1]。古尔德船长、泽玛特和沃斯顿先生、欧内斯特、弗朗索瓦、詹姆斯,以及水手长,人人手里握着卡宾枪,随时准备开火。与此同时,弗里茨与杰克攥着点燃的火绳,紧靠两门小炮,只待时机一到,就把霰弹射向山岗四周。

晨曦初现,土著黑色的身影暴露在晨光中,古尔德船长低声下令,朝黑影闪动的方向开火。

七八声枪响过后,传来可怕的惨叫声,估计,不止一发子弹落到了野人群里。经过这阵射击,土著进攻的步伐被止住了,攻击者们打算逃之夭夭?或者,加快步伐,冲向炮台?……甭管怎样,火枪随时准备发射,只要来犯者胆敢靠近山岗,必将遭到迎头痛击,与此同时,火炮的霰弹也将落到他们头上。

太阳升起时,他们已经打退了土著的三次进攻。在最后一次进攻

---

[1] 约合200米。

太阳升起时,他们已经打退了土著的三次进攻。

中，二十来个土著甚至冲上了山岗的山脊。尽管其中不少土著遭到枪击，中弹身亡，但是，卡宾枪的射击已经无法阻止土著的脚步，多亏连续两次火炮轰击，否则，炮台很可能在最后这轮攻击中沦陷。

天色大亮后，土著们后撤到紧靠仓库的树荫下，也许，他们想等夜幕降临之后，才会再次发起攻击。

非常不幸的是，泽玛特先生和同伴们消耗了大量弹药，一旦他们只剩下两门大炮可以发射，而这两门大炮却无法覆盖山岗脚下，到那时，如何守得住山头？……

大家商量了一会儿，从各方面分析眼下的局势：倘若无法继续长期坚守，究竟有没有可能撤离鲨鱼岛，设法逃往鹰巢海滨，从那儿转移到希望之乡深处，或者，逃到新瑞士岛的其他地方？然而，这一次，必须是全体逃亡，是否可行？……或者，干脆冲进土著群里，充分发挥卡宾枪对抗弓箭的火力优势，迫使对方撤到海里，逃之夭夭？……可是，泽玛特先生和同伴只有九个人，而下面包围山岗的土著足有一百多个。

恰在此时，似乎对最后一个方案做出回答，空中呼啸着飞来一群箭镞，其中有几支箭落到了炮台棚子顶上，幸运的是，没有人受伤。

"他们马上就要再次进攻……"约翰·布洛克说道。

"做好准备！"弗里茨回答道。

这次进攻的势头最为凶猛，土著们毫不畏死，疯狂地迎着枪弹和霰弹猛冲。另一方面，由于弹药即将耗尽，守方的火力明显减弱。转眼间，好几个癫狂的土著爬上山脊，一直冲到炮台棚子跟前。两门火炮同时发出轰响，抵近射击的威力，横扫了几名土著，与此同时，弗里茨、杰克、弗朗索瓦、詹姆斯，以及约翰·布洛克，各自与土著对抗。终于，他们顺利返回炮台，土著的尸体布满山岗脚下。这些土著并未使用弓箭，而是手持另一种武器：一端是斧子，另一端是大头棒，挥舞起来，威力巨大……

显然，这场战斗已经接近尾声。最后几发枪弹已经用尽，对面的土著依然人多势众。泽玛特先生和同伴们坚守在炮台棚子周围，然而，炮台即将沦陷。在众多土著的围攻下，弗里茨、弗朗索瓦、杰克，以及哈利·古尔德随时可能被拖下山岗，战斗很快就要结束，土著大获全胜，众人惨遭屠戮，因为，这些凶残的敌人绝不会发善心，放过对手。

恰在此刻 —— 精确的时间为八点二十五分 —— 凉爽的北风送来一声炮响，炮声在新瑞士岛的上空回荡。

攻击者们听到了炮响，冲在最前头的土著停住了脚步。

弗里茨、杰克，以及其他人立即跑向炮台棚子，其中有几位已经负伤，幸好伤势不重。

"一声炮响！……"弗朗索瓦高声叫道。

"这是海船上的炮声……对这声音，我再熟悉不过！……"水手长断言道。

"那边，看得见一条船……"泽玛特先生说道。

"是独角兽号……"珍妮回答道。

"把它送来的，一定是上帝！……"弗朗索瓦喃喃自语道。

伴随着鹰巢传来的炮音回声，又传来了第二声炮响，这次的声音更近，而且，这一次，炮声令土著后退，一直躲到树荫下。

于是，杰克迅速蹿上旗杆，动作灵活，犹如专爬桅杆的水手，很快爬到旗杆顶端。

"一艘船……一艘船！"他高声叫道。

所有人一齐把目光投向北方。

在失望角另一侧的海上，在一座海岬端头的背后，露出一艘海船高大的桅杆，船帆被清晨的海风撑得满满鼓起……

这是一艘三桅帆船，左舷受风，正在行驶绕过那座海岬，这座海岬从此被命名为解救角。

这艘船的船尾桅杆斜竿上，飘扬着一面英国旗帜。

泽玛特和沃斯顿两位夫人，以及珍妮、安娜、朵尔和苏珊一起钻出了炮台棚子，满怀感恩的心情，高举双手，伸向上天。

"那帮恶棍呢？……"弗里茨问道。

"早跑了！……"杰克回答道，边说边顺着旗杆滑下来。

"是的……溜之大吉，"约翰·布洛克接着说道，"如果嫌他们溜得还不够快，那就用我们的最后几发炮弹，让他们再跑快一点儿！……"

事实上，听见北方传来的炮声，瞧见绕过海角的战舰，这帮野人吓坏了，惊慌失措，一溜烟地跑向海边，跳上停靠在那儿的独木舟，玩命挥动船桨，驶离小岛，朝东边海岬的方向，逃向大海。

水手长和杰克钻进炮台棚子，移动两门火炮，对准野人逃跑的方向，顿时，三条独木舟被炸成两截，沉入海底。

此时，那艘战舰撑起满帆，直奔海湾入口，朝鲨鱼岛驶来，船上猛烈的炮火与小岛炮台的火炮合力轰击。独木舟船队竭力逃避，但无济于事，多数独木舟被击沉，只有两条侥幸逃脱，消失在东边海岬后面，从此再也不敢回来。

499

这帮野人……跑向海边,跳上停靠在那儿的独木舟……

第三十二章

独角兽号 —— 以英国的名义占领 —— 旗帜号杳无踪迹 —— 返回山洞之家 —— 婚礼在小礼拜堂举行 —— 多年过去 —— 新瑞士欣欣向荣

果然是独角兽号,它刚刚在救命湾的入口抛下船锚。巡洋舰修复海损后,在利特尔斯通舰长的指挥下,离开了停泊好几个月的开普敦,终于抵达新瑞士,以英国的名义,正式接收这座岛屿。

随后,利特尔斯通舰长请哈利·古尔德亲口讲述了在旗帜号上发生的一切。

至于这条船后来的下场,倘若罗伯特·博鲁普摇身一变成为海盗,在那些恶名昭著的太平洋海域横行,或者,他与同谋们在这些海域遭遇可怕的龙卷风,葬身鱼腹,这些,我们永远也不可能知道了。正如前面已经描述过的,从此,任由他们自生自灭吧。

两家人发现,山洞之家的住宅并未遭到破坏,大家不禁欣喜若狂!很可能,那些土著曾经打算在这座岛屿定居,落地生根,因此,不仅各个卧室保持原貌,各间大厅安然无恙,而且,无论附属建筑物,还是仓库,丝毫未经劫掠,就连果园,以及邻近的农田也都完好无损。

自从山洞之家的主人荣归故里,他们的狗儿,包括看门狗图尔克,以及布朗和法尔布,跑来跑去,欢蹦乱跳,吠叫着表达各自的喜悦心情。

随后,大家又找到了被驱散到畜栏外的宠物,包括水牛斯特姆和布鲁默、鸵鸟布劳斯温德、猴子克尼普斯、野驴莱希特福斯、母牛布拉斯,以及它在牧场上的小伙伴,另外还有公牛布鲁尔,以及它在畜棚里的伙伴们,小驴拉什、菲伊尔、富林克,还有珍妮的豺狗,至于那只信天翁,它从鲨鱼岛振翅飞起,掠过海面,一直飞到山洞之家。

由于许多船只即将从英国起航,很快送来众多新移殖民,以及随身携带的物资,因此,有必要选址建造新房屋。大家决定,新房子将坐落在豺狼溪两岸,一直向上游分布到瀑布附近。于是,山洞之家将成为这个殖民地的第一座村庄,今后,还将发展成一座城市。毫无疑问,未来,这里将成为新瑞士的首都,因为,无论在希望之乡,还是在它以外的地方,在崛起的一系列村镇中,山洞之家的地位首屈一指。

另外,独角兽号将延长其在救命湾停泊的时间,直至新移殖民们到来。因此,从救命湾到鹰巢海滨,这一带变得热闹非凡!

时间过去不到三个星期,一场盛况空前的仪式即将举行,出席仪式的不仅有利特尔斯通舰长、他麾下的军官,以及巡洋舰的全体水兵,还有哈利·古尔德船长和水手长,另外,在场的还有泽玛特与沃斯顿两家人,这场仪式令他们的关系更加亲密无间。

这一天,独角兽号的神甫在山洞之家礼拜堂为欧内斯特·泽玛特与安娜·沃斯顿主持婚礼。这是在新瑞士岛举行的第一场婚礼,今后,还将有一系列婚礼陆续举行。

事实上，在这次婚礼举行两年后，弗朗索瓦晋升为朵尔·沃斯顿的丈夫。这场众人期盼的婚礼由殖民地的主教主持，这一次，婚礼不在那座简陋的礼拜堂，而是在一座教堂里举行，教堂坐落在山洞之家与鹰巢之间，在那条林荫大道旁，教堂的钟楼高耸于树梢之上，从三英里外的海面上都清晰可辨。

对于新瑞士的前景，无须赘述。年复一年，这座岛屿的居民与日俱增，生活幸福美满。由于救命湾既可避风，又能躲避海浪的冲击，因此，这儿成为海船的理想停泊地，在这些停泊的海船中，平底渔船伊丽莎白号亭亭玉立。

毋庸置疑，新瑞士与英国本土有了定期的通信联系。从此，殖民地的物产开始向外输出，畅通无阻，这些物产不仅来自希望之乡，也来自位于南部山脉、蒙特罗斯河入海口，直至西海岸之间的那片原野。此时，已经建立了四座主要村镇，包括瓦尔德格、扎克托普、展望山，以及埃伯福特乡间小屋。在蒙特罗斯河的入海口诞生了一座港口，另一座港口位于独角兽湾，一条车道把它与救命湾的尽头连接起来。

此时，也就是英国占领新瑞士三年后，这儿的居民已经超过两千人。英国政府允许新瑞士实行自治，泽玛特先生被任命为这块殖民地的总督。但愿上帝赐福，让他的继任者们和他一样优秀，品德高尚。

还有一件事儿必须提及，自从在东边海岬和解救角（也就是原来的失望角）修建的两座要塞落成后，从印度调来了一支军队，驻扎在新瑞士岛，负责守卫救命湾的海峡入口。

当然了，他们需要防备的并非野人，既不是来自安达曼岛，或者尼科巴群岛的野人，也不是来自澳大利亚海岸的土著，而是因为，新瑞士岛在这片海域地位特殊，它不仅可供过往船只停泊，而且，它扼

503

这场众人期盼的婚礼由殖民地的主教主持……

守进入巽他海域，以及印度洋的咽喉，其军事地位尤为重要。从这个意义上说，必须加强这座岛屿的防卫。

以上就是这座岛屿历史的来龙去脉，这段历史开始的那一天，暴风雨把一位父亲、一位母亲，以及他们的四个孩子抛到了这座岛上。这座岛屿地处热带，气候炎热，土地肥沃。历经十二年，聪明勇敢的一家人辛勤劳动，竭尽全力开拓这片处女地。从此，这片土地日益富饶，繁荣昌盛，直到有一天，独角兽号巡洋舰来到，让这座岛屿与外部世界有了联系。

我们知道，后来有了第二个家庭，这家人自愿与他们命运与共。从此，在希望之乡这块富饶的地方，他们的物质与精神生活富足美满。

然而，艰巨的考验降临了。这些勇敢的人们历经痛苦。他们万分恐惧，生怕再也见不到期盼自己的亲人，后来，一帮野人更让他们的痛苦雪上加霜！

但是，必须承认，即使身处最艰难的困境，依靠虔诚的信仰，毫不动摇，在上帝面前，他们从未绝望沉沦。

最终，柳暗花明，两家人让第二祖国摆脱了厄运的纠缠。

如今，新瑞士欣欣向荣，人们被它吸引，纷至沓来，这座岛屿终将人满为患。由于靠近澳大利亚、印度，以及其他荷兰殖民地，它的商业贸易不仅通往欧洲，而且连通亚洲。十分幸运——真应当感到庆幸——在蒙特罗斯河洼地里发现的天然金块数量极为稀少，淘金者们并未蜂拥而至，否则，他们一定会让这块殖民地变得污秽贫困不堪！

至于泽玛特与沃斯顿两家的联姻，这几桩婚事不仅让两家融为一体，而且获得了上帝的祝福。很快，作为祖父和祖母，他们将享受儿孙满堂的天伦之乐。唯独杰克，仅仅满足于侄子和侄女的绕膝之乐。诚如他自己所言，杰克宁愿扮演叔叔的角色，并且尽职尽责。

从此，这座岛屿繁荣富庶，尽管它变成了大不列颠的殖民地，英国依然允许它以新瑞士命名，就如同允许新荷兰的名称继续存在，这么做，也是为了向泽玛特一家表达敬意。